KB197013

봄그늘

1

봄그늘 1

ⓒ김차차 2024

1판 1쇄 인쇄	2025년 2월 12일
1판 1쇄 발행	2025년 2월 14일
지은이	김차차
펴낸이	박대일
교정	박지해
편집	이주현 · 이문영 · 임유리 · 이지영 · 임지원
마케팅	임유미
표지 디자인	김차차 · 스튜디오붐빔
내지 디자인	송새연
펴낸곳	파란미디어
출판등록	2004년 9월 14일 제313−2004−00214호
주소	03992 서울시 마포구 동교로23길 14 국제빌딩 6층
전화	02.3141.5589 영업부 070.4616.2012 편집부
팩스	02.6499.5589
전자우편	paranbook@gmail.com
카페	http://cafe.naver.com/paranmedia
인스타그램	@paranmedia
ISBN	979−11−93185−37−7(04810)
	979−11−93185−36−0(전5권)

봄그늘

김차차 장편 소설

1

파란

목차

#0. 빈 계절

아무것도 아닌 계절이다.

나는 차창 밖으로 감흥 없이 4월 봄날의 귀로를 응시했다. 오랜만에 집으로 돌아오는 길이었지만 감탄할 만한 것은 무엇도 없었다.

높고 낮은 구릉이 완만하게 반복되는 청라의 시골길. 이 길의 사계절은 이미 질리도록 알고 있다.

4월 하순이면 언제나 약간의 변덕과 함께 언제나 흰 사과 꽃들이 만개했다. 그리고 7월 말이면 구릉 가득 푸르렀다가, 여름의 말미부터 늦가을까지는 동네 사람 모두가 제각기 과수원으로 바쁘게 흩어져 사과를 땄다. 그러다 겨울이 되면 동면에 들어가듯 온 동네가 조용해졌다.

그러고는 3월이면 늦잠을 모르는 것처럼 다시 깨어나 지겨운 사계절을 반복하는 것이다.

하지만 4월의 초입은 보통 무엇도 없는 계절이다.

고로 집으로 돌아오기에 나쁜 시절은 아니었다.

우리 동네 사람들은 대부분 사과원을 하거나, 각자 잡다한 농사일을 하며 종종 남의 사과원에 가서 일했다. 그래서 그 애 집은 과수원을 했다. 우리 집도 과수원을 했지만, 세상일이란 게 그렇듯 똑같은 일을 한다 해서 똑같은 삶을 사는 것은 아니다.

우리가 살던 청라는 내세울 것이 사과밖에 없는 군 단위의 작은 도시였고, 사과원 주인들에게는 으레 이 소박한 도시의 상류층이라는 자부심이 주어졌다. 흉년, 태풍, 나무들의 전염병만 아니라면 얼마든 그럴 수 있었다. 아무렇게나 몸빼 바지를 챙겨 입은 촌사람들이 근사한 외제 차를 타고 다니는 광경도 흔했다.

그리고 그 애의 부모는 언제나 동네에서 가장 좋은 차를 타고 다녔다. 그들은 동네에서 가장 좋은 집에도 살았다. 작은 사과원들은 부지 안에 퍽 괜찮은 집을 지어 두고 동네에서 멀찍이 떨어져 살곤 하지만, 사과원 안의 번듯한 집을 고작 농번기 숙소로나 쓰는 가족들도 없지는 않았다. 그런 사람들은 사과원이 아닌 곳에, 더 좋은 집을 따로 뒀다.

동네 가까이, 그러면서도 연하늘색 슬레이트 지붕이 옹기종기 모인 시골 마을의 정겹고 초라한 광경 따윈 집 안에서 보이지 않게 호수를 내려다보고 지은 근사한 집. 어느 중세 시대 영주가 마을을 내려다보는 곳에 성을 짓듯이, 그 애의 부모도 그렇게 집을 지었다. 모두가 그들을 우러러볼 수 있게.

나는 창밖에서 시선을 돌렸다. 저 멀리 지나가는 집을 또다시 올려다보는 것이 싫었기 때문이다.

– 이번 정류장은 백운면 행정 복지 센터입니다. 다음 정류장은…….

멍하니 버스 안내 방송을 듣던 머리가 얼른 내리라 채근했다.

서울에서 4시간 내내 고속버스를 타고, 청라 터미널에서 또 40분 내내 시내버스를 타고 온 참이었다. 이대로 집에 가서 곧바로 잠들어 버릴 수 있다면 좋겠지만 그럴 수는 없을 것이다. 아픈 엄마의 일거리가 산처럼 쌓여 있을 테니까.

사과원 사이로 구불구불한 시골길을 거칠게 내달리는 버스 안에서, 나는 무기력하게 버스 손잡이를 붙잡고 버티다 겨우 내렸다. 오빠가 있었다면 운전 참 좆같이 한다고 궁시렁거렸을 실력이다.

나는 약간 경사가 있는 길을 거슬러 오르며, 이 빠진 보도블록마다 싸구려 캐리어 바퀴가 자꾸만 걸리는 것을 가까스로 잡아 뺐다. 짜증스럽다. 이제는 인생을 다 산 것같이 피곤했다.

겨우 행정 복지 센터 건물에 들어선 나는 핸드폰을 들어 아빠가 쭉 읊어 준 목록을 다시 훑었다.

전부 새로운 대출에 필요한 것이다. 다시 한숨이 흘러나왔다.

"어떻게 오셨어요?"

"아, 네. 인감 증명서랑, 등본이랑, 초본이랑……."

석연찮게 아빠가 불러 주었던 목록을 읽어 내려가는 찰나였다. 바로 옆에서 딩동 하고 크게 울리는 소리에 바보같이 화들짝 놀란 나는 다시 한숨과 함께 긴 목록을 이어 읽었다.

그래서 옆에서, 잠깐은 부자연스러울 정도로 말이 없다는 것을 몰랐다.

발급을 기다리는 사이 옆 창구에서 민원인을 재촉하는 목소리가 몇 번 더 들렸다. 나는 그제야 흘끗 내 옆 사람을 돌아보았다.

아.

"별일이다, 윤차희."

기억처럼 서늘한 입매가 부드럽게 휘었다. 언뜻 반듯하게 잘생긴 얼굴을 거슬러 오른 시선이, 가까스로 사나운 눈동자를 마주했다.

그 애였다.

"네가 청라에 다 내려오고."

"……박우경."

"이런 촌구석엔 다신 발도 안 들일 거 같더니."

박우경의 빈정거리는 목소리가 달갑지 않은 해후를 알렸다. 너야말로 지금 여기에 있을 사람은 아니지 않느냐고, 나는 목구멍을 간지럽히는 항변을 겨우 참았다.

언젠가 다시 마주칠 것이라고는 생각했다. 어느 먼 설날에, 지나가듯 추석에 그 애도 나도 고향에 내려오면……. 실은 그조차도 기대하지 않았다.

내 명절은 어쩌다 하루 이틀 내려와서는, 동네에서 멀찍이 떨어진 우리 집에 잠시 머물다 가는 것이 전부였다. 물론 아주 기막힌 우연이 낡은 슈퍼마켓에서 우리를 다시 만나게 할지도 모르지.

그러나 지금은 아니었다.

어색한 침묵 끝에 옆에서 달랑 인감 한 부를 뽑은 그 애는 미련 없이 나보다 먼저 주민 센터를 나갔다. 행정 복지 센터랬나. 이름은 아무래도 상관없었다.

우리는 어느덧 스물셋이었다. 그러니까 남들처럼 진작 전역하고, 이번 학기에는 복학했을 줄 알았는데.

하긴 그냥 잠깐 내려와 있는 것일 수도 있고.

아무래도 상관없지, 이것도. 나는 내 생각보다 그 애에게 더 불쾌한 기억으로 남은 것 같다. 안도할 만한 일이었다.

하지만 센터 문을 나오자마자 다시 그 애가 있었다.

"……뭐야?"

"오랜만에 본 초중고 동창한테 할 말은 그게 다냐?"

"오랜만에 본다. 반가워."

"책 읽네."

나는 한숨을 푹 쉬었다. 그러자 박우경이 날 따라 하듯 커다랗게 한숨을 푹 쉬었다.

하여튼 빈정거리는 것에는 일가견이 있다.

"그간 잘 지냈던 것 같아서 보기 좋네. 그럼 난 이만 바쁜 일이 있어서……."

"아. 바빠서, 50분에 한 번 오는 버스 타러 간다고 그렇게 급하게."

"……그 버스가 언제 올지 모르잖아."

"왜 모르는데. 윤차희 니가 방금 앞차 타고 왔으면서."

'네가'라는 말이 약간은 억세게도 '니가'가 되는 순간.

단지 서울에서 온 이방인 같던 낯선 그 애 말씨에, 갑자기 어릴 적처럼 사투리가 약간 붙었다. 단지 짜증이 나서 그렇다는 듯이.

정작 엄마가 서울 여자였던 박우경은, 그래서인지 어릴 때도 사투리를 그리 심하게 쓰지는 않아서 주변 애들에게 약간씩 재수 없다는 인상을 줬다. 기껏해야 다른 지방과 구분되는 특유의 어미와 은근한 사투리 억양이 전부였던 애.

청라 사람들 말씨는 유달리 악센트가 억셌다. 그런 동네에서 저 혼자 낮고 평이한 악센트로 사투리를 툭툭 내뱉는 모양새가 도리어 모난 돌처럼 보이곤 했다.

가끔 지껄이는 내용이 재수 없어서 그랬을 수도 있지만.

"미처 생각 못 했어. 그럼 마을버스 타고 좀 더 가서 걸어가지 뭐."

우리 과수원까지 가지 않는 마을버스 핑계를 대자 박우경이 콧잔등을 설핏 찡그리며 웃었다. 웃기지도 않는다는 뜻이었다.

"니랑 한 마디도 하기 싫다는 말을 존나 돌려서 하고 있네."

"그런 게 아니라 정말 바빠서 그래. 이거 급한 서류거든."

"니 말대로 진짜 바쁘면 남의 차를 타야지."

"……."

"맞나, 아이가."

낮은 음성이 약간의 억양을 싣고 단정하듯 물었다. 여전히 별 높낮이도 없이 무심하고 단조로운 뉘앙스의 사투리는 마치 내게서 일부러 출신적 동질감을 불러일으키려는 것 같다.

나는 마지못해 고개를 끄덕였다. 박우경이 한결 편해진 얼굴로 내 캐리어를 뺏어 가서 제 차 트렁크에 실었다. 내가 서울에서부터 한참을 낑낑대며 끌고 온 무거운 캐리어가 저 손에서는 덧없을 정도로 가벼워 보였다.

나는 돈이라도 뺏긴 것처럼 내 캐리어를 삼키고 닫히는 트렁크를 봤다. 그러고는 박우경의 사나운 눈길에 떠밀리듯 차에 올라탔다.

근사한 독일제 SUV였다. 스물세 살짜리가 벌써 차를 샀네, 마네, 동네에서 감히 혀를 차지도 않을 집안이다. 이 차도 딴에는 검소하게 골랐겠지. 어릴 땐 버릇 나빠지지 않게 싼 차부터 타야 한다면서.

신도시 아파트 단지가 들어선 자리, 청라에서 가장 큰 병원이 들어선 자리, 인접한 지방 국립대의 분교 캠퍼스, 청라 어디에나 박우경의 집안이 크게 팔아먹은 땅이 있었다. 그럼에도 남은 땅이 그보다도 많다고 했다.

그것보다 삶에서 더한 불만은 없는 것처럼, 아빠는 박우경의 아버지를 종종 시기해 빈정거리듯 중얼거리곤 했으니까.

젊은 시절부터 이 동네에서 사과원을 했던 박우경의 할아버지는, 청라군 전체를 통틀어 땅이 제일 많은 땅부자였다. 선거철이면 군수 후보며 군 의회 사람들이 가장 먼저 찾는 지역 유지이기도 했다. 그 애의 큰아버지는 백운면의 유일한 중학교와 고등학교를 소유한 사학 재단의 이사장이고.

그리고 박우경의 아버지는 가업이었던 거대한 과수원을 물려받았는데, 사과원 주인아저씨들이 바글바글 모인 무슨 진흥회 회장을 맡고 있지만, 별로 농사꾼 같지 않은 젠틀한 행색으로 유명했다. 돈이 저렇게 많은데도 '사람은 자고로 일을 하면서 생산성 있게 살아야지요.' 하고 반듯하게 말하고 다니니 나름대로는 존경도 받았다.

있는 사람이 더하다고 한때는 온 가족을 업장에 동원하는 광경도 종종 볼 수 있었는데, 어차피 청라의 크고 작은 모든 과수원이 가족 경영과 경비 처리로 돌아갔으므로 이는 검소함의 미덕이었다. 얼굴이 배우처럼 예쁜 박우경의 어머니는 물론이고, 공부만 하라고 온 집안이 곱게 키운 막내아들 박우경조차도 가끔은 저온 창고에서 출하를 돕고 택배를 포장했으니까.

그렇게 온 가족을 부려 먹어도 본인은 대체로 빳빳한 흰 와이셔츠에 정장 바지를 멋있게 입고 다니는 남자. 사실 아빠와 박우경의 아버지는 제법 비슷한 구석이 있다.

다만 박우경의 아버지는 어디에서나 큰소리칠 재력을 물려받았고, 아빠는 종종 대학생 딸 명의의 소액 대출에 잠시 기대어야 할 정도로 언제나 삶이 고달프다는, 여건의 차이가 있었다.

나는 부드럽게 시골길을 내달리기 시작한 좋은 차 안에서, 무릎 위 서류들을 움켜쥐었다.

결국 이렇게 스물셋이 되어서도, 우린 똑같다. 한 치의 변함도 없이.

"니 대학 어디로 갔드라."

"B 여대."

"여대 재밌나."

"……궁금하면 니도 다녀 보든가."

내가 문득 사투리로 툭 내뱉자 핸들을 톡톡 두드리던 그 애가 낮게 웃었다.

그러나 주민 센터 창구에서 날 처음 응시하던 낯 그대로, 다소 신경질적인 기색은 여전했다. 이윽고 아무도 지나가지 않는 작은 초등학교 분교 앞에서 신호를 받고 차가 멈춰 섰다. 지금은 폐교됐지만, 우리가 어릴 적 같이 다녔던 학교였다.

나는 어쩌다 이 길을 지날 때면 습관처럼 폐문된 2층짜리 건물과 듬성듬성 잡초가 난 작은 운동장을 잠시 둘러보곤 했다. 사람에게 쓰이지 않아 잊히는 공간이 으레 그렇듯, 우리의 작은 학교는 벌써 몇 년째 아무것도 바뀌지 않았다.

햇살에 페인트 색이 바래고, 칠이 벗겨진 곳마다 녹이 슨 교문 앞에는 오래된 출입 금지 경고문이 붙어 있다. 「의산 초등학교 백운 분교」. 그렇게 2층 외벽에 길게 붙어 있던 학교의 이름은 진작 떼어져 빛바랜 열 개의 직사각형으로 남았다.

건물의 가장 왼쪽에 붙은 현관 위에는 그때 미처 떼지 않은 교훈(校訓)이 아직도 남아 있는데, 정작 저 학교를 다녔던 6년간 한 번도 눈여겨보지 않았던 파란 팻말을 나는 폐건물의 장식물로 더 자주 보았다.

「자기 주도적인 어린이가 미래를 주도한다」. 저 파란 팻말을 단 현관 아래를 드나들던 아이들은 전부 어디론가 사라졌다. 그러고는 아주 가끔씩 고향 집에 와서, 제 어린 날 학교의 울타리 너머를 상관없는 외부인처럼 멀리서 지나갈 뿐이다.

사실 '미래'라는 건 대체로 그렇다. 별달리 반짝거리는 구석도 없고, 자기 손으로는 무엇 하나 주도하지 못하면서 결국 어딘가로 떠밀려 가고 흩어지는 것.

그저 그렇게 시간이 지나가는 것. 한때는 가까웠던 것과 멀어지는 것. 상관있던 모든 것과 상관없어지는 것.

우리가 더는 '우리'가 아니게 되는 것.

나는 옛 학교를 바라보던 시선을 조금 옮겨 잠시 박우경을 봤다. 미소는 남아 있어도 정면을 바라보고 있는 눈이 사나웠다.

"니 언제는 내랑 같은 학교 간다면서."

"……."

"내가 쫓아갈까 봐 여대로 갔냐고 묻고 싶긴 한데."

말도 안 되는 소리였다.

"묻기 싫기도 하고."

"내가 대학 가는데 네 생각을 왜 해."

"미친년처럼 공부에 목숨 걸고 악을 쓰던 게, 그렇게 밑도 끝도 없이 하향 지원을 했는데."

"이유가 있어."

"그러니까, 이유가 뭐냐고."

일종의 도망이었던 건 맞았다. 나는, 박우경으로부터 도망치고 싶었다. 우리의 불완전한 날의 기억으로부터.

그리고 한 해 걸러 돈에 쪼들리던 우리 집이 날 이 촌구석에 영영 주저앉히려고 하는 것에서도 도망쳐야 했다.

그러기 위해서는 전액 장학금이 필요했다. 그 애가 가는 제일 좋은 학교 따윈 가지 못하더라도.

어차피 그즈음엔 같은 학교에 갈 성적도 되지 않았다.

"쥐새끼처럼 도망갔다이가, 윤차희."

"……언제 적 얘기를 하는 거야?"

"오늘도 그 좆같은 때 생각했으니까, 오늘 얘기네."

"내려 줘. 이제 나는 너랑 특별히 할 얘기도 없어. 동창이란 것도 말뿐이잖아. 우리는 더 이상 친한 친구 같은 것도 아니고……."

박우경은 코웃음이나 쳤다.

"바쁘다면서."

"응. 그래서 너랑 이럴 시간 없어."

"존나 니네 집까지 캐리어 달달 끌고 갈 시간은 있고. 지나가는 경운기라도 붙잡고 얻어 탈라고?"

몇 년의 간극이 느껴질 만큼 어른스러운 목소리로 말하다가도, 어릴 적처럼 툭툭 비딱하게 내뱉는 말씨가 도리어 낯설었다.

사실 이제는 박우경의 모든 것이 낯설었다. 예전에는 그토록 익숙했다는 것이 믿기지 않을 정도로.

"내가 우리 집에 뭘 어떻게 가든."

"몇 년 만에 집에 내려오면서 줄줄이 등본에 초본에 인감에."

"몇 년 만 아니야. 작년 설날에도 내려왔어."

"그땐 내가 군대에 있어서 못 봤으니까 안 치고."

"뭐 이런 게 다 있어."

"그래서, 그렇게 줄줄이 다 떼서 니네 아빠한테 갖다준다고?"

"……차 세워."

"빚내 주러 가느라 바쁘노. 또."

"야. 세우라고."

박우경의 입가에 빈정거리는 미소가 맺혔다.

"기껏 멀리 도망가서, 이 썩어 빠진 촌구석 근처도 안 올 것처럼 잘 사는 척하고. 지 부모는 어떻게 되든 모른 척."

"……."

"남자도 존나 만나고."

너 대학 어디 갔더라. 그 말이 다 알면서 하는 인사에 지나지 않았음을 알 것 같았다.

그 애는 다 알고 있었다. 내가 간 학교, 아빠와 엄마의 입을 통해 동네로 사소하게 퍼졌을 소식들, 끝도 없이 기울고 꼬여 가는 우리 집.

가끔 연락하던 우리 동창이 흘렸을 내 몇 번의 실패한 연애.

"계속 그렇게 살지, 왜 등신같이 여기로 돌아왔노."

혀를 차는 박우경의 목소리는 아이러니하게도 약간 즐거워 보였다. 끝내 집을 외면하지 못한 내 어리석음을 비웃으면서도, 내가 기어코 별 볼 일 없이 제 앞으로 돌아오게 된 것이 기쁘다는 듯이.

"……그러는 너는."

"나?"

"너도 만났을 거잖아."

'너도'라니. 나는 혀를 씹고 싶어졌다. 박우경은 내 말에 약간 더 즐겁게 웃었다.

그러는 너는 왜 복학도 안 하고 여기에 쓸데없이 있느냐고 물었어야 했는데.

"내가 여자 얼마나 만났을 거 같은데?"

"관심 없는데."

"진짜?"

"어. 없어."

"여자 있다니까 윤차희 니 지금 존나 기분 나빠 보이는데. 맞제."

"웃기지 좀 마."

"왜. 질투하나."

"착각도……."

"잠깐 착각하니까 재밌네. 그래서 언제까지 있을 건데?"

"너는?"

나는 되묻는 것으로 대답을 넘겼다. 박우경은 어깨를 으쓱했다.

"난 내년 1학기까지."

"……왜 그렇게 여기 오래 있어? 너 학교 안 가?"

"학기 시작할 때 제대해서. 공군은 복무 기간이 길거든."

"……아."

"뭐 그래서 유감이가."

"네가 집에 얼마나 있든 나랑 상관없으니까 아무런 유감도 안 느껴."

"윤차희 니는?"

산뜻한 무시였다.

이쪽도 한 해를 휴학하고 왔으니 마찬가지다. 자취방을 싹 정리하고 짐은 죄다 택배로 부쳐 두기까지 했으니 역으로 돌아 갈 곳도 없었다. 나는 애써 마음을 다스렸다.

어차피 엄마가 아픈 동안, 이곳을 떠날 수도 없다.

"……나도 똑같아."

"잘됐네."

"하나도 잘되지 않았는데."

"왜? 좆도 아닌 사인데 니랑 무슨 상관이라고."

"다 왔다. 내려 줘."

박우경은 내 만류에도 불구하고 고집스럽게 입구가 아닌 사 과원 안까지 차를 몰았다. 아빠 차 옆에 제 차를 세우는 건 우 리 집에 대놓고 다시 건넨 암시나 다름없다.

나는 지끈거리는 이마를 감싸 쥐었다. 뜬금없는 차 소리에 나와 본 엄마는 이미 깜짝 놀란 표정이었다.

"잘 가라."

"……."

"아줌마한테 우리가 무슨 사인지 대답 잘하고."

놀리는 듯한 음성이다. 엄마가 뒤에서 내게 할 말을 다 안다는 양. 저절로 모난 말이 튀어나왔다.

"나는 대답할 거 없어."

"곧 생길 거니까 상관없지."

손목을 붙잡혀 내리지 못하고 있는 동안 엄마가 박우경의 차 가까이로 다가왔다. 그 애는 창문을 내리며 금방 표정을 바꾸었다.

"우경아!"

"안녕하셨어요. 아줌마."

창문 사이로 박우경에게 잡힌 내 손을 본 엄마의 얼굴이 환하게 피었다. 옛날의 그 꿈이 가득하다.

창피하고, 이룰 수도 없는 꿈.

"우째 같이 오노, 둘이. 니 혹시 우리 희야 오늘 내려오는 거 알았나? 니 차로 이래 우리 집까지 델따 주그로."

"아뇨. 오늘 알았어요. 미리 알았으면 제가 터미널까지 데리러 갔을 텐데."

"하이고, 우경이 니도 말하는 게 영판 서울 아 다 됐네. 아무래도 서울 살면서 거기서 말하다 보면 여기 사투리는 자연스럽게 다 잊아뿌제……."

"그렇게 되긴 해요."

"우리 희야도 그러던데. 대학 가고 몇 달 만에 전화하니까 고새 사투리를 다 까먹어가…… 엄마, 하는데 웬 모르는 가시나가 말하는 거 같드라. 원래부터가 말씨가 얌전하고 나긋했지만도."

"뭐, 쟤는 예쁘게 말했죠. 항상."

"내 딸내미지만 진짜 어데서 저런 이쁜 게 났는지 모르겠다니까."

날 최대한 예쁘게 포장해서 박우경에게 들이미는 엄마를 오랜만에 보고 있자니 귓가가 달아올랐다. 마치 엄마의 그런 태도가 만족스럽다는 듯이 흘끗 날 돌아보는 눈이 웃고 있었다.

나는 그대로 기가 질려 박우경을 뿌리쳤다. 엄마는 약간 놀란 얼굴이었지만 상관없었다.

트렁크를 열어 짐을 꺼내려 하는데 버튼을 찾지 못해 차를 더듬거리고 있으니, 그 애가 운전석에서 내려 내 손을 부드럽게 밀었다.

"자."

"……데려다줘서 고마워."

캐리어를 받으려고 내민 손에 엉뚱하게 핸드폰이 들어왔다. 박우경이 소년처럼 씩 웃었다.

"니 번호. 바꼈다이가."

나는 번호를 대학에 가자마자 바꾸었으므로, 마치 엊그제 내 번호가 바뀌었다는 듯이 새로운 번호를 묻는 그 애의 태도는 이질적이었다.

그러나 아빠와 달리 어릴 적부터 박우경이 예뻐서 어쩔 줄 몰랐던 엄마는, 전혀 위화감을 느끼지 못한 것처럼 생글생글 웃는 낯으로 그 애를 봤다.

아파서 퉁퉁 부은 엄마의 얼굴이 뒤늦게 눈에 들어왔다. 나는 실랑이 대신 떠밀리듯 박우경의 핸드폰에 번호를 찍었다.

"내 번호는 그대론데. 니가 외우는 거."

"······."

"혹시 니한테 다시 전화 올까 봐 아직까지 한 번도 안 바꿨거든."

입가가 굳었다. 핸드폰을 도로 가져가며 가볍게 내 손을 쥐었다 떨어지는 박우경의 손이 예전과 겹쳐 보였다. 엄마는 나도 받지 않은 감동을 받은 얼굴이었다.

박우경은 엄마에게 예의 바르게 인사하고, 저온 창고 쪽에서 급히 나와 이쪽을 노려보는 아빠에게도 반듯하게 묵례했다. 그리고 미련 없이 과수원에서 사라졌다.

그 애가 사라지는 길 위로, 오래전 그 애가 자전거를 타고 내게로 오던 기억이 잠시 떠올랐다.

아. 이제는 아무런 쓸모가 없는 기억이었다.

#1. 봄날의 서리

"차희 니 함부레 쓸데없는 생각 하지 마라. 알겠나."

"안 해요."

"박우갱이 금마가 어떤 집 아들인데, 니 같은 며느리가 씀에 차겠나."

"안 차죠."

"결혼해 봐라. 죽으라고 피를 말리고 식모 취급이나 하겠지. 희야 니가 어떤 딸인데…… 박우갱이가 얼마나 잘났든 아빠는 그 꼴 절대 못 본다."

"무슨 결혼을 해요. 걔랑 제가. 몇 년 동안 얼굴 한 번 안 보고 살았는데."

"그 새끼가 보는 눈은 있어 갖고 아직도 니한테 미련을 못 버리는 거 같은데, 어? 일단 여자는 처신을 잘하고 봐야 돼…… 특히 니같이 이쁜 가시나는 괜히 동네 할매들 입방아에 이리저리 오르면…… 알제? 남자들한테 처신을 잘해서 금마들이 아예 착각을 못 하게 싹을 미리 잘라 삐야 되는 기라."

내가 왔다고 기분 좋게 취한 아빠는 아까부터 한 말 또 하고 한 말 또 하기를 반복했다. 이렇게 누군가 혼자 술에 취해 기분이 좋아지면 좋아질수록, 옆에 있는 다른 누군가는 으레 기분이 나빠지기 마련이다.

나는 아빠가 잠들면 상을 치우려고 자지도 못하고 꾸벅꾸벅 졸고 있는 엄마를 안쓰럽게 보았다. 이런 게 아무리 마음에 안 든다 말해도, 엄마는 남자가 때리지나 않으면 그만이라 여긴다. 촌에는 때리는 남자가 많았다.

너희 아빠 정도면 이런 촌에서 좋은 남자야. 너무 젊어서 철없을 때, 딱 두 번밖에 안 때렸거든. 홧김에 살짝 민 거야. 별로 아프지도 않았어. 엄마도 잘못했었어……. 다시는 손 안 댄다는 각서도 썼고, 여태 몇십 년을 지키고……. 우습게도 엄마가 당장 밖에 나가서 그렇게 말하면, 엄마를 부러워할 아줌마들이 제법 있다는 것을 안다.

낮에는 온 땅이 그렇게 풍요롭고 느긋하고 아름답다가, 밤이면 남자들이 기분 좋게 마신 술 몇 잔에 종종 우는 여자들이 생겼다.

언젠가는 그것이 너무 지긋지긋해서, 도시로 엄마와 단둘이 나가고 싶다고 하니 엄마는 그보다 끔찍한 소리는 들어 본 적도 없는 것처럼 말했다.

이 나이 먹도록 이미 전부 견뎌 온 남자를 어떻게 이제 와 버리겠냐는 것이다. 그렇게 허망한 일이 어디 있느냐고.

아빠가 일을 벌이면 엄마는 수습했으니까. 사실 아빠의 사과원은 절반이 엄마가 제 이름표도 내밀지 못한 채 이룩한 업적이었다. 나머지 절반은 평생 남의 집 일꾼으로 살면서 작은 땅부터 차곡차곡 사들여 사과원을 일구고 넓힌 할아버지의 몫이 될 테고. 아빠도 아주 열심히 살았지만, 재수가 몹시도 없었으니 별로 챙길 몫이 남아 있지 않다.

어쨌거나 제 이름을 써 놓지 못했더라도 업적은 업적이다. 엄마는 어쩌면 아빠보다 이 사과원을 떠날 수 없는 것이다. 어린 나이에 시집와 평생을 뙤약볕 아래에서 고생하며 이룬 제 모든 것. 우리 가족의 집.

그래서 여기서 도무지 떨어트릴 수 없는 엄마를 두고, 나는 이곳에서 결국 도망쳤다. 엄마가 저렇게 아플 때까지 아무것도 모르고. 잠깐 이곳을 들여다보지도 않고서⋯⋯.

"이렇게 내려온 김에 공무원 시험이나 치 봐라. 한 1년 일하면서 공부하면 안 붙겠나."

"농사하면서 공부를요⋯⋯. 말은 쉽다. 안 할래요."

"면사무소에 들어갔는데 희야 니 같은 얼굴이 딱 앉아 있으면 얼마나 이쁘겠노."

"그게 뭐 아무나 돼요."

"니가 왜 못 해. 까딱하면 우리나라에서 제일 좋은 대학도 갈 뻔했는데!"

"결국 못 갔잖아요. 아무도 안 쳐 줘요, 그런 거."

"못 간 게 니 탓이가. 다 부모 잘못 만나서 그런 거지……."

내가 더 좋은 대학을 가지 못한 것을 언제나 한탄하면서도, 엄마가 아픈 지금 내게 시골 공무원보다 괜찮은 일자리는 없다고 굳게 믿는 아빠는 우습게도 날 여왕처럼 모실 남자를 원했다. 아빠의 좁은 세상에서.

내가 사촌 언니처럼 참한 공무원 아가씨가 되면 좋은 결혼도 저절로 따라오리라고 순진하게 믿으면서…… 그러고는 사랑하는 딸과 영원히 가까이 살면서, 사위와 함께 주말이면 한 번씩 친정에 와서 살갑게 사과원 일도 도와주고 그렇게 살기를.

그게 아빠가 이따금 꿈꾸는 내 행복이고 미래였다. 어린 날 박우경을 보던 엄마의 꿈처럼 내게는 그다지 달갑지 않은 꿈이었다.

나는 청라가 지긋지긋했다.

"차희야. 박우갱이 금마는 안 된다. 알겠제."

"네."

"느그 엄마가 암만 뭐라 해도 안 되는 건 안 되는 거다. 니네 할아버지가 옛날에 그 집에서 머슴살이 아닌 머슴살이를 하면서 얼마나 그 집 인간들한테 우세를 당하고, 인간 취급도 못 받고 살았는지……."

"알아요."

"평생을 그래 박씨들한테 멸시받고 쎄빠지게 일꾼으로 살면서 지금 이 과수원을 일군 심정이 대체 어떤 심정이었겠노. 어?"

"아 안다니까."

"우리가 아무리 이쁘게 희야 니를 키워 놓고 훌륭하게 가르쳤어도, 그 집에 가면 니는 아무것도 아니다. 니가 그걸 알아야 된다. 차희야."

"……알겠다는데 왜 우세요."

"할아버지가 니를 얼마나 예뻐했는데, 어? 공주 니까지 그 집에서 그런 취급 당하면 할배가 무덤에서도 눈을 못 감는다. 알제……."

아빠는 내가 내일이라도 당장 박우경과 혼인 신고를 하러 갈 것처럼 굴었다. 엄마의 기대와는 다른 의미로 피곤하다.

나는 대충 대답하다 상을 아예 빼 버렸다. 부엌에서 대강 정리하려는데 어느새 선잠에서 깨어난 엄마가 부리나케 와서 넌 이런 거 하지 말라 말렸다.

자기는 평생 이런 걸 하면 안 되는 딸이었던 적도 없으면서, 내 손에 물 묻는 게 세상 무엇보다 싫은 엄마.

자다가도 벌떡 일어나 이런 걸 하는 게 당연한 엄마. 우리 엄마.

불쌍한 우리 엄마.

"엄마는 그냥 차희 니가 오랜만에 집에 와서 너무 좋다."

결국 도망은 끝났다.

어쩌면 영영, 다시는 이곳에서 도망칠 수 없을 것이다.

엄마에 대한 사랑, 연민, 그 모든 것이 내 발을 잡고 저 밑의 수렁으로 날 끌고 가는 것 같았다.

막막한 숨을 삼키며 엄마를 뒤에서 껴안자, 세월에 때 타지 않은 맑은 웃음소리가 조용히 몸을 울렸다.

"……엄마."

"어."

"아프니까 이제 이런 거 하지 마라. 알겠제."

"집에서 살살 움직이고 그러는 정도는 괜찮다. 사과가 문제지……. 희야 니가 엄마 하던 일을 우째 다 할까 싶다. 느그 아빠는 가르치면 된다 카는데……."

"내 똑똑하잖아. 잘하겠지. 어릴 때부터 눈으로 다 봤는데, 뭐."

"보는 거랑 하는 거랑 같나."

"뭐 크게 다르겠나."

나는 결국 싱크대에서 엄마를 밀어내고 설거지를 끝마쳤다. 내가 그릇이라도 깨지 않을까 노심초사 바라보던 엄마는 딸 다 키웠다고 웃었다.

   - 이번 정류장은 백운면 행정 복지 센터입니다. 다음 정류장은 백운 농협 하나로마트입니다.

"그냥 옛날처럼 면사무소라고 부르지, 만다꼬 자꾸 이름을 바꾼다 지랄을 해가……."

"그러게."

"실제로 달라지는 건 하나도 없는데 간판 바꿔 다는 값만 갖다 버리는 거지, 저게. 누가 좋다고 자꾸 저래 바꿔 쌌노."

"맞다."

"맞제?"

엄마한테 찬동해 주며 손등을 톡톡 두드리자, 똑똑한 딸에게 인정받았다며 뿌듯하게 웃는다. 나는 조금 웃고 창밖을 보았다.

아픈 사람인데, 병원에 다녀오면서 불편한 버스를 타게 해서 계속 마음이 안 좋았다. 박우경의 아버지가 갑자기 아침부터 회의를 소집하는 통에 아빠가 집에 한 대 남은 차를 급히 끌고 나간 탓이었다.

그 무심함을 원망할 수도 없었다. 이 동네 사과 출하는 대부분 그 집의 유통망을 통했으니까. 아빠가 아무리 박우경의 아버지라면 이를 갈아도, 어쨌거나 언제든 부르면 달려가 아부를 떨어야 하는 입장이다.

오래된 중고차라도 한 대 살 수 있다면 좋겠는데. 틈틈이 과외랑 아르바이트로 모아 두었던 돈을 계산하고 있으니 막막해졌다.

"희야, 내리자."

"왜?"

"마트에서 바나나라도 사게. 니 바나나 좋아하잖아."

"내가 무슨 애가……."

"얼른."

나는 엄마의 성화에 못 이겨 마트에 내렸다. 당뇨 합병증으로 다리가 많이 부은 엄마는 발이 아파 전처럼 걷지도 못하면서, 날 앞장세워 가며 신이 나 조잘거렸다.

내가 어릴 때 작은 컵에 담긴 색색의 젤리를 얼마나 좋아했는지, 계란 입힌 동그랑땡은 또 얼마나 좋아했는지. 오랜만에 만난 딸에게 해 주고 싶은 게 한도 끝도 없는 것처럼.

어릴 때는 훨씬 사정이 좋았고, 시골의 어린아이에게는 필요한 게 많지 않았으니 엄마도 해 주고 싶은 모든 것을 해 줄 수 있었을 것이다.

나는 엄마가 오빠와 나의 추억을 곱씹는 동안 눈치껏 항목마다 가장 값싼 물건들을 골라 넣었다. 엄마가, 젊은 날처럼 여전히 내게 해 주고 싶은 모든 것을 해 줄 수 있다는 느낌을 받도록.

그렇게 마트를 나오는 길이었다.

"어머, 차희야. 너 청라 내려왔다더니."

마주친 것은 그리 보고 싶지 않았던 사람이었다. 어쩌면 박우경보다도 더.

내가 아무 말도 하지 못하고 있는 사이, 뒤에서 나온 엄마가 반갑게 인사했다.

"진이 언니야. 언니야도 장 보러 왔는갑네."

"우리 우경이가 제대하고 요새 계속 집에 있잖어. 즈이 아빠랑 나랑 둘만 있을 땐 별 신경 쓸 것도 없었는데 걔가 워낙 입도 짧고 까다로워서……. 식탁에서 좀 깨작거리다 숟가락 놓는 거 보면 어디 보통 눈치가 보여야지. 상전이야, 아주. 말은 안 하지만 그놈이 남 드나드는 것도 불편해서 요샌 집에 아줌마도 자주 못 불러."

"이야, 사모님 팔자에 요리가 웬 말이고."

엄마는 그늘도 없이 장난스레 웃으며 박우경네 엄마를 놀렸다.

신미진. 그 또래에선 제법 세련된 이름. 날 때부터 부모가 신경을 쓴 흔적이다. 지긋지긋한 딸이 제발 좀 그만 태어나기를 바랐던 딸부잣집의 말희, 우리 엄마와는 달리.

몸에 딱 달라붙는 트레이닝복을 멋스럽게 입은 신미진은 엄마보다 나이가 여섯 살이나 많지만 도리어 열 살은 어려 보였다.

"자기는 좋겠다, 딸 있어서. 은근슬쩍 부려 먹으면 되잖아. 아들은 도통 쓸모가 없다니까."

"요새는 딸이나 아들이나 똑같지. 다 얼마나 귀한 손인데."

"말이 똑같지, 어떻게 같아? 그리구 딸들은 알아서 뭐든 잘하잖아. 딸들은 지네 엄마 혼자 일하는 거 절대 못 봐. 우리도 친정 가면 어디 늙은 엄마 부려 먹고 가만 앉아 있어? 바로 부엌에 가서 서 있지."

"언니야, 그래도 그게 우리 때랑 다르다니까……. 우리 때나 여자들이 그렇게 살았지. 우리 희야는 즈그 아빠도 공주, 공주하면서 이쁘다꼬 직접 안고 업어 가며 키웠다 아이가."

"그렇게 키워도 차희는 요즘 애들 같지 않게 착하잖아. 자기가 워낙 잘 가르쳤는데, 뭐."

신미진의 의미심장한 눈길이 잠시 내 얼굴에 머물렀다. 마치 전과가 있는 범죄자를 뜯어보듯, 내 눈을 살피는 시선이 날카로웠다.

"그래도 차희 너, 말이야 바른말이지……. 늬 엄마 아픈 지 좀 됐어. 그거 알지?"

"……네."

"아, 됐다, 언니야. 아한테 그런 거 말 안 해도……."

"희야 엄마. 딸내미 신경 쓸까 봐 전전긍긍한 건 아는데, 그래도 자식이 알 건 알아야지."

"지금도 희야가 내 아픈 거 알자마자 과수원 일 대신 해 주고 내 옆에 붙어 간병해 주겠다고 휴학까지 하고 내려온 긴데……."

"내 말은, 진작 이렇게 좀 들여다봤어야지! 말희 너 아픈 거 안 들켰으면, 얘도 죽을 때까지 모를 뻔했어. 얼마나 매정한지. 이모는 진짜 너처럼 착한 애가 그럴 줄은 몰랐다. 어떻게 방학 때도 집에 한 번을 안 내려오고."

"언니야, 우리가 용돈을 잘 못 준다이가……. 얘 겨울 방학 내내 알바 했다. 지 생활비 번다고. 일하는 아가 무슨 시간이 나서 청라까지 오겠노."

"……사모님 말씀이 맞아요. 제가 집에 너무 오랫동안 신경을 못 썼어요."

"아휴, 잠깐 듣기 불편한 말 좀 했다고 사모님은. 어릴 때처럼 그냥 이모라고 편하게 불러, 차희야. 진이 이모, 하고."

나는 거절 대신 미소를 지어 보였다. 파란색 매니큐어를 예쁘게 바른 손이 다정하게 내 손을 붙잡았다.

"어릴 때부터 이모처럼 봐 왔는데, 내가 차희 네가 진짜 못

됐다고 생각해서 이러겠어? 못된 애는 붙잡고 이런 말도 안 해. 아예 기대도 안 하지. 진짜 내가 늬 엄마 요즘 퉁퉁 부은 얼굴 볼 때마다 불쌍해서 눈물이 다 나와. 딸이라고 하나 있는데, 딸 좋다는 게 뭐야."

"……."

"불쌍한 엄마 신경 좀 많이 써 줘. 응?"

"네. 그럴게요."

신미진이 활짝 웃고는 엄마의 팔짱을 꼈다. 제가 장 보는 김에 네 것도 좀 사 줄 테니 같이 있다 가자는 거였다. 엄마가 같이 들어가자고 손짓했지만, 나는 사춘기 여자애처럼 봉지를 든 채로 고집스레 가만히 있었다.

저 여자와는 한시도 같이 있고 싶지 않았다.

새벽부터 사과원에 서리가 내렸다. 5시에 알람을 맞춰 두고 멍하니 누워 있던 나는 며칠째 좀처럼 적응되지 않는 기상 시간에 가물가물 눈만 깜빡이다 아빠의 부름에 겨우 몸을 일으켰다.

엄마는 제 버릇 남 못 주고 그새 또 아침을 차려 놓았다. 저렇게 차리느라 대체 언제 일어났는지도 모르겠다. 분주한 뒷모습을 보니 머리에 열이 올랐다.

"이제 아침은 내가 한다니까."

"공주 니가 뭘 할 줄 안다고 밥을 한다 카노."

"아 내가 한다고, 엄마. 그리고 뭐 꼭 밥을 이래 다 차려 먹어야 되나. 아침에 시간도 없는데 대충 먹고 치우지, 쟝."

나는 냄비를 들어 옮기며 한숨을 쉬었다. 누가 새 밥, 새 국 타령을 평생 하지 않았더라면 엄마도 이러고 있을 이유가 없다.

"이제 앞으로는 대충 미숫가루나 먹고 치우자. 알겠제? 아빠도 괜찮죠. 우리 둘이 다이어트도 좀 하구요."

"말도 안 되는 소릴 한다. 어데 가장이 몸 쓰러 나가는데 새 참으로 던져 줘도 안 먹을 거를……."

상이 다 차려지는 동안 손 하나 까딱 안 하고 밥상에 앉아 그 말을 하는 아빠가 얄미워서 나는 아빠를 노려보았다. 제 아내랑 바깥에서 평생 같이 일해 놓고는, 집 안에만 들어오면 매일 뻔뻔하게 저 혼자 고생하고 돌아온 행세였다. 다른 시골 남자들이 그러듯.

아빠가 내 날 선 시선에 머쓱했는지 딴청을 피우며 커피를 호로록 마셨다. 그러면서도 작게 구시렁대길.

"느그 엄마가 뭐 대단한 병에 걸린 환자도 아니고, 아직 이런 걸로는 까딱없다. 딸내미 잘 둬서 이제 집에서 가만히 앉아 가 놀 낀데 이 정도면 팔자 폈지……."

"남편이 아빤데 무슨 엄마 팔자가 펴요."

"희야, 아침부터 느그 아빠한테 또 괜히 와 그카노……. 태희 아빠, 얼른 밥이나 드세요. 밖에 나무들 밤새 서리 맞았는데, 응? 지금 이러고 있을 때가 아이다."

"태희랑 니는 맨날천날 엄마 편만 들제, 어? 아빠는 보이지도 안 하고…….”

“꼭 앞으로도 아침을 엄마가 챙겨야겠으면 그냥 마랑 꿀이나 갈아 주라. 그게 아빠랑 내 몸에 더 좋잖아.”

“아 알았다, 알았다. 국 식으니까 희야 니도 일단 얼른 먹기나 해라.”

종종 네 엄마 편만 드느냐고 서운해하는 아빠는 기본적으로 토라진 다섯 살짜리 남자애와 별로 다를 게 없다.

나는 밖에 나와서도 괜히 툴툴대는 아빠를 무시하고 나뭇가지를 헤치며 걸었다.

짧은 풀 위로 내려앉은 서리가 사각사각 장화 아래를 스쳤다. 언뜻 기분 좋은 소리였지만 반갑게 여길 소리는 아니다.

작은 싹과 꽃눈이 움트는 가지가 먼지가 쌓인 것처럼 뽀얗다. 나무와 땅뿐인 이곳에서 있을 수 있는, 수많은 일상적인 불행 중 하나의 모습.

돈이 없으면 가만히 앉아서 바람이 불어 주기나 기다려야지. 언젠가 엄마는 새벽녘 창가에 앉아 그렇게 중얼거렸다. 사과나무 꽃눈이 얼어붙지 않게 서리가 얼른 바람에 날아갔으면, 냉해를 입지 않게 찬 공기가 얼른 우리 사과원을 떠나갔으면……. 절에는 잘 가지도 않으면서 염주를 쥔 엄마는 한참을 그렇게 빌었다.

그러나 이제는 스프링클러가 사과밭 여기저기서 안개처럼 부지런히 물을 뿌렸다. 닿지 않는 곳마다 여전히 얼마간은 바람을 기대해야 하지만, 그리고 서리를 녹이는 물줄기의 값을 계산하지 않을 수도 없지만.

꽃눈의 끝이 부디 서리에 얼어붙지 않기를 바랐던 엄마의 새벽 기도가 사라진 자리에 아빠의 빚이 남았다.

얻기 위해 잃어야 한다면, 얻으려 들지 않는 것도 때로는 방법일 것이다.

나는 공허하게 우리 가족의 땅을 둘러보았다. 바람이 부는 방향을 따라, 물이 닿지 않는 꽃눈에 가서 가끔 따스한 입김을 불어 주기도 했지만 그뿐이다.

혼자서 바꿀 수 있는 일은 언제나 많지 않았다. 가끔 아빠가 '기도보다 빚이 낫다' 여긴 것을 이해할 수는 있었다.

그러나 이제 나는 더 이상의 기도도 빚도 원하지 않는 무기력한 인간이니까.

나는 아빠가 어디까지 가 버렸는지 눈으로 찾다가, 스프링클러가 꺼지자 자그마한 수첩에 병든 나무의 위치를 표시하기 시작했다.

작은 갈색 반점들. 갈변한 껍질. 부란병(Valsa canker)이 옮은 나뭇가지.

어제 아빠가 가르쳐 준 대로, 어릴 때는 전혀 몰랐던 병해의 흔적들을 나무에서 찾아내는 일은 잘할수록 기쁘지가 않다. 엄마는 나무들이 병들 때마다 제 몸에 병이 든 것보다 우울해했다.

그리고 아빠는 나무들이 병들 때마다 야금야금 빚을 더 내야 했다.

"차희야!"

나는 다가오는 아빠의 표정을 미심쩍게 보았다. 슬픔의 이유도 빚의 산술도 몰랐던 시절이 잠시 그리웠다.

"아빠가 잠깐만 급하게 어디 좀 나갔다 와야겠는데……. 일단은 혼자서 하고 있을 수 있제."

"왜요."

아빠는 틈만 나면 남 일에 두 팔 걷고 나서는 사람이다. 밖에서 좋은 사람이라서 안에서는 종종 나쁜 사람.

내가 뾰족하게 묻자, 종종 다 큰 딸을 어려워하는 표정이 드러났다. 젊을 적 준수한 생김새가 고스란히 남은 아빠의 얼굴에는 '좋은 사람' 특유의 선량한 의지와 무책임 같은 것이 흔히 보였다.

"권남이 삼촌이 급한 일이 있단다. 거기 저온 창고가 지금 식겁 잔치라고 방금 전화가 왔는데…….."

"권남이 삼촌이 식겁해서 잔치를 하든 장례식을 하든 우리 일은 해야죠."

"에헤이."

"에헤이는 무슨."

"희야. 사람이 너무 그래 야박하게 내 거 니 거 다 따지면 안 된다 안 카나. 결국 이런 게 다 나중에는 돌아온다 카이."

안 따져서 이렇게 되었느냐는 말이 목구멍까지 차올랐다. 우리에겐 아무것도 돌아오지 않았다는 말도. 그러나 뱉지는 않았다.

아빠는 내가 차마 정곡을 찌르지 못하는 사이 금방 돌아오겠다며 밭을 떠났다.

차라리 혼자 일하는 게 낫지. 창고로 가서 조각칼에 에탄올, 약품에 바구니까지 주렁주렁 챙겨 나오자 날이 좀 밝았다.

찬 공기를 비스듬히 꿰뚫은 쨍한 햇살에 눈이 부셔서 잠깐 돌아가 선글라스까지 챙겨 쓰니 나는 꽤 볼만한 꼴이 됐다.

아무도 보지 않으니, 아무래도 상관없다. 긴 머리카락은 정수리에 죄다 말아 동그랗게 묶고, 회색 추리닝에 파란 장화를 신은 몰골이라도.

"볼만하네. 윤차희."

정정해야겠다. 박우경이 보더라도 상관없다고.

사과원 밑 도로 쪽에서 불쑥 목소리가 올라왔다. 하필이면 도로변 가까운 곳에서 나무를 살피고 있던 때였다.

우리 과수원은 2차선 국도보다 얼마간 지대가 높았다. 이 불청객을 미처 보지 못한 것도 그래서다. 나는 선글라스 너머로 떨떠름하게 그 애가 서 있는 국도를 내려다보았다.

내가 등을 지고 있던 방향에서 달려온 얼굴이 상쾌해 보였다.

"……너도 볼만하네."

몸에 딱 맞는 바람막이 재킷에 조거 팬츠를 입고 운동복 모델처럼 한가하게 조깅이나 하고 있던 애와 내 작업용 회색 추리닝이 같을 수는 없다.

달갑지 않게 대꾸하니 박우경은 아무렇지 않게 제 키 반만 한 언덕을 거슬러 올라왔다. 선글라스는 뒤늦게 인지했는지 픽 웃는다. 그러고는 내 손에 들린 작은 조각칼과 바구니 속 약품을 흘끗 보고 대강 짐작이 됐다는 듯 물었다.

"이거 지금 니 혼자 하나."

"응."

"니네 아빠는."

"권남이 삼촌한테 갔어."

"아저씨 또 시작이네."

"너희 아빠가 부를 때도 있잖아."

"뭐가 부르든 할 일 있으면 쌩 까야지. 본인 집안일이 먼저다."

박우경이 어깨를 으쓱하고는, 귀에서 무선 이어폰 한쪽을 마저 빼 제 주머니에 넣었다.

"도와줄까."

"됐어."

그리고 내 대꾸는 듣지도 않고서 성큼성큼 창고를 향한다.

대체 남의 과수원 창고에서 어떻게 그렇게 장비를 잘 찾는지, 금세 한 손에 작은 나이프를 살벌하게 든 박우경이 사과원 끝으로 돌아왔다. 나는 본 적도 없는 물건이다.

"……너 아침부터 할 일 없어?"

"딱히?"

담백하게 자기가 지금 할 일 없는 사람임을 시인한 그 애는 곧바로 맞은편에서 손바닥만 한 나무의 갈색 병반을 나이프로 파냈다. 나무를 향해 짐짓 진지하게 내리깐 눈에는 일전의 사나움이 없다.

그게 이해가 되지 않는다. 나는 그 애의 손등에서 불거진 뼈의 모양 따위를 오래전 습관으로 멍하니 훑었다.

언젠가 음악실에서 피아노를 쳐 주던 그 애의 손을 한참이나 그렇게 보았던 것처럼.

박우경이 툭 내뱉었다.

"이거 예쁘게 안 파도 되제. 어차피 병든 거니까."

"많이 파내지만 마. 그리고 이거만 하고 가."

집에서 며칠 지냈다고 부모님 앞에서는 말끝마다 사투리가 튀어나오던 것이, 박우경 앞에서는 방어 기제처럼 혓바닥이 굳었다.

추운 날씨에 차마 벗을 수 없는 외투처럼 이 딱딱한 거리감을, 도무지 어떻게 할 수가 없다. 아무렇지도 않게, 너처럼, 우리에게 아무 일도 없었던 것처럼, 이런 식으로는……

"이렇게 넓은데 니 혼자 뭘 한다고."

"아직 바쁜 시기도 아닌데 천천히 하면 돼. 그럼 일도 손에 익을 거고."

"잡은 김에 바짝 하고 끝내지 뭘 천천히 하고 자빠졌노."

"혼자 하니까 한가롭고 좋은데."

"얘는 사람 면전에 대고 꺼지란 소릴 쉬지도 않고 하네."

박우경이 픽 웃고는 예리한 눈으로 나뭇가지를 끝까지 살피고, 몇 군데 더 능숙하게 파냈다. 그러고는 에탄올을 달라는 듯 손을 내밀었다.

나는 별수 없이 에탄올을 그 애에게 건넸다.

"……잘하네, 너."

"집에서 공부만 시킨 니랑 같겠나."

"너도 그랬잖아."

아닌 게 아니라 박우경은 박씨 집안에서 가장 애지중지 아끼는 막내아들이었다. 이놈은 나중에 의대도 갈 놈이라고. 제 형들이나 사촌들이 한 번씩 주말에 투덜거리며 장갑을 끼고 저온창고를 드나들어도, 어쩌다 한 번씩 아주 급한 때가 아니면 박우경만은 대체로 책을 끼고 있었다.

까 보면 정작 그리 열심히 하지도 않고, 뭐든 대충 적당히 하는 성미로 남의 공부나 방해하기 바빴지만.

"난 한 번 배우면 안 까먹거든."

"아 그렇구나."

"니도 알잖아. 머리가 좋다이가."

거만하긴. 그래도 제 말처럼 머리가 좋으니 대번에 좋은 학교를 갔다. 언젠가 우리가 같이 가고 싶어 했던.

한때의 주말. 칸막이 책상 아래에서 우리가 잡았던 손. 문제집 안에 끼워져 있던 그 애의 쪽지. 컵라면에 뜨거운 물을 담아 내게 건네던 그 애.

깨끗한 교복 셔츠의 섬유 린스 냄새. 내 캔커피를 한 입씩 뺏어 마시며 장난스레 웃던 얼굴.

아, 그 웃는 얼굴.

죄다 지겹다는 듯 잔뜩 찌푸린 낯으로 있다가도 날 보면 일시에 소년처럼 말개지는 얼굴이 좋았다. 콧등을 설핏 찡그리고, 시원하게 흰 입매로 웃던 그 남자애. 나중에 서울에 가면 항상 저와 함께 있자던, 그 치기 어린 남자애의 목소리.

그렇게 우리가 함께였다는 것이, 아직도 가끔은 꿈같다. 그래서 다시는 떠올리지 않기 위해 여태껏 안간힘을 썼다.

가끔의 꿈같은 기분으로조차 그 애를 떠올리고 싶지 않아서.

그 노력이 흔적도 없었다. 기억은 파도였다. 무력한 방파제처럼 서서 그저 아무것도 느끼지 못하는 양 견디지 않으면, 금방이라도 틈을 파고들어 내 전체를 무너뜨릴 것 같았다.

그 기억의 끝에 무슨 일이 있었는지, 기어코 내 손으로 꺼내 다시 날 망가뜨릴 것 같았다.

아직도 이 자리라니.

그 모든 일을 겪고도, 이렇게 멍청하다니.

나는 멍하니 기억에 압도되었다가, 서둘러 기억으로부터 도망쳤다. 벌써 몇 년은 지난 일이다.

괜찮다. 이제는, 전부 괜찮다. 나는 말을 씹어 먹듯 세뇌했다. 박우경 같은 건, 이제 제게 아무것도 아니라고. 그러니까 지금도 괜찮다고. 어쩌면 나도 박우경처럼 할 수 있다고.

어차피 하루 이틀이면 지나갈 문제도 아니었다. 그 애는 내년에나 청라를 떠난다.

"여기도 와서 약 치라. 내가 소독한 곳."

"응."

"저기 가지 끝에도."

"알겠어."

"아, 좀 알겠으면 일로 온나."

주객이 전도된 양 그 애는 일을 시키고 나는 일을 따라갔다. 옆으로 조금 거리를 두고 다가서자, 박우경이 내 팔을 끌어다 자기 자리에 두고 저는 옆 나무로 간다.

스치듯 익숙한 비누 향이 났다. 고집스럽게도 예전과 똑같은 것이다.

그때는 그 애를 다 큰 남자처럼 느껴지게 하고, 지금은 우리의 어린 날을 떠오르게 하는 얄궂고 청량한 그 비누 냄새.

나는 아까 전 기억처럼 그 향기를 떨쳤다. 아무것도 아니다. 아무것도 아니었다. 남의 속도 모르는 박우경은 병든 나무를 파내며 끌칼이 없어 불만이라고 중얼거렸다.

끌칼? 그게 뭐냐고 내 입이 무심코 물었다. '니네 엄마가 우리 공주, 공주 하더니 역시 다르긴 다르다.'는 놀림에 곧바로 다물었지만.

저도 분명 아무렇게나 지어 부르는 게 틀림없었다.

그러나 저런 용도로 쓰지 않는 게 분명할 작은 나이프를 들고도 원래 하던 일처럼 능숙한 게, 정말로 할 말을 잃게 만들었다. 한쪽 겨드랑이엔 아무렇게나 에탄올 분무기까지 끼고서, 비딱하게 서서는.

그렇게 한동안은 조용했다. 그 애는 나무의 환부를 파내거나 잘라 내고, 소독하고, 나는 그 자리마다 꼼꼼하게 약을 뿌렸다. 의도치 않은 분업을 한 셈이다.

이윽고 바람에 빛이 실려 오는 것처럼 해가 높이 떴다. 이리

저리 자리를 옮기다, 유달리 넓은 범위에 걸쳐 전염된 나무 한 그루에 둘이서 한참을 매달려 있던 때였다.

박우경이 우리 집 쪽을 흘끗 보며 말했다.

"……근데 아줌마 진짜 많이 아프신가 본데."

"……"

"니네 엄마 성격에 겨울에 몸이 멀쩡했으면 이걸 다 두고 보셨을 리가 없잖아."

"……그러게."

"아예 겨울에 전정(剪定, 가지를 잘라 주는 일)한 부분마다 다 옮았다. 보이나."

"……"

본래도 해마다 사과원에 흔히 퍼지는 병이었지만 올해 병든 나무가 유달리 많은 건, 계절이 지나고 가지를 치면서 잘리고 상처 난 자리에 후처리를 제대로 해 주지 못한 탓이다.

아빠도 엄마도 이번 겨울엔 도통 정신이 없었으니까. 나는 박우경이 갑자기 퍽 심각하게 다른 나무들까지 멀리 둘러보는 것에 약간은 숨이 막혔다.

그러니까, 마치 '여전히' 날 염려하기 때문에 제가 늘 경멸했던 우리 집 사정까지도 걱정할 수밖에 없다는 듯한 그 기색에.

설마.

박우경은 그래선 안 됐다. 다른 사람은 몰라도, 박우경 너는. 내게. 겨우 나 같은 애한테……. 그 애의 집에 대한 증오로, 과거에 대한 자기혐오로 그득 찰 때면 그 애도 덩달아 미웠다. 너무 미워서 정말로 내 인생에서 아무것도 아닌 무언가가 되었을 수도 있을 것처럼 느껴졌다. 그러다가도.

'내가 어떡하면 되는데.'

내 손을 붙잡고 어쩔 줄 모르고 울던 그 애.
평생 처음으로 내 앞에서 울었던 그 애.

'윤차희. 제발 말 좀 해 줘. 나 좀 살려 줘……. 이러다
진짜 죽을 것 같으니까, 제발 알려 줘……. 아무리 생각
해도 모르겠으니까. 내가, 너무 멍청해서, 니 답을 몰라
서 죽을 것 같으니까, 제발…….'

아무것도 몰랐던 그날들 속의 박우경. 일그러진 얼굴이 온통 눈물에 젖어 있었다.
그 애가 아는 것이라곤 고작 그것뿐이었다. 어느 날 갑자기 내게 내쳐졌다는 것. 낯선 곳에서 부모에게 버려지고 있는 아이처럼, 수십 번 뿌리치는 내 손을 계속 붙잡고 매달렸던 것.
저 잘난 맛에 살던 성질도, 어릴 적 날 쥐고 놀던 여유도 전부 잊어버린 것처럼 내던지고, 끝에는 제가 다 잘못했다 빌었다.
아무것도 잘못하지 않고서. 단지 날 돌아보게 하기 위해서. 내게 속을 다 갈라 보였다. 목이 졸린 것처럼 처음으로 사랑한

다고 말했다. 사랑하니까.

사랑하니까, 제발 제게 이러지 말라고 빌었다. 아무것도 몰랐던 주제에.

우리는 언제나 다른 기억 속에 살았다. 나는 그 애의 기억 속에서 내가 아주 못된 년 이상도 이하도 아닐 것을 종종 생각하며 울곤 했지만, 결국에는 작고 우스운 자기 연민에 지나지 않는다.

그런 건 아무것도 아니었다. 내게 감정은 아무것도 아니었다. 잠깐은 세상에서 그것보다 더 슬픈 일도 없는 것처럼 울다가도, 그보다 더한 사치가 없다는 깨달음이 뒤따랐다.

눈물은 허영이다. 사랑한다는 말은 허물이다.

그래서 너는 내게 언제나 봄날의 서리 같은 사람이었다. 멋대로 내 머리 위로 내려서, 내 삶과 감정을 갉아먹다 어느 날 바람이 불면 날아가 버려 가질 수도 없는 것이었다.

네가 내게 찾아와 무슨 짓을 해도, 나는 여전히 아무것도 할수가 없으니까. 저항할 수도, 받아들일 수도 없이 단지 네가 떠나기만을 기다려야 하니까.

차라리 널 얼른 밀어내고, 청라에서 다시 멀리 도망쳐 버릴수 있다면 좋겠다. 네가 지금보다 끔찍했으면 좋겠다.

닿은 손을 붙잡지도 못할 바에야. 네 손끝조차 다신 욕심내지 못할 바에야.

때마침 박우경에게 전화가 왔다. 박우경은 곧바로 확인하지도 않고 끊어 버렸지만, 나는 정신을 차렸다.

"……이거 하루 종일 해도 다 못 하겠다, 그치."

약제의 독한 냄새가 눈가를 할퀴었다. 눈물이 나지는 않았다.

"그러니까 이제 이쯤 하고 가. 고마워."

"…… ."

"여기서 너무 오래 붙잡혀 있었다. 너희 어머니 아직도 식사 안 하시고 기다리실 텐데."

박우경의 시선이 날 빤히 향했다. 고작 몇 초. 곧바로 무시하고 나무 위로 칼을 내리는 손을 붙잡으려 했지만, 유독한 약제가 튄 장갑을 그 애 몸에 댈 수는 없어 나는 멈칫했다.

그러나 기척만으로도 충분했는지, 그 애가 가볍게 한숨을 흘리며 내게로 다시 흘끗 시선을 던졌다.

"윤차희 넌 뭐가 그렇게 문젠데."

넌 왜 문제가 아니냐고 묻고 싶었다. 왜 그렇게 아무렇지도 않느냐고.

어쩌면 다 잊어버려서 그러는 것이냐고. 아니면, 조금도 잊지 못해서 그러는 것이냐고……. 기대가 속을 역하게 했다.

만약 박우경이 진심으로 날 걱정하고 있다면, 그렇게 배알도 없는 새끼는 세상에 또 없을 것이다. 그 나쁜 년을 여전히 염려할 정도로 아주 멍청하지도 않을 것이다.

지금 이러는 것도 어쩌면 복수 같은 것일지도 모르잖아……. 방어적으로 튀어나온 망상에 헛웃음이 나왔다. 저렇게 바보 같은 보복이 있을까?

아니면 그냥 오기에 불과할지도. 단지 갖지 못한 게 사무쳐

48

서, 다시 한번 날 쥐어 보고 싶은 것에 불과할지도 모른다.

그래. 이곳에 머무는 잠깐만, 그렇게 한 번 더 가져 보고 제 기억 속 윤차희가 사실은 얼마나 별 볼 일 없었는지 깨닫고 싶은 것이다. 그러고는, 이번에는 반대로 제가 날 저버리고 싶은 것이다…….

내가 어지럽게 생각하는 동안 박우경은 여전히 말없이 날 빤히 바라보기만 했다.

내 대답이 제 마음에 들지 않을 걸 알면서도 기다릴 때의, 그 불만스러운 표정이 반듯한 그 애 미간에 고였다.

"그냥, 싫어. 너한테 이렇게 도움 받는 거 미안하고 짜증 나고 불편해."

나는 마치 그 애가 아니라 내 스스로를 내치듯 잘라 말했다. 박우경이 입매를 비스듬히 끌어당겨 웃었다.

"무료로 도와준다 해도 지랄이네."

"……지랄하는 게 아니라."

"미안하고 짜증 나고 불편하니까 니네 나무는 죽어도 상관없나."

"오래 걸리는 거지 혼자서 못 할 일은 아냐."

"아줌마도 그렇게 생각하셨겠지. 그런데 시간 다 지나서 결국 이 꼴 났고."

"엄마는 아프고 난 경우가 다르잖아."

"니네 아빠 기분 따라 부를 사람도 없이 혼자 남는 게 정확히 똑같은 것 같은데. 아니가."

"……."

"아. 일은 아줌마랑 다르게 존나 못하지."

"……이제 우리 아빠 어디 못 가게 할 거야."

박우경의 비웃음이 진해졌다.

"잘해 봐라."

다시 만났던 첫날처럼 비아냥거리는 음성으로 날 독려하고는, 할 일이나 마저 하는 손이 태연했다.

나는 잠시 그 애를 어떻게 부를지 고민했다. 우경아, 하고 불렀던 그 시절도, 박우경! 하고 외쳤던 더 어린 시절도 지금 내 입에는 들어맞지 않았다.

"……야."

그래서 고작 이렇게 부르는데도 목소리가 어리석을 만큼 떨렸다. 그 애는 이제 날 돌아보지도 않았다.

"그때 니가 말했다이가, 윤차희. 우린 '친구 사이'라고."

"……."

"아무 일도 없었다고."

"……그래."

"친구끼리 이런 것도 못 해 주나."

"난 친하지도 않은 친구한테 이런 신세 안 져."

"와. 친했다가는 존나 무슨 짓까지 할지 무섭네."

"……."

"옛날엔 안 친한 놈이랑 그런 짓도 했는데."

"……닥치고 그만 좀 가."

박우경은 결국 점심나절까지 고집스레 돌아가지 않았다. 나중에 점심 뭐 먹겠느냐고 미리 사과원에 나와 보았던 엄마가 그 앨 발견하는 통에, 점심 식사까지 졸지에 함께하게 되었던 까닭이다.

엄마는 밥은 꼭 먹고 가라 붙잡고, 박우경은 당연하다는 듯 거절하지 않았다. 얘는 바빠서 얼른 돌아가 봐야 한다는 내 말에는 자긴 오늘 아주 한가했다고 못 박고.

"니 옛날에 좋아하던 수제비 했는데. 괜찮제, 우경아."

"맛있겠네요."

그때도 엄마 앞에서 단지 싫다는 내색만 하지 않았던 음식이다. 박우경은 밀가루 음식을 싫어했다. 나는 엄마가 조금씩 절뚝절뚝 걸으면서도, 박우경을 바라보는 눈에는 희망이 가득한 것에 미미한 혐오감과 슬픔을 느꼈다.

"옛날에는 니가 우리 집에도 자주 놀러 오고, 희야가 느이 집에도 자주 놀러 가고 그랬는데. 공부도 맨날천날 둘이 붙어 같이하고……. 느그가 다 크니까 통 그럴 일이 없다, 그쟈."

"앞으로는 자주 놀러 올게요. 당분간 쟤 일도 좀 도와줘야 될 것 같은데. 손이 좀 느리더라고요."

"아이고, 공부하느라 바쁜 아가 그게 되나."

"일부러 운동도 하는데 쉬는 셈 치고 하려고요. 공부는 원래 저녁에 해요. 그때 머리가 잘 돌아가서."

"참말이가? 요새 안 그래도 태희도 주말에 안 오고, 태희 아빠가 바쁜 일이 많아가……."

"안 그래도 그러신 거 같더라고요. 워낙 바쁘시니까."

아까는 아빠를 비난했던 박우경이 뻔뻔할 정도로 순순히 수긍했다. 머리가 아프다.

"내도 참 쟤 혼자 두고 나가 뿌는 거 보면 속이 답답하고……. 이래가 대체 우짤라는가 싶다. 아직 막 바쁘고 그런 시기도 아니고, 한창때 동네 할매들 좀 부르기 시작하면 괜찮기는 한데."

"차희 쟤 혼자 내놓으면 못 미덥다고 결국 아줌마도 같이 하실 거 아니에요. 아프신데."

"장남인 태희는 아들이라고 막 키웠어도 쟈는 하나 있는 딸내미라고 우리가 얼마나 공주처럼 키웠는데……. 그런 애를 이제 와서 일 시킨다고 불러다 났으니, 내 속이 말도 못 한다. 뭔 말인지 알제."

"알죠. 쟤가 이 집 공주였는데."

날 놀리는 듯한 목소리로 가볍게 긍정한 박우경은 실례한다고 예의 바르게 인사하며 집 안으로 들어섰다.

아침까지만 해도 살림이 구질구질 늘어서 있던 거실은 급히 치워져 있었다. 아마도 그새 안방이나 오빠 방에 아무렇게나 짐을 끌어다 놓았겠지.

70년대 유행했다는 양식으로, 그 당시엔 퍽 잘 지은 것이었을 우리 집은 이 시골에서 딱히 초라할 것도 없는 괜찮은 2층짜리 양옥(洋屋)이었다. 그래도 박우경네 집을 자주 드나들었던 엄마의 눈에는 언제나 그렇지가 않았다.

엄마는 아직도 치우지 않은 것들이 보이는지 허리를 숙여 주섬주섬 물건을 치우며 중얼거렸다.

"에휴, 저게 뭘 할 줄 안다고 내보내 놨는가 나도 모르겠다. 요새는 집에 있는 게 더 힘들다."

"……나 일한 게 며칠이나 됐다고. 엄마, 이제 그만해. 좀."

"내려온 김에 둘이 같이 공부나 하면 좋을 건데. 맞제. 슬슬 취업 준비도 해야 하고……. 내가 몸만 좀 좋아지면 누가 뭐라 카든 바로 서울 올려 보낼 낀데, 이러다 지 동기들한테 뒤처질까 봐 걱정이다. 우리 희야 아빠나 쟤가 여기 계속 있으면 하지, 나는……."

"네."

"우리가 우경이 느그 집처럼 자식한테 물려줄 게 많은 것도 아니고 젊디젊은 게 이 촌구석에서 무슨 희망이 있겠노? 얘가 여기서 무슨 결혼을 할 것도 아니고."

"결혼은 좀 이르고, 일단 안 뒤처지게 저랑 같이 공부하면 되겠네요."

"그래. 우경이 니가 애 좀 끌고 나가서 공부도 시켜 주고 해 줘라. 집구석에 있으면 될 공부도 안 된다."

나는 한숨을 쉬며 불어 터진 수제비를 떠먹었다. 아픈 엄마의 낯을 바라보면, 감히 면박을 줄 수도 없어졌다. 그 틈을 파고든 박우경이 미울 뿐이었다.

내 옆의 그 애는 제가 싫어하는 밀가루 음식을 시원스레 퍼먹었다. 엄마가 조곤조곤 그 애의 대학 생활을 묻는 소리가 고

문처럼 이어졌다.

식탁 밑에서 잠시 손이 잡혔다 떨어졌다.

#2. 묵시적 합의

　우리 아빠가 자길 얼마나 꺼려 하는지 잘 아는 박우경은, 본인 또한 우리 아빠를 싫어했기 때문인지 귀신같이 아빠가 없을 때만 나타났다. 늦은 아침. 혹은 점심이 훌쩍 지난 오후에. 박우경네 아빠가 회의차 우리 아빠를 부를 때면 9할은 그 애가 우리 집으로 왔다.

　엄마가 그 잘난 낯짝을 보고 얼마나 기뻐했는지는 말할 것도 없다. 그리고 나는 또다시 초조했다. 그새 소문이 나지는 않았을까. 남 얘기 좋아하는 동네 아줌마들에게 괜한 의심을 사지는 않을까.

　실은 괜한 것이라 부르기도 그랬다. 박우경의 내심이 무엇이든 그 애에게는 명백히 의도가 있으니까.

　돈 한 푼 안 받고 며칠에 한 번꼴로 남의 집 과수원에 와서 일만 하다 가는 부잣집 아들을 보고 사람들이 우리 관계에 의

구심을 품지 않는다면 그게 더 이상할 거였다. 그것도 똑같이 명목상 과수원을 하는 제집에서는 손 하나 까딱하게 하지 않을 법한, 잘난 명문대생 아들이.

그러나 우리 집은 다른 사과원들과 마찬가지로 동네에서 얼마간 벗어나 있었고, 근교 드라이브 코스로 조금 인기가 있는 미조 저수지로 가는 길목에 있었다.

이젠 극히 기초적인 몇 가지 상업 시설만 남게 된 쇠락한 시골 동네에 비하면 띄엄띄엄 세련된 카페들이며 큰 편의점이 몇 개 들어선 저수지는 나름대로 가까운 번화가의 역할을 했다. 적어도 이 동네에 몇 남지 않은 젊은 사람들에게는.

그러니까 박우경이 어느 날 갑자기 우리 집이 있는 쪽으로 저 눈에 띄는 차를 모는 게 그다지 눈여겨볼 만한 일만은 아니라는 소리다. 다행스럽게도.

그 애의 좋은 차가 끝내 우리 사과원으로 들어가는 광경이 누군가의 눈에 띌 일도 거의 없다.

그래. 거의 없지만.

"뭐 하노, 안 먹고."

"……"

"왜?"

무성의한 질문과 함께 사과를 크게 한입 베어 문 박우경이 고개를 갸웃했다. 아삭아삭 과육을 씹는 소리가 내 귓가를 조롱하듯 울렸다.

하얀 일회용 접시 위에는 덩그러니 내 몫의 사과가 하나 남아 있다. 박우경이 제집처럼 저온 창고에 조금 남아 있던 작년 부사를 두 개 들고 와서는, 야외 개수대에서 대충 씻어 파라솔 그늘 아래 차려 놓은 점심이다.

오늘은 집에 엄마가 없었다.

"왜, 사과로 쏨에 안 차나."

"아니."

나는 마지못해 손님처럼 사과를 집어 들었다. 아무도 없는 사과원에 둘만 있으니 제 발 저린 것이 더했다.

제멋대로 우리 집을 오가는 건 박우경인데 어느새 나 혼자 도둑질이라도 한 기분이다. 거리상 썩 자주 있는 일은 아니라 해도, 언제 갑자기 누가 아빠나 엄마를 찾으며 대문 안쪽에 들이닥쳐도 이상할 게 없는 시골이었다.

심지어는 박우경의 부모를 포함해서.

사과는 먹는 둥 마는 둥, 언제 들킬지 모르는 훔친 물건을 보듯 그 애를 보고 있자니 그 애는 벌써 사과를 다 먹었다.

나는 발밑에서 노는 치즈색 고양이와 대충 운동화 끝으로 놀아 주면서, 겨우 두어 입 베어 문 사과를 다시 접시에 놓았다.

박우경이 혀를 찼다.

"처먹는 게 그 모양이니까 뭘 해도 매가리가 없지."

"……사과가 지겨워서 그래. 너 가면 제대로 챙겨 먹을 거야."

"나는?"

"넌 너네 집 가서 알아서 먹어."

그 애가 낮게 웃었다.

"일만 시켜 먹고 끝이가. 식대도 안 주면서."

"내가 시킨 게 아니라 네가 마음대로 와서 하는 거잖아."

"고용노동부 신고각이네."

"아니 난 널 고용한 적이 없다니까."

"묵시적 근로 계약 관계라고 하던데, 이런 걸."

"전혀 아닌데."

"니 복수 전공 경영학과라매."

"어, 그거 아니라니까. 그니까 얼른 너네 집에 밥이나 먹으
러 가."

난 발라당 드러누워 내 운동화를 깨무는 고양이에게 정신이
팔린 척하며 어서 박우경이 꺼져 주길 빌었다. 그렇게 잠시 한
눈을 판 사이였다.

그 애가 유유자적 내가 한 입 베어 물었던 사과를 들고 가 뻔
뻔하게 제 입을 댔다.

기겁해서 도로 뺏으려 하니 씩 웃으며 장난감을 뺏은 어린애
처럼 내 손을 피해 몸을 튼다.

"아. 왜."

"남이 먹던 걸 왜!"

"존나 참을 주든가, 그럼."

잠깐 어수선한 실랑이가 벌어졌다. 안 되겠다 싶어 아예 플
라스틱 의자를 박차고 일어선 나는 그 애의 팔을 잡고, 그 애는
안락의자라도 되는 것처럼 파란 의자에 느긋하게 기대앉은 채

로 내 반대쪽 손을 낚아챘다.

그러다 정확히 박우경과 눈이 마주쳤다.

어수룩한 정적이었다. 나는 뒤로 기대앉은 그 애의 몸 위에서 얼마간 그대로 멍청하게 굳어 있다 황급히 몸을 일으키려 했지만, 팔목 한가운데를 움켜쥔 손아귀가 손쉽게 내 몸을 붙잡았다. 박우경의 가슴에 내 왼팔 전체가 그대로 처박혔다.

내 머리가 드리운 그림자에 그 애의 얼굴이 반쯤 잠겼다. 그림자 위로, 드러눕다시피 머리를 젖히고 정오의 햇살과 마주한 눈은 조금 찌푸려져 있다.

설핏 야릇한 미소가 박우경의 입가를 스쳤다.

아주 잠깐은, 시간이 영영 그렇게 멈출 것 같았다. 그 애가 곧 무덤덤해진 시선으로 내 눈을 가만히 들여다볼 때까지도.

이윽고 박우경은 아무렇지도 않게 내가 입을 댔던 자리 위를 크게 베어 물었다. 나는 그 애가 마치 내 입술을 그렇게 삼킨 것처럼 다시 기겁해 도망쳤다. 이번에는 뿌리치기가 아주 쉬웠다.

한때 우리가 서로의 음료와 먹을 것을 아무렇지도 않게 공유했듯이, 내 사과를 씹어 삼키는 박우경에게서는 이제 어떤 성애의 단편도 느낄 수 없었다.

단지 예전의 우리에게는 언제나 이런 것이 당연했다는 깨우침이면 족한 것처럼.

"이게 더 맛있다."

"……."

"멍청하게 이걸 안 먹네."

지는 남의 속도 모르면서. 나는 조금 신경질적으로 빈 접시를 집어 들고 쓰레기통을 찾아 창고로 갔다.

둘만 남은 것이 얼마나 막막하고 갑갑했는지, 아까부터 들켜선 안 될 짓이라도 몰래 하고 있는 것처럼 제 발 저린 꼴이 얼마나 우스웠는지…….

서커스 장식처럼 푸르고 흰 줄무늬 파라솔 아래 마주 앉아, 기껏해야 일하느라 엉망이 된 행색을 하고선 사과나 하나씩 나눠 먹는 일. 마치 그것이 우리가 애틋하게 손을 마주 잡고 있거나 간절하게 서로를 껴안고 있는 일과 마찬가지인 것처럼.

고작 그런 것을 누군가에게 들킬까 봐 내내 걱정하고 있는 내 꼴이 얼마나 우스꽝스러운지.

꼭, 네게 내가 얼마나 충분치 않은 인간인지 되삼키던 시절의 궁핍한 기분 같아서. 너와 내가 함께한다는 게 얼마나 부자연스러운 일인지 끝없이 곱씹어야 했던, 그때 같아서.

물론 그때와 비슷한 것은 조잡한 기분뿐이다. 그때처럼 '널 좋아하니까 비참한', 그토록 한가롭고 낭만적인 감정을 이제는 상상도 할 수 없다.

속에는 돌멩이 같은 것만 잔뜩 남아 저들끼리 덜그럭거리며 가끔 날 아프게 했지만, 이제는 나조차 내용을 모르는 것들이다. 단지 그때와 지금이 약간이라도 겹쳐 보일 것이 지긋지긋했다.

"밥 먹으러 가자."

창고를 도로 나오자마자 또 불쑥 튀어나온 얼굴이 뻔뻔하다.

나는 헛웃음을 흘렸다.

"너 방금 사과 먹었잖아. 내 거까지."

"넌 안 먹었잖아. 그래서."

"……."

"먹으러 가자."

"됐어. 너 가면 먹을게."

"이건 뭐 협박이 따로 없네."

"뭐?"

"아까부터 니 밥 인질 삼고 나 협박하는 것 같은데. 개새끼 안 꺼지면 굶겠다고."

"……."

"그러니까 니 굶기기 싫으면 꺼지라고."

"……난 딱히 네가 그런 걸 신경 쓸 거라고는 생각 안 했어."

그 애는 가만히 웃었다. 불과 몇 초 전까지 장난기로 그득했던 눈이 다소 냉담해졌다.

"신경 쓰지. 그걸 어떻게 신경 안 쓰는데."

"……."

"처음부터 끝까지, 배알도 없이 계속 신경 썼는데."

"……."

"니 그거 아나. 나는 니가 미워서 죽을 것 같을 때도 그딴 거 신경 썼다."

내 손목을 틀어쥔 것은 가벼운 힘이었다. 그러나 어쩐지 떨쳐 낼 수는 없는 힘이었다.

그 애의 시선이 조용히 나를 내리눌렀다.

"니 때문에 죽고 싶을 때도 신경 썼다. 니가 급식소에서 가만히 앉아 있다 처먹지도 않고 일어나면 씨발, 도로 질질 끌고 와서 앉혀 놓고 다 처먹을 때까지 묶어 두고 싶드라. 웃기제. 저 개 같은 기집애가 어디서 비실비실 살다 뒤지면 미워하지도 못하니까."

"……."

"나중에 이렇게 한 번 더 보고 싶어도, 못 보니까."

스스로 완전한 남자에게서 연약하게 울던 소년이 어스름 비쳤다. 정오의 햇볕을 등지고 어두운 창고를 향해 선 박우경의 눈이 집요했다.

여전히 이해가 되지 않았다. 너는 왜 아직도 그 자리에 있는지.

"근데 니가 내한테 한 짓거리를 생각하면, 아무리 생각해도 한 끼 정도는 굶겨도 될 것 같거든."

"……."

"니가 먹든 말든 어차피 난 지금 안 꺼질 거니까. 그러니까 여기서 내내 굶을래, 갈래."

박우경이 안쪽으로 손을 내밀었다. 나는 한참이나 그 고집스러운 손을 노려보다 결국 한숨으로 지나쳐 걸었다.

그 애의 차와 가까워지기도 전에 문을 여는 소리가 났다. 성큼성큼 날 여유롭게 지나친 그 애는, 먼저 운전석에 올라타 대충 조수석을 치웠다. 나는 열린 문밖에서 비딱하게 서서 그것을 가만히 바라보기나 하고.

조수석에는 언제나 펼쳐 보지도 않은 것 같은 책들이 몇 권 쌓여 있었다. 카페에 공부하러 간다고 대충 성의 없이 둘러대고 있는 게 분명하다. 대충 저런 말들로 우리 엄마의 입도 틀어막았으니까.

나 같은 망할 계집애를 '조카딸처럼' 여긴다던 제 부모가 사실 얼마나 날 꺼릴지는 감히 상상하지 못하더라도, 상식상 남의 사과원 허드렛일하는 것을 반기지 않으리라는 것 정도야 당연한 예상일 것이다. 제 아들이 장차 판검사가 될 것을 철석같이 믿고 있는 사람들에게는 그보다 더한 시간 낭비도 있을 수 없다.

그러나 어차피 박우경은 놀다 남는 시간에나 공부하던 게으른 정신머리에 부모가 자신에게 원하는 것은 조금도 신경 쓰지 않는 기질을 타고났다. 거짓말은 부모가 무서울 때가 아니라 귀찮고 성가신 게 싫을 때나 했다.

그러니까 이렇게 제멋대로 가다가 언젠가는 크게 부딪치겠지. 그렇게 조만간 끝나겠지. 이러다 말겠지……. 나는 차창 밖으로 지나가는 풍경에 대고 무기력하게 되뇌었다. 어차피 내일이 아니었다.

그 잘난 박우경의 부모들은 잠깐도 맞닥뜨리고 싶지 않았지만, 사실은 이제 아무래도 상관이 없는 것이다.

나와는.

그 애가 청라에서 보낼 지루한 유배는 아무리 길어도 1년이다. 고작 1년이 지나면, 박우경은 반드시 이곳을 떠나게 되어 있었다.

나는 문득, 저 뻔뻔하고 배알도 없는 호구의 낯짝을 향해 말 끝마다 제발 꺼져 달라 빌어 가며 힘을 뺄 필요가 없다고 생각했다.

내 스스로를 대단한 해악처럼 여겼던 옛날처럼, 그 애를 내게서 지켜 주겠다고 결벽을 떨고 용을 쓸 필요도 없었다.

널 좋아하기 때문에 초라했던 그때처럼, 내 온 힘을 갉아 더 초라해질 필요가 없었다.

"……그냥 대충 짜장면이나 시켜 먹지."

나는 한결 가벼운 불평이나 흘리며 지나가는 초록색 팻말을 흘끗 응시했다. '청라군 미조면'. 기어코 여기까지 날 끌고 온 박우경은 내 불평에 대꾸도 하지 않았다.

딸기를 키우는 비닐하우스가 잠시 끝도 없이 나왔다. 언젠가는 우리가 자전거를 타고 지나갔던 풍경들 끝에, 저수지로 가는 암갈색 나무 데크가 있다. 예전에는 없던 것이다.

길게 이어지는 미조 저수지를 따라 맞은편의 낮은 산등성이가 겹겹이 모습을 바꾸었다. 익숙한 것들과 익숙하지 않은 것들. 근사하게 지어 올린 카페 건물들이 띄엄띄엄 나타나고 사라지길 반복했다.

이곳은 이제 으레 데이트나 하러 올 것 같은 곳으로 변했다. 더 이상 예전의 우리가 알던 그 한적한 장소가 아니라.

데이트라니. 나는 품이 커다란 엄마의 낡은 체크 남방과, 자취방에서 잠옷으로나 입었던 검은 트레이닝팬츠를 흘끗 봤다.

자조는 만족스러웠다. 난 이제 네게 조금도 예뻐 보이고 싶지 않다고 조잡한 정당화나 할 수 있어서.

"여기 왠지 불륜하는 커플들 많이 올 것 같아."

우리의 행선지를 혹평하자, 그 애는 아무런 사심도 없이 그런 것도 같다고 대답했다. 군데군데 숨은 무인 모텔들을 뻔뻔하게도 가리키면서.

"희야 니는 아빠가 없을 때마다 일을 우째 이래 야무지게 잘해 놓노? 어?"

오후에 서둘러 사과원으로 돌아온 아빠는 흡지 제거를 마저 한답시고 바쁘게 나갔다가 몇 분도 채 지나지 않아 돌아왔다. 본인도 저녁에나 내내 일할 생각이었지 아직 딸에게는 별 기대가 없었던 것이다.

그러나 박우경과 내가 반나절 내내 사과나무 아래에서 흡지를 제거한 수고는 상당히 티가 났다.

너무 열심히 한 게 틀림없다.

"아침에 아빠 있을 때는 영 히마리 없이 속도도 느릿느릿하더만. 가쓰나…… 하는 거 보이 딸내미가 우리보다 낫네."

"원래 희야가 손은 야무지잖아요."

엄마가 눈치껏 박우경을 숨기고 날 거들었다.

"알지. 야무진데 너무 꼼꼼해가 문제지. 몸으로 하는 거는 뭘 하든 세월아, 네월아 느릿느릿……."

아빠가 자식을 보는 눈은 정확했다. 익숙하지 않은 일이면 몸을 사리고 내내 조심하느라, 나는 무슨 일이든 속도를 내기까지 한참이 걸렸으니까.

반면 박우경은 손이 빨랐다. 그 애도 집에서 어쩌다 구경이나 했을 일인데 몇 번 눈대중으로 해 보고 나면 금세 손에 익은 일처럼 했다.

실수할까 봐, 사과나무를 다치게 할까 봐 내가 자그마한 전지가위로 살금살금 작은 나무 싹들을 자르고 있으면, 그 애는 큰 가위로 싹둑싹둑 지나가 버리는 식이다.

어쩌면 자기 의심이라고는 티끌만큼도 없는 그 확실한 성미 덕분일 것이다. 매사 자기 의심으로 가득 찬 나와는 달리.

"진짜 아들이라고 하나 있는 느그 오빠야보다 차희 니가 비교도 안 되게 낫다. 하나를 해도 태희 금마는 무슨 일이든 부모가 잠깐 눈만 떼면 제대로 하고 있는 법이 없어……. 노상 게으름이나 피우고, 그러니까 공부고 나발이고 새끼가 하는 것마다 죄다 시원찮그로……."

"아이고, 아들 욕 좀 고마하소. 우리 착한 희야 칭찬만 하면 됐지."

"지금도 봐라. 서울서 좋은 대학 다니는 지 여동생도 엄마 아프다고 이래 휴학까지 하고 내려왔는데 지가 뭐 대단한 일한다고."

"오빠 돈 번다고 바쁘잖아요. 좀 냅 두세요."

"아니 대구에 있으면서 주말에 아픈 엄마 얼굴도 한번 보러 못 오나. 나쁜 놈의 시끼……."

저렇게 말은 해도 결국 아빠가 오빠를 보고 싶은 것이다.

아빠는 한참이나 오빠 욕을 구시렁거리다 내가 낮에 해 놓은 일들을 다시 극찬했다.

박우경이 내가 일한 것의 배는 했으니, 결국 아빠의 극찬은 박우경의 것이었다. 박우경이라면 괜히 부들부들 몸서리부터 치고 보는 아빠에게는 상상하기도 싫은 일이겠지.

엄마가 아빠 몰래 웃었다.

"진짜 희야 니가 공부만 좀 못했어도 딱 다 물려주는 건데. 어데 영농 후계자가 따로 있나. 이게 이게 보통 재능이 아니라 니까……."

듣기도 싫은 영농 후계자라는 말에 문득 박우경이 낮에 했던 헛소리가 생각났다.

'아, 학교 때려치고 내려와서 농사나 지을까. 나 지금
존나 재능 있는 거 같은데.'
'웃기고 있네.'
'니가 이렇게 청라에 발목 잡혀 주저앉은 꼴 보니까,
나도 우리 집 과수원이나 물려받고 여기서 평생 니 꼴 비
웃으면서 살까 싶어서.'

그 못돼 먹은 말이 '네가 여기 있으니까 나도 영영 여기 있을까'로 들렸던 내 머리도 중증이었다.

전부 박우경 때문이다. 나는 잡생각을 떨치듯 고개를 흔들고, 부지런히 밥이나 먹고서 집을 나왔다.

차라리 아침이나 낮에는 내내 몸을 쓰고 있으니 편했다. 당장 눈앞에 보이는 일만 하고 있으면 잡생각이 끼어들 틈도 없으니까. 집안일도, 빚도, 예전의 모든 일들도.

그러나 시골의 밤은 언제나 길었다.

4월 중순에도 쌀쌀한 청라의 해는 여전히 짧고, 어스름한 저녁을 길게 지나면 멀리 가로등 불빛만 덩그러니 남은 밤이 찾아온다. 나는 집에 돌아온 이후로 저녁부터 언제나 멍해졌다.

일찍 일을 시작했으니 일찍 잠에 들 법도 한데 딱히 그렇지도 않았다. 엄마 말에 따르면 노동의 유일한 선물이라는 깊은 잠과도 아직은 썩 인연이 없었다. 이게 다 충분히 바쁘지 않아서 그렇다. 몸이 덜 힘들어서. 아직은 살 만해서.

이것도 약간은 박우경 탓이다. 그 애가 아이러니하게도 아직 내 몸뚱이 살 만하게 했기 때문에.

그래, 나중에는 이렇게 잠 못 드는 밤도 사치가 될 것이 틀림없다.

나는 어스름한 해 질 녘을 뚫고 과수원을 벗어나 걸었다. 저녁마다 도무지 할 일이 없으니 도서관에나 가 볼 작정이었다. 한참 걷는 동안 휴대폰을 들고 친구에게 밀린 답장을 몇 보내고, 그조차도 귀찮아져 어둑한 하늘이나 주변을 구경했다.

그 애의 자전거를 타고 우리가 종종 갔던 미조 저수지는 근사한 불륜의 성지가 됐지만, 우리가 살던 이곳 백운면 백운리만은 예전과 별로 달라진 것이 없다.

똑같은 송전탑. 똑같은 가로등. 똑같은 사과나무밭들과 작은 논밭들.

달라지는 것은 언제나 하늘과 계절뿐이다.

홍로 사과를 키우는 사과원들은 이제 슬슬 꽃이 피기 시작했다. 그 꽃들이 만개하고 나면, 곧 부사를 키우는 우리 과수원에도 차례가 온다.

계절의 순환. 지긋지긋한 삶의 순환.

그래도 그것이 나와 오빠를 키웠다. 나는 핸드폰 화면에 뜬 오빠의 이름을 보며 피식 웃었다.

"어, 오빠야."

— 야 뭔데. 윤차희 니 진짜 청라 내려갔나.

"내가 저번 달부터 계속 내려간다 했다이가. 못 들었나? 귀 됐다 뭐 하노."

— 걍 하는 말인 줄 알았지. 아……

"엄마가 지금 아픈데 무슨 그런 걸 그냥 하는 말로 한다고."

— 아니 아프니까, 그니까 농사를 아예 접어야지. 아픈 사람이 무슨 농사를 하냐고.

틀린 말은 아니긴 하지만, 평생 이 일을 한 사람들에게 이 일을 하지 않는 삶이란 아래가 보이지 않는 벼랑과도 같다.

— 희야 니가 도와주면 안 된다니까. 저 둘이 은근슬쩍 살 만

해지게 두면 안 돼. 버릇 배리면 안 된다고. 알겠나. 그냥 이
악물고 방치해서, 어? 도저히 못살겠다, 사람 죽겠다 이러고
과수원 던져야 된다니까.

"엄마 아빠한테 '저 둘이'가 뭔데…… . 오빠야 니는 진짜 하
여튼 말하는 본새."

─ 즈그 오빠한테 니니거리는 가스나가 말본새 타령은 지랄
하고 자빠졌네. 요새는 자식들이, 어? 부모도 강하게 키워야
된다. 알겠나.

"뭐래."

─ 내 봐라. 엄마 얼굴 보면 마음 약해질까 봐 요새 청라 근
처도 안 간다이가. 괜히 가 갖고 엄마가 이거 힘들다 저거 힘들
다 하는 거 다 거들어 주다가는 끝도 없거든.

"자랑이다, 패륜아야."

물론 내게 비하면 윤태희는 엄청난 효자다. 어릴 땐 이래저
래 부모 속을 썩였지만, 군대를 다녀온 후로는 정신을 차려서
제법 번듯한 아들 노릇을 했다.

그래서 오빠는 작년까지도 몇 번이나 사과원을 두고 부모님
과 크게 싸웠다. 여태 엄마가 힘들 것이 눈에 밟혀서, 아빠가 팔
을 다치고도 쉬지 않던 것이 마음에 걸려서 틈날 때마다 도왔던
것이 결국 독밖에는 되지 않았다고 결론을 내린 까닭이다.

아빠가 다쳤던 재작년부터 종종 주말이며 연휴며, 구미에서
청라까지 1시간도 넘는 거리를 오갔던 윤태희는 대구로 직장
을 옮긴 작년 추석을 마지막으로 아예 집에 발길을 끊었다. 부

모님에게 '과수원을 팔아 버리기 전까지는 아들 얼굴 볼 생각도 마라.'는 엄포도 놓았다고 했다.

그러잖아도 위태위태했다던 엄마의 건강이 급속도로 나빠진 것은 안타깝게도 그 무렵부터였다. 엄마에게 그나마 가끔 숨 돌릴 틈이었던 오빠의 도움이 완전히 집을 떠난 후.

그래도 윤태희는 '어쩌다 한 번 돕는 내가 없다고 해서 일도, 건강도 제대로 돌아가지도 못할 정도로 의지했다면, 그건 본인들의 생업이라고 부르기 어려운 상태.'라고 퍽 냉담한 정의를 내렸다.

더 이상은 우리 부모가 그놈의 사과원 일로 먹고살 수가 없는 거라고.

자신이 도와 봤자 제 살 깎아 먹는 사과원의 수명만 길어질 뿐이라는 판단도 서슴없이 했다. 그럼에도 불구하고 술만 들어가면 엄마 생각에 어쩔 줄을 모르다 내게 전화해서는 주정만 한 세월인 미련한 아들이다.

— ……당장 엄마 생각하면 솔직히 니가 청라 내려와 준 게 고맙긴 한데……. 니도 안다이가. 거기서는 우리 집 미래가 없다.

"그렇다고 엄마 아빠가 여길 떠나면, 나가서는 뭘 하는데."

— 뭐든 하겠지.

애써 냉랭하게 뱉고는 한숨을 흘리는 것이 전화기 너머에서 들려왔다. 애초에 엄마가 나한테만큼은 어떻게든 숨기려 했던 몸 상태를 들킨 것도, 다 술 취한 윤태희의 입에서 나온 거였다.

— 그놈의 땅이든 집이든 억도 넘게 들여 산 농기계들이

든…… 다 내다 팔면 뭐든 한다. 왜 못 하는데. 나도 당장 아빠 엄마 먹여 살리고 어디 아프면 병 수발할 정도는 벌고, 그니까 그 돈 갖고 어디 가서 장사를 하든…….

"장사는 아무나 하나, 뭐."

─ 농사는 아무나 짓는 줄 아나. 그렇게 큰 농사는 원래 돈 많은 집이나 하는 거다. 박해경 집처럼.

오빠는 제 친구인 박우경의 둘째 형을 들먹이며 코웃음을 쳤다.

─ 아니다, 그 새끼네 집은 돈이 많아도 너무 많다. 그래, 그 집까지 갈 것도 없이 그냥 여유 있는 집. 어쩌다 한 번씩 아 올해 농사 좆 됐다 싶어도 문제없이 모아 놓은 돈 좀 까먹고 지나가는 집. 돈 좀 투자하고 길게 봐서 비싼 품종 최대한으로 뽑아내는 집……. 돈이 많아서, 더 많이 버는 거. 그런 게 농사로 보는 미래지.

"……그래도."

─ 우리 집 봐라, 존나 꿈도 희망도 없다. 8년이나 된 일로 아직도 빌빌거리는 게 뭐 때문인데. 밑 빠진 독에 물 붓는 짓도 안에 원래 물이 있었어야 더 부어서 유지할 만하지.

"……."

─ 아등바등 구멍 난 빈 통에 물 부어 봐야 평생 빈 통밖에 안 된다. 내 말이 틀렸나.

"그래, 맞긴 한데."

─ 여기서 더 버텨 봐야 빚만 늘지.

나는 오빠의 말에 박우경의 차를 얻어 타고 올해 처음 집으

72

로 돌아가던 길을 떠올렸다.

내 무릎 위의 서류들. 내 이름에도 덕지덕지 붙어 가는 빚들.

아빠는 언제나 내 이름으로 낸 빚에 가장 먼저 이자를 낸다. 아마도 가장 먼저 갚고자 노력도 하고 있을 것이다. 분명 마음은 그렇겠지.

그러나 마음은 언제나 실제를 채우지 못하는 허상이다.

오빠는 내가 잠시 대답이 없는 것이 불안했는지, 대번에 달라진 목소리로 물었다.

― 야. 설마 니 아빠 대출 도와준 거 아니제.

"내가 무슨 대출을 해 줘."

불시에 정곡이 찔렸다. 윤태희가 대뜸 욕설을 중얼거리며 사납게 말했다.

― 내가 니 아빠 대출 내 주면 죽인다고 얘기했다. 알제.

"아, 무서워."

― 가시나 졸라 영혼 없네.

"아니 진짜 잔소리 좀 그만하면 안 되나. 지가 아빤 줄 알아⋯⋯."

― 누가 개소리하면 대충 멍 때리고 듣다가 귀찮다고 하자는 대로 다 하는 게 니 최대 문제다.

"아빠보고 개소리가 뭐야⋯⋯."

― 꼴랑 대학 다니는 가시나 명의로 대출받겠다는 게 개소리가 아니면 뭐고.

나는 실실 웃으며 덜거덕거리는 숨을 삼켰다. 윤태희가 명절에 저 소릴 처음 듣고 온 집안을 다 뒤집으며 지랄한 것도 벌써 3년 전이다.

이미 대출을 두 차례 받아 주었던 오빠가 더는 해 줄 수 없다고 선을 긋자 별수 없이 내게 던져진 바통이었는데, 그걸 뒤늦게 알고는 저보고 빚을 내라고 했던 때보다도 더 화를 냈다.

제대하자마자 취직했던 스물셋은 무슨 처지가 그렇게 달랐다고.

그렇게 부모님은 오빠 이름으로 세 번째 빚을 냈다. 제 동생에게는 절대로 대출 얘기를 꺼내지 않는 게 조건이었다. 물론 그 조건은 지켜지지 않았다. 마음은 언제나 마음에 불과하고, 우리 집은 윤태희 말처럼 밑 빠지고 텅 빈 독이었으니까.

어쩌면 여태 오빠만 희생했다는 죄책감에 나도 그 정도는 해야 한다는 얄팍한 책임감이 들었을 수도 있다. 스무 살에 도망치듯 청라를 떠나, 가족에게 내내 매정했다는 죄책감이 모든 이유였을지도 모르고.

– 똑바로 정신 차리고 있어라. 알겠제.

"알겠다."

모르겠다. 하루하루 새벽녘 일어나는 일부터 휩쓸리다 보면, 어느새 똑바로 쥐고 있었던 정신은 저 멀리에 있었다. 그게 더 편리했기 때문인지, 그러지 않으면 다시 이곳에서 도망치고 싶어지기 때문인지는 알 수 없다.

엄마도, 아빠도 모른 척하고, 박우경이 내 인생에 잠깐이라도 의미가 있었던 적은 없다고……. 또다시 그렇게, 여기서 도망치고 싶다고 생각하기 전에.

─ 엄마랑 아빠가 죽는소리 한다고 절대 마음 약해지지 말고. 절대 니 명의로는 빚 내 주지 말고.

"……응."

─ 멀쩡하게 좋은 대학 다니고 있는 딸내미를 뭐 한다고 불러 갖고 적성에도 안 맞는 일을 시키고.

"윤태희 니는 뭐 농사가 적성에 맞아서 했나."

─ 니랑 나는 다르다이가.

"다르긴 뭐가 다른데."

─ 아, 딸이랑 아들은 다르다.

오빠는 다시 선을 그었다. 아이러니하게도 윤태희가 이렇게 선을 그을 때마다 조금은 정신이 든다.

내 3년간의 도망도, 회피도 그저 대단한 꼴불견에 불과했다는 깨달음으로.

"자기는 작년까지 일하면서도 일 돕는다고 왔다 갔다 해 놓고……."

─ 나는 그래도 되는데 니는 계속 공부나 하는 게 맞다.

"뭐가 그렇노."

─ 내가 집에 언제 한번 가서 이거 얘기할게. 니도 걍 내려온 김에 1학기만 버리고, 2학기 때 다시 서울 올라가는 걸로 정리해라.

"와서 아빠랑 둘이서 또 무슨 개지랄을 하고 싸울라고……. 됐다. 치아라."

― 윤차희 닌 오빠야한테 개지랄이 뭐고.

"그래 봤자 엄마만 괴롭다. 그냥 얼굴이나 보여 주고 가라."

― 아, 맞다. 혹시 거기서 니한테 집적대는 새끼는 없나.

순간 사과원에 드나드는 박우경이 생각나 움찔한 나는 느릿하게 고개를 저었다.

"없다. 그런 거."

― 있을 낀데.

윤태희의 목소리가 왠지 모를 확신으로 차 있었다. 혹시 박우경이 뜬금없이 청라에 있는 걸 아는 걸까.

"없다니까."

― 어디 서른아홉 살 먹은 아재 새끼가 들이대면서 결혼하자 안 카드나.

"……아. 그거."

― 마흔 넘고 쉰 다 된 새끼들도 결혼만 안 하면 젊네, 총각이네 지랄하는 미친 동넨데. 씨발, 니 교복 입고 다니는 거 보고 입 헤 처벌리고 보던 중국집 아들, 그 개 씹새끼 같은…….

"그 남잔 벌써 결혼했던데? 이제 내가 그 사람이랑 결혼하고 싶어도 못 한다."

나는 일부러 윤태희를 놀리듯 대꾸했다. 대번에 전화 너머에서 사나운 욕설이 터져 나왔다.

― 이게 처돌았나. 아, 됐고 항상 방심하지 마라. 어디서 미친 할매가 니 붙잡고 참하고 이쁘다면서 지 오십 다 돼 가는 아들 갖다 붙이면, 할매 미쳤냐고 인신매매로 경찰에 신고한다

해도 된다. 알제.

"동네에서 나한테 누가 그런다고."

― 또 존나 집적대는 새끼 있으면 느그 오빠야한테 뒤질 줄 알라 해라. 알겠나.

"아, 쫌. 나한테 집적대고 그런 남자 없다니까. 하루 종일 사과원에 처박혀서 사람 볼 일도 없는데."

― 너무 열심히 일하지 말고. 아빠가 뭐 시키면 하나도 못 알아듣는 척하고. 속 터져서 니 하는 거 보느니 내가 다 한다 이러게. 알겠나.

"어. 알겠다."

― 거기서 이상한 놈한테 코 꿰지 말고. 공부나 열심히 해서 나중에 서울에서 좋은 데 취직하고, 능력 좋은 남자 만나야…….

진짜 자기가 아빠인 줄 아는 모양이다. 나보다 겨우 세 살 많으면서. 지는 대학도 때려치웠으면서. 어, 어……. 나는 오빠의 일장 연설을 귓등으로 흘리며 대강 대꾸했다.

어느새 도서관 앞이었다. 동네 어귀에서 조금 덩그러니 떨어져서는, 반대 방향으로 마흔 걸음쯤 떨어진 행정 복지 센터와는 흡사 쌍둥이처럼 똑같이 생긴 건물이다. 남색 기와를 조악하게 올려놓은 자그마한 2층 건물.

나는 '백운면민 도서관'이라 외벽에 쓰인 촌스러운 글씨며 창문의 불빛들을 무심한 시선으로 훑다, 문득 외벽에 걸린 시계를 보고 서둘러 오빠의 전화를 끊었다.

5시 47분이었다. 열람실은 언제나 6시면 닫혔다.

"책 빌릴 거면 너무 늦었는데."

"……."

"안 뛰나."

귓가를 긁는 목소리는 고작 두어 시간 만에 다시 듣는 것이다.

나는 흘끗 박우경을 돌아봤다가, 새어 나오는 한숨을 감추지도 않고서 바삐 걸어갔다.

"사람 얼굴 보자마자 한숨은."

"어떻게 가는 데마다 네가 있을까 싶어서."

"내가 있는 곳마다 윤차희 니가 오는 거지. 존나 스토컨가."

박우경이 뻔뻔하게 대답했다. 오지 말라는 남의 집에 계속 찾아오는 게 누군데. 여긴 대체 왜 또 있대. 진짜 쟤 하루 종일 나만 쫓아다니는 거 아냐…… 뒤에서 성큼성큼, 남이 두 걸음 걸을 때마다 저는 고작 한 걸음씩 걸으며 여유롭게 가까워지는 것이 약 올랐다. 나는 더 빠르게 걸었다.

그러는 와중에 하필이면 닫힌 쪽 문을 잘못 밀었다. 곧바로 옆에서 반대쪽 문을 휙 열어 준 박우경이 먼저 들어가 보라는 듯 고개를 까딱했다.

문을 민 그 애의 손에는 반납하려는 책이 들려 있다. 쟤가 할 짓 없이 나만 쫓아다니는 게 아닌가 싶은 착각을 비웃으면서.

도서관 바코드가 붙은 저 오래된 책은, 여태껏 사람의 손을 별로 타지 않아 표지의 색만 조금 바래 있었다. 어슐러 르 귄의 ≪바람의 열두 방향≫. 중학교 때 저 책의 제목을 또박또박 써서는, 조잡한 새집 모양 나무 상자에 집어넣었던 기억이 어렴풋 났다.

희망 도서 목록에서 저 책의 제목을 발견하고 신이 나 가장 먼저 빌려 나왔던 어느 오후도.

너는 이런 게 재밌느냐고 옆에서 한 번 펼쳐 보고는 휙 던져 놓던 그 애도.

정작 책 내용은 하나도 기억나지 않는데. 나는 시선을 돌렸다. 그래도 안쪽 문은 제대로 열었다. 그러자 정수리 위에서 가볍게 빈정거리는 목소리가 울린다.

"사투리 하나도 안 까먹었더라."

"……."

"기억력이 더럽게 안 좋아서, 여기서 지가 말을 어떻게 했는지도 다 까먹었나 했는데."

제 앞에서의 가식을 꼬집는 말이 약간은 썼다. 고향에 돌아오고도, 그 애 앞에서는 여전히 고향에 돌아오지 않은 것처럼 말하는 나를 비웃는 것 같아서.

"……남의 전화는 왜 들어?"

"들리니까 들었지. 지가 앞에서 들으라고 조잘거려 놓고."

박우경이 코웃음을 치며 책을 반납하는 곳으로 걸어갔다. 나는 근방에서 갈라지던 길을 떠올렸다. 어쩌면 거기서부터 내 뒤에서 걸어왔겠구나 하고.

그러나 다시 시계를 보자 아무래도 상관없어졌다. 나는 미리 퇴근을 준비하고 있었던 사서의 눈치에 등 떠밀리듯 바로 앞에 있던 조지 오웰의 낡은 ≪1984≫를 집었다.

"오랜만에 왔죠, 학생."

"아, 맞아요."

"혹시 전화번호 여기 등록된 번호 그대로예요?"

"아뇨. 번호 바뀌었어요."

"그럼 여기에 바뀐 연락처부터 적어 주세요."

내가 탁자 위로 엎드려 전화번호를 쓰는 사이, 박우경이 내가 놓은 책 옆으로 책 두 권을 놓았다.

그 애에게는 사서가 조금 더 친근하게 말을 거는 것이, 청라에 돌아와 몇 번은 도서관에 오갔던 티가 났다. 책 읽는 걸 별로 좋아하지도 않았으면서.

나는 그 애가 이전과 다르게 변한 부분을 어쩔 수 없이 생각한다. 생각하지 않으려 해도 불쑥불쑥 이질감이 튀어나올 때면.

우리가 상관없이 지나 보낸 몇 해가 갑자기 피부에 와닿을 때면.

나보다 조금 더 늦게 책을 받은 그 애가 몇 걸음 뒤에서 걸어왔다. 고작 15분 남짓한 시간이 지났는데도 바깥이 다른 세상처럼 어두웠다.

수십 채가 모인 작은 동네의 불빛들, 그리고 산 쪽으로 조금 더 먼 곳에 흩어진 전원주택들의 불빛.

가로등 불빛들이 별처럼 이어지는 길의 갈래. 해가 완전히 사라진 저녁 하늘의 구름들.

노동이 없는 시간의 막막하고 지겹고, 평온한 모든 것들.

갈림길은 금세 나왔다. 그 길에서 동네를 통해 그 애의 집으로 가는 길과 우리 사과원으로 가는 길이 갈렸다. 그러나 곧 등 뒤의 발소리가 멀어질 것을 짐작하고도 얼마간, 그 애는 나와 함께 걸었다.

다시 한숨이 새어 나왔다.

"한숨 좀 작작 쉬지. 재수 없다."

박우경이 시비라도 걸듯 뒤에서 툭 내뱉었다. 나도 뒤를 향해 툭 던지듯 물었다.

"집에 안 가?"

"그럼 이 밤에 여자애 혼자 걸어가는 걸 그냥 보라고?"

"6시가 어떻게 밤이야."

"촌길에서 해 지면 밤이지."

"빨리 걸어가면 돼."

"누가 니보다 더 빨리 따라오면 어쩔라고."

"……벌써 네가 따라오고 있잖아."

"아."

그 애는 대수롭지 않게 긍정했다. 결국 발걸음이 따라잡힌다. 길 위에서 나란히 걷는 걸음이 내 맥박과 비슷했다.

괜찮으니까 가라는 말은 어차피 저 고집에 소용이 없다. 내리깐 눈에 그 애의 손이 겹쳐 쥔 책이 들어왔다. 구드룬 파우제방의 ≪첫사랑≫. 건조한 숨이 목구멍 끝에 걸렸다.

설마.

못 박힌 듯 책 위에 멎어 있던 시선이 가까스로 앞을 향했다.

"태희 형은 잘 사나."

"……오빠랑 전화한 건 어떻게 알았어?"

"니는 니네 오빠 아니면 그렇게 웃을 일 없잖아."

언제 웃었지……. 나는 괜히 어색하게 굳은 얼굴을 쓸며 중얼거렸다.

"잘 산대."

"니네 오빠야 대구 가고 의절했다매. 집이랑."

"그런 건 아닌데."

"아닌데?"

박우경이 조용히 내 말을 받았다.

"……그냥, 아니야. 곧 집에도 온다 했구."

"뭐. 니가 아니면 아닌 거지."

이미 빤한 남의 집 사정을 더 캐묻지는 않겠다는 듯 대꾸는 담백했다. 시선은 다시 그 애의 손에 들린 책을 향했다.

책을 별로 좋아하지 않았던 박우경의 좁다란 취향 중에서도, 가장 멀리 있을 법한 제목이다. 저 손이 가기는커녕 눈길 한 번 주지 않을.

"그래서, 니네 오빠한테 거짓말은 왜 했는데."

"무슨 거짓말."

"지금 니한테 집적대는 새끼 없다고."

애초에 '그래서'로 이을 만한 말은 하나도 없었다. 나는 그 애의 뻔뻔하고 당당한 낯을 물끄러미 보다 그만 어이가 없어서 대답했다.

"진짜 그런 사람 없으니까."

"이건 집적대는 걸로도 안 치나. 와…… 가스나. 남자를 얼마나 만난 거야."

"요새 정신 나가서 우리 집에 무급으로 일하러 오는 애는 하나 있어."

"그게 집적대는 건데."

"전혀 몰랐어."

"존나 이 정도 들이대는 걸로는 느낌도 안 온다고. 알겠다. 참고할게."

"참고하지 마."

"그럼 니가 결혼하고 싶어도 못 한다는 놈은 누군데."

헛웃음이 흘러나왔다. 박우경이 가만히 눈살을 찌푸렸다.

"결혼한 유부남 새끼라면서."

통화가 어디서부터 들렸는지는 이제 확실해졌다. 진작 결혼했다는 그 중국집 아들. 윤태희를 놀려 먹느라 내가 아무렇게나 흘린 말이 고스란히 박우경의 오해를 안고 돌아와 있었다.

굳이 오해를 풀어 주기도 싫어서, 나는 가만히 고개를 끄덕였다. 그렇다고.

"니 도라이가."

그 애가 나직하게 욕설을 중얼거렸다. 이번에는 진짜 웃음이 나올 뻔했다.

"누군데. 그 새끼."

"네가 알면 뭐 하게."

"죽일라고. 불륜 새끼."

"내가 그 사람이랑 결혼할 수 있었으면 좋았겠다 한 거지, 그 사람은 아무 죄가 없는데."

"……설마 박태경?"

"뭐?"

"미친."

결혼한 제 첫째 형을 들먹이는 음성이 거칠었다.

"니 설마 박태경 아직도 좋아하나."

"……언제 적 얘길 하는 거야?"

태경이 오빠를 좋아한 적이 있기는 했다. 여섯 살 땐가. 너희 큰형을 좋아한다고 한 번 말했더니 박우경이 반년을 이유 없이 괴롭혀서 싸우다 잊어버렸지만.

"씨발, 어떻게 박태경 같은 유부남을……."

"나 태경 오빠 못 본 지 6년은 됐어. 생각이란 걸 좀 해 봐."

"오빠는 지랄이……. 그럼 이 동네에 박태경 빼고 니가 혹할 유부남이 어디 있는데."

"태경 오빠도 이 동네에 없잖아."

"아, 그래서 누구냐고."

질문이 사뭇 진지했다. 결국 피식 웃음이 터져 나왔다. 박우경이 눈썹을 비딱하게 치켜세웠다.

"그냥 윤태희 놀리느라 그런 거야. 아저씨들이 나한테 집적대면 지가 와서 죽이니 뭐니 먼저 상상해서."

"……놀릴 게 따로 있지. 너는 니가 재론데 그러고 싶나."

"말만 하는 건데 못 할 건 뭐야."

나보고 한숨 쉬지 말랄 땐 언제고, 그 애는 깊게 한숨을 내쉬었다.

"왜."

"혹시 남자를 너무 많이 만나서 돌아 버린 거 아니가."

"뭐?"

"개쓰레기처럼 유부남 만나야 재밌고."

"미친놈이 뭐라는 거야, 진짜."

"아니면 됐다."

우리는 그렇게 한동안 실없는 소리를 주고받으며, 가로등 드문 시골 국도를 걸었다.

저녁이 점차 새까맣게 변해 갔다. 별도 없는 밤이었다.

박우경은 내가 남자를 몇 명이나 만나 봤는지 충동처럼 물었다가 듣기 싫으니 절대로 대답하지 말라고 지레 발을 뺐다. 그렇게 듣기 싫다는 박우경을 향해, 나는 남자를 너무 많이 만나서 다 셀 수도 없다고 거짓말했다.

사실은 네 뒤로 아무도 없었다는 시시한 진실 대신.

"……그 새끼들이랑 다 잤나."

"응."

그 무례한 질문이 유리 조각이라도 됐던 것처럼, 제 혀에 올린 것만으로 아픈 표정이 일순 연약해 보였다.

내 무심한 대답에 앞을 보는 박우경의 얼굴이 잠깐 처참하게 일그러졌다가, 이윽고 조금 비틀렸다.

가볍게 나불거리던 공기가 잠시 죽었다. 그 애는 그래도 우리 집이 나올 때까지 미련스레 걸었다.

"자라."

잘 시간은 아직 한참 멀었지만, 나는 인사에 고개를 끄덕였다. 박우경이 돌아서는 날 가만히 쳐다봤다.

그러고는 겨우 내 등 뒤에 대고, 반 박자 늦게 말했다.

"……윤차희."

"응."

"아무나 만나지 마라."

"…….."

"그래도, 네 손 한 번 잡는 것도 아까워했던 놈도 있으니까."

제가 내뱉은 말이 쫓아올세라, 그 애의 성긴 발걸음이 신경질적으로 내게서 멀어졌다. 나는 대문 앞에서 손을 천천히 쥐었다가 폈다.

커다란 손이 내 손을 감싸듯 세게 쥐었던 감각이 허상처럼 남았다.

#3. 열여섯, 4월

　가채점을 했더니 또 문제를 두 개나 틀렸다. 전 과목 중 고작 두 문제를 틀린 게 큰일이었던 시절에는, 사실 그것만큼 절망적인 순간도 없었다. 내가 박우경을 이겨 먹을 방법이라고는 처음부터 아무것도 틀리지 않는 것밖에 없었으니까.

　그러나 내 노력은 대체로 나를 번번이 실망시켰다.

　"……박우경 니 몇 개 틀렸는데."

　"아직 가채점 안 해 봤다."

　"내놔라."

　옆자리 여자애가 조잘거리는 말에 실실 웃고 있던 박우경은 내 말에 어깨를 으쓱하며 아예 자리를 비켜 주었다. 나는 그 애 자리에 앉아 순식간에 동그라미뿐인 가채점을 끝냈다.

　한 개. 박우경은 이번에도 딱 한 개를 틀렸다.

　"왜?"

나는 별수 없이 스스로에게 화가 났다. 1년에 시험이 네 번이나 있는데 이렇게 한 번도 이겨 먹지 못하는 게 도무지 말이 안 됐다.

쟤는 공부도 안 하는데. 매일 놀기나 하는데. 나는 박우경 한 번 이기겠다고 이제 작년부터 하루도 안 놀고 공부하는데.

억울하고 유치한 속내가 줄줄 튀어나와 내 머리를 어지럽혔다. 괜한 불똥이 튀듯 비난의 눈길이 흘끗 박우경을 향했다.

쟤 만날 쓸데없는 게임이나 하고, 여자애들이랑 놀기나 하고……. 생각이 마지막에 다다라서는 극도의 짜증이 됐다.

쟤가 여자애들에게 둘러싸여 거만하게 웃고 있는 꼴을 생각하니 속이 또 끓었다. 지네 엄마가 하라는 공부는 안 하고.

왜 같은 중학교를 왔을까. 난 선택의 여지도 없었던 일을 가끔 후회했다. 사실 박우경이야 제 집안이 운영하는 학교에 왔고, 나는 우리 집에서 통학할 수 있는 유일한 중학교에 왔을 뿐이다. 그래도 실수라는 생각을 지울 수는 없었다.

"왜, 뭐 잘못됐나."

"아니."

나는 곁에 서서 여태 제 짝지와 웃고 떠들던 박우경을 보지도 않고 일어나 박우경네 반을 나왔다.

적어도 초등학교 땐 엎치락뒤치락 박우경과 등수를 다투기나 했다. 한 반에 10명 남짓. 그리고 한 학년마다 한 학급씩 달랑 있는 것이 고작이었던 시골 초등학교 분교에서 등수만큼 의미가 없는 것도 없겠지만, 그래도 내게는 언제나 의미가 있었다.

아빠의 기대. 엄마의 희망. 고작 열셋 중 1등이라도, 잔뜩 피로에 절어 있던 엄마의 얼굴이 내 말에 만개하는 순간이 좋았다. 아빠가 기념으로 사 오던 한우가 좋았다.

우리 딸이 1등이라고, 매번 들뜨다 못해 난리가 난 그 목소리들이 좋았다.

엄마는 고작 열 살배기의 성적에서도 청라를 벗어난 딸의 삶을 봤고, 아빠는 잘난 박동주의 아들이 제 딸에게 졌다는 유쾌한 사실을 절대 잊으려 들지 않았으니까.

그 모든 게 네게는 언제나 별일이 아니었다는 것을 알아도, 나한텐 항상 별일이었으니까.

그러니까, 박우경은 언제나 내게 불합리를 가르쳐 주는 애였다. 초등학교 6년. 중학교 3년. 그리고 이제는 잘 기억나지 않는 더 오래전의 몇 해까지.

그 애의 좋은 집이나 그 애 아빠가 모는 외제 차 같은 건 아무래도 좋았을 것이다. 갑자기 우리 집이 어려워진 후에도 겨우 그런 것을 미워하지는 않았다. 나는 가난한 나라의 공주처럼 아빠의 낡은 트럭을 타도 여전히 귀한 존재였으므로.

누구의 눈에나 보이는 불평등을 새삼 깨달을 필요도 없었다. 남들에게 쉽게 호감을 사는 그 애의 잘난 얼굴도 상관없었다.

그 애가 날 때부터 잘나게 타고난 것은 정말이지 아무래도.

내가 이기고 싶은 건 언제나 우리가 타고나지 않은 것 하나였다.

눈에 곧바로 보이는 게 아니라, 눈으로는 금방 보이지 않는 것. 누구든 노력하고 싸워야 하는 것. 무엇이든 이를 갈아 성취하는 것.

그저 노력해서 그런 것 하나를 박우경에게 이기면 내내 만족스러울 것 같았다. 우리가 1등이나 2등 따위로 번갈아 불리기 시작했을 때부터 늘 그랬다.

우리의 싸움은 시골 분교에 딸린 병설 유치원에서, 고작 그림 그리기나 리코더 불기, 달리기와 같은 사소한 경쟁에서부터 시작됐다. 비록 한쪽은 나와 싸울 의사도 없고, 제가 지든 이기든 상관도 하지 않는 축이었지만 그럼에도 불구하고 이건 내내 우리의 싸움이었다.

이 좁은 우물물 안에서 1등을 하는 일만큼 쉬운 1등도 없을 텐데, 박우경은 그걸 심심하면 방해했던 유일한 존재다.

내가 우수상을 받아도 그 애가 최우수상을 받으면 기쁘지 않았던 때부터 내 심보와 싹수는 노랬다.

어릴 땐 이리저리 여러 갈래로 나뉘었던 시합이 결국에는 공부만 남았으므로, 어느새 공부에만 사활을 걸게 된 것도 무리는 아니다.

그게 학년마다 100명 남짓한 중학교에 올라와서는 집착이 됐다.

그러나 어떤 것은 간절할수록 멀어진다. 나는 중학교에 올라온 뒤로 그 애를 단 한 번도 이기지 못했다. 언제나 간발의 차였다. 매번 박우경의 뒤통수만 바라보는 학년 2등.

차라리 박우경이 나처럼 공부에 아주 열성이라면, 그래서 날

이겨 먹고 의기양양한 표정이나 짓는다면 이렇게 재수가 없지는 않았을 것이다. 이 자괴감과 패배감을 1분 이상 곱씹지도 않았을 것이다.

하지만 매번 져도 그만, 이겨도 그만이라는 얼굴을 보면 힘이 탁 풀렸다. 힘이 탁 풀려 버린 뒤엔 몹시 분했다. 내가 그러든 말든 쌩하니 남자애들과 공이나 차러 뛰어가는 것을 보면 기도 안 찼다.

다시 제 옆자리 여자애와 웃던 얄미운 낯짝이 떠올랐다.

이 싸움엔 언제나 나만 연연했다. 나만 연연하고도, 졌다.

그야말로 구질구질한 패배였다.

"윤차희!"

안 들린다. 부르는 소리를 못 들은 척 걷자, 복도를 뛰어오는 소리가 이어 들렸다.

꼴같잖아. 정말이지 짜증스러웠다. 쟤가 얼마나 얄밉냐면, 내가 어쩌다 딱 한 개를 틀리면 마치 그럴 줄 알았다는 듯이 하나도 틀리지 않는 애였다.

"야, 윤차희."

"……."

"쌩 까나."

"……."

"화났나."

"내가? 왜?"

"가시나 존나 **빡쳤네.**"

옆에서 따라 걸으며 비스듬히 고개를 기울여 날 보던 얼굴이 씩 웃었다. 아까 제 짝지 앞에서 가볍게 웃던 것과 별다를 것도 없다.

잘생긴 미소가 거슬렸다. 와중에도 속이 다시 들끓는 게 싫었다. 여자애와 함께 있는 그 애를 생각하는 게.

그게 질투를 닮아 있다는 게, 한심하고 자존심이 상해서 견딜 수가 없었다.

그러니까 박우경이 내게는 항상 불합리한 존재인 것이다.

이기려 기를 쓰고 연연하고, 절박해하고, 그러고도 매번 지는 것으로도 모자라 여자애와 노는 그 애를 보는 것은 한가롭게도 괴롭다.

쟤한테 친구인 여자애는 원래 나 하나뿐이었다는 유치한 독점욕을 스스로 마주할 때면 당황스러울 정도가 된다. 고작 그런 것을 원망하다니 초등학생도 아니고.

"화 안 났다고."

"그래, 그렇다 치고."

"내 기분 좋다, 지금."

"인상이나 좀 펴고 얘기해라, 윤차희."

물론 이런 한심한 생각은 중요하지 않다. 진짜 중요한 큰일은 따로 있다고, 공부가 얼마나 중요한지 거창하게 생각하고 나면 잠깐은 박우경이 별 특징도 없는 웬 돌멩이처럼 보였다. 요즘 그 세뇌가 점점 힘을 잃고 있기는 해도.

저건 돌멩이다. 박돌멩이.

내가 지금 왜, 어째서 화가 나지 않았는지 진지하게 진술한 나는 감흥 없이 고개를 돌렸다.

다 들었으면 이만 꺼지라는 뜻이었다. 그러나 그 애는 내 대답을 곧바로 무시하고 제대로 된 답을 종용하듯 다시 물었다.

"왜, 또."

"……."

"니 몇 개 틀렸는데."

이번엔 별로 말을 돌리지도 않고 곧바로 정곡을 찌른다. 표정이 별로 없을 때면 짐짓 날카로운 모양이 되는 그 애의 눈매 안에서 검고 말간 눈동자가 투명한 빛을 냈다.

나는 거울처럼 내 얼굴이 고스란히 맺힌 그 눈을 바라보며 입술을 질근질근 씹었다. 그 애가 고개를 갸웃하며 먼저 되물었다.

"두 개? 세 개?"

"……두 개."

가까스로 답한 나는 다시 고개를 돌렸다. 무심한 질문이 따라붙었다.

"어디서?"

"수학 하나. 과학 하나."

"와 잘 쳤네. 이번에 영어 좀 어렵던데. 내 영어 하나 틀렸다 이가."

"놀리는 것도 아니고."

"니 설마 오늘도 학원 가나. 시험 끝났는데."

"남이사 가든 말든."

우리 반으로 들어선 나는 아까 챙기지 못한 가방을 챙겼다. 태연하게도 내 뒤를 따라 들어온 그 애는 어느새 우리 반에 있는 제 오랜 친구들에게로 샜다.

일찍 마치는 날 특유의 부산스러움이 사방에 가득했다. 당번들이 날치기라도 하듯 대충 빗자루질을 하며 일어나는 먼지, 유독 일찍 마치는 반 아이들이 벌써 운동장을 가로질러 멀어지는 창밖의 소리, 교무실에서 돌아오지 않는 선생님의 종례를 기다리는 교실.

저쪽에서 와자지껄 떠드는 소리가 어지럽다. PC방에 가자느니 누구 집에 가자느니 떡볶이를 먹자느니 앞다퉈 계획을 늘어놓는다.

그리고 박우경은 말 몇 마디 얹지 않고도, 당연하다는 듯 남의 반 아이들 한가운데 주인공처럼 서 있었다. 그 애에게 따라붙는 자석처럼 여자애들도 벌써 몇 붙어 서 있다. 시험은 잘 쳤는지, 오늘 수학이 너무 어렵지는 않았는지 묻느라 다들 정신이 없었다. 우경아, 우경아……. 그게 당연한 양 하나같이 성은 떼어 놓았다.

저마다 다정한 음성들이 목구멍에 걸린 가시 같았다. 나는 악착같이 고개를 들지 않았다.

어릴 땐 여자애들이 눈에 뵈지도 않는 것처럼 굴더니, 어느샌가 저런 식이 됐다. 제 기분 따라 한 번씩 불친절하기는 해도 대체로는 잘도 웃어 주고.

자연히 어릴 적처럼 여자애들이 그 애를 공연히 무서워하거나 어려워하는 일도 없어졌다.

작년부터 저랬나? 무심코 그 시작점이 어딘지 헤아리던 나는 어이가 없어 입매를 조금 비틀었다. 그걸 짚어 뭐 하게.

저 꼴이 너무 보기 싫다. 박우경이 싫다. 싫어 죽겠다. 싫어 죽겠다고 생각하는 내가 너무 싫다. 이유라는 게 고작⋯⋯. 시시한 생각이 꼬리를 물다 결국에는 자기혐오로 남았다. 역시 이 학교에 온 게 실수였다.

처음부터 박우경과 다른 학교로 갔어야 했는데.

본질적으로 나랑은 맞지 않는 존재. 불합리한 존재. 시시한 감정놀음의 구렁텅이로 내 등을 떠미는 존재. 어리석게 시간을 내버리게 만드는 존재.

날 자꾸만 멍청하게 만드는 존재.

나는 멀리 갈 고등학교를 생각하며 속을 가라앉혔다. 이런 건 박우경이 없으면 전부 괜찮아질 것이다.

내 일상에서 박우경이 사라지면 더는 열등감을 곱씹지도 않고, 이렇게 이상하고 낯선 감정에 온 머리와 마음이 수런거리지도 않을 것이다.

이제 1년만 더 있으면, 박우경과 아주 멀리 떨어질 수 있다.

머리가 다시 맑아졌다. 고개를 다시 들자 어쩐지 이쪽을 쳐다보고 있던 박우경과 눈이 마주쳤다.

언제부터 보고 있었을까. 그러나 나는 돌멩이라도 본 양 무심히 고개를 돌려 버렸다.

절대로 널 좋아하는 일은 없을 거라고, 습관처럼 되뇌면서.

그 애를 둘러싼 소음이 멀어졌다.

읍내 학원에는 아이들이 듬성듬성 앉아 있었다. 중학생이면 놀아도 된다고 풀어 두는 부모가 아직도 부지기수인 촌 동네라, 시험을 잘 쳤든 못 쳤든 이미 다 쳐 버린 시험을 문제풀이까지 해 가며 알고 싶지는 않은 애들도 부지기수였다.

그래서 박우경도 없었다. 그 애가 늘 뻔뻔하게 전세를 냈던 내 옆자리에는 대신 박우경을 좋아하는 여자애가 앉았다.

이때다 싶은 양 이것저것 귀찮게 캐묻는 소리가 부산스럽다.

차희 니가 전교 2등이라매. 진짜 대단하다, 야. 니 같은 애가 이렇게 열심히 하는데 우경이는 어떻게 항상 1등이지? 솔직히 니가 봐도 완전 대단하지 않나. 우경이는 머리가 진짜 개좋은 거 같다. 존나 천재 같다 아니야?

니네 근데 학교에선 별로 안 친한 것 같던데, 왜 학원에선 같이 앉는데? 아 초딩 때 같이 다녔제. 안 그래도 니네 초등학교 나온 애들이 말해 주드라. 둘이서만 맨날 붙어 다녔다고. 아, 우경이랑 같은 초등학교 나와서 좋겠다.

근데 있잖아. 혹시 니도 우경이 좋아하나? 애들이 그러던데. 니랑 우경이 사귀는 거 아니냐고……. 아니제, 그체. 아 맞나. 닌 우경이한테 관심 없나. 진짜? 하나도?

아 다행이다. 사실은 이거 비밀인데, 내가 우경이 1학년 때부터 좋아했거든……. 그래서…….

더 들어 봤자 한심한 말뿐이었다. 매일 학원에서 박우경 얼굴만 뚫어져라 보고 있는 애가 박우경을 좋아하지 않았다면 그게 더 이상했다.

비밀 좋아하네. 개뿔이 비밀이다. 뾰족해진 나는 수업이 제대로 들리지도 않을 정도로 날 방해하며 옆에서 박우경의 이름을 속닥거리는 것을 경멸로 이해했다.

그래서 그 여자애가 '너도'로 날 같이 묶어 확인하려 든 것이 못 견디게 자존심이 상했다.

너도 우경이를 좋아하느냐고.

내가 미치지 않고서야.

"뭐 이래 늦게 나오노."

"……기껏 땡땡이 쳐 놓고 학원은 왜 왔는데."

"애들이랑 근처 PC방 있다가, 니 마칠 때 됐다 싶어서."

절대로. 절대로 그런 일은 없다. 나는 말없이 날 기다리고 있던 박우경을 지나쳐 걸었다. 땡땡이나 친 주제에 학원 입구에서 뻔뻔하게 서 있던 그 애가 버스 정류장으로 가는 날 따라왔다.

아까 그 여자애가 횡단보도 너머에서 날 실망스럽게 흘끗 노려보고는 반대편 정류장으로 총총 걸어가 버리는 것이 보였다.

박우경을 짝사랑하던 애들이 멋대로 내게 기대하고 멋대로 내게 실망하는 것을 어쩔 도리는 없지만, 아주 잠깐 그것이 불편했다. 매번 그 애들에게 거짓말이라도 한 것처럼.

　나는 결국 정류장 벤치 한가운데 앉은 박우경을 지나쳐 끄트머리에 걸터앉았다. 길쭉한 다리를 비딱하게 꼬고 앉은 박우경이 아예 비스듬히 턱까지 괴고 그런 나를 구경했다.

　"가시나 화 안 났다 해 놓고 아직도 존나 빡 쳐 있네."

　"니한테 화난 거 아니니까 신경 꺼도 된다. 됐제."

　"아메리카노 사 줄까."

　"됐거든."

　"화 풀어라. 다음엔 나도 한 개 더 틀릴게."

　이쯤 했으니 이제 제 얼굴 좀 돌아보라는 도발이다.

　넘어가지 말아야지 하는데 결국에는 짜증스레 넘어가게 된다. 구겨진 자존심을 어쩌지 못하고 고개를 홱 돌려 노려보자, 얄미운 얼굴이 씩 웃었다.

　저 헤픈 얼굴.

　어디서나 웃을 거면서, 날 보고 웃는 꼴도 이제 보기 싫었다. 내가 저를 좋아하는 그 많은 애들 중 하나인 양.

　"박우경 니한테 화난 거 아니라고 했잖아."

　"나한테 그거 좀 졌다고 부들부들 떨기는."

　"니가 아니라 내한테 화난 거라고."

　"그래서 화는 났네? 아까는 죽어도 안 났다더니."

　"개빡쳤다. 됐나."

　"니 시험 잘 쳤는데 왜."

　그렇게 말하는 박우경의 얼굴엔 한 점 그늘도 없다. 진심으로 그렇게 생각하는 것이다.

"적응 좀 해라, 윤차희. 사람이 살면서 2등 좀 할 수도 있지."

"……이게 지 얘기 아니라고 막 하노."

"어. 난 1등이니까."

"잘났다."

"중학교에서 1등은 개나 소나 하잖아."

그럼 나는 개도 소도 못 된다는 소리다.

"어차피 고등학교가 본겜이다이가. 좆같은 박우경은 그때 죽이면 되지."

"글쎄."

저 멀리 버스가 보였다. 나는 애매하게 대꾸하며 미리 몸을 일으켰다. 벤치에 잠시 덩그러니 남은 박우경이 반 박자 늦게 되물었다.

"……글쎄?"

"난 관영고 지망에서 뺐거든."

"……."

"그래서 본게임에서는 니 죽일 기회가 한 번도 없을 것 같아서."

버스에 올라타자 금세 성큼성큼 뒤이어 탄 박우경이 신경질적으로 맨 뒷좌석까지 걸어왔다. 그러고는 날 가두듯 바로 옆에 털썩 붙어 앉았다.

"좀 떨어져 앉지."

"야. 윤차희."

"왜."

불러 놓고는 말이 없다. 관찰하는 시선이 따갑다. 덜컹거리며 출발한 버스의 맨 뒷좌석은 몸을 튀어 올렸지만, 난 최대한 고상하게 앉아 있고자 노력했다.

"관영고 아니면 어디."

"알아서 뭐 하게."

"니가 갈 데가 어딨는데. 청라에 고등학교 몇 개 있다고. 관영고 아니면 집에서 다닐 수 있는 곳도 없는데."

"없으니까 나가서 자취하든가 해야지, 뭐."

"왜."

이번에는 그 애가 이유를 물었다.

"그냥."

"……그냥? 집에서 출퇴근도 안 되는 델 굳이 가겠다면서 그냥이라 캤나."

"등하교겠지."

"그러니까 굳이 왜."

"그냥, 그 동네 사는 거 답답하기도 하고."

어차피 대학 가면 싫어도 영영 떠날 건데 왜 벌써 그러느냐고 서운해하던 엄마가 떠올랐다. 나는 따가운 시선 속에 말을 이었다.

"박우경 니랑도 좀 멀어지고 싶고."

"……."

"내가 니 뒤꽁무니만 쳐다보고 살 순 없잖아."

"딴 데 가서 한 30등 하면 어쩌려고. 그땐 뭐 개빡쳐서 죽으려고?"

박우경이 실소를 흘리며 빈정거렸다. 나는 어깨를 으쓱했다.

"그럼 그냥 30등 하지 뭐."

"……."

"일단 거긴 니가 없으니까."

난 그냥 그거면 됐다고……. 그렇게 박우경에게 덧붙이는 순간 다음 정류장에서 같은 교복을 입은 애들이 우르르 버스에 탔다. 몇 명이 박우경을 보고 반갑게 우리가 있는 맨 뒤로 왔다.

나는 이어폰을 꽂고 눈을 돌려 창밖을 응시했다.

네가 싫어서가 아니라, 네 곁에 있는 내가 싫어서 그렇다는 이유는 비열하게도 주워 삼켰다.

우리는 그냥 좀 본질적으로 맞지 않아서 그렇다고. 나이도 먹을 만큼 먹었으니, 이제는 슬슬 멀어지는 게 서로 좋을 거라고. 덧붙이고 싶었던 말들도 창밖 풍경들처럼 스쳐 지나갔다.

그 애의 시선이 계속 느껴졌다. 어쩐지 유치하게도, 잠깐은 박우경을 이긴 기분이 들었다.

#4. 꽃이 죽어야 나무가 살아서

　온 동네 홍로 꽃이 만개할 무렵이었다. 우리 사과원의 부사 꽃도 개화했다. 그간 뒤처진 걸음을 따라잡듯이. 으레 가장 늦게 수확하는 겨울 사과 부사는 꽃봉오리를 맺는 일도 언제나 가장 느렸다.

　요 며칠 내게 일 가르치는 재미에 빠져 열과 성의로 사과원에 붙어 있던 아빠는 또 가끔 자리를 비우기 시작했다. 신품종을 배우러 간다느니, 군청에서 열리는 농가 세미나에 가야 한다느니, 새로운 약제 배합 비율을 누구누구 집에 가르쳐 주러 간다느니 바쁘게 굴면서.

　핑계 없는 무덤이 없듯이, 아빠도 보통 논다고 나돌지는 않았다. 그래서 엄마도 저토록 한숨만 쌓인 것이다.

　당초 싸워서라도 아빠를 사과원에 묶어 둘 작정이었던 나도 아직은 별달리 싸우고 싶지가 않았다. 어쩌면 아빠를 대체할

인력이 있기 때문이겠지만…….

　박우경. 별로 직시하고 싶지는 않은 동기다.

　낮의 분명한 정신은 오히려 곧잘 방심했다. 일에만 매달린 채로 띄엄띄엄 틈날 때 생각하다 보면, '슬슬 박우경이 올 시간이 지났는데 왜 오지 않을까' 하고 무심코 생각하게 된다. 멀리서 가까워지는 차 소리는 죄다 그 애의 차일까 생각하고.

　그러고는 그 차 소리가 사과원 안으로 이어지지 않으면 미약한 실망감을 느끼고 마는 것이다.

　그 애가 무슨 짓을 하든 그저 내버려 두기로 한 거지, 기다리기로 한 게 아니면서.

　어쨌든 지금 사과원 안으로 가까워지는 소리는 결코 그 애의 차가 아니었다. 나는 곧 세단에서 바쁘게 내리는 중년의 남자를 보고 고개를 까딱했다.

　"어, 희야."

　"안녕하세요."

　"느그 아빠는 어데 갔노. 급한데 통 전화를 안 받아서 왔더만……."

　"군청 갔어요. 세미나 한다고."

　"참 내…… 공부는 드릅게 열심히 한다. 학교 다닐 때나 그카지 좀."

　"그러게요."

　"하여간 금마는 맨날천날 즈그 집에 붙어 있는 법이 없노……. 하이고, 기껏 서울에서 공부 잘하던 지 딸내미까지 불러 놓고."

아빠의 오랜 친구, 경홍이 아저씨가 혀를 찼다. 나는 픽 웃
었다.

"제 말이요."

"에잉, 박 회장이 빨리 동의서 받아 오라는데. 바빠 죽겠는
데 익이네까지 뺑이 치게 생겼네. 이 새끼를 콱 마……."

"뭔데요?"

"별거 아이다. 니가 그냥 아빠 대신 사인할래?"

서류는 아저씨 말대로 정말 별 시답잖은 것이었다.

작은 것 하나도 형식을 지키지 않으면 큰일 나는 줄 아는, 점
잖고 피곤한 박우경 아버지의 성격을 그대로 응축한 양식이다.

나는 아버지의 이름 옆에 사인하고, '대리인(딸)'이라고 또박
또박 같이 적어 넣었다. 내가 하는 양을 지켜보던 경홍이 아저
씨가 여섯 살배기 친구 딸을 보듯이 괜스레 웃는다.

"그래 쪼그맣던 게 벌써 다 컸다고 아빠 대리로 사인도 다
하고. 언제 이래 다 컸노."

"저 옛날에 다 컸는데 아저씬 그때 못 보셨어요?"

"다 봤어도 또 보면 새롭지. 아직도 느그 아빠가 우리 희야,
우리 희야 할 때마다 나는 니가 초등학생 같다 카이. 시간이 언
제 다 지나갔는지……. 하기야 그마이 우리가 늙은 거겠지."

아저씨는 서류를 받아 챙기며 중얼거렸다. 저런 종류의 회한
이 으레 그렇듯, 기쁨과 서글픔은 언제나 가장 가까운 곳에 붙
어 있는 법이었다.

나는 그저 웃기만 했다.

"영판 공주처럼 입고 새침이나 떨던 게 진짜 공주처럼 이쁘게 컸네. 느그 엄마 젊을 적에 진짜 이뻤다고 아저씨가 말해 줏나."

"네."

"니가 지금 그때랑 똑 닮았다. 태희는 느그 아빠 잘생긴 부분만 딱 닮고……. 윤준영이가 다른 건 몰라도 처복이랑 자식복은 있다니까. 금마는 진짜 니네한테 감지덕지해야 돼."

햇볕에 가무잡잡하게 탄 손이 내 어깨를 톡톡 가볍게 두드리며 격려했다. 친구와 닮은 손이었다. 돈을 얼마나 벌든 고되게 일하는 사람의 손은 죄다 저렇게 생겼으니까.

나는 내 손 위로 세월이 묻어 언젠가 아저씨처럼 변하는 미래를 잠시 상상했다.

그건 아마도 아주 막막한 시간이 흐른 뒤겠지만, 결국에는 경홍이 아저씨의 말처럼 언제 이 모든 것이 지나가 버렸나 싶을 만큼 짧게 느껴지겠지.

그렇다면 오늘의 부끄러운 기다림도 그 짧은 시간 속의 먼지가 될 것이다. 박우경의 이름도.

"느그는 이제야 적화(摘花, 과수 등에서 개화수開花數가 너무 많을 때에 꽃망울이나 꽃을 솎아서 따 주는 것) 중이가."

"네, 홍로는 몇 그루 없어서 저번에 금방 다 했는데."

"하긴. 부사가 이래가 늦게까지 고생이제. 남들 다 끝났을 때 시작이라."

"전 아직 잘 모르고 그냥 해요."

"뭘, 해 놓은 거 보이 잘하네. 똘똘하이. 느그 아빠가 이거 다 가르쳐 주긴 하드나?"

"네, 대충."

"윤준영이는 진짜 사람이 너무 좋아서 탈이라. 남한테는 참 잘하는데."

마치 아픈 엄마를 보듯 아저씨는 우리 집이 있는 쪽을 흘끗 봤다.

사실 동네 사람 대부분은 그런 아빠의 성품을 칭찬하지, 저렇게 혀나 차는 일은 별로 없다. 경홍이 아저씨나 막내 외삼촌, 그리고 박우경 정도나 우리 아빠를 두고 언제나 저런 눈을 한다. 적절한 반응이다.

바빠 죽겠다더니 아저씨는 금세 내가 보고 있던 나무에서 부실한 꽃송이를 열 개도 더 넘게 골라냈다.

그리고 언뜻 봐서는 알 수 없는, 봄 서리에 냉해를 입은 꽃송이를 구분하는 법도 가르쳐 줬다. 나무에서 반드시 꺾고 죽여야만 하는 꽃봉오리의 모양도. 아저씨는 아빠보다 설명도 잘했다.

"꽃이 암만 이뻐 봐라. 이래 드글드글 피어 있으면 농사짓는 사람들은 마 징그럽디. 우리 장모님 입원하셨을 때 한 번은 우리가 적화를 제때 못 해서 전신만신 온 나무들이 새하얗게 만개를 한 거라."

"아줌마랑 식겁하셨겠네요."

"와 이걸 우짜면 좋노, 어느 세월에 저 꽃들을 다 솎아 내노……. 가영이 엄마랑 둘이 그카면서 과수원 쪽 쳐다만 봐도 기가 콱 질리뿌드라니까. 식겁 잔치 했지."

"적화를 그렇게 늦게 하면 큰일 나요?"

"필요도 없는 꽃이 많이 피면 큰일 나지."

"아."

"쓰잘데없이 나무에서 영양분만 다 빨아묵고……. 어차피 사과도 제대로 안 열릴 게, 괜히 다른 사과까지 못 자라게 하는 기다."

"괜히 나무도 망치구요."

"그치. 한 해 농사도 망치고."

아저씨는 나무 한 그루를 빙 둘러본 다음에야 바쁜 길을 떠났다. 그러고는 문득 떠오른 것처럼 다시 분주히 간 길을 되돌아오더니, 갑자기 자기 막내아들 과외 좀 부탁해도 되겠느냐고 쫓기듯 물었다.

웃으며 알겠다고 대답하는 찰나였다. 눈치도 없는 박우경의 SUV가 사과원에 들어왔다.

하필.

"……어, 저거 박 회장네 막내아들 차 아니가?"

"……아."

"아 맞다, 느그 둘이가 동창이제."

"네."

"쪼맨할 때 노상 붙어 다니드만 아직도 친한갑네."

"……."

"서울서도 연락 잘 하고 지냈나?"

"그건 아닌데, 휴학해서 온 뒤로 종종 인사해요."

"뭐…… 혹시나 연애하고 그런 건 아니고?"

"전혀 아니에요."

아저씨의 눈길이 제집처럼 느긋하게 차에서 내리는 박우경을 향했다.

나는 갑자기 조금 초조해졌다. 그간 누구도 '우리'를 보지 못한 게 오히려 이상한 일인데도.

어차피 복학하면 더는 볼 일 없는 사이다. 이건 아주 한시적인 시간이다. 그러니까 괜히 저 억지스러운 고집에 맞서 가며 힘을 뺄 필요도, 짓지도 않은 죄로 박우경 부모의 눈치나 볼 필요도 없다고……. 나는 그렇게 얼마 되지 않은 습관처럼 어느새 또 되뇌고 있었다.

저수지에서의 한 끼 식사로 박우경의 불편한 방문을 완전히 용인해 버린 이래.

나는 이제, 아무것도 잘못하지 않았으니까. 박우경이 자기 혼자 무슨 짓을 하든 상관없다고.

더는 열아홉 살 그때가 아니니까.

나는 이미 박우경에게서 떨어져 나간 파편이었다. 우리는 깨진 그릇이었다. 기억력 나쁜 박우경이 호구처럼 무슨 짓을 해도 다시는 이어 붙일 도리가 없는.

그러니까, 괜찮다.

"우갱이 왔나."

"안녕하세요."

"이야, 니 차 멋있네……. 느그 아부지 말이 요새 공부하느라 바쁘다 카드만. 좀 놀아도 될 낀데 학교 안 갈 때도 고생한다."

"네, 고맙습니다."

그 애의 낮은 음성이 적당히 예의를 차렸다. 얼마간 그 애를 보던 아저씨가 물끄러미 다시 나를 돌아봤다.

마치 몇 년 전 지나가듯 들었던 이야기를 어렴풋 떠올리듯이.

"그럼 희야, 아저씨 이만 간다. 수고하고."

"……들어가세요. 아저씨."

금방이라도 아저씨 뒤를 쫓아가 여기서 쟤를 본 건 비밀로 해 달라 빌고 싶은 기분이 됐다. 우리 아빠한테든, 쟤네 부모한테든, 그들에게 아무 생각 없이 떠들 수 있는 어떤 동네 사람한테든, 부디 아무 말도 하지 말아 달라고.

언제라도 들킬 것이었고, 그래서 들켜도 상관없다고 생각한 것이 전부 허세였던 양.

하지만 우리를 숨겨 달라 비는 건, 우리에게 숨길 만한 일이 있다는 경고 문구나 마찬가지다. 나는 애써 충동을 억누르며 태연하게, 우리의 시답잖은 교류를 확인한 증인 하나가 과수원을 떠나는 광경을 보았다.

덜그럭거리는 기억이 귓가의 이명처럼 형체 없이 거슬렸다.

나는 어떻게든 지나간 '끝'을 뒤돌아보지 않기 위해 노력해 왔다. 가끔은 죽을힘으로, 청라의 모든 것에 이골이 날 정도로 도망쳐 왔다. 회피와 외면으로 그 시절을 잊어 왔다.

내게, 우리에게 무슨 일이 일어났었는지. 우리가 얼마나 좋았는지. 혹은 얼마나 나빴는지. 무슨 말을 듣고 무슨 말을 해야 했는지.

내가 그때 네게 무슨 짓을 저질렀는지. 네게 어떤 값을 매겼었는지.

아무것도 기억나지 않았다. 아무것도. 그때 일은 아무것도……. 그대로 사라졌으니 떠올릴 수도 없는 기억이다. 나는 조금 정신이 나간 것처럼 생각했다.

어쩌면 '우리'라는 것은 애당초 일어난 적도 없는 일이었을지 모른다고. 그러니까 괜찮다고.

나는 널 거리낌 없이 볼 수 있고, 아무렇지 않게 영영 보지 않을 수도 있다고.

어떻게든 되새기는 꼴이 우스웠다. 어느새 나는 우리 집 사과나무 아래서 박우경이 날 부르는 소리에 익숙해져 있었다. 어릴 때도 보지 않았던 풍경 속에서 서로를 봤다.

그렇게 곧, 안일한 5월이었다.

그 얄팍한 평화. 햇볕에 녹은 눈처럼 온몸으로 스미는 시선이 기꺼웠다. 박우경의 불가항력이, 말소리가, 우리의 적막이 달가웠다.

그래서 경홍이 아저씨의 차가 멀어지는 게, 꼭 스물셋 박우경과의 짧고도 안일한 호시절이 멀어지는 것처럼 보였던 것이다.

내 머리 밑바닥에서 돌아 버린 정신으로는 계속 그렇게, 박우경을 보고 싶었다는 듯이.

언젠가 어린 시절에, 우리 사과원 어귀에 자전거를 탄 그 애가 나타나길 기다리며 한참을 내다보았듯이.

네게는 더없이 뻔뻔한 일이었다.

"적화?"

목 꺾인 꽃송이들이 그득한 바구니를 그 애가 운동화 끝으로 툭 치며 물었다. 나는 약간 울렁거리는 시야를 내렸다. 무서운 건 이 한낮의 노역 따위를 어른들이 알게 되는 게 아니다.

내가 무서운 건, 다시 박우경과 있는 일이 좋아지는 나였다. 그것을 부정하고 속일 수도 없게 되는 나였다. 이 짧은 순간을 아쉽게 여길 머리였다. 배알도 없이, 깨진 그릇의 아귀가 들어맞길 바랄 속내였다.

뻔뻔하게, 정말로 아무 일도 없었던 것처럼 그 애를 보고 품게 될 기대였다.

"저쪽으로 마저 하면 되제."

"……응."

"가서 앉아 있어라."

"왜?"

"왜는 무슨 왠데. 그냥 잠깐 가서 쉬라고."

"박우경 너 나한테 왜 이러는 거야?"

긴 가지를 따라 그득 꽃송이가 열린 것을 내려다보던 눈이 문득 나를 향했다.

"너 나한테 왜 집적대?"

"니 뭐 잘못 먹었나. 갑자기 웬."

"왜 이렇게 잘해 주는데, 나한테."

"……."

"그지 새끼같이 비참하게 차인 주제에……."

아무것도 모르면서 어떻게 이럴 수 있는데. 날 이해할 수 있는 작은 토막도 없이, 끝의 끝까지 내쳐지기만 했으면서.

죽이고 싶을 만큼 내가 미웠으면서.

"뭐 내가 니한테 그지같이 처빌긴 했는데……."

"너 진짜 그지 같았어."

"그래도 그지 새끼 같다는 건 좀 너무했다. 애가 양심이 없네."

"개새끼……."

"굳이 그때 한 짓으로 따지자면 개새끼는 윤차희 니겠지."

사실 내 생각에 개새끼는 너무나 온건하고 점잖은 단어였다. 그러므로 박우경은 날 더 모욕적으로 불러도 될 것 같았다. 내게 아직도 일말의 감정이 남아 있다면 마땅히 혐오감일 테고, 개 같은 년이라고 이를 갈아 마땅했으니까.

그런데도 정작 그 애는 내게서 시선을 돌려, 다시 남의 집 사과나무의 꽃송이나 한가롭게 들여다보고 있는 것이다.

상식적으로 말이 되지 않는 행보였다. 처음부터.

"……너 사실은 나 되게 밉지, 박우경."

"개소리 아직 안 끝났나."

"너 나 싫지."

"이거 혹시 신종 시비가."

"그래서 나한테 복수하려고 이러는 거지."

"미친."

"한 번은 따먹고 버리려고."

박우경이 실소했다. 나는 아랑곳하지 않고 쏘아붙였다.

"차라리 이쪽이 더 말이 돼. 그래, 그냥 나랑 한 번 자고 싶어서 이러지?"

"뭐라카노, 진짜."

"서울 가기 전에 좀 갖고 놀다 버리면 만족스러울 것 같아서?"

"니가 잘도 갖고 놀게 해 주겠다. 성질머리도 그지 같은 게."

"차라리 그러면 그만할래? 나랑 한 번 하면."

"……."

"너 아직 나랑 제대로 못 해 봤잖아."

"야."

"재미없었잖아, 그때. 내가 아프다고 울어서."

"씨발, 윤차희."

"그래서 한 번도 네 마음대로 못 해 봤잖아."

아무렇게나 내뱉는 말이 날 내내 안고, 달래고, 빌고, 널 너무 좋아한다고 속삭이던 그 밤의 남자애를 부러 짓이겼다. 부드러운 입술을 맞대고 앳된 숨을 섞으며, 어설프게 관계의 끝까지 다다라 웃음을 터트렸던 그날의 우리를.

태어나 가장 불완전하고 충만했던 밤을.

나는 이제 더 이상 도망도 못 치니까. 청라에서, 이 집에서 더는 사라져 버릴 수도 없으니까⋯⋯. 그러니까 네가 이만 가 버렸으면 좋겠다고 생각했다. 네가 무슨 짓을 하든 내버려 두면 그만이라고 생각했던 게 갑자기 좋은 생각 같지가 않았다.

네 차 소리를 무심코 기다리게 되는 내가 불길했다.

"조금만 더 오래 사귀었으면 질리도록 할 수 있었는데 제대로 못 해 본 게 아까워서 지금⋯⋯."

"그러니까, 이 개새끼가 그때 못 먹은 거 이제라도 한번 먹어 보겠다고 지금 이러는 거다?"

박우경이 조용히 뇌까리며 웃었다. 내 말을 인용해 할퀴듯 부러 상스럽고 모욕적인 단어에 힘을 준 어조였지만, 정작 모욕을 당하는 건 자신인 것처럼 그 애의 눈가가 잠시 비참하게 일그러졌다.

제가 겨우 그런 놈밖에는 안 되냐는 듯이. 네가 겨우 그것밖에 안 되겠냐는 듯이.

"윤차희."

"⋯⋯."

"니는 니 입으로, 니를 두고 그렇게밖에 말 못 하나."

그 애에게서 낮은 한숨이 새어 나왔다. 이쪽을 내려다보는 눈이 냉담했다.

이윽고 박우경은 사나운 시선을 핵 돌려 말없이 부실한 꽃을 뚝, 뚝 꺾어 땅에 던지다 제 성질을 이기지 못한 것처럼 아예 나뭇가지를 꺾어 발치에 던졌다. 그러고는 죽일 듯이 날 봤다.

"씨발 백 번도 아니고 한 번 갖고 지랄이야."

"……뭐?"

"한 번 하고 치울 거면 안 하고 말지."

"……."

"해 봤자 추억만 망친다."

"……."

"아니 지가 과일도 아닌데 뭘 따먹어. 따먹긴 씨발……."

에이 씨발, 박우경이 다른 나무로 걸어가며 방금 제가 꺾어 던진 나뭇가지를 걷어찼다. 약간 황당해졌다. 그래서 빤히 박우경을 보고 있자니, 박우경이 내 시선에 오만상을 찌푸리며 말했다.

"우리 처음이 그렇게 재미없었다니 그건 미안한데."

"……."

"그래, 뭐 억지로 미안하긴 한데."

난 너랑 재미로 안 잤고, 그래서 솔직히 말하자면 가만히 널 안고 있기만 해도 재밌었기 때문에 네가 손해 보는 장사를 한 것 같기는 하다. 왜냐면 내 추억은 아직도 완벽하니까……. 그 애는 짓씹듯이 대충 그런 말을 했다.

저는 날 아직도 '완벽한' 추억 속에 두고 있다고. 그러니까 아무리 너라고 해도, 제 기억을 감히 망치려 들지는 말라고.

"……나 남자 많았어. 이제 너랑 한 번 자는 거 아무것도 아니야."

"잘났다. 뿌듯하겠노."

망치려 안간힘을 써도 박우경은 귀를 막고 저만치 가 버릴 뿐이었다.

필요가 없는 꽃은 피어 봤자다. 아무 쓸모도 없는 게 열매의 양분을 앗고 괜히 나무를 망가뜨리기나 하니까.

사람과 감정도 똑같았다. 나는 발 앞에 떨어진 사과꽃을 한참이나 내려다보다 발끝으로 짓이겼다.

"차희 니 진짜 와 그카노, 어? 박우갱이 금마만은 안 된다고 아빠가 니한테 누누이 얘기했제. 그놈의 박씨 집안 아들내미만은 안 된다꼬 내가 몇 번을!"

"누가 됐댔어요? 아, 침⋯⋯."

뺨에 튄 침을 닦으며 인상이나 찌푸리고 있자, 아빠가 더 씩씩거렸다. 경홍이 아저씨랑 전화하다 오는 길이라고 했다.

"침이 문제가! 침이 문제가!"

저녁 늦게 사과원에서 혼자 일하다 말고 집으로 냅다 달려온 아빠의 머리엔 여전히 작업용 랜턴이 달려 있었다. 덕분에 아빠의 머리통이 흔들릴 때마다 랜턴 빛도 어지럽게 집 안 여기저기를 비추었다.

그게 좀 웃겨서 웃는데 아빠가 발끈했다.

"가스나 니는 지금 웃음이 나오나! 어? 나오냐고!"

"걔 그냥 잠깐 인사하고 간 거예요."

"니가 박우갱이 금마 상사가? 거래처가? 생명의 은인이가? 무단히 니한테 여까지 인사하러 오그로."

"아 카페 간다고 지나가는 길에요. 미조 저수지 가는 길에."

"태희 아빠, 그만 좀 하소⋯⋯. 딸내미 친구가 지나가다 좀 들린 게 뭐 그래 큰일이라꼬. 아무도 신경 안 쓰는데 자기 혼자만 난리고만."

"친구는 무슨, 다 큰 성인 남녀가 어데⋯⋯!"

초등학교, 중학교, 고등학교를 죄다 같이 나온 한 살 어린 엄마에게 몇 년을 들이대 결혼한 아빠는, 이후로 모든 일을 본인 사례에 비추어 생각했다.

그러니까 즉 '아무리 어릴 때부터 친구였어도 다 큰 남녀는 더 이상 순수한 친구 사이로 남을 수 없다'는 본인의 지론은, 사실상 본인이 다 크고 난 뒤 엄마를 순수하게 보지 않았기 때문에 생겨났다.

"느그가 집에 드나드는 사이라고 동네 소문이라도 나 봐라. 어?"

"아니 20년 가까이 드나들었는데 그런 애들 두고 누가 뭘 이제 와서⋯⋯."

식탁에 오이를 산처럼 쌓아 두고 썰고 있던 엄마가 피곤하게 한숨을 쉬었다.

"아 그때랑 지금이랑 같나!"

보나 마나 경홍이 아저씨는 별말도 하지 않았을 것이다. 아까 잠깐 느그 집에 들렀는데 박 회장네 막내아들이 왔드라, 아직도 희야랑 둘이 친한갑대…… 그렇게 기껏해야 지나가듯 나왔을 말이지. 그래도 아빠 귀에는 큰일이었다.

초등학교 1학년, 그 애와 날 두고 동네 할머니들이 둘이 커서 결혼을 해야겠니 말아야겠니 웃어 댈 적에도 아빠는 냉담하게 정색부터 하고 분위기를 망쳤던 사람이다.

심지어 그 애와 내가 분교 학예회에서 갑돌이와 갑순이가 됐을 적에는 눈에 쌍심지를 켜고 보고 있었다. '니네 갑돌이랑 갑순이가 결국 결혼은 다른 사람이랑 따로 한 거 알제. 이런 게 바로 새드 엔딩인 기라……' 하고 여덟 살배기 딸과 남자애를 붙잡고 노랫말을 상기시켜 주기도 했다.

아, 그랬었지. 같은 마을에 살았던 갑돌이랑 갑순이는 서로 사랑했지만 마음뿐이었고, 겉으로는 항상 모른 척하기만 했다. 그래서 결국 갑순이는 다른 남자에게 시집을 가고, 갑돌이도 화가 나서 다른 여자에게 장가를 가 버렸던 것이다.

갑순이는 첫날밤 내내 울고도 겉으로는 아닌 척, 갑돌이도 달 보며 울어 놓고선 겉으로는 그까짓 것 하며 노래는 끝나지만, 결국에는 결혼하던 날 처음 보았던 상대와 그럭저럭 평생을 살아갔겠지.

나중에는 본인들 불행이 어린애들 율동의 배경 음악이나 될 줄은 모르고.

"박우갱이 금마, 앞으로는 이 집 근처도 못 오게 해라. 알았나."

"하이고, 지랄도······."

"지랄은 무슨!"

아빠더러 지랄한다고 중얼거린 엄마가 고개를 절레절레 저었다. 어쩌면 갑순이에게도 저런 피곤한 아빠가 있었을 것이다.

나는 턱을 괴고 아빠가 또 늘어놓는 일장 연설을 들었다. 박우경과는 이래서 안 되고 저래서 안 되고.

그래서 어릴 땐, 아주 가끔은 내 스스로 박우경을 멀리하려 노력하다가도 괜한 반발심에 그 애의 손을 도로 잡고 싶어지곤 했다. 오로지 아빠에게 보여 주려고.

아빠가 안다면 기가 막힐 노릇일 것이다. 사람은 무슨 말이든 너무 강조하면 도리어 반대를 흘끔거리게 되는 습성이 있다. 심지어는 그쪽에 별로 관심이 없다가도.

그러니 어린 나는 물론이고, 반대로 박우경과 날 친구로 접붙이는 일에 관심이 지대했던 엄마에게는 완전히 역효과였다.

엄마는 처음부터 박우경의 엄마가 좋았다고 한다. 세련된 외모, 화려한 모델 같았던 옷차림, 새침한 서울 말씨. 시골에서는 거부감에 배척하거나 도외시할 만한 신미진의 그런 모든 것을 퍽 순수하게도 선망하기도 했다.

청라에서 청라로 시집와, 내내 햇볕 아래 일하며 가무잡잡하게 타 버린 자기는 결코 그렇게 될 수 없을 거라고 생각하면서 적어도 자기 딸은 저렇게 되기를 바라고.

더불어 딸이 절대로 자기처럼 되지는 않기를 바라고.

'니는 이 다음에 크면 꼭 진이 이모처럼 돼야 한디, 알
제. 엄마처럼 되지 말고.'

엄마처럼 된다는 건 어떤 걸까. 신미진처럼 된다는 건 어떤
걸까.

나는 그 쓰디쓴 말의 의미를 전혀 몰랐던 때부터, 그 말을 알
고도 남을 때까지 종종 엄마의 당부를 들으며 자랐다.

그러니까 엄마에게 있어 제 딸이 장차 신미진처럼 되는 가장
단순한 방법은, 일단 제 딸과 신미진의 잘난 아들이 어떻게 잘
되어 보는 것이었다.

혹시나. 어쩌면. 단지 내가 열심히 공부해 잘되기를 바라면
서도, 엄마가 유일하게 실제로 아는 부잣집 막내아들과 내가
잘되기까지 한다면 얼마나 더 좋을까 막연히 생각하고서.

와중에 신미진은 제 막내아들이 나랑 붙어 있을 때나 공부를
겨우 할까 말까 한다며 매번 자리를 만들었다. 학원 하나를 보
내도 의논이랍시고 엄마를 붙잡고 우리 둘을 같이 보내자 성화
였다. 덕분에 엄마의 남우세스러운 꿈은 참 일찍이도 부풀었던
것이다.

아빠가 아무리 싫어해도 우리는 매일같이 서로의 집을 드나
들었다. 작은 책상에 마주 앉아 문제를 풀고, 침대에 엎드려 책
을 읽고, 같은 학원을 다니고, 똑같은 과외 선생님에게 수업을
들으며 유년 시절을 보냈다. 아빠에겐 환장할 일이었다.

종종 이것저것 엄마에게 적선하길 좋아했던 신미진이, 한때

내 과외 비용마저 거의 공짜에 가깝게 부담해 주지 않았더라면 절대 견딜 수 없었겠지.

신미진이 제 아들들을 위해 아예 이 시골까지 큰돈 들여 독점 초빙한 대단한 과외 선생님은, 우리 집 등골을 빼먹는 수준으로는 애초에 만나 볼 일도 없는 부류였다.

적어도 내 공부에는 돈을 아끼지 않았던 아빠가 자존심을 세우고 따로 돈을 내겠다고 몇 번을 말해도 소용없었다. 한 번은 아빠가 슈퍼마켓에 들어가는 선생님을 보고 후다닥 쫓아가 몰래 매수를 시도한 적도 있었다. 그러나 그 선생님이 우리 집에 단 한 번이라도 오는 일은 없었다.

본인은 이리저리 과외를 다닐 수 있는 입장이 아니라는 거였다. 오로지 신미진의 아들들만 가르치기 위해 이 먼 청라까지 고용되어 왔고, 그만큼의 대가를 받고 있기 때문에 도리가 없다고.

'우경이를 가르치는 김에 덤으로 차희 공부를 봐 줄 수 있기는 하지만, 우경이 집에서, 우경이를 가르치는 수업 때만 가능해요.'

물론 그렇지 않았다 해도 감당할 도리가 없긴 마찬가지였을 것이다. 그 시절 아빠가 초등학생 딸아이를 위해 아끼지 않을 수 있었던 것은 기껏해야 읍내의 보습 학원이나 피아노 학원, 검도장, 바둑 기원 네 군데를 동시에 보낼 수 있는 정도였다.

그 정도면 동네에서는 '그러다 애 잡겠다'는 소리가 나올 수준
이었으니 아빠의 사교육 자신감도 실은 어쩔 수 없는 산물이다.

그러나 나중에서야 우연히 듣게 된 선생님의 월급은 한때 제
법 풍족했던 우리 사과원의 연 수입을 다달이 나눈 것보다도
약간 더 많았다. 그러니까 젊은 날의 엄마랑 아빠가 둘이서 몸
이 부서지도록 벌어 세상에 거들먹거릴 만했던 좋은 벌이도,
박우경의 값비싼 과외 선생님 하나를 이길 순 없었던 것이다.

심지어 신미진이 남편을 졸라 그 선생님을 위한 숙소로 아예
읍내의 아파트를 한 채 사서 호텔처럼 리모델링 해 놓고, 딱정
벌레처럼 생긴 귀여운 외제 차까지 한 대 리스 해 주었다는 말
에는 기함하지 않을 수가 없었다.

이후로 아빠는 우리의 수업을 한결 더 껄끄럽게 여기게 되었
지만 엄마는 완강했다. 진이 언니가 아니면 어디서 우리 희야
가 이런 기회를 얻겠나 하고. 아빠의 자존심도 그 사실을 부정
하지는 못했다.

시골의 자그마한 보습 학원과 박우경네 고액 과외 사이의 격
차는 분명했다. 우리 딸더러 남의 집 애 과외 수업이나 훔쳐 듣
게 하는 것이 맞느냐고 골을 내던 아빠도, 결국 내가 더 좋은
수준의 교육을 받길 바랐다.

'태희 아버지, 제발 부담 좀 갖지 말라니까. 내가 뭐 바
보라서, 태희 아버지 말처럼 무단히 남의 딸 좋으라고 돈
을 더 쓰는 게 아니야. 사실 다 우리 우경이 위해서라구

요, 응?'

'내 생각엔 그기 말이 안 되니까 하는 소립니다.'

'물론 내가 태희 엄마를 너무 예뻐라 하니까 그 딸도 예뻐 보이는 건 있어⋯⋯. 조카처럼 마음도 더 가죠. 막말로 이 촌 동네 여기저기 방치해서 아무렇게나 엉망으로 키워 놓은 애들이 천진데, 차희처럼 단정하구 똑바른 애 하나 붙어 노는 게 훨씬 보기 좋고 안심이 되는 것두 사실이고.'

'형수님이 희야 이쁘게 봐 주시는 거야 좋고, 뭐 다 좋고 고마운데 이거는 너무 거저 주는 거 아입니까. 그리고 동주 행님도 이런 건 불편하실 낀데⋯⋯.'

'아니야. 우리 애 아빠는 너무 좋대.'

그래도 끝까지 석연찮게 여겼던 아빠를 붙잡고 간곡히 부탁한 것이 저쪽이었다는 건 지금 생각해도 조금 우스운 그림이다.

'아니, 그리고 우경이 얘가 차희처럼 똘똘한 애 안 붙여 놓으면 공부를 안 한다니까, 공부를⋯⋯. 책상에 30초도 안 앉아 있는 게, ADH 어쩌구 하는 그게 바로 걔야⋯⋯. 다른 땐 성격이 산만한 것도 아닌데 공부만 시키면 그 난리를 치니까, 세상에, 내가 부산까지 내려가서 아동 정신과를 몇 개나 돌아 본 사람이에요, 태희 아버지.'

'형수님은 무슨 꼴랑 그런 일로 아직 어린 아를 갖다가 정신 병원에 데려갑니까.'

'내가 오죽하면 그래. 그러던 애가 차희가 옆에 있으면 공부에 흥미도 붙고 경쟁심도 생기고 그러나 봐요. 이젠 몇 시간을 수업해도 차희가 가만히 집중하고 있으면 지도 옆에서 차희랑 똑같이 한대요.'

'우리 차희가 선생님들한테 그런 칭찬을 많이 듣기는 하는데……. 아, 여튼 형수님이 뭐라 카시든 일단 경우가 아닙니다.'

'집안끼리 몇 년을 가까이 지냈는데 경우가 무슨 소용이야. 서로 좋은 일 하자는 건데. 우경이도 좋구, 우리 차희도 좋구……. 난 차희한테 오히려 고맙다니까? 이거 절대 공짜 아니에요. 이 집에서 우리한테 고마워할 것도 하나도 없구 말야.'

'……그래도.'

'차희 태도만 지금처럼 계속 좋으면 돼. 하여간 쓸데없는 데 돈 쓰지 말구 아껴서 나중에 차희 등록금에나 보태요. 얘 분명 대학도 엄청 좋은 데 갈 거니까.'

엄마는 아직도 그날의 신미진을 종종 말한다. 그녀가 우리에게 얼마나 고마운 사람인지 모르겠다고. 네가 공부를 잘하게 된 것도, 다 진이 이모 덕분에 부잣집 딸처럼 팔자에도 없던 고액 과외를 어릴 때부터 받았기 때문이라고.

덕분에 혹 박우경과 내가 어느 날 갑자기 손을 잡고 저 근사한 집에 결혼 허락이라도 구하러 간다면, 신미진이 가장 먼저 나서서 날 환영해 주리라고도 내심 생각한다.

진이 이모가 있는데 뭐가 걱정이겠느냐고 순진하게 묻겠지. 어릴 때부터 널 끔찍하게도 아끼던 이모인데, 네가 며느리까지 되면 얼마나 잘해 주랴 하며.

그러나 지금 와서 생각하면, 그때의 생략된 과외 비용은 신미진이 제 아들의 구미를 당길 만한 물건을 하나 사서 자리에 놔둔 것과 다를 바가 없었다. 똑똑하지만 골치 아픈 제 어린 아들을 어떻게든 자리에 앉혀 두려고, 어쩌면 이 좁은 시골 동네에서 유일한 경쟁 상대를 만들어 호승심이나마 느끼길 바라서…….

이건 절대 공짜가 아니라며 '좋은 태도'를 당부했던 것도 차라리 고용주의 언질에 가깝다. 얼마간의 순수한 호의도 있었을지 모르지만, 이제 와서는 상상이 어려웠다.

나는 식탁 위에서 깎이고 썰려 빨간 대야 안으로 들어가는 오이들을 흘끗 봤다. 말희 네가 한 오이소박이가 너무 먹고 싶다고 신미진이 전화로 조르던 소리를 들은 게 오늘 아침이었나.

좋게 말하면 친정 식구고, 조금 나쁘게 보면 그중에서도 가장 만만한 자매 취급이 왕왕 있었지만 엄마는 항상 신미진의 저런 말들을 좋아했다. 자기도 뭔든 해 주고 싶은데 돈 드는 건 해 줄 수 없으니까. 저렇게 잘사는 언니가 자기를 필요로 한다는 게 기쁘니까.

우리 집이 제법 살 만했던 때도, 그다지 살 만하지 못한 지금에도 우리 집은 언제나 저 집 아래 그늘에 있으니까.

어쩌면 박우경과 관련된 일만큼은 아빠가 맞다. 아빠 편을 별로 들고 싶지는 않지만, 이 경우엔 언제나 엄마의 낙관보다 아빠의 피해 의식이 그나마 좀 더 정확했다.

세상에 공짜는 없고, 누가 무언가를 줄 때는 언젠가 거둬 갈 생각이라는 것. 그 집과 나는 결국 절대 맞지 않다는 것. 박우경 엄마의 다정한 친구 엄마 행세든, 동네 친한 언니 행세든 죄다 가식이라는 것.

그렇게나 어릴 때부터 아빠가 의심했던 박우경이 결국에는 날 좋아했다는 것. 아빠가 지레 걱정했던 만큼 내가 박우경을 좋아하고야 말았다는 것.

우리가 그래서는 안 됐다는 것.

그러니까 아빠는 결국 옳았던 것이다. 자기가 얼마나 옳은지도 모르고.

"……당신이 백날 말해 봐야 결국 애들이 알아서 하는 거지."

"지금 뭐라 캤노."

"지들 좋다면 그만이고 아니어도 그만인데 괜히 자기가 나서서 뭣이 어떻고 저떻고, 이래 하지 마라 저래 하지 마라 해 쌓고……. 자꾸 그카면 싫다가도 좋아지겠다, 내 같으면."

"쓸데없는 소리 한다, 또."

고작 한 살 많은 남편에게 꼬박꼬박 존대하던 엄마가 말을 놓기 시작하면, 그건 엄마 나름대로 분노의 표현이었다. 엄마가 구시렁거리는 소리에 가뜩이나 신미진에게 줄 반찬을 불만스럽게 보고 있던 아빠가 오만상을 찌푸렸다.

그리고 나는 반쯤 포기한 상태로 둘을 보았다. 아빠가 박우경을 배척하느라 괜한 트집을 잡는 내내 엄마는 마치 제 장남이 욕을 먹고 있는 것처럼 고통스러운 표정이었다. 슬슬 저렇게 터질 만도 했다.

"내가 어데 희야 잘못되라고 이카나? 희야가 박우갱이 금마랑 엮여서 좋을 게 한 개도 없는데 새끼가 눈치도 없이 꾸역꾸역, 이제 다 커 갖고 보기도 징그러운 놈이 이렇게 한 번씩 우리 집에 밀고 들어오는 기 문제라고."

"딴 사람은 몰라도 태희 아빠 당신은 우경이한테 그런 식으로 말하면 안 되지."

"왜 안 되는데. 뭐가 안 되는데!"

"희야 내려오고 윤준영이 니가 한 짓을 봐라!"

"니? 윤준영 니?"

본인 이름을 처음 들어 보는 것도 아니면서 아빠는 매번 충격을 받았다. 엄마가 도마에 칼을 탁 내려놓으며 일어났다.

"우경이가 징그럽기는 뭐가 징그러워! 징그럽기는 윤준영이가 징그럽지. 일 조금 붙어 가르치고 나면 내팽개치고, 조금 또 가르치다 내팽개치고……! 니 딸내미가 뭘 할 줄 안다고, 어? 말만 공주, 공주, 아한테 집안일 다 내팽개치고 맨날천날 나가고 처자빠지던 게 누군데 이래라저래라 죄 없는 남의 집 아들 흠이나 잡으면서 큰소리고!"

"이말희!"

"왜! 우경이 걔 아니었으면 느그 공주는 당신 때문에 벌써 골병 났다. 아나!"

"뭐?"

그 애가 그간 우리 사과원을 드나들며 일을 도왔던 것이 들통나는 것도 당연한 수순이었다. 엄마 입장에서야 별수 없는 일이다.

나랑 박우경이 잘되길 바라서 그 애가 돕는 걸 기껍게 용인했다고는 하지만, 기본적으로는 변변한 대가도 돌려주지 않는 일방적 도움이었다.

그렇게 받고 있기만 한 것도 미안한데, 정작 원흉이 도와주는 사람을 욕하고 있으니 저럴 만도 하다. 그것도 엄마가 예뻐 죽을 지경인 박우경을.

"저 기집애가 고집도 쎄서 내가 잠깐만 뭐 도와줄라 캐도 아픈데 왜 나왔냐고 울고불고, 나중엔 죽기 살기로 싸우자 카니까 나가지도 못하고……. 창문에서 저 짝대기 같은 팔로 무슨 일을 하나 싶어서 지켜보고 있으면 내는 기도 안 차는데, 당신은 전화 한 통이면 집안일 다 내팽개치고 나가 삐대? 내랑 일할 때는 그래, 그랬다 치자. 근데 하나뿐인 딸내미가, 평생 공부밖에 안 해 본 가시나가 장갑 끼고 흙 만지는데 그 꼴을 보고도!"

"듣자 듣자 하니까 누가 집안일을 내팽개친다꼬! 니 지금 저 깜깜한 밖에서 여태까지 내 혼자 일하다 잠깐 기어 들어온 건 안 보이나?"

128

"어이구, 낮에 할 일 제때제때 했으면 지금쯤 발 뻗고 누워 있겠네!"

"이말희!"

"뭐! 그래서 우경이가 벌써 3주나 여기 들락날락한 기다."

"3주?"

아빠가 기겁하며 이마를 짚었다. 나는 이미 이마를 짚고 있었다.

"보니까 희야 혼자 어리바리하이 하고 있고 당신은 보나 마나 갖가지 핑계로 나갔을 끼고, 명색이 친군데 지 딴에는 아가 얼마나 안쓰럽노. 그것도 여자애가 혼자……."

"여자애가 혼자 있는 게 문제다 안 카나. 그 집 아들이랑 우리 딸이!"

"아, 그럼 당신이 딱 붙어 있었으면 될 거 아이가!"

"다 일이 있었다 안 카나!"

"친구가 그래 좋으면 친구랑 사이소. 사과원은 다 팔아 삐고!"

"당신은 박우갱이 금마가 농사를 뭘 안다고 우리 사과원에 손을 대게 놔 두노!"

"하이고, 차희보고는 잘했다고 입에 침도 안 마르게 칭찬하더만 우경이가 했다 하니까 갑자기 뭘 모르는 놈이라고 그카나."

"이, 이……."

"내는 진짜 우경이한테 미안해 죽겠다. 우경이가 죄지은 것도 아니고 당신 없는 새에 일을 그렇게 해 줬는데, 그것도 돈 한 푼 안 받고 일해 주는 거를 고맙다고 대접은 못 해 줄망정 당신 피해 숨어 다니라고나 했으이……."

"그래서 내 몰래 오라고, 피해 다니라고 아예 당신이 금마한테 시켰다 이거가? 어?"

"그래서 미안해 죽겠다."

선언은 당당했다. 능멸당한 왕처럼 아빠가 뺨을 떨었다.

"내가 아무것도 모르는 새 그 새끼가 우리 집을 쉴 새 없이 들락날락거렸다 이거제……."

"이제 앞으로는 당당하게 들어와야지. 이럴 게 아니라 우경이한테 식사 대접을 제대로 해야겠다. 내일 한우를 사 와서……."

"한우는 지랄이 한우다. 꿈도 꾸지 마라."

"그럼 우경이한테 여태까지 밀린 일당 한꺼번에 주든가."

"내가 금마를 고용한 적이 없는데 무슨!"

식사 대접이야 엄마가 늘 하던 것이다. 그러니까 이 말은 아빠가 있든 말든 대접을 하겠다는 뜻이고.

박우경이 사과원을 상습적으로 오갔다는 것을 안 이상 아빠는 당분간 사과원에만 붙어 있을 테니 머지않은 미래였다. 골치가 아팠다.

"윤차희! 앞으론 절대 안 된다. 알겠나!"

엄마와 말이 도통 안 통하는 것 같았는지 아빠는 대상을 바꾸었다. 난 한숨을 흘리며 중얼거렸다.

"그냥 내가 너무 힘들어 보인다고 일 좀 도와주고 간 게 다예요. 항상 아무 일 없고요."

"데릴사위도 아니고 뭣도 아닌 부잣집 아들놈이 남의 집에 무단히 와서 노동하고 가겠나? 이게 말이 되는 소리라 생각하나. 어? 생각을 해 봐라. 다들 느그보고 뭐라고 씨부리겠노."

"아빠 말처럼 데릴사위도 뭣도 아닌데 왜 저러지, 하고 말겠죠. 쟈가 휴학 중이라 할 일이 드럽게 없었나 보다……."

"가시나야, 아빠 농담 따먹을 기분 아이다."

"이쪽도 아니에요. 너무 피곤하고요."

"앞으로 안 된디. 금마랑은 안 된다고 아빠가 백번 천 번 말했디."

"아 괴롭히지 말고 일이나 마저 하러 가소. 이십 년째 같은 소리 지겹지도 않나……."

"말희 니는……. 에휴, 가서 잠이나 자라. 내가 환자랑 무슨 말을 하노."

한참을 바락바락 싸우던 엄마와 아빠는, 버릇처럼 또 아무 일도 없었다는 듯 서로 등을 돌려 휙 멀어졌다. 아빠는 마저 일 하러, 엄마는 방에 드러누우러.

저러고 내일 아침이면 붙어서 아무 일도 없었다는 듯 같이 앉아 TV를 보고 사람들 얘기를 하겠지.

여기에 휩쓸리느니 내일부턴 일 끝나면 도서관에나 가서, 학습실이 끝나는 밤까지 죽치고 앉아 있는 편이 낫겠다. 나는 방에 누워 ≪1984≫를 몇 바닥 읽다 침대에 툭 던지고 천장을 노려보았다.

　도서관에서 사과원으로 돌아오던 밤, 그 애의 손에 들려 있던 책이 생각났다. ≪첫사랑≫. 오래전 읽었던 내용이 점차 가물가물한 기억으로 돌아오고 있었다.

　독일 시골 소녀와 프랑스군 전쟁 포로. 전쟁이 끝나면 꼭 다시 만나자고 약속했던⋯⋯.

　그들의 끝이 잘 기억나지 않았다. 나는 단지 쓰게 남은 입맛을 삼켰다. 그 책은 명문대가 추천한다는 기나긴 도서 목록에 이름을 올릴 만한 유명한 책도 아니고, 박우경의 손이 저절로 골랐을 리도 없는 제목에다 그 애가 멋대로 코웃음이나 칠 청소년 문학이었다.

　그러니까 박우경에게 그 책의 존재를 알게 했을 유일한 경로란, 그 애 앞에서 책을 읽었던 열다섯의 나뿐일 것이다.

　그 애의 첫사랑.

　나는 눈을 감았다. 그러고 보니 그 프랑스 군인도 시골에 있는 주인공의 집으로 와서 얼마간 이것저것 일을 했다. 피아노도 잘 쳤던 것 같다. 파리에 있을 땐 음대를 다녔댔지⋯⋯.

　나는 박우경이 피아노를 계속 쳤더라면 지금쯤 어디에 있을지 상상했다. 지금은 그 손이 얼마나 피아노를 기억하고 있을지도 궁금했다.

　그 애의 피아노 방엔 이제 무엇이 남아 있는지도.

　열일곱, 그 애는 부모가 피아노를 완전히 그만두게 했을 때 집에 있던 그 값비싼 피아노를 제 손으로 부쉈다.

그러고는 처음으로 내게 한 번만 안아 달라고 말했다.

#5. 열일곱, 5월의 토요일 밤

비 내리는 토요일 밤이었다. 나는 작은 면민 도서관에 딸린 학습실에서 마지막으로 일어났다. 벌써 학습실 절반은 불이 꺼져 있어 어두웠다.

9시 10분. 버스를 타긴 이미 글렀다.

나는 딱히 전화할 곳도 없으면서 괜히 핸드폰을 몇 번 만지작거리다 문제집을 챙겨 넣고 천천히 가방을 잠갔다. 창문에 부딪히는 빗소리가 금세 거세졌다.

아빠는 오전에 외갓집에 가며 몇 번이나 당부했다. 오늘 밤부터 비 온다 카더라. 오늘은 아빠가 니 못 데리러 가니까 비 오기 전에, 버스 끊기기 전에 꼭 도서관에서 나오고. 어? 혹시 모르니까 우산 까먹지 말고…….

죄다 며칠 전 엄마가 진작 질리도록 당부한 내용이었다. 엄마는 외할머니의 갑작스러운 수술 때문에 먼저 외갓집에 가 있었다. 야야, 주말에 비 온단다. 느그 아빠는 인공 수분 마무리하고 토요일에 외할머니 집 오기로 했그든. 엄마가 말했나?

이제 오빠야도 없는데 희야 니 주말에 늦게까지 도서관에 있으면 그때 아무도 데리러 갈 사람 없다, 알제. 그니까 공부하면서 시계 잘 보고, 막차 지나가기 전에 꼭 나오고, 응? 제발 좀 미친 가스나처럼 밤길 혼자 걸어오지 말고. 알았나.

혹시 우경이 있으면 니 좀 꼭 데려다 달라고 부탁하고……

집에 가 마저 공부할 거리나 생각하던 머리에 문득 떠오른 이름이 덜거덕거렸다. 박우경더러 부탁하라는 엄마의 당연한 당부와 달리 난 더 이상 그 애와 그럴 만한 사이가 못 됐다.

박우경을 피해 다닌 게 벌써 얼마나 됐더라……

우리가 고등학교에 입학하고도 두 달이 훌쩍 지나, 이제 5월이었다.

온 동네 그득 희게 피어났던 사과꽃들이 적화를 거쳐 듬성듬성 남고, 때늦게 만개한 우리 과수원의 부사 꽃들도 하나둘 꺾여 조금씩 초라해지는 때.

나는 수위 아저씨가 퇴근길에 내게 부탁한 대로 학습실을 빙 돌아 남은 불들을 하나씩 껐다. 빗줄기에 뿌옇게 변한 창을 통해 동네 밖 외딴길처럼 어둑한 도서관 앞이 보였다.

여름밤이면 그 애와 종종 소나기를 맞으며 저 길을 지나갔던 것이 생각난다. 낮에는 싸웠다가도 밤이면 당연하다는 듯 그렇게 우산 하나를 나눠 쓰고서.

우리는 나란히 정류장까지 걸었다. 그러고는 정자 모양의 낡은 팔각지붕 아래에서 실없는 말을 몇 마디 주고받으면, 머지않아 어두운 시골길 위로 우리 사과원으로 가는 막차가 나타나곤 했다.

그 애는 제집까지 버스를 타지도 않으면서 늘 그 차를 기다렸다. 단지 내가 그 차를 타고 떠나는 것을 보려고.

난 불이 하나밖에 남지 않은 2층 학습실에서, 아무도 없는 빈 주차장을 얼마간 멀거니 응시했다. 기다리면 비가 조금이나마 그치지 않을까 하고.

그러나 보이지 않는 빗속을 향한 것은 놀랍게도 미련이다. 나는 창에서 등을 돌려 애써 미련을 밀어냈다. 빗소리에 귀를 기울이자 멍청하게도 다시 그 애가 떠올랐다.

박우경은 종종 아무렇지 않게 날 찾아내곤 했지만, 내가 저를 내내 피하는 걸 모를 정도로 바보는 아니었다.

우리는 결국 또다시 같은 학교였다. 비효율적인 노선 때문에 버스를 타면 편도에 2시간도 넘게 걸리는 여고를 지망했던 나는 결국 그 애의 집안이 재단을 운영한다는 고등학교에 갔다.

차를 타고 곧장 가도 45분 남짓 걸리는 거리를 새벽부터 일하는 아빠가 매일 왕복할 수 있을 리 만무했고, 내가 원래 바랐던 자취는 엄마가 듣자마자 뒤로 넘어갈 기세로 기겁했다.

어린 노무 가스나가 세상 무서운 줄 모르고……! 집안을 뒤집어 가며 며칠을 싸워도 마찬가지였다. 어릴 적 윤태희의 지랄과 억지에 익숙한 엄마와 아빠는 내 고집에 눈 하나 깜짝하지 않았다.

그나마 그보다 좀 더 가까운 인문계는 수준이 너무 낮다며 담임 선생님이 엄마랑 아빠에게 몇 번이나 전화를 돌릴 정도로 반대하고 나섰다. 아예 거기서 더 가까운 학교라면 상고, 농고 하나씩이 남았으니 논쟁도 끝이었다.

그 애로부터 저 멀리 도망치려 했던 시도는, 결국 시도라 부르지도 못할 일로 끝났다. 나는 그사이 그 애 엄마가 우리 엄마더러 차희 고집을 꺾어 놓으라 몇 번이고 전화한 것을 들었다.

제 아들 옆에서 간발의 차로 내내 2등이나 해 줄 애가 구색을 맞추듯 필요했을까. 그 아줌마가 아니었더라도 엄마 아빠는 당연히 날 꺾으려 들었겠지만, 나는 그때 처음으로 박우경의 엄마가 거북해졌다.

박우경의 부속물처럼 계속 딸려 가는 미래가 거북해 미칠 지경이었다.

좋은 친구랍시고 맘대로 붙여 놓고는, 성인이 되면 서로 본체만체 살라 할 잘난 인생이면서.

아빠와 박우경의 아빠가 다르고, 엄마와 박우경의 엄마가 다르듯이, 우리에게도 다르게 살라고 할 거면서…….

그러니까 이 모든 게 결국에는 시답잖은 반항이겠다. 보잘것없는 물건처럼 그 애의 인생에서 치워지고 밀려나기 전에, 내가 먼저 그 애를 걷어 내겠다는 몸부림이고.

그래서 모르는 척, 관심 한줌 남지 않은 척 무심한 눈으로 박우경을 지나치고 그 애와 아예 다른 공간에 사는 양 굴었다. 그 애가 날 얼마나 바라보든, 무슨 생각으로 날 붙잡으려 들든.

더는 그 애의 점수에도 관심을 두지 않았다. 아무런 상관도 없이 2등을 거머쥔 양 그 애를 지나갔다.

알고 보니 그 애는 더 이상 1등도 아니었다. 희한했다. 박우경의 엄마가 엄마에게 전화해 하소연하는 소리를 지나가듯 들었다. 태희 엄마, 우경이 얘가 대체 왜 이러는지 모르겠어. 암만 중학교랑 고등학교 공부가 다르다지만 놀면서도 전교 1등만 하던 애가 어떻게 이렇게 점수가 하루아침에 뚝 떨어져? 차희랑 우경이랑 그 왜, 우리 애들 한창 과외할 때 말야. 그때 분명 그 선생님이 고3 수학까지 진도도 미리 싹 빼 놨댔잖어? 세상에 이 새끼가 수학을 몇 점 받아 왔는지 들으면 기도 안 찰걸⋯⋯.

그 애 엄마가 기도 안 찰 점수라고 해 봐야 잘 쳤겠지. 그래도 기분이 이상하기는 했다. 내가 이긴 게 아니라 걔가 떨어진 거라 이긴 것 같지도 않았다. 전혀 기분이 좋지 않았다⋯⋯.

그래도 그 애가 아무렇지 않게 내게 인사하면, 나도 아무렇지 않은 양 인사했다.

우리가 단지 그뿐인 사이라는 듯이.

눈을 피하고, 걸어 오는 전화를 피하고, 문자를 무시했다. 봄 방학엔 그 애와 중1 때부터 같이 다니던 보습 학원도 그만뒀다. 도서관에 그 애가 나타나면 그다음 날은 도서관에 가지 않았다.

동네 도서관이 너무 일찍 문을 닫아서 방학 때부턴 종종 읍내의 24시간 독서실에서 공부했지만, 그마저도 박우경이 한 번 나타나니 잘 가지 않았다. 아예 가지 않을 수는 없어서, 별수 없이 갈 때마다 박우경이 없기만을 기도했다. 그러고는 박우경이 있어도 없는 것처럼 굴었다.

어차피 그 애는 놀러 다니다 남는 시간에나 공부하는 정신 나간 놈이라 잠깐은 견딜 만했다. 답답한 게 싫어 칸막이나 커튼 따위를 오래 견디지 못하는 나는, 책은 안 보고 나만 빤히 바라보는 그 애의 눈이 느껴져도 탁 트인 책상 위에서 꿋꿋했다. 그러느라 힘이 들었다.

그럴 때마다 나는 열다섯 겨울, 아빠가 팔아 버린 세단을 생각했다. 일요일 오후면 사과원 마당에서 애지중지 물을 뿌리고 박박 닦아서 광을 내던 아빠의 좋은 차.

그해 여름 청라에는 꼬박 30년 만에 물난리가 났다. 태풍에 사과나무가 많이도 쓰러진 직후였다.

우리 집은 마을에서 가장 큰 피해를 입었다. 그해 수확할 것은 아무것도 없었다. 늦여름까지 실컷 수고하고 돈 들인 일들은 아무런 보람도 남기지 않았다.

아, 빚은 남겼다. 아주 많이.

그렇잖아도 얼마간 빚을 안고 공격적으로 값비싼 품종을 접붙이고, 설비를 최신식으로 보강해 가며 할아버지가 넓게 일군 사과밭을 채워 가던 도중이었다.

단 두어 대만 세워 둬도 억이 넘어간다던 농기계들은 열 대도 넘게 망가졌고, 그 농기계들을 길게도 세워 두었던 저온 창고도 물에 잠겨 고장이 났다.

어릴 때부터 할아버지를 도와 부지런히 농사를 했던 아빠는 흉년과 병해에 익숙했지만, 여태껏 쌓은 모든 것이 무위로 돌아가는 경험은 한 번도 해 보지 않았다. 그래서 이전보다 훨씬 자주 술에 취했다. 엄마는 자주 울었다.

그들이 취하거나 울고 있으면, 양옥집에 딸린 반지하 창고에서 밤새 물을 퍼내던 양수기 소리가 가끔은 환청처럼 들렸다.

아빠는 결국 세 번째 자식처럼 아끼던 근사한 차를 팔고, 중고로 오래된 승용차 한 대를 샀다. 그리고 나중에는 그마저도 팔았다. 트럭은 진작 훨씬 더 낡은 것으로 바꿨었다. 거기서도 얼마나마 건지기 위해서였다. 다시 사야 할 것은 많고 돈은 없었다.

그렇게 열여섯, 살아남은 나무들 사이에 병이 돌았다. 아빠도 엄마도 비싼 돈 주고 새로 심은 나무들에 온통 집중했던 바람에 그것을 잘 몰랐다. 그때만 해도 우리 사과원은, 농번기에 일꾼이 예닐곱 명씩 필요할 정도로 제법 넓었었다. 그러나 사람이 필요해도 사람을 쓸 돈은 더 이상 없었으므로 사각도 많아졌다.

새로운 나무들까지 병이 다다르는 데에는 그리 오랜 시간이 필요하지 않았다.

병에서 살아남은 나무가 거의 없었으므로, 살아남은 과실도 거의 없었다. 수확은 미미했다. 겨우 출하한 사과들은 상품 가치가 전혀 없어 제값을 받지 못했다. 박우경네 아빠는 그저 사과를 담느라 쓴 대형 상잣값의 2배를 우리에게 적선하듯 쳐줬다. 상자당 2천 원.

그게 근방에서 가장 비싸게 불린 값이라고 했다. 집에 돌아온 엄마는 애처럼 엉엉 울며 아빠에게 2천 원이라는 말만 반복했다. 오빠랑 내가 반쯤 열린 문밖에서 듣고 있는 것은 생각도 못 하고.

엄마를 안아 주려다 몇 번이나 얻어맞고 우두커니 서 있던 아빠는 그 길로 나가 사과원 땅 절반을 부동산에 내놨다. 할아버지가 물려준 땅은 단 한 평도 팔 수 없다고 엄마와 싸우던 건 전부 없던 일처럼.

뒷산의 산비탈까지 사과나무로 가득했던 우리 땅은 이제 어느 회사가 세운 태양광 시설들로 온통 번쩍거린다.

비 때문에 팔아넘긴 땅인데, 덕분에 비가 오면 뒷산의 산사태까지 걱정해야 한다. 문제를 덮고 또 덮어도 일은 끝나지 않았다.

우리 집은 이미 그런 운명이었다. 남들은 이 좀 악물고 한 해 견디면 지나가 버릴 일도, 우리 집에만 오면 대단한 재난이 될 게 틀림없었다.

그러니까 어쩌면 고등학교는 핑계고, 나는 박우경을 볼 때마다 고작 2천 원짜리 저주에 걸린 양 온 머리와 몸이 굳어 버렸는지도 모른다.

그 애를 보면 박우경의 아빠가 우리 아빠에게, 가까스로 건져 낸 사과들이 얼마나 가치가 없는 하품인지 조목조목 학술적으로 유식하게 설명해 주었을 순간을 생각하게 됐다. 그 뒤에 서서 아무 말도 하지 못하고 있었을 엄마가 떠올랐다.

박우경은 아무것도 모르는 게 분명했다. 2천 원 따윈, 빚을 내버틴 한 해의 수고를 겨우 긁어모아 트럭에 꽉 치도록 싣고, 고작 수십만 원을 적선받듯 제 부모에게서 받아 온 내 부모 따윈.

나는 그 애가 그것을 몰라 다행스러웠고, 그 애가 그것을 몰라 미웠다.

정작 안다면 끔찍할 것이 분명한데도.

네가 자유로워서, 내가 점차 보잘것없어져서, 그럼에도 불구하고 네가 좋다는 이 한가로운 감정 따위를 견딜 수가 없어서……. 자괴감을 곱씹던 나는 그치지 않는 비에 지쳐 창가에서 발을 뗐다.

가방 안의 작은 우산으로는 쓰나 마나 온몸이 다 젖을 것이다. 토요일이라 교복이 아닌 게 다행이었다.

나는 무거운 가방을 한쪽 어깨에 겨우 걸치고 계단을 내려갔다.

도서관 외부 입구의 천장에서 느리게 점멸하는 백열등은 그나마 하나 살아남은 불빛이다. 약간 으스스했다. 그래서 불빛 아래 인영을 처음으로 봤을 땐, 어릴 때 귓등으로 들어 넘긴 도서관 괴담부터 시답잖게 생각났다.

빗속의 초라한 불빛이 네 얼굴을 비추기 전까지는.

"……뭔데?"

끼익 낡은 소리를 내며 유리문이 열린 후에도 얼마간 바닥만 바라보고 있던 박우경이 느리게 날 봤다.

"……그냥."

"그냥?"

"니 데리러 왔다. 우산 잘 까먹으니까."

그렇게 말하는 저는 정작 다 젖은 꼴이다. 한 손에는 깔끔하게도 접어 감아 놓은 골프 우산이 들려 있었다.

내가 여기 있는 건 어떻게 알고 기다리는데? 뾰족하면서도 상식적인 질문이 머릿속을 맴돌았지만 소리가 되지는 않았다.

이 동네에서 이 시간까지 경비도 없는 도서관을 쓰는 정신 나간 애는 나뿐이다. 그리고 그런 날 가장 잘 아는 건 박우경이다.

나는 박우경의 손에 곱게 들린 우산을 한참이나 보다가 비로소 그 애의 얼굴을 봤다.

느릿느릿 깜빡거리는 불빛이 터진 입술을 비추었다.

"……얼굴 뭔데?"

"아. 이거."

박우경은 우산을 들지 않은 손으로 턱을 머쓱하게 매만졌다. 자기 입술이 터진 것도 잠깐 잊어버렸다는 듯. 엉망이 된 입에서 피식 웃음이 새어 나왔다.

"아까 아빠한테 몇 대 맞았다. 존나 터졌제."

"왜, 아빠한테 뭔 짓 했는데?"

"……니는 왜 당연하다는 듯이 내가 아빠한테 무슨 짓을 했다고 생각하는데?"

"그럼 니가 가만있는데 니네 아버지처럼 점잖은 사람이 때리나. 나댔겠지."

"피아노 그만두래."

마치 어제까지 대화를 하던 것처럼 툭툭 내뱉는 자기 얘기가 낯설었다. 나는 그 애가 걸터앉은 계단 난간 쪽으로 갔다.

그만두라는 얘기는 작년에도 나왔었던 것 같다. 어차피 전공까지 해 가며 붙잡을 대단한 열성은 아닌데.

그래도 박우경네 집에선 슬슬 시간이 아까웠을 것이다. 박우경이 그들의 생각보다 지나치게 공부에 재능이 있었기 때문이다.

우리는 유치원 때부터 엄마들 손에 이끌려 똑같은 학원을 많이도 다녔다. 피아노 학원, 영어 학원, 미술 학원, 검도장, 태권도장, 바둑 기원, 주산 학원, 속독 학원, 논술 학원……. 아마도 읍내에 존재하는 학원이란 학원은 종류별로 다 돌아 봤을 것이다. 하루에 학원 서너 군데를 다니는 일도 자주 있었다.

개중 몇 개는 몇 년씩도 같이 다녔다. 제 엄마 말을 종종 지독히도 안 듣는다던 그 애는 나랑 다니던 학원만은 잠자코 잘 다녔다. 그러다가도 내가 그만둔다고 하면 기다렸다는 듯 저도 냉큼 그만뒀다.

검도는 똑같이 2단이 되자마자 그만두고, 바둑은 똑같이 두 달 만에 그만두고, 그 잘난 고액 과외도 내가 중2 때부터 그 수업에 가지 않으니 저도 얼마 지나지 않아 때려치웠다.

그런데 피아노만큼은 그렇지가 않았다. ≪체르니 30≫을 겨우 다 뗀 내가 지겹다고 때려치워도 박우경은 저 혼자 ≪체르니 50≫을 배울 때까지 남아 있었다. 나중에는 학원을 오가는 게 시간 낭비라고 차라리 지방 음대생을 집으로 불러 개인 레슨을 시켜 줄 때까지.

그러다 어느 순간에는 라흐마니노프나 쇼팽 같은 고상한 음악을 치고 있는 박우경이 있었다. 약간은 코웃음이 나오다가도 눈이 이끌리고. 과외를 기다리며 피아노 방에서 그 애가 레슨 받는 소리를 듣고 있으면 가슴이 술렁거렸다.

인정하기 어려운 짝사랑의 감각은 불길한 예감과도 닮아 있다. 그래서 나는 그 애가 피아노를 칠 때마다 언제나 불안했다.

그 애가 더 이상 피아노를 배우지 못한다는 말에 가슴이 꽉 쥐어 오는 것과도 별로 뿌리가 다르지 않은 이야기다.

나는 할 말이 없어 운동화 끝으로 바닥을 톡톡 치다. 무심한 척 말했다.

"……그만두면 뭐 어떤데. 공부나 해라, 그럼."

"개차갑네. 윤차희 니 그러다 얼겠다."

엉망인 꼴을 하고는 와중에도 빈정거린다. 나는 무시하고 덧붙였다.

"어차피 전공할 것도 아니었다이가. 니도 옛날부터 안 한다 했고……. 근데 왜 갑자기 못 하게 해?"

"아예 하지 말래."

"…….."

"아예 손도 대지 말래."

더는 배우지 말라는 말이 아니었다. 나는 박우경의 성적이 뚝 떨어졌다는 이야기를 세상 무너졌다는 듯 말하던 그 애 엄마의 목소리를 문득 떠올렸다.

그 일로 꽤 시달리긴 했겠다.

"이제 헛짓거리에 시간 낭비하지 말라고."

"그래서."

"나는 못 그만두겠다 하고, 아빠랑 엄마는 그만두라 하고."

"응."

"한 세 달 그 지랄 하다가…… 그러다 오늘 낮잠 자고 일어났는데 갑자기 씨발 개빡치는 거야…….'

뭘 갑자기. 나는 가만히 눈살을 찌푸렸다. 그 애는 그런 내 표정이 재밌다는 듯 덩달아 콧잔등을 살짝 찌푸려 웃었다.

"그래서 어차피 못 쓸 물건이니까 기념 삼아 부쉈다."

"……뭐라고?"

"의자로 건반 다 깨부수고 뒷마당에서 톱 들고 와서 현이랑 다리랑 덮개도 다 잘라서 나중에 벽난로 장작으로 쓰라고 밖에다 던져 놨는데."

내가 저더러 '어떻게 그렇게 대단한 일을 했냐' 하고 물은 양, 박우경이 줄줄 대꾸했다.

미쳤나. 나는 아연하게 말을 더듬거렸다.

"아니, 피아노를 왜 부수는데. 피아노가 뭘 잘못했다고……. 니가 안 쓰면 중고로 팔면 되는데."

"내가 못 쓸 거면 남도 못 써야 된다."

"……맞나."

하여간 심보도 고약하다. 나는 어이가 없어 그렇게 대꾸하고 치워 버렸다.

생각했던 것과는 죄목이 영 달랐다. 얘는 피아노를 그만두지 않겠다고 해서 맞은 게 아니라 그 비싼 걸 부쉈다고 맞은 것이다.

박우경의 피아노 방 한가운데 놓여 있던 일본산 그랜드 피아노는 오래된 중고도 수천만 원을 호가했다. 여섯 살, 피아노에 아주 뛰어난 재능이 있다는 읍내 학원 선생님의 말 한마디에, 박우경의 엄마가 곧장 일본에서 직수입해 왔던 것이다.

그때는 그 애가 공부를 못할 줄 알았다고 한다. 와중에 음악에 재능이 있다니 여섯 살배기를 두고 당연히 교수 레슨을 받으러 매주 대구를 보낸다 부산을 보낸다 난리도 났지만, 그 애는 고집스레 내가 다니는 읍내 음악 학원만 다녔다.

거기서부터 11년이 지나 지금이었다. 피아노를 산 돈은 11년 전 그 애 아빠의 것이었어도, 11년간 피아노를 매만졌던 애정은 오롯이 그 애 것이었다.

나는 그 애가 제 피아노를 얼마나 아꼈는지 잘 알았다. 세상에서 가장 아끼던 물건을 제 손으로 부숴 버렸다는 건 박우경의 기분이 어디까지 내몰렸는지를 말해 주었다.

"……그래도 후회는 하제."

"어, 좀."

얼굴은 처참하지만 인정은 덤덤했다. 어디든 애지중지 쓸 집에 가게 둘걸. 그렇게 생각하고 있겠지.

"그놈의 게임이나 못 하게 하지. 니는 시간 낭비 그걸로 다 하는데."

"게임은 숨기기 쉽다이가."

그래, 피아노 소리는 못 숨기지……. 나는 박우경의 논지를 긍정했다. 그대로 정적이었다. 비는 조금도 멎을 기색 없이 쏟아졌다.

"……사실은 집에 가기 싫은데, 갈 데가 없더라."

터진 입가에 머물러 있던 시선이 조금 더 위로 끌려갔다. 아주 오랜만에 이렇게 눈이 마주친 것 같았다.

그 애는 가만히 비를 등지고 서서, 그렇게 한참이나 내 눈을 내려다보았다. 나는 멍하니 그 시선에 붙잡혀 있다가 눈을 조금 피했다.

머리 위로 다시 툭, 아무렇지 않게 말이 떨어졌다.

"존나 9시도 안 됐는데 갈 데가 없다."

"……아까 9시 넘었는데?"

"이 개 같은 촌구석."

"그러니까 걍 집에 붙어 있지. 뭐 한다고 나왔노."

"더 처맞긴 싫어서."

"박우경 니가 처맞을 짓 했잖아."

"집에 더 있기도 싫고."

"그래도 너희 어머니가 걱정……."

"윤차희 니 보고 싶어서."

"…….”

"진짜 오늘은, 너무 보고 싶어서."

잘못 들은 척 넘길 수도 없게, 그 애는 퍽 분명한 어조로 말을 심어 넣었다.

"그냥 니 생각밖에 안 났다."

괜히 징그러운 말 하지 말라고, 나는 어떻게든 대충 무안을 주고 넘기려 골몰했다. 네가 날 보고 싶어 하다니, 그렇게 웃긴 일이 어디 있다고. 우리가 뭐라고. 내가 너한테 뭐라고.

네가, 나한테 뭐라고.

"……밥은 먹었나."

"아니."

"가자, 그럼."

그러나 끝내 내가 내뱉은 말은 이토록 유약하고 허무한 제안이었다.

박우경이 씩 웃으며 새까만 우산을 펼쳤다. 나는 그 애의 커다란 골프 우산을 보면서, 실은 가방 속에 작은 우산을 챙겨 두었다는 걸 말하지 않았다. 엄마도, 아빠도 진작 챙겨 주었던 것을 여전히 챙기지 못한 척.

"잘 데리러 왔제."

"응."

네가 데리러 온 건 우산이 없는 나였으니까.

야간 산행 하는 사람들을 위한 24시간 편의점이 있는 삼거리까지는 걸어서 꼬박 10분이 걸렸다.

우리는 걸어가는 통에 운동화가 다 젖었다. 포기하고 찰박찰박 어릴 때처럼 더 깊은 물웅덩이를 골라 걸으니 박우경이 옆에서 날 비웃다 따라 했다.

그러면서도 위에서는 비를 맞지 않으려고 종종 몸을 붙였다. 가끔씩 박우경의 젖은 옷이 팔에 스치는 습한 감각이 아릿했다. 처음에는 그게 큰일이라도 되는 듯 피했다가, 피하는 내가 우스워서 그만뒀다.

　그래서 나중에는 내내 붙어 걸었다. 심장이 나쁜 짓이라도 하듯 쿵쿵 뛰었다. 아무렇지 않은 척하느라 온 얼굴이 어색하게 굳어 있는 것이 쪽팔렸다.

　전부 어두운 빗속이라 다행이었다.

　나는 박우경의 젖은 등을 편의점으로 밀어 넣고 곧장 라면을 골랐다. 똑같은 이름에 색깔만 다른 맛. 그 애는 항상 순한 맛을 먹고, 난 항상 매운맛을 먹었다. 계산대에서 기다리고 있던 박우경이 카드를 꺼내 계산했다.

　나는 그제야 그 애 손의 상처를 봤다. 손바닥이 온통 피투성이였다.

　"……야. 뭔데 이건 또."

　"아."

　도서관 밑에서는 펼치지 않은 우산을 사각에서 쥐고 있다가, 편의점으로 오면서는 다른 손으로 우산을 잡으며 내게 숨긴 것이다.

　제 아빠에게 몇 대 얻어맞아 입가가 터진 것은 아무것도 아닐 정도로 손이 엉망이었다.

　피아노를 망가뜨린답시고 제 손까지 같이 망가뜨린 게 분명했다.

150

"……박우경 니 진짜 미친갱이가."

"일단 라면부터 먹자."

"라면 좋아하네. 미친갱이 새끼."

"미친 건 아니지. 배고파 죽겠는데……."

벌써 성한 손으로 내 컵라면에 뜨거운 물을 받고 있는 게 눈에 보여 기가 막혔다. 나는 그 애에게서 나머지를 뺏어 들었다.

그 애 대신 물을 마저 받고 있는데 자꾸만 한숨이 나왔다. 결국 괜찮다 우기는 걸 무시하고 편의점 아저씨에게 물어 포비돈을 얻어 왔다.

창가 테이블에 컵라면을 나란히 두고 얌전히 기다리고 있던 박우경이 내 손에 들린 약을 보고 인상을 찌푸렸다. 빨간약 냄새가 싫다느니 뭐라 중얼거린 거 같은데, 나는 듣지도 않고 손바닥에 가득 발랐다.

고개를 드니 역시나 오만상을 쓰고 있다.

"내일 눈 뜨자마자 병원 가라. 알겠나."

대충 끄덕거리고 마는 게 못마땅했지만, 쟤네 부모가 알아서 하겠지 싶어 몸을 돌려 창가를 향해 앉았다. 박우경도 날 따라슥 몸을 돌려 길 쪽을 응시했다.

창밖을 봐도 볼거리는 별로 없다.

도로 맞은편 불 꺼진 누룽지 백숙집. 작고 낡은 손칼국숫집. 기사 식당. 빗속의 가로등. 간혹 지나가는 차.

누룽지 백숙 맛있겠다. 윤차희 니가 무슨 할매가? 지도 좋아하면서. 맛있긴 맛있겠다……. 실없는 대화 몇 마디에도 내 눈은 종종 그 애 손으로 갔다.

조금씩 속이 탔다.

"……피아노 치는 손이 다쳐서 어카노."

"피아노 이제 없는데, 뭐. 이제 피아노 안 치는 손이라 괜찮다."

지가 부숴 놓고 말은 잘했다. 박우경은 대수롭지 않은 듯 말했지만 자기 몫의 라면으로 흘끗 내리깐 눈은 음울했다.

"말 듣는 척하다가 나중에 계속 치면 되지."

"나중에 언제."

"어른 되면."

그리 먼 미래도, 가까운 미래도 아닌 이야기를 무심히 늘어놓자 박우경은 살짝 웃었다. 아마도 그때쯤이면 우리는 친구가 아니겠지만.

이곳을 떠나 너랑 동떨어진 인생을 사는 건 어떤 기분일까.

비 내리는 날, 영영 네가 없는 건 어떤 기분일까…….

"집 나갈까."

"웃기는 소리 좀 하지 마라."

"존나 공부하기 싫은데."

"또 배부른 소리 하노……. 누군 하고 싶어서 하나."

"니는 하고 싶어서 하는 거 맞잖아. 변태 같은 게."

"……공부하고 싶은 게 왜 변탠데?"

"남들 하기 싫은 거 지 혼자 하고 싶어 하면 그게 변태지. 변태가 아님 뭔데."

어이가 없어 픽 웃자 그 애는 또 날 따라 웃었다.

여전히 기분이 나쁜 건지 좋은 건지 알 수 없었다.

날카로운 생김새는 비에 젖어 조금은 무뎌 보이고, 눈은 잔뜩 가라앉아 축축했다. 덤덤하게 농담을 던지고 입가를 끌어올리다가도 순간순간 무표정해질 때면, 그토록 익숙한 얼굴도 모르는 얼굴처럼 보였다.

어쩌면 그 애가 오늘 망가뜨린 게 제 피아노나 손보다도 더한 것일까 무서웠다.

그리고 다시는 그 애의 피아노 방에서, 그 애가 치는 피아노 소리를 들을 수 없다는 것이.

어떤 시간들이 우리를 완전히 지나가 버렸다는 실감이.

하지만 결국에는 그 어디에서도 작은 의미조차 찾지 못하는 때가 올 것이다. 나는 꾸역꾸역 박우경을 따라 라면을 다 비웠다. 그러고는 박우경에게 연고를 강매해 발라 주었다.

집으로 돌아가는 길에는 비가 그쳤다. 면민 도서관과 주민 센터를 차례로 지나서, 우리 집 가는 길을 그 애가 태연히도 따라왔다. 그 발걸음에 면박을 줘서 쫓아낼까 싶다가도 다친 손에 자꾸만 눈이 가서 관뒀다.

2차선 국도 변을 따라 한참을 걷고 있으니 소나기가 갠 여름밤처럼 이른 풀벌레 소리가 종종 들렸다.

"내일 병원 꼭 가라. 알제."

"알겠다."

"편의점에서 파는 연고는 항생제 성분 없다고 내가 아까 말……."

"어, 말했다."

"집에 가서 상처 깨끗하게 씻고, 다시 소독하고, 연고 바르고."

"아, 맨날 다치까."

"……뭐?"

"윤차희가 살다 살다 내를 다 걱정하고."

왠지 모르게 짜증이 나서 미간을 모으자 그 애가 느릿느릿 다치지 않은 손을 뻗어 내 미간을 문질렀다.

"어딜 손 대노."

나한테 손등을 맞고도 웃는 낯이 아까보다는 확실히 기분이 좋아 보였다.

저 꼴로 기분 좋아질 일이 대체 뭐가 있다고.

"성질머리도 드러운 게, 사람이 다치기만 하면 등신같이 마음 약해져선."

"내가 언제."

"니가 등신이라 기분이 너무 좋다. 윤차희."

"야."

"아까까진 진짜 기분 더러웠는데."

"갑자기 와 이라노."

154

평소에도 저렇게는 안 웃었는데, 갑자기 저러고 있으니 아무래도 정신이 나간 것 같았다. 아픈가.

나는 편의점에서 닿았던 박우경의 손이 조금 뜨거웠던 것이 기억나 얼른 너희 집에나 가라 턱짓했다. 비도 한참 맞고, 젖은 몸으로 쌀쌀한 밤에 돌아다녔으니 일요일 내내 앓아누워도 이상할 게 없었다.

어차피 우리 사과원이 코앞이었다. 그래도 박우경은 꿋꿋이 불 꺼진 붉은 양옥집 현관까지 함께 걸었다.

난 결국 그 애를 현관에 잠깐 기다리게 두고 오빠 방으로 뛰어 올라가 갈아입을 티셔츠와 바람막이를 챙겼다.

"뭔데. 오늘 내 생일이가."

"윤태희 거 빌려주는 건데 생일은 무슨 생일."

"그러니까. 내 생일도 아닌데 이런 짓을."

이렇게 기대치가 낮을 수가 있나 싶은데, 딱히 기대해서 좋을 것도 없는 사이긴 하다. 나는 쌩하니 그 애를 무시했던 요즘을 쓰게 떠올리면서, 짐짓 무심한 태도로 눈만 깜빡였다.

현관 등 센서가 꺼져 버린 현관에서 그 애가 아무렇지도 않게 젖은 티셔츠를 벗었다.

거기서 멍청하게 눈을 돌리지 않은 건 아마도 내 당혹감을 드러내지 않겠다는 오기에 불과했을 것이다. 널따란 어깨와 선명한 근육의 모양 따위가 낯설게 눈에 박혔다.

도망치듯 황급히 시선을 올리기 무섭게 때마침 현관 등이 다시 켜졌다. 그걸 알 리 없는 박우경은 내게 봉지를 하나 받아 다 젖어 버린 제 옷을 집어넣으며 눅눅하게 젖은 숨을 내쉬었다.

이만 가지 그러냐, 뭉툭하게 권유하려는데 바람막이까지 느긋하게 걸친 그 애가 다시 표정이 사라진 얼굴로 날 봤다.

왜 또. 난감한 기분이었다.

"윤차희."

"어."

"이거 잠깐 다시 아는 척한 거 아니제."

"……."

"니가 오기 싫었던 학교 와서 화난 건 아는데."

"……."

"꼴도 보기 싫은 놈 맨날 보는 게 짜증스러운 것도 아는데."

입가에 잠시 떠오른 웃음은 자조에 가까웠다. 네가 꼴도 보기 싫을 놈. 박우경은 이제 당연하게도 그런 생각을 했다.

그 애를 회피하는 것만으로 그럭저럭 굴러오던 일상이 그릇을 벗어나 왈칵 쏟아지는 것 같았다. 빤히 바라보는 시선이 갑자기 내 속을 다 뒤집었다.

"그래도 문자 좀 안 씹으면 안 되나."

"……."

"이제 나한테 답장 좀 해 주면 안 되나."

"……."

"학교에서 모른 척 안 하면 안 되나."

시야가 울렁거렸다. 나는 어리석게도 어쩔 줄 모르고 서 있다, 그 애의 종용에 고개를 끄덕였다.

엉망인 손 때문인지, 내가 그러겠다고 하지 않으면 금방이라도 깨져 버릴 것 같은 저 낯짝 때문인지는 알 수 없었다.

"……그래. 안 할게."

"그럼 기념으로 한 번만 안아 주면 안 되나."

"내가 왜……."

물어봐 놓고선 곧바로 내 등허리를 잡아채 버리는 팔에 현관 문턱에 서 있던 몸이 덧없이 끌려 내려갔다.

날 끌어안은 몸이 떨고 있었다. 체온이 차가운지 뜨거운지 알 수 없었다.

한동안 그 애에게 뻣뻣하게 안겨 있던 나는 결국 까치발을 하고 어색하게 팔을 뻗어 그 애의 목을 감싸 안았다. 내 손길에 깊이 들이마신 뜨거운 숨이 어깨 위에서 몇 번이고 흩어졌다.

그러고는 얼마 지나지 않아 제 집요함을 억누르듯 천천히 날 놓았다.

"다시는 나 모른 척하지 말고."

"……그래."

"어디서든."

그 애는 불안한 것처럼 재차 전제를 달았다. 나는 여전히 반쯤 그 애의 품에 갇힌 채로 성의 없이 고개를 끄덕였다.

밖에서 차 소리가 들렸다. 우리는 마치 나쁜 짓을 하고 있었던 것처럼 황급히 떨어져 밖으로 나갔다.

주말이라 청라에 내려온 박우경네 둘째 형의 차였다. 사라진 박우경을 찾으러 온 모양이다.

현관을 나오는 날 발견하고 반갑게 차에서 내리는 제 형을 막아선 박우경이, 나더러 대충 디비 자라 인사하고는 사과원을 떠났다.

귓가가 여전히 뜨거웠다.

#6. 자주 올게요

"택도 없이 한우는 무슨. 한돈도 아깝다."

"윤준영 씨, 마음씨 좀 곱게 쓰세요."

"소가 다 똑같지……. 마 거 있는 미국산이나 대충 사라."

"우리가 여태 우경이 부려 먹은 게 얼만데 미국산을……."

"아 금마를 내가 부려 먹었나. 느그가 멋대로 부려 먹었지."

말은 그렇게 하면서도 본인이 원흉인 건 아는지, 아빠는 엄마의 비난하는 눈길에 고개를 슥 피했다. 그러고는 괜히 나더러 정신 차리라는 듯 손짓했다.

"윤차희, 니 뭐 하노? 얼른 갖고 온나."

"등심 살까요, 채끝 살까요, 토시살 살까요, 살치살……."

"아 아무거나!"

나는 아빠 말대로 아무거나 담았다. 아빠가 황급히 또 희야, 불렀다.

"아니다, 등심 사라. 그래야 그 새끼가 맛없다꼬 좀만 먹고 치우지."

"하이고…… 많이 아껴서 부자 되세요."

엄마가 기가 막힌 듯 비아냥거리고는 절뚝절뚝 내가 있는 쪽으로 걸어와 이것저것 종류별로 미국산 소고기를 쓸어 담았다.

"가만 보이까 냉장도 아깝다. 냉동으로……."

"마 그만하이소, 이제. 괜히 내 장 보는 데 따라와서 지랄을……."

"엄마, 채소는?"

"텃밭에서 좀 따면 된다. 됐다, 이거만 사자."

"느그 엄마 텃밭 그거도 조만간 다 갈아엎어 뿌야 돼. 아프다고 집에 들어앉은 사람이 틈만 나면 거기서 노상 쭈그려 앉아가……."

"아, 시끄러버라."

아빠는 구시렁거리며 장바구니를 들고 가 계산했다. 나이가 들면 저렇게 자꾸 뭘 중얼거리게 되는 건가.

저 밴댕이 소갈딱지, 하고 씹어뱉듯 말한 엄마도 내 뒤에서 뭐라 뭐라 불만을 중얼거리기 바쁘다.

집으로 돌아오는 내내 엄마는 귀한 남의 집 아들내미한테 미국산이나 벅여 어쩌느냐고 한탄했다. 운전하는 아빠는 귀를 막아 버리고 싶은 표정이었다.

아이러니하게도 나도 조금은 아빠와 비슷한 기분이다. 오늘 식사 때문에 어제부터 소화가 안 된 참이었다.

"박우갱이 금마가 귀해 봤자 남의 새끼지 우리 새끼가. 그리고 소고기가 다 소고기지. 우리 태희 차희도 미국산 먹고 잘만 컸다."

"아 그거랑 같나!"

"억울하면 잘 먹고 잘사는 즈그 집이나 가서 원 없이 한우 구워 먹으라 캐라. 우리 어릴 때는 고기는 무슨, 계란만 하나 던져 줘도 감지덕지……."

"자기 어릴 때가 왜 나오노, 또."

정신이 하나도 없는 와중에 이제 출발해도 되냐는 그 애의 메시지가 왔다. 마지못해 그래도 된다고 보내고 나니 머리가 또 아팠다.

그렇게 어영부영 집에 돌아왔다. 아빠는 마당에 있는 바비큐 그릴에 오랜만에 불을 피우고, 엄마는 겉절이를 한다고 집으로 들어갔다. 나는 엄마가 시키는 대로 텃밭에 가서 고추를 따면서도 집 너머 길에 그 애 차가 나타나지는 않는지 흘끗흘끗 시선을 던졌다.

머잖아 진입로 쪽에서 차 소리가 났다. 나는 우스꽝스럽게도 그 소리에 내다보지 않은 척 재빨리 시선을 휙 내렸다.

"안녕하세요."

"어. 왔나."

집 앞에서 들리는 아빠의 석연찮은 인사말에 내 고개는 더 내려갔다. 차분한 발소리가 마당의 콘크리트 바닥을 가로질러 텃밭과 가까워졌다.

"윤차희."

"……응."

"인사 잘하네."

"그래, 안녕."

박우경은 엎드려 절받았다는 양 잠시 이죽거리는 얼굴이었다가, 텃밭으로 마저 걸어왔다. 상추? 그렇게 묻기에 고개를 끄덕이니 날 지나쳐 상추가 있는 곳으로 간다.

아빠가 벌써 고기를 올렸는지 바람결에 소고기 굽는 냄새가 나기 시작했다. 얼마 지나지 않아 내가 옆구리에 끼고 있던 소쿠리에 상추를 한 무더기 올려놓은 그 애는 별말 없이 성큼성큼 밭을 걸어 나갔다.

"아저씨, 고기 제가 구울게요."

"됐다. 거 앉아라."

"아닙니다. 주세요."

"이런 비싼 고기는 아무나 구우면 안 된다."

"오. 경주 한우예요?"

"……경주보다 더 대단한 데서 왔지."

"아, 미국산이네."

테이블에 늘어놓은 포장 팩을 봤는지 그 애가 무덤덤하게 고기의 원산지를 읊자, 아빠는 괜히 발끈했다.

"미국산이 뭐 어때서? 맛만 좋구만."

"미국이 경주보다 대단하긴 하죠."

"그렇지."

박우경이 그렇게 아빠의 말도 안 되는 논리에 대충 찬동해 주는 동안 나는 수돗가에 쭈그려 앉아 채소를 씻었다. 그 애는 수돗가 쪽으로 오려고 했지만 아빠의 황급한 부름에 다시 붙잡혔다.

할 말도 없으면서 그 애를 붙잡고 본 아빠가 어설프게 대학 얘기나 묻는 것이 들려왔다. 자기가 박우경과 하기 싫은 대화를 했으면 했지, 우리가 붙어 있는 꼴은 못 보겠다는 것이다.

"내려와서는 공부 열심히 하나?"

"그냥저냥요."

"학교에는 니보다 잘하는 애 많제."

"네. 윤차희 같은 애들 많아요."

아빠는 박우경이 저보다 좋은 학교 못 간 딸을 놀려 먹나 싶었는지 눈썹을 비딱하게 들었다.

그러나 짐짓 순순한 표정이니 트집 잡을 거리도 없다. 내 대학 얘기는 항상 아빠의 아픈 손가락이다.

그대로 대화가 툭 끊긴 자리로 채소를 들고 돌아가니 그 애가 내게서 소쿠리를 받아 테이블 한가운데 놓았다.

내가 오면 다를 거라 생각한 표정들이었지만 역시나 어색했다.

나는 아빠 옆에 앉아 말없이 빈 종지에 참기름과 소금을 나눠 담았다. 이제 두 사람은 내가 아니라 엄마가 언제 나오나 싶은 표정이 됐다.

박우경과 같이 집 쪽을 연신 힐끗거리던 아빠는 결국 포기한 듯 입을 열었다.

"박우갱이 니 뭐 로스쿨 간다 카드만. 갔나."

"아직 학부도 졸업 못 했는데 로스쿨을 어떻게 가요."

내가 그 애 대답을 가로챘다. 아 모르니까 물어볼 수도 있지. 아빠가 퉁명스럽게 중얼거리고는 이어 말했다.

"그럼 졸업은 은제 할 낀데."

"제대한 지도 얼마 안 됐는데요. 3년은 더 다녀야죠."

"하이고, 군대를 만다꼬 늦게 가가⋯⋯. 괜히 내려와 갖고는 여기서 또 1년씩 썩어 문드러져 가미. 니 대학 졸업하면 완전 아저씨네."

아저씨는 무슨⋯⋯. 나는 어이가 없어 웃었다. 박우경은 괜한 시비에도 씩 웃으며 대꾸했다.

"아. 저 늦게 간 건 아닌데."

"하여간 요새 아들은 군대 가기 싫다고 미루고 밀라가⋯⋯."

"남들 갈 때 갔는데 그냥 공군이라 나오는 데 좀 오래 걸렸습니다."

"공군? 느그 아부지랑 똑같네?"

아빠는 떫게 중얼거리며 고기를 뒤집었다.

"복무 기간 때문에 전역일이 개강보다 조금 늦더라고요. 그래서 겸사겸사."

"겸사겸사는 무슨⋯⋯."

트집 잡을 게 없으니 박우경의 말을 괜히 한 번 반복해 보는 수준이다.

이제 아빠는 괜히 어디서 들어 본, 그러나 박우경에게는 별로 필요도 없을 자격증들을 쭉 나열해 가며 묻기 시작했다. 그게 없으면 넌 큰일 났다는 양.

뭐 그런 걸 묻냐 자르려 했지만 그 애는 거기에 대고 또 꼬박꼬박 대꾸를 했다. 그건 없고, 그건 있고, 그건 모르고, 그건 몇 점이고……. 그러는 사이 엄마가 커다란 쟁반을 들고 집에서 느린 걸음으로 나왔다.

내가 일어나려는데, 그 애가 더 빨랐다.

"저 주세요."

"손님이 무슨. 편하게 그냥 앉아 있지."

엄마는 마지못해 건네준다는 듯 쟁반을 넘기면서도 물색없이 웃었다. 나는 그 애와 같이 쟁반 위의 밑반찬을 테이블에 하나씩 놓으며 눈을 내리깔았다. 가끔 손이 스쳤다. 그 애가 웃고 있는 게 느껴졌다.

그러나 박우경이 웃고 있는 꼴을 두고 볼 아빠가 아니었다.

벌써 고기를 다 구워 놓았느냐고 엄마가 작게 수선을 떨며 아빠를 칭찬하는 통에 기분이 좋아 잠깐 우리를 잊어버렸던 아빠는, 갑자기 벌떡 일어서서 쌩하니 쟁반을 치웠다.

박우경이 어깨를 가볍게 으쓱했다.

"우경이 니 파재래기 좋아하제. 아까 오전에 바로 무친 기다. 자, 여기 다른 쯔께다시도 골고루 다 묵고."

"맛있겠네요. 잘 먹겠습니다."

"어허, 찬물도 위아래가 있지……."

"손님한테 위아래가 어딨노."

언제 칭찬했냐는 양 곧바로 엄마의 핀잔이 날아갔다. 엄마 옆에서 반듯한 자세로 파무침을 한 젓가락 집어 먹던 박우경이 픽 웃었다.

아빠가 박우경의 그 건방진 작태에 소리 없이 삿대질을 하는 찰나 불판 위에서 빠르게 고기를 수거한 엄마가 박우경과 내게 나눠 주었다. 아빠가 "내는?" 하고 물어도 요지부동이었다.

"아이고 이거는 태희 아빠가 너무 구웠다. 우경이 니는 소고기 좀 덜 익은 거 좋아하나?"

"네. 미디움 레어 좋아합니다."

박우경이 아빠를 빤히 보고 한 말에 아빠가 기가 차서 허, 하고 헛웃음을 흘렸다. 엄마는 진지하게 고개를 끄덕였다.

"태희 아빠, 우경이는 미디움 레어 그걸로 다시 구워 보소. 우경아, 그게 아예 덜 익은 게 아니고 속만 조금 그런 거제. 이렇게 막 바싹 익히 뿐 게 아니라."

"네. 근데 이것도 맛있네요. 고기가 워낙 좋은 거라 그런가."

"맛있나. 다행이다."

"지가 무슨 원시인도 아니고, 아니 불이 있는데 고기를 와 안 익혀 먹노……."

"육회는 잘만 먹는 양반이 원시인은 무슨……."

"아빠. 좀 드세요."

내 앞에 산처럼 쌓인 고기를 아빠의 빈 앞 접시로 넘겨주자 아빠는 씩씩거리며 고기를 두세 점씩 신경질적으로 먹었다. 박우경이 태연히 대각선의 날 향해 시선을 두고는, 얼른 너도 먹으라 턱짓했다.

저 태도를 누가 본다면 제가 이 집 아들이고 내가 손님으로 대접받는 쪽인 줄 알 것이다. 아빠는 자기가 그렇게 눈치를 주는데도 아무렇지 않게 두꺼운 낯짝을 기막혀했다.

정말이지 박우경은 아빠 눈치를 조금도 안 봤다. 엄마에게 내내 깍듯하게 구는 것과는 대조적이다.

나는 맞은편의 엄마를 흘끗 봤다. 여전히 병색이 완연한 얼굴에 평소 때와는 다른 행복이 가득하다. 약간은 자포자기에 가까운 기분이 들었다.

한참 시간이 지나 나중에, 박우경이 결혼할 여자나 청라에 데려오면 그제야 저 꿈도 깨지겠지.

그렇게 분위기가 제각기 따로 논 지도 한참이 지났다. 엄마는 떠들고, 박우경은 호응하고, 나는 말없이 먹기만 하고, 아빠는 기계처럼 고기만 굽는 희한한 4명의 식사.

그래도 박우경에게 한 번씩 타박을 던지는 건 잊지 않았는데, 박우경은 그것도 살짝 빈정거리는 낯으로 가볍게 넘겨 버렸다. 마트에서 사 온 고기가 다 동날 때까지.

아빠는 본인이 구운 고기를 얼마 먹지도 못했다. 그 애가 가시방석에 앉아 우리가 사다 놓은 고기의 절반을 편히 다 먹는 동안, 혼자서 부글부글 속이 끓느라 바빴으니까.

그걸 알아채지 못할 박우경이 아니었다.

하긴, 아니꼬워 죽겠다는 게 저렇게 티가 날 수도 없다.

"박우갱이 니 서울에 여자 친구 없나?"

"네."

엄마가 과일을 썰어 온다고 다시 집으로 들어간 사이였다. 기다렸다는 듯 시비조로 던진 말에, 기다렸다는 듯 단출한 대답이 돌아왔다.

내가 박우경이랑 조금이라도 더 오래 함께 있길 바라는 엄마는 하필 같이 가겠다는 날 떼어 놓고 갔다. 나는 하루가 다 끝난 것처럼 피로해졌다.

"아. 있다고?"

"없다는 뜻의 네, 였습니다."

"그럴 리가 없을 낀데."

"제가 입대한 게 언젠데요."

"제대했으면 서울에 잘 붙어가 공부나 하지 만다꼬 내려왔노."

"휴학했는데 굳이 서울에 있을 필요가 없어서요. 집이 여깄는데."

"우경아."

박우갱이, 박우갱이 하면서 쌀쌀맞던 호칭이 문득 자식 친구 부르듯 부드러웠다. 그 애도 가만히 아빠를 바라보다 조용히 대꾸했다.

"······네."

"니 꿈 깨라."

정신 좀 차려라, 하고 말하듯 온건한 어조였다. 박우경은 말없이 아빠를 쳐다보기만 했다.

"아저씨가 니 생각하는 걸 모르겠나. 남들은 몰라도 내는 안다."

"당연히 아시겠죠. 제가 티를 이렇게 냈으니까."

그 애가 덤덤하게 대답하며 아빠가 아까 던지듯 주었던 파란 캔커피를 한 손으로 따 마셨다.

아빠는 아까와 달리 조금도 인상을 쓰지 않고 말을 이었다.

"내가 우경이 니 어릴 때부터 잘 알아듣게 계속 말했제."

"……."

"안 되는 거 빤히 안다, 니도."

"뭐가요."

"니네는 안 된다."

박우경은 조용히 커피를 마저 마셨다.

"아줌마 많이 아픈 거 알제."

"……네."

"아픈 사람 허파에 바람까지 들게 하지 마라. 우경아. 남편 잘못 만나 고생을 그래 많이 했어도, 아직 세상 돌아가는 물정도 다 모르는 사람이다. 느그 어머니 같은 여자도 아니고. 그러니까 저래 노상 순진한 생각이나 하지."

"……."

"헛꿈 꾸다 굴러떨어지면 사람은 몸이 깨지는 게 아니라 머리가 깨진다. 니나 우리나 피차 실망할 필요가 어디 있겠노."

"……."

"우리 희야는 똑똑하니까 알아서 잘 살 끼다. 남자 잘 만나서 팔자 고칠 필요도 없고."

"아빠. 됐어요."

고작 스물셋에, 결과적으로는 아무것도 아닌 사이였다. 박우경이 결혼 허락이라도 받으러 온 것처럼 앞서 나간 아빠의 태도는 확실히 과한 구석이 있다.

그렇다고 해서 틀린 말만도 아니었다. 나는 분위기를 흐지부지 망가트리고, 일어나서 그릇들을 정리하기 시작했다. 박우경이 말없이 자리에서 일어나 그릇 치우는 걸 거들었다. 아빠가 빤히 그런 박우경을 보고 있었다.

나는 얼른 쟁반에 그릇들을 챙겨 담고 집으로 걸어갔다.

"오는 길에 행주 좀."

내 등에 대고 가볍게 부탁한 박우경이 아빠에게 뒤늦게 대꾸했다.

"아저씨. 전 아저씨 생각 솔직히 안 중요합니다."

걸음이 멈칫했다.

"아저씨한테 백날 잘 보여 봤자 쟤가 딱히 아저씨 말 들을 거 같지도 않고요. 그래서 별로 잘 보이고 싶지도 않습니다……. 쟤 아저씨 말 다 귓등으로 듣잖아요. 아닙니까."

"뭐?"

"자기 엄마한테는 약하니까, 그래서 아줌마한테는 잘 보이고 싶기는 한데…… 아저씨는 딱히. 생각하시는 바는 잘 알겠는데 이제 제가 더 이상 거기에 관심이 없어서요."

"……."

170

"오히려 너무 집착하시니까 사실은 아닌 척 우리가 잘되길 바라시는 건가? 싶긴 하네요. 사람 마음이라는 게 원래 누가 반대할수록 더 혹하니까."

"뭐시라꼬? 뭐? 혹해? 우리 희야가 담배가, 술이가! 혹하긴 뭐가 혹해! 이 망할 놈의 시끼가……."

"저는 윤차희한테만 잘 보이면 돼요. 쟤가 하는 생각만 중요하고."

"이, 이……."

"그래서 맨날천날 등신 새끼처럼 아저씨 뒤치다꺼리도 하는 거고요."

말릴까 싶어 멈춰 있던 발이 다시 움직였다. 저 둘이 싸우는 게 뭐 어쨌다고. 그래. 내 생각이 중요하니까……. 엄마가 활짝 열어 놓은 문을 향해 걷는데, 뭐라 뭐라 소리 지르기 바쁜 아빠의 말 사이로 박우경의 시큰둥한 대꾸가 이어졌다.

"니 말 잘했다, 이 등신 새끼야!"

"굳이 따지면 알아서 호구 잡히고 공짜로 노동력 제공도 한다는데 그걸 걷어차는 게 더 등신 같은 쪽이겠죠."

"박우갱이 니 지금 내보고 등신이라 캤나, 어?"

"아닙니다. 아저씨가 잘못 들으신 것 같아요."

나는 한숨을 쉬며 집에 들어왔다. 주방 쪽에서 고개를 빼꼼 내민 엄마가 물었다.

"뭔데, 느그 아빠 또 지랄하나?"

"뭐, 둘 다……."

박우경은 결국 뻔뻔하게 앉아, 엄마가 정성스럽게 깎은 과일
까지 다 먹고서야 일어났다.

"니 다시는 오지 마라!"

"네, 자주 올게요."

아빠는 그 애가 꾸벅 인사하는 것을 보지도 않았다. 예의를
차리면서 도리어 예의가 없어 보이는 것도 박우경의 재주라면
재주였다.

나는 엄마에게 등 떠밀려 박우경을 몇 걸음 배웅하다 아빠에
게 어딜 가냐고 도로 잡혀 끌려왔다. 박우경이 끌려가는 내게
선선히 웃으며 손을 흔들었다.

그날은 종일 골치가 아팠다.

#7. 열일곱, 여름날의 버스

그 애는 생각보다 꽤 오래 왼손을 치료받았다. 무슨 근육을 다쳤다면서. 살이 아물고 나서도 물건을 오래 쥐고 있지 못하는 게 이상하다고 그제야 병원을 가 봤다는 것이다.

그렇게 한여름이 됐다.

나는 한심하다고 욕했고, 그러면 박우경은 어울리지도 않게 선선히 웃기만 했다. 그러고는 퍽 이상하게도 굴었다. 5월, 그 성질 나쁜 비가 내리던 밤에 우리가 다시 친구가 된 후로.

나는 약속했기 때문에 더는 그 애를 피하지 않았고 문자에도 답장했다. 그렇다고 해서 특별히 살가워진 것도 아니었지만.

문제는 마치 내가 제게 살가운 것처럼 저도 살갑게 구는 박우경이었다.

내가 친구와 밥을 먹고 있으면 이따금 뜬금없이 끼여 아무렇지도 않게 함께 식사하고, 내 친구들에게 어울리지도 않게 넉

살 좋게 굴고, 불쑥불쑥 우리 반에 찾아들어 시답잖은 질문을 던지고 내 책상에 걸터앉아 제 친구와 대화하고, 별 물건을 다 빌려 가고…….

너무 멀어 그냥 지나칠 만한 거리에서도 결코 지나치는 법 없이 교정을 가로질러 오는 그 애가 내 눈에 보일 때면, 다른 애들 눈에도 어김없이 그 애가 보였다.

사실 대부분은 나보다도 더 빨리 그것을 알았다. 어느 순간 중학교 때처럼 우릴 두고 수군거리는 애들이 많아졌다.

그 사이에서 박우경은 마치 오해와 소문을 조장하듯 행동했다. 좁고도 유치한 세상이 우리에 대해 더 떠들길 바라고, 우리를 더 쳐다보길 바라는 것처럼.

나는 고등학교에 올라온 후로 그 애가 곧 죽어도 일어나지 못할 시간에 부지런히 등교하곤 했는데, 어느새 학교에 갈 때면 내 옆자리에 뻔뻔하게도 그 애가 있었다. 분명 제 엄마가 좋은 차 두고 버스나 타는 시간 낭비는 더 이상 하지 말라고, 기가 질리도록 잔소리를 했을 텐데도.

우리가 등굣길에 탈 수 있는 버스 시간은 고작 두 번 정도였다. 아예 너무 빠르거나, 아예 조금 늦거나. 그 애와 버스에서 같이 내리지 않기 위해 게으른 사람이 되고 싶지는 않았다.

그러나 버스 안에 등교하는 아이들이 점점 많아지면 많아질수록 나는 종종 얼굴이 따가워졌다. 한산한 등굣길에 그 애가 내 무거운 가방을 뺏어 들고 진입로를 걸어 올라갈 때면 어김없이 빤한 시선들이 우리에게 와 닿았다.

걔네 아침에 같이 오더라? 아까 박우경이 윤차희 가방 들고 가던데? 이런 시답잖은 게 이야깃거리도 되지 않을 때가 되어서야 우리가 다시 사귄다고 소문이 났다.

내가 들 거야. 도와주지 마. 이런 거 하지 마. 야, 오지 마. 좀 저리 가라고……. 그 애와 가까이 있으니 내 거부는 공허한 거짓말이 됐다. 박우경은 사소한 것에 고집스러웠다. 우리가 벌이는 실랑이는 언제나 시선을 더 모았다. 그러니 고집을 이길 도리가 없었다.

니 때문에 애들이 또 쓸데없는 말만 떠든다이가. 자꾸 오해하잖아. 이러지 말라고 몇 번을 말하노. 가끔 내가 뾰족하게 말해도 그 애는 도리어 여느 때보다 무던했다.

그게 뭐 어떤데.

그게 그 애의 기본적인 태도였다. 날 시험이라도 하듯이. 그러면서 둘만 있을 때조차 하지 않던 짓을 학교에서 잘도 종종했다. 오히려 훨씬 더 다감하고, 더 잘 웃는 낯짝을 보면 말문이 틀어막히는 기분이 됐다.

우리가 사귄다는데, 우리가 서로 좋아한다는데 그게 뭐 어떠냐고? 나는 목구멍까지 차오른 기막힌 항변을 내뱉지 못했다.

마치 계단 끝에서 차마 마지막 걸음을 내딛지 못하는 사람처럼.

이 계단을 다 올라서고 나면, 난 계단을 다 올라선 사람이 되니까. 계단을 다 올라서면 결론이 있어야 하니까.

나는 결론이 없는 편이 더 좋았다. 그냥 언제까지고 계단을 올라가는 중인 게 좋았다. 여차하면 언제든 돌아서서 도망갈 수도 있고, 우리가 친구여도 되는 이 한시적인 시절이 끝나면 그럴 줄 알았다는 듯 당당하게 계단을 내려갈 수도 있을 테니까.

그러면 네가 날 정말로 좋아하는지, 어떤 식으로 좋아하는지, 얼마나 좋아하는지, 그게 나와 같을지, 그런 것 따윈 알지 않아도 된다.

내가 널 좋아하듯이 네가 날 좋아하지 않는다면 슬플 것이고, 내가 널 좋아하듯이 너도 날 좋아한다면 그것 또한 슬플 것이다.

나는 조금 철이 들면서부터 그 예감으로부터 도망치기 위해 언제나 노력해 왔다. 어쩌면 아주 오래전부터, 무의식적으로도.

그렇다면 오히려 지금의 이 상태로부터도 도망쳐야 옳았다. 단지 '뭐 어떤데'라는 말에 항변하고, 결론을 보게 될 것 따위를 두려워할 게 아니라 계단을 뛰어서라도 내려가야 했다. 다시 약속 따윈 어기고, 그 애를 본체만체해야 했다.

이걸 다 알면서도 멍청하게 약속을 지킨답시고 끌려다니는 건, 어쩌면 이 시간이 한시적이기 때문이다.

지나고 보면 이 시절만큼 내게 아까울 것도 없다는 것을, 5월 그 밤에 깨우쳐 버렸기 때문이다.

시절은 소진되고 지나간다. 우리가 다시는 아무 생각도 계산도 없이 뛰어다니던 다섯 살배기 어린아이들이 될 수 없듯이. 피아노 학원 앞에서 나란히 쭈그려 앉아 학원 봉고차를 기다리던 열 살이 될 수 없듯이. 한번 알게 된 우리의 격차를 다시 잊어버릴 방법 따위는 모르듯이……

지나가고 나서야 알게 되는 것들을, 이제는 지나가기 전에도 알 수 있다.

박우경을 외면하던 몇 개월이 힘겨웠던 것은 당장 내가 외면하는 그 애의 시선 따위가 아니라, 다시는 예전처럼 지낼 수 없다는 공포였다.

그리고 그 공포를 내내 무시하는 일이었다.

널 잃는 것에 공포를 느끼다니. 아이러니하게도 그제야 인정이 됐다. 내 삶에서 그 애가 차지하는 비중이 얼마나 고약했는지.

그래서 내가 지금 이 시절을 얼마나 오랫동안 그리워하게 될지를.

아픈 손을 보면 차마 싫은 말을 할 수 없다는 것도, 얼마나 편한 핑계였는지 모르겠다. 그 애의 피아노도 봄이 끝나는 내내 핑계였을 것이다.

나는 이제 그 애가 제 왼손을 제법 유용하게 여기고 있다는 사실을 알아차렸다.

그 손으로 날 잡으면 내가 저를 전혀 떨쳐 내지 못하는 것을 그 애는 알고 있다. 미간을 찌푸리고 아픈 내색 한 번이면 내가 곧잘 제 옆에 붙어 있는 것도 잘 안다. 나는 정말로 그 손을 보면 어쩔 줄 몰랐다.

방학식이 끝나고 읍내로 가는 버스에 같이 올라타 날 뒷자리로 잡아끈 것도 바로 그 손이었다.

내 핑계. 그날의 상처. 그날의 대화. 그날 제 손을 다쳐 가며 망가뜨린 피아노……. 그 모든 것을 일시에 떠올리게 만드는 작은 접촉.

우리는 아침에 등교할 때처럼 맨 뒷자리에서 한 칸 앞에 나란히 앉았다. 그 애의 손은 날 잠깐 잡았을 뿐이지만, 안쪽에 앉은 난 종종 가장 바깥쪽에 있는 그 애의 왼손을 봤다.

오늘도 그 애는 물리 치료를 받으러 병원에 간다. 그러든 말든 무심히 독서실에나 가는 나는 사실 관심을 끊을 수가 없다.

설마 여름 방학 때도 내내 저럴까. 그렇게 걱정하느라, 아이들의 떠들썩한 소란은 간혹 박우경의 이름을 부를 때나 사람의 말처럼 들렸다. 박우경은 한 번씩 그에 대답하거나 핸드폰 게임을 하며 따분하게 시간을 죽였다. 내가 영단어를 외우고 있으니 방해는 하지 않겠다는 듯이.

그러다가도 이따금 방해하고 참견했다. 어렴풋 뜻이 기억나지 않는 단어를 내가 몇 초간 멈춰서 보고 있노라면, 내가 떠올리기 전에 옆에서 뜻을 알려 줘 버리는 식으로.

그 꼴을 보고 있던 누군가가 말했다.

"니네 사귀는 거 아니가, 진짜."

농담 속에서 이젠 관례처럼 들리는 말이다. 박우경은 제 친구들의 말에 의뭉스럽게 빙글거리는 게 전부였으므로 대답은 온통 내 몫이었다.

"어. 전혀 아이다."

"아인 게 아인데."

"진짜 요새는 너무 수상한데, 느그."

나더러 뭘 또 정색까지 하고 자빠졌느냐고 박우경이 투덜거렸지만 애들의 야유에 묻혔다.

저 중에는 우리가 수상하다는 염불만 10년 넘게 외우고 다닌 초등학교 때 동창도 있다. 박우경과 내가 결혼할 거라고 다른 애들을 선동해 놀렸던 분교 병설 유치원 때부터다. 그때 우리는 쫓고 쫓기고 때리고 놀리던 앙숙에 불과했는데도.

나는 최재영을 여느 때처럼 한심하게 노려보고는 툭 내뱉었다.

"최재영 넌 진짜 지겹지도 않나."

"아니. 내는 니네를 보면 매일 새롭다. 언제 사귈까 싶어서."

"우리가 사귈 거면 진작 사귀고 치웠겠지. 그랬음 벌써 헤어지고도 남았겠다."

"오, 그래서 사귈 생각은 해 봤다? 헤어질 생각까지 해 봤다? 니랑 결혼까지 생각했다?"

"진짜 최재영 니는……."

"야, 윤차희. 진짜 함만 생각해 봐."

"뭘."

"진짜 찍고, 다 걸고 아이가. 박우경은."

대뜸 뭘 걸라고. 그런 눈으로 빤히 쳐다보고만 있자 최재영이 어깨를 으쓱했다.

"니한테 박우경 이 새끼는 진짜, 절대, 죽어도 남자 새끼 아인 거 맞냐고."

어조로 방점까지 찍어 가며 말하는 꼴이 우습지만, 최재영이 맨날 하는 말에 별 감흥이 없던 그 애의 친구들은 그저 일시에 내 얼굴로 시선을 돌렸다.

날 보지 않는 건 박우경뿐이었다.

"얘한테 내가 뭘 걸고 뭘 죽어?"

"아 말이 글타는 거다이가. 그래서 대답?"

"……아닌 거 같은데."

"같은데, 는 또 뭔데."

"그냥 아닌데 최재영 니가 너무 거창하게 말해서. 무섭잖아."

난 그렇게 말하고 벨을 눌렀다. 언제나 내가 먼저 내려야 하는데 박우경은 왜 항상 바깥쪽에 앉아서 날 가둬 놓는지 모를 일이다. 나는 비좁은 좌석에서 그 애가 벌려 주는 긴 다리 사이로 힘겹게 빠져나가 내렸다.

내리는데 시선이 닿았다. 나는 오랜만에 박우경의 그 눈을 무시했다. 버스 앞쪽에 서 있던 예쁘장한 여자애가 뒷자리로 가는 것이 떠나는 버스 창에 비쳐 보였다.

우리의 소문이 있으나 마나, 박우경에게 언제나 대놓고 관심이 있는 같은 반 여자애다. 비록 소문은 불쾌해도 어디까지나 과장이라는 걸 안다는 듯이, 혹은 마치 날 이해하듯이 관대한 눈으로 종종 날 쳐다보는 애.

어쩌면, 박우경이랑 잘 어울릴 만한 애.

신경이 쓰인다 싶다가 쓰이지 않았다. 후자는 물론 내게 사기를 한번 쳐 본 것이다. 어쨌든 태블릿 PC로 인터넷 강의를 켜니 잡생각은 사라졌다.

내리는 날 죽일 듯 바라보던 박우경도, 내가 사라지자 박우경에게 가던 그 여자애도.

벌써 시간 가는 것이 무섭다. 박우경이 아니어도 그랬다. 고1 여름. 방학 때 내가 정한 할당량을 넘기지 못하면 2학기가 무너지게 된다. 나는 요즘 박우경보다도 집 생각을 하지 않기 위해 노력해야 했다.

땅을 팔고, 할아버지의 사과나무가 온통 잘리고 뽑힌 그 땅에 흉물스러운 쇳덩어리들이 대신 자리 잡자 근심은 한결 사라졌지만, 아빠는 그래서 술을 다시 마셨다. 새벽부터 나가 일할 때면 일부러라도 뒷산이 있는 쪽은 바라보지 않는다고 했다.

햇볕에 태양광 시설들이 한창 반사광을 비추는 오후면 사과밭에 서 있는 것도 괴로워했다. 그래서 엄마는 아빠가 차라리 종종 밖으로 나돌길 바라게 됐다. 무슨 일로든 오후에는 어김없이 싸우게 됐으니까.

밤이면 밤대로 잔뜩 날이 섰다. 아빠랑 엄마는 이제 예전에는 싸우지 않았던 일들로 싸운다. 사소한 불만과 불평이 결국에는 더 오래전의 원망이 되고, 원망은 종종 결혼의 시초부터 후회하게 만들었다.

해가 떠 있는 내내 수고하고 밤이면 적당한 피로에 젖어 기분 좋게 잠들던 쾌활한 촌사람들은 어딘가로 사라지고 없었다. 봄을 지나고 여름이 되면서, 일꾼도 없이 바빠지는 과수원 일에 그들은 짓눌리고 있었다.

나는 매일 대학에 간 오빠가 부러웠다. 대구로 저 혼자 쏙 빠져나간 얄미운 윤태희.

아빠의 고함 소리에, 엄마의 울부짖음에 홀로 기가 질려 가는 매일.

내가 언제부터 아빠와 엄마의 싸움을 말리지 않게 되었는지도 모르겠다. 샤프심 끝으로 교재를 톡톡 두드리며 대학에 갈 때까지 남은 날짜를 계산해 보는 건 벌써 해묵은 버릇이다. 마치, 잠깐은 시간이 빨리 가길 바라는 사람처럼. 공부를 생각하면 초조하고, 박우경을 생각하면 두 배로 초조하다가도 그런 식이다. 이럴 바에야 전부 지나가는 게 차라리 나을 거라고.

이제 2년 반. 내가 청라에 있을 시간은 딱 그만큼 남아 있다.

청라에서 남은 시간을 되새길 때마다 목이 탔다. 자판기 옆에 멍하니 기대서서 한참이나 캔커피를 몇 모금씩 나눠 마시던 나는 시계를 보고 거의 죄악감에 휩싸여 자리로 돌아왔다.

그런데 자리에 웬 초콜릿이 놓여 있었다.

옆자린데, 혹시 이름 좀 알려 줄 수 있을까. 난 3반 김희준이야. 독서실에서 자주 마주쳐서 그런지 학교에서 볼 때마다 반갑더라. 앞으로 마주치면 인사라도 하고 싶어서 물어보는 건데, 이상한 사람은 절대 아니니까 부담 갖지 말고…… 나 정말 이상한 사람 아니거든…… 그냥 가끔 공부도 같이하고, 친구하자고 말하고 싶은 건데 어디서 이 쪽지를 마무리해야 할지 모르겠

초콜릿 밑에는 널찍한 포스트잇 가득 괴발개발 쓴 글씨가 끄트머리에서 뚝 끊겨 있다.

헛웃음이 흘러나왔다. 쓰는 도중 내가 돌아와서 쫓기듯 놔둔 것 같았다. 비어 있는 왼쪽 대신 오른쪽을 보니 고개를 푹 숙인 남자애의 정수리가 보였다.

아무리 쫓아내도 머리로 되돌아오던 집 생각이 잠깐은 완전히 사라졌다. 나는 아주 작게 소리 내어 웃다가, 포스트잇을 뒤집었다.

윤차희. 초콜릿 잘 먹을게.

그렇게 써서 옆자리로 밀어 주니 순식간에 옆얼굴이 시뻘게지는 꼴이 보였다. 생긴 건 멀끔한데 숫기는 없는 모양이다.

나는 초콜릿을 까서 입 안에 쏙 넣고 다시 인터넷 강의에 집중했다. 덕분에 환기가 되어 좋았다고 생각하는 찰나에.

혹시 초콜릿 더 먹을래? 많은데…….
아니 하나면 돼.
나 진짜 많아.
나도 진짜 괜찮아.

포스트잇 뒷면에 내가 쓴 글씨 밑으로 작게 덧붙인 글씨가 몇 줄 더 이어졌다. 나는 금세 저 순진한 남자애가 귀찮아졌다.

그쪽을 돌아보지 않은 채로 강의만 보고 있으니, 옆에서 머쓱하게 문제집을 이리저리 넘기는 분주한 손이 보였다. 사소한 상처를 받은 게 보였지만 신경 쓸 만한 기분은 아니었다.

그렇게 한참 시간이 흘렀을 때였다. 갑자기 옆에서 짐을 챙기는 기척이 느껴졌다. 하긴 오늘부터 여름 방학인데. 독서실에 있는 건 고3 선배들이 대부분이었고, 개방된 좌석들은 듬성듬성 많이도 비어 있었다. 오늘만큼은 놀고들 싶을 날이다.

그래서인지 가방을 챙기는 손이 몹시도 분주해 보여서, 나는 남자애에게 잘 가라는 인사라도 건넬까 하다가 내버려 두었다. 괜히 들뜨게 만들기도 싫어서.

이윽고 남자애는 인사도 없이 떠났다. 그러고는 그 자리에 곧바로 가방을 쿵 내려놓는 감각이 샤프를 쥔 팔 밑을 울렸다.

"……."

흘끗 시선을 던지니 박우경이 태연하게 제 책들을 책상 위로 꺼내 놓고 있었다.

시간은 벌써 저녁이었다. 도중에 PC방이라도 갔다 온 건지 담배 냄새가 페브리즈 냄새와 뒤섞여 미약하게 풍겼다.

간 게 아니라, 쫓아낸 거였구나. 이어폰 한쪽을 뽑으며 빤히 그 애를 보자, 박우경은 날 본 척도 하지 않고 자리에 앉았다.

붕대로 테이핑을 한 손이 길게 뻗어 와 좌석과 좌석 사이 경계에 남아 있던 쪽지를 들고 갔다. 앞뒤로 가만히 훑어보나 싶더니 가볍게 코웃음을 친다. 꼭 나를 비웃는 것처럼.

나는 그만 불쾌해져서 손을 내밀었다.

"남의 쪽지를 왜 가져가는데."

"……지랄하고 있네."

"니 지금 뭐라 캤노."

"아, 윤차희 니한테 한 말 아니다."

자. 하고 툭 던져 주는 쪽지는 이미 박우경 손에서 구겨질 대로 구겨진 쓰레기였다. 어차피 나도 나중에는 무심히 버렸을지 모르지만, 어쨌거나 지금은 누군가가 내게 갓 비친 호감이었다.

박우경 지가 뭔데. 구겨진 쪽지가 그 남자애 것이 아니라 내가 쓴 것이라도 되는 양 기분이 상했다. 여태껏 내 자리 근처에 널려 있었던 것도 몰랐으면서, 마치 중요한 취급을 받아야 하는 물건이 그런 취급을 받지 못한 것처럼…….

그러니까 이게 웃긴 기분인 건 나도 알았다. 그래도 오기로 김희준의 쪽지를 가지런히 펴서 필통 아래 놓으니 박우경이 실소했다.

"왜. 저 새끼는 니 마음에 들드나."

"무슨 상관인데."

"당장 내려가서 저 등신 새끼 다시 데려다줄까."

"욕하지 말고. 걔가 니한테 뭘 했는데."

"윤차희 니 이런 거 싫어한다이가. 공부할 시간도 없는데 주제도 모르는 새끼가 방해하고 껄떡대고 들이대는 거."

자기는 그래서 곤란에 빠진 날 도와줬다는 투다. 난 샐쭉 웃음을 흘렸다. 정작 김희준은 내게 초콜릿 하나를 준 것 외엔 아무런 일도 하지 않았다.

"걔가 무슨 주제를 모르는데. 내가 뭐 대단해서."

"남자는 다 개등신처럼 보더니, 갑자기 네가 뭐 대단하냐 고……."

난 대꾸하지 않고 귀에 이어폰을 꽂았다. 날 얼마간 물끄러미 보고 있던 그 애는 곧 아무렇게나 책을 펼쳐 놓고는 핸드폰을 가로로 들고 노닥거렸다.

저러다 책 좀 들춰 보고 나면 또 기가 막힌 점수나 받겠지……. 오늘따라 심사가 더 뒤틀리는데, 내 비난 어린 시선에도 박우경은 아무 상관이 없다는 식이다.

그렇게 밤 9시가 다 되도록 쓸데없는 게임이나 하더니, 뒤늦게 바짝 공부에 집중하는 것이 보였다.

저걸 언제 다 봤나 싶게 책장이 빠르게도 휙휙 넘어간다. 나는 볼륨을 높였지만 별 소용은 없었다. 그 애가 옆에 있으면 어떤 식으로든 결국 신경이 쓰였다.

결국 반쯤 강의를 흘려들으며 시간만 때우고 있던 나는 12시가 다 되어 일어났다. 시간을 죄다 헛되이 흘린 기분이었고, 그건 오로지 박우경 하나 때문이었다.

내가 짜증스레 짐을 챙기는 동안 남은 사람이 거의 없게 된 독서실을 흘긋 둘러본 박우경은 뒤따라 간단히 가방을 챙겨 나왔다.

유리로 된 출입문을 나오기 무섭게 덥고 습한 여름밤 공기가 훅 끼쳐 온다. 계단을 내려가는데 한쪽 어깨에 걸친 가방을 휙 빼서 가져가는 손에 나는 가방을 붙잡으며 저항했다.

아 됐다. 아 놔라. 아 필요 없다고. 아 쫌……. 누가 보면 박우경이 강도라도 되는 줄 알겠지만, 누구도 보지 않으니 학교에서처럼 몸을 사릴 필요가 없었다.

나는 가방을 악착같이 잡고 그 애를 걷어찼다.

"들어 준대도 지랄이고, 가시나."

니 성격 존나 지랄 맞다, 진짜. 결국 마지막에 아픈 왼손을 써서 손쉽게 가방을 뺏어 간 박우경이 나한테 팔을 몇 대 맞으며 툴툴거렸다. 이젠 제 아픈 곳이 내 약점이랍시고 당당하게 써먹는 게 어이가 없다.

그 애는 한쪽에 내 가방을 껄렁하게 메고서 계단을 마저 내려왔다. 나는 결국 잔소리를 쏟아 냈다. 이제 이런 짓 좀 하지 말라고. 남들이 보면 오해할 짓 같은 거…….

"오해하면 뭐."

퉁명한 목소리다.

가끔은 누가 너무 당연한 이야기를 물으면 대답할 도리를 모르게 되는데, 박우경은 날 그렇게 만드는 경우가 참 많았다.

다시금 말을 고르며 1층 입구를 나서는데 그 애가 물었다.

"니는 혹시 키가 좆만 한 새끼가 취향이가."

"희준이?"

"희준이는 지랄. 아까 전까지 그 새끼 이름도 몰랐던 게."

"이젠 알잖아."

"……."

"희준이 키 별로 안 작던데."

물론 박우경에 비하면 작긴 했다. 이쪽이야 학교에서도 워낙 눈에 띄게 크니까.

나는 아빠 차를 타기로 한 곳에 멈춰 서서 멀리 찻길을 내다 보며 말했다.

"희준이 걔 정도면 평균 이상 아니가."

"……눈 존나 높은 척하더니 그딴 새끼는 평균 이상이고."

"그 정도면 괜찮은 거 같은데. 생긴 것도 깔끔하고."

"생기다 만 놈은 괜찮고, 나는 남자 새끼도 아니고."

자아도취와 모멸감이 희한하게 뒤섞인 어조였다.

나는 멀리서 아빠 트럭이 보이기 시작한 것에 정신이 팔린 척, 대꾸하지 않았다. 그래도 박우경은 따지듯 물었다.

"윤차희 닌 진짜 눈이 삐었나."

"내 취향이고 내 맘대로지. 뭔 상관이고."

그러나 오래된 경유 차의 요란한 소음에 우리의 시답잖은 대화도 곧 매몰되었다.

"됐고 니네 아빠한테 우리 집까지 좀 태워다 달라 캐라."

"니네 엄만."

"신경준 집에서 자는 줄 알걸. 최재영이 며칠 전에 그렇게 말해서."

'알걸'이 아니라, 최재영이 마음대로 말하는 걸 내버려 두고 는 굳이 사실을 시정하지 않았겠지.

"우리 아빠 니 별로 안 좋아하는데."

"나도 안다."

알지만 무슨 상관이냐는 것이다.

이윽고 트럭이 멈춰 섰다. 그 애는 제가 우리 아빠 아들인 양 먼저 문을 열었다. 당연하지만 문을 열어젖힌 그 애를 보는 아빠의 얼굴은 썩어 있었다.

"……박우갱이 니도 같이 있었나."

"공부하느라요. 안녕하세요, 아저씨."

"그래. 타라."

마지못한 권유는 아빠가 박우경이 미성년자라는 것을 가까스로 기억하고 있는 덕분이다. 진작 저 멀리서부터 박우경을 봤을 거면서 못 봤던 척하는 속이 뻔했다.

그렇게 나는 앞 좌석 중간에, 박우경은 조수석에 올라타고 트럭 문이 닫혔다. 트럭이 어두운 시가지를 지나가는 동안 아빠와 나는 정면을, 그 애는 조수석 창문을 바라보았다.

차 안은 내내 침묵이었다.

아마도 박우경이 갑자기 개소리만 꺼내지 않았더라면 그대로 더 좋은 분위기가 됐을 테지만.

"근데 아저씨. 차희 단속 잘하셔야겠던데요."

"……야."

"뭔 소리고."

"공부하기도 바쁜 가시나가 독서실 간다 캐 놓고 거기서 남자나 만나면 안 되잖아요. 애 P대 가야 하는데."

"희야. 이게 대체 뭔 소리고."

박우경이 무심히 일러바친 말에 아빠의 목소리가 심각해졌다.

"독서실에 웬 남자애가 얘한테 집적대요. 오늘 보니까 맨날 천날 남자애들이 그랬나 봐요."

"야. 박우경."

"박우갱이, 그게 참말이가?"

"걘 그냥 아까 초콜릿 하나 주면서 이름 물어본 게 단데. 친구하자고. 번호도 안 물어봤는데……."

"금마가 물어보면 가르쳐 줬을 거고?"

박우경이 틈새를 놓치지 않고 내게 빈정거렸다. 아빠는 신호등에 차가 멈춘 틈을 타 진지하게 날 돌아보고는 말했다.

"연애는 절대 안 된다. 윤차희. 알제?"

"관심도 없거든요."

"아저씨. 괜찮아요. 금마는 제가 쫓아냈어요. 드럽게 귀찮게 굴어서 차희도 귀찮아하는 줄 알고요. 근데 차희는 금마한테 관심이 좀 있던 거 같더라고요."

차를 출발시키며 박우경을 흘끗 본 아빠는 암만 봐도 박우경 네가 더 문제라는 표정이었다. 하지만 가까스로 참는 표정이기도 했다.

잘했다, 잘못했다 평가도 없이 몇 초간 정적이 흘렀다. 아빠는 문득 화제를 바꾸었다.

"……박우갱이, 할매는 요새 좀 어떠시노. 괜찮나."

"가물가물하세요. 항암 치료는 잘 받고 계신데."

박우경의 할머니는 3년 전부터 치매를 앓고 계시다, 몇 달 전 대장암 진단을 받으셨다고 했다. 대꾸하는 박우경은 넘넘했지만, 나는 서글픔에 눈을 내리깔았다.

어릴 땐 그 할머니가 혼자 사시는 댁을 박우경과 자주 오가곤 했는데 이상하게도 날 유독 예뻐하셨다. 손주처럼 내 손을 잡고 한참이나 토닥거리기도 하고, 박우경에게 용돈을 줄 땐 옆에 있던 내게도 꼭 같이 주었다.

냉장고에서 아이스크림을 꺼내 주실 때도 싸우지 말라고 똑같은 걸 짝수로 사 놓으실 정도였으니 각별할 수밖에 없었다. 그건 외손주가 아주 많은 우리 외할머니에게서는 기대할 수 없는 환대였다.

그래서 그 애의 할머니가 처음으로 날 알아보지 못하셨을 때, 집에 돌아와 한참이나 울었던 기억이 났다. 이후 박우경의 할머니는 아들의 집으로 갔다가 한 계절도 채 머물지 못하고 요양 시설로 보내지셨다.

"박우갱이 니도 할매한테 가 봤나."

"저번 주말에요."

"고생이 많다 느그 집도."

"근데 병원에서 혜영이를 찾으시더라고요. 한참."

잠시 침묵이 흘렀다. 나는 갑자기 박우경에게서 튀어나온 이름을 순간 알아듣지 못해 박우경을 봤다가, 아빠가 숨을 한 번 깊게 들이마시는 소리에 아빠를 봤다.

아빠는 애매한 표정으로 전방을 주시하고 있었다.

"차희 큰 고모라던데."

"……노인네가 아프니까 옛날 생각이 다 나는갑네."

"계속 찾으셨어요."

"느그 할매가 차희 큰 고모 어릴 때 좀 이뻐했다. 그 집안에 딸내미가 없으이."

"아. 그래서 윤차희도 예뻐했구나."

"……."

"쟤네 큰 고모 닮았다더니."

기억은 어렴풋했다. 저게 언제 적 얘기더라……. 여덟 살? 아홉 살? 박우경은 기억력이 지나치게 좋았다.

나는 그 애 할머니가 어릴 적 내게 지나가듯 해 주었던 말들을 조금 곱씹어 보다, 어느덧 그 애 집으로 올라가는 언덕길을 내다보았다.

아빠는 고모 이야기가 나온 이후로 입을 꾹 다물고 있었다. 분위기가 이유도 모르게 서늘했다.

그러나 다시 창밖을 내다보는 박우경의 얼굴은 여느 때나 그렇듯 기쁨도 그늘도 없다.

"고맙습니다, 아저씨."

"그래. 드가라."

"차희야. 잘 가."

"……어, 잘 가."

박우경이 트럭에서 가볍게 뛰어내렸다. 나는 사과원으로 돌아가는 차 안에서 물었다.

"쟤네 할머니가 우리 큰 고모를 왜 찾아요?"

"저 집안은 뻔뻔한 게 핏줄이거든."

아빠는 가만히 이를 갈듯 말했다. 그러나 이윽고, 너는 아무 것도 신경 쓰지 않아도 된다고 했다.

#8. 핏줄의 문제

참 뻔뻔하게도 박우경은 이제 아빠가 있을 때도 왔다. 아무렇지도 않게 아빠의 욕을 들어 가며 과수원 일을 돕고, 아빠가 절대 바라지 않을 보조도 했다.

아빠는 다섯 번 정도 걔를 내쫓겠다고 달려들었다가 결국 포기했다. 그러고는 본인의 문전 박대가 먹히지 않자 방법을 조금 바꿨다.

그 애가 도망가지 않고는 못 배기게, 아주 질릴 정도로 악착같이 일을 시켜 먹어야겠다고.

분명 저놈은 저러다 말 거고, 어쩌면 이틀도 버티지 못할 거라고.

그래서 박우경을 부려 먹겠다고 아빠가 머리를 쥐어짜 온갖 열의로 없는 일도 새로 만들어 내는 동안, 박우경은 아빠가 다음엔 어떤 기막힌 아이디어를 가져올지 기대된다는 낯이나 하고 있었다. 그러고는 아빠와 퍽 경쟁적으로 일을 해 댔다.

덕분에 내가 할 일이 자꾸만 줄어들었다.

"저 뻔뻔한 놈……. 하여간 피는 못 속인다."

대체 뭘 못 속인다는 건지는 모르겠다. 아빠는 알 수 없는 표정으로 종종 그렇게 중얼거렸다.

우리는 여전히 박우경에게 아무런 삯도 주지 않고 있었다. 마치 딸인 내게 잠깐은 그러했듯이. 그러니까 사실은 뻔뻔한 걸로 치면 우리가 훨씬 더했다.

아마도 박우경네 아빠를 괜히 싫어하니까 그러겠거니, 나는 아빠가 꿍얼거리는 소리를 내내 귓등으로 들었다.

무심코 고개를 조금 드는데 갑자기 구름을 벗어난 해가 나뭇가지 사이로 번쩍여 눈이 부셨다. 이제 나는 시간이 지나는 것을 해의 높이로 알게 되었다.

나무 밑에서 계속 구부리고 있던 허리를 폈다. 아빠가 박우경을 괜히 욕하는 소리가 어느새 조금 멀어져 있었다.

그냥 박우경 부모에게 저 정신 나간 짓을 일러바치면, 알아서 금세 잡아갈 텐데.

그러나 아빠는 그렇게 우리 집을 향한 박우경의 의문스러운 헌신과 봉사가 알려지는 것이, 혹 내게 어떤 식으로든 일종의 '덤터기'를 씌우게 될까 조금 염려하고 있었다. 박우경이 알아서 이 호구 같은 짓을 끝내기 전에는…….

그렇게 불안한 계절이 조금 흘러갔다.

햇살이 따가운 감각은 이제 6월이 다 되었다는 것을 알려 준다. 자기가 자리를 비우면 혹 박우경이 내게 허튼짓이라도 할까 아빠는 내내 사과원에 붙어 있었고, 박우경은 그런 아빠 밑에서 일을 제대로 배웠다.

엄마는 모든 것이 그 애 덕이라고 말했다.

이렇게 봄에 잘해 놓았으니 분명 우리의 가을은 더 좋으리라고.

어느새 아빠는 무심결에 내 이름보다 박우경의 이름을 더 자주 불렀다. 마! 박우갱이! 그러면 박우경은 아 왜요, 하고 퍽 싸가지 없게 대답하고는 가서 남자 둘이서 같이할 만한 일을 했다.

거기서 슬슬 소외되기 시작한 나는 약간 뻘쭘해졌다.

그야 박우경이 나보다 힘이 세고, 일머리도 좋았다. 딸인 내게는 다섯 마디쯤 풀어 다정하게 설명해야 하는 걸, 박우경에게는 성의 없이 한두 마디면 대충 알아듣고 곧잘 따라 하니까…….

그래도 기분은 이상했다. 저렇게 얼마나 할 수 있을지는 몰라도.

나는 사과원을 혼자서 따로 돌아다니며 내게 주어진, 그러나 가장 중요하지는 않은 것 같은 잡일만 아주 열심히 했다. 그러다 햇살에 약간의 멀미를 느끼고 나무 그늘에 잠시 앉았을 땐 이제 점심이 다 된 때였다.

약한 감기 몸살이다. 나는 머리가 조금 지끈거리는 것을 무시하며 핸드폰을 꺼내 들었다. 그러고는 엄마 계정으로 사과 주문이 몇 건 들어온 걸 보다가, 창고로 곧장 택배를 포장하러 갈 생각을 했다가…… 아. 그렇게 잠깐은 까무룩 잠들었다.

졸다 깨니 조금 정신이 들었다. 내일은 엄마 병원 가는 날인데. 정신이 없어 여태 운전면허 학원은 등록하지도 않은 게 떠올랐다. 필기시험을 친 것은 진작이었다.

학원에 등록할 비용은 충분할까. 그래도 통장에 아직 얼마 정도 남아 있으니까……. 학원, 운전면허 학원……. 둔하게 느껴지는 손끝으로 학원을 검색하는데, 갑자기 왼뺨에 차가운 물병이 닿았다.

"아……."

"윤차희 면허 따게?"

"……남의 폰을 왜 봐?"

"여기서 보이는데 어쩌라고."

제 앞에 드리운 나뭇가지를 손등으로 대충 걷으며 박우경이 내 옆에 풀썩 앉았다.

가지마다 걸려 조각난 햇살이 잠깐 박우경의 머리 위를 어지럽히다 다시 나뭇잎 위로 사라졌다. 창고에 갔다가 손을 씻고 오는 길인지 그 애에게서 우리 집 비누 냄새가 났다.

"내가 운전 가르쳐 줄까."

"됐어. 학원 갈 건데 뭐."

"운전 학원들 존나 대충 가르치는 거 모르나. 거기는 그냥 시간만 채우는 거다."

"그래도 필요한 만큼은 가르쳐 줄 거잖아. 학원인데."

"밖에서 따로 안 배우면 니 같은 애들은 도로 주행 절대 못

할걸.”

왜, 나 같은 애들이 뭐 어떤 애들인데……. 나는 바로 기분이 상했다가, 자전거에 보조 바퀴를 달고도 그 애 앞에서 몇 번이나 고꾸라졌던 어릴 적이 생각나 입을 잠시 다물었다. 수로에도 한 번 빠졌다. 나중에는 두발자전거를 타고 달리다 저 아래 밭두렁으로 추락한 적도 있다.

“……차는 괜찮을 거 같아.”

“안 괜찮은 게 생각은 나나.”

“차는 바퀴가 네 개잖아.”

박우경이 대번에 내 말을 알아듣고 날 비웃었다.

“윤차희 니가 그때 등신같이 수로에 빠졌을 때도 니가 타던 자전거는 바퀴가 네 개였는데.”

“……그건 내가 잘못 넘어져서 그래. 하필 지형상 운이 안 좋았고…….”

“느그 둘 거서 뭐 하노!”

어느 순간 박우경과 내가 동시에 보이지 않으니 눈에 불을 켜고 다녔을 아빠는 우리를 발견하자마자 득달같이 소리쳤다.

박우경이 어깨를 으쓱하며 대꾸했다.

“아저씨, 차희가 면허 따고 싶대요.”

“뭐시? 면허?”

“한 번씩 아저씨 없을 때 아줌마 병원 모시고 가기가 불편하다고요. 버스 타고 오가기 힘드니까.”

“아…….”

아빠는 잠시 할 말이 없어진 표정이었다. 미처 그 생각은 못 했다는 듯이.

그러면서도 내 얼굴을 흘끗 보더니 나지막하게 한숨을 쉬었다.

"⋯⋯니도 느그 엄마 닮았으면 운전은 드럽게 못할 낀데⋯⋯."

이건 엄마를 무시하는 게 아니라, 정말 엄마가 운전을 더럽게 못해서 그런 게 맞기는 했다. 젊을 적 엄마는 동네 밖 외진 곳에서 커브 길을 돌다 논두렁에 경차를 두 번이나 빠트렸다. 한 번은 새 차였고, 한 번은 아빠의 신용을 잃어 헌 차였다.

아빠는 엄마가 저러다 죽을까 싶어, 결국 폐차된 첫 차보다 훨씬 더 멀쩡했던 두 번째 차를 서둘러 팔아 버렸다. 그러고는 내 자전거도 그렇게 만들고 싶어 했다. 볼 때마다 불안해 죽겠다고. 너는 어떻게 엄마를 닮아도 하필 그런 거나 닮았냐면서.

"⋯⋯희야, 아빠가 방금 한 말은 느그 엄마한테 이르지 말고."

"왜 제 입단속은 안 하세요?"

"박우갱이 닌 아줌마한테 가서 씨불이기만 해 봐라, 콱 마."

"알겠고, 차희 운전은 제가 가르쳐 줄게요."

"임마가 지금 뭐라 카노."

"들으셔 놓고."

"또, 또, 또. 차에 둘이 붙어 앉아서 뭔 짓을 할라꼬!"

"운전 연수요."

박우경은 몰라서 묻느냐는 투로 심드렁하니 대꾸했다.

"아저씬 바쁘시잖아요. 동네방네 싸돌아 댕기시느라."

"이 시끼가 참말로 마……."

"쟤가 학원에서 도로 연수 달랑 받고 진짜 도로 나가는 것도 불안하시고요. 거기다 지금 이 집에는 트럭밖에 없는데 2종도 없는 애가 그 차로 배울 수도 없고."

"……."

"걍 제 차로 하면 되는데."

있을 수 없는 일이라고 방방 뛸 줄 알았더니, 아빠는 의외로 그건 또 그렇다는 듯 고개를 끄덕였다. 아무리 봐도 은근슬쩍 박우경에게 홀려 가는 게 틀림없었다.

"그거는 또 맞는데."

"그쵸."

"뭐가 그쵸야. 본인 의사는."

"니도 아줌마 목숨 걸고 니 옆에 태우는 건 싫다이가. 아줌마가 니한테 무슨 죄를 졌다고."

"내가 운전을 잘할 수도 있잖아."

"어차피 할 일 없이 와 있는 놈인데 뭐……. 하는 김에 그것도 해라 마."

아빠는 운전을 잘할 거란 내 말을 듣지 못한 것처럼 박우경에게 말했다. 그냥 말도 안 되는 말이라 그렇다는 듯이.

하긴 요즘 사과원에만 붙어 있느라 여러 대외 활동에서 많이도 뒤처졌을 것이다. 아빠는 박우경의 생각을 한번 납득하고 나자 거리낄 것 없이 동의하고는, 박우경에게 골치 아픈 운전

교습을 떠넘겼다.

"그래도 혹시 사고 나면 보험사 직원 오기 전에 운전석은 바까 앉아라. 알제."

"당연하죠."

"아이다. 사고가 날 곳 자체를 아예 가지 마라. 희야 저거는 절대 믿지 말고."

"네. 아저씨 딸 절대 안 믿을게요."

"저쪽에 터널 넘어가면 공터 나온다 아이가. 거기서⋯⋯."

운전하러 어딜 가라, 어디는 분위기가 으슥하고 음침하니까 가지 마라, 괜히 그런 데 가서 이상한 생각 하지 마라⋯⋯. 박우경에게 아빠가 세세하게 조언하는 사이 엄마로부터 점심 먹으러 오라는 전화가 왔다. 우리가 집에서 꽤 멀리 나와 있었던 모양이다.

점심 식탁에는 요즘 들어 언제나 그랬듯 저녁보다 훨씬 정성스러운 상차림이 마련되어 있었다. 박우경 덕분이었다.

몇 번이나 이랬으니 적응될 만도 한데, 아빠는 그 가식적인 상차림에 언제나 입이 댓 발은 튀어나왔다.

생전 지 남편한테는 이 반의반도 안 해 주는 여자가 어쩌고저쩌고. 그럼 그 말을 듣는 박우경은 언제나 더 훤칠한 낯이 됐다.

오늘도 아저씨의 네 배나 저한테 신경 써 주셔서 고맙습니다. 이걸 아까워서 어떻게 다 먹어요⋯⋯. 그러고는 하나도 아깝지 않다는 듯이 잘도 다 먹었다. 반찬은 이제 온통 박우경 위주다.

"우경아. 마이 무라."

이거 무라, 저것도 무라. 살갑게 그 애 밥 위에다 고기나 열무김치 같은 걸 얹어 주고, 그다음엔 날 챙기기 바빠서 엄마의 밥은 항상 제일 늦게 줄어들었다.

아빠는 그 꼴을 보고 있으니 빨리 먹고 나가고 싶어 했기 때문에 밥이 제일 빨리 줄어들기도 했는데, 엄마가 그런 걸 별로 신경 쓰지 않아서 약간은 상처가 되는 듯도 했다.

"⋯⋯근데 박우갱이 느그 집은 니가 맨날천날 공부도 쳐 안 하고 엄한 집구석에 와서 이카고 있는 거 아시나."

한두 번 도운 것을 알게 된 정도는 몰라도, 이렇게 수십 번 오간 것을 알면 이 꼴을 가만두고 볼 집은 아니다.

그러니까 아빠는 빤히 아는 질문을 물어본 것이다. 박우경이 어깨를 가볍게 들먹였다.

"어디 가서 뭐 하는지 일일이 집에 보고할 나이는 지나서요."

나는 아직도 그 애 차 조수석에 아무렇게나 던져 놨던 책들을 떠올렸다. 신미진이 계속 경황이 없긴 한 모양이다.

최근에야 안 사실이지만, 박우경의 엄마는 요즘 연일 서울이며 대구를 오가느라 바쁘다고 했다. 치매에 걸리고도 근 10년째 살아 계신 시어머니 들여다보러 정기적으로 대구 가랴, 갑자기 한꺼번에 아픈 친정 형제들 때문에 서울 가서 병원 돌랴⋯⋯. 그렇게 한 번 서울에 올라가면 몇 날이고 보호자 침상에서 쪽잠을 자다 내려온다는 것이다.

엄마는 요즘 들어 신미진이 존경스러울 지경이라고 종종 말하곤 했다.

와중에 신미진이 먹고 싶다고 엄마에게 졸랐던 오이소박이는 죄다 그녀의 서울 친정집에 떠넘겨졌다. 엄마는 그만큼 제 음식이 맛이 좋았기에 신미진이 사랑하는 친정 식구들에게 먹이고 싶었던 것이라고 생각했지만, 나는 신미진이 단지 엄마의 수고를 바랄 뿐이라는 것을 알고 있었다. 언제나.

제 말 몇 마디면 온갖 수고를 마다하지 않을 정도의 애정과 관심이 좋은 건지, 사람을 손끝으로 부릴 수 있다는 감각이 좋은 건지는 모르겠지만……. 어쨌거나 신미진이 바란 건 진짜로 엄마의 오이소박이를 먹는 일 따위는 아니었던 것이다.

"……이놈이 즈그 집에 말 안 하면 당신이 나서서 말해 줘야지. 안 그렇나?"

"……."

"언니야, 언니야 하면서 형수님이랑 하루걸러 통화하면서 당신도 참 뻔뻔하게스리."

난데없이 날아온 아빠의 화살에 엄마는 조금 곤란한 표정이 됐다. 실제로 근래 엄마의 죄책감이 상당했기 때문이었다.

박우경을 어떻게든 딸과 계속 붙여 놓고 싶기는 하고, 실제로 그 애가 해 주는 일로 딸이 훨씬 덜 고생하고 있고……, 그래서 '며칠만 더' 하고 도움을 받던 게 어느새 여기까지 와 있는 상태였다.

하필 신미진이 요즘 들어 마음이 힘들다고 더 자주 전화하고 의지하니 아무것도 모르는 척 전화를 받을 때마다 고역이었겠지. 남의 집 귀한 아들 데려다 부려 먹고 있는 것을 감히 털어놓지도 못하고.

그걸 아는 박우경은 자연스럽게 우리 엄마의 입을 틀어막은 상태였다. 제 차는 예전과 달리 남에게 잘 보이지 않는 저온 창고 뒤편에 세워 두고.

고로 제가 뀐 엄마가 우물쭈물 죄책감에 젖어 있는 것도 가만히 두고 보지는 않았다.

박우경이 불편한 대화를 끊고 말 나온 김에 운전 연습이나 하러 가자며 숟가락을 놓고 일어났다. 아빠도 대번에 같이 일어났다.

"지금? 어데 갈라고."

"그냥 여기 세워 두고 할 건데요. 차 시동 걸고 작동하는 거나 가르치게요."

"아 맞나."

잠깐 머쓱한 표정이 된 아빠가 눈살을 찌푸렸다.

"그카면 창고 뒤에 대 놓은 니 차 요 앞에다 빼 놔라."

"왜요?"

"느그 둘 다 여차하면 내가 볼 수 있는 곳에 항시 있어야 돼."

"어차피 운전하러 나가면 못 보시는데."

"하여튼. 첫날은 안 돼."

박우경이 어깨를 으쓱하며 차를 빼러 갔다. 면허? 이게 뭔 소리고……. 뒤늦게 우리 대화를 이해한 엄마가 의아해하니 아빠가 반쯤 짜증이 죽어 버린 표정으로 엄마에게 설명을 시작했다.

나는 그새를 틈타 집에서 나왔다.

"운전석에 타라."

"나 네 차 안 탈 거야."

"니네 아빠가 내한테 운전 배우라고 했잖아."

"네 차 너무 비싸. 부담스럽고. 너무 커."

"비싸고 큰 차 몰면 운전 일찍 는다."

"말도 안 되는 소릴……."

"내가 그랬거든."

그러고는 열려 있는 운전석 안쪽으로 등을 떠미는 통에 나는 거의 구겨지듯이 차에 탔다. 곧바로 조수석에 탄 그 애가 짤막하게 말했다.

"일단 브레이크 밟고, 스타트 버튼."

"……어차피 운전 연수할 땐 이런 차 안 몰 텐데. 시동 거는 것부터 다르잖아."

"최재영이 청라 집에 10년 넘은 차 한 대 버려 놓은 거 있으니까, 그걸로도 나중에 함 해 보고."

"그럼 그냥 처음부터 그걸로 하면 안 돼?"

"귀찮다. 걔네 집 가서 인사하고 차 갖고 오는 거나, 차 도로 갖다 놓고 또 인사하는 거나."

"아, 그래……. 근데 브레이크가 어딨는지부터 알려 줘야 하지 않아?"

"액셀 어딨노."

"……오른쪽?"

"그럼 브레이크는."

"왼쪽이겠지…….."

"잘 아네. 재능 있다."

어이가 없다.

그 애는 생각보다 큰 열의 없이 슬렁슬렁 제 차의 곳곳을 가르쳤다. 이 차는 변속기가 핸들 오른쪽에 있는데 보통은 여기에 있거든. 자. 네 손으로 짚어 봐……. 그 애의 왼손이 내 오른손을 가볍게 잡아 운전석과 조수석 사이에 놓았다.

나는 나도 모르게 아까 전 집에서 나온 아빠를 찾아 바쁘게 시선을 돌렸다. 다행히도 이쪽을 전혀 보고 있지 않은 것 같았다.

그렇게 진입로 쪽을 뚫어져라 보고 있는 얼굴이 어째 좀 이상하다고 생각했어야 했는데.

나는 박우경에게 손을 잡힌 것만으로도 속이 찔려서 도무지 경황이 없었다. 그 애는 내 손을 잡고 다시 핸들 위에 툭 얹어 주었다.

그러는 사이 갑자기 윤태희의 차가 나타났다.

박우경의 차 앞을 제 차로 아무렇게나 가로막고서 차에서 당당하게 내린 윤태희를 본 아빠가 온 얼굴을 일그러뜨렸다.

당연하게도 제 분을 못 이긴 삿대질이 뒤따랐다. 뭐라 뭐라 고함을 치고 있다는 것 외엔 무슨 말인지 도통 알아들을 순 없지만, 어쨌든 환영이 아닌 건 분명했다.

아빠에게서 그 욱하는 성질머리를 고스란히 물려받은 윤태희가 같이 소리를 지르기 시작했다. 그러더니 기어코 트렁크에서 내린 값비싼 포도 상자를 콘크리트 바닥에 내팽개치는 꼬락서니가 보였다.

이래서 피는 못 속였다.

"……분위기 좆 됐노."

박우경이 조용히 중얼거렸다. 나는 소리 없이 동의했다.

#9. 열일곱, 그 애 형

"숙제로 독해 얼마나 할래."

"많이."

"욕심도 많다."

"오빠야 바쁜데 다 봐 주기 귀찮겠제."

"별로. 그게 귀찮을 거면 처음부터 니 공부도 안 봐 줬지."

"박해경 너무 잘생겼다."

"요샌 기계도 니보단 영혼 있게 말한다."

"진지한데. 오빠야는 진짜 오빠야 집에서 제일 잘생긴 거 같다."

"박우경한테도 그거 전해 주고. 됐고 다음 시간에 이거 다 안 해 오기만 해라."

해경 오빠가 웃으며 독해집을 넘겨 귀퉁이를 몇 쪽 접어 주었다.

과외가 끝나도록 부엌을 향해 세워 놓은 커다란 선풍기는 좌우로 번갈아 돌며 우리에게 오래된 에어컨 바람을 실어다 날랐다. 덕분에 오빠가 잠시라도 말을 하지 않는 사이에는 선풍기 돌아가는 소리만 요란했다.

엄마는 여름 방학이라고 내려와 공짜로 영어 과외를 해 주는 해경 오빠가 조금이라도 이 집에서 불편할까 싶어 언제나 전전긍긍하곤 했다.

어중간한 곳에 우두커니 선 선풍기나 명절 때나 꺼내는 접시, 제일 예쁜 꽃무늬 쟁반, 토끼 모양으로 예쁘게 깎인 사과 따위가 보통 그 증거였다.

2층에는 작년 여름 고장 난 에어컨뿐이었는데, 수리 비용이 그 에어컨을 원래 샀던 값보다도 비싸게 나와서 고치지 못했다.

그래서 고치느니 아예 새로 사자고 했다가, 결국 여의치가 않아 못 사고 어영부영 시간이 지나 두 번째 여름이 됐다. 고등학생의 방학은 짧으니, 내가 내내 독서실에 가 있으면 된다는 계산이었다.

"우경이도 차희 니처럼 이렇게 좀 열심히 하면 좋을 텐데."

"갠 나처럼 안 해도 잘하잖아."

"안 해도 잘한다고 그렇게 방심하다 보통 결정적일 때 망하거든."

"그래도 박우경은 안 망할 것 같다."

그래서 몹시 재수가 없고 유감스럽다는 투로 말하자 해경 오빠가 웃었다.

"실패가 없는 건 차희 니처럼 똑똑한데 성실한 쪽이지."

"말이라도 고맙다 할게."

나는 독해집을 덮으며 오빠의 말에 별로 고양되지 않은 양 대꾸했다. 해경 오빠는 가만히 턱을 괴고서 내가 식탁 위를 정리하는 걸 쳐다봤다.

돈 한 푼 받지 않고 제 친구의 부탁을 들어주는 거면서, 시간이 끝났다고 칼같이 일어나는 법도 없는 박해경은 대체로 이런 식이었다.

제일 친한 친구의 여동생이니 언제나 다정하기는 한데, 오늘은 또 어디 놀릴 구석 없나 싶은 눈.

그 애와 꼭 닮은, 세 살 위 둘째 형.

우리 과외가 끝나길 기다리다 잠깐 나간 윤태희를 기다리는 것이기도 하지만, 겸사겸사.

"근데 차희야. 우경이 혹시 요새 여친 생겼나."

내가 모르는 줄 알 테지만 의도가 뻔한 어조였다. 나는 오빠와 눈도 마주치지 않고 대꾸했다.

"없을걸. 몰라."

"없으면 없는 거고 모르면 모르는 거지. 없는데 모르는 건 뭐고."

"그럼 모른다. 됐나."

"차희 니가 모름 누가 아는데."

"박우경 지가 알겠지."

"어제도 우리 집에 웬 처음 보는 여자애가 같은 반 친구라고 찾아왔던데. 혹시 금마 여친 생긴 거 아닌가 싶어서.”

“…….”

“지네 동네도 아닌데 백운까지 오는 게 좀 이상하잖아. 버스도 일찍 끊기는 동네에. 걘 주곡 산다던데.”

“그럼 사귀나 보다.”

나는 시큰둥 오빠보다 더 앞서가 대꾸했다. 바로 생각나는 얼굴이 있었다.

핑계야 만들기 나름이지만 작은 동네들이 띄엄띄엄 떨어져 있는 시골 특성상 같은 동네가 아니면 자연스러운 일은 아니었다. 그래도 상관없겠지.

어차피 내가 내리자마자 버스 앞쪽에서 일어나 박우경에게 가던 것도 그다지 자연스러워 보이는 일은 아니었다. 단발머리가 예쁜 문다혜를 떠올리자 다시 속이 조금 뒤틀렸다.

“그래 갖고 공부가 되겠나. 그 새낀 주변에 여자애가 너무 많아.”

“오빠야도 여자 많았잖아. 이래서 피는 못 속이는갑지.”

빈정거리며 책을 밀어 두자 해경 오빠가 코웃음을 쳤다.

“지가 할매도 아니고 피 타령은……. 많긴 뭐가 많노.”

“지수 언니, 희지 언니, 소연 언니…….”

“차희야…… 말은 똑바로 해야지. 오빠야는 가만있는데 인기가 많았던 거다이가. 차이를 모르겠나.”

박우경도 딱히 대단한 노력을 하고 있지는 않다. 그래도 어느샌가 달라지긴 했지.

내가 아닌 여자애들은 죄다 데면데면했던 어릴 적에 비하자면 빙글 잘도 웃는 지금은……

저를 좋아하는 예쁜 여자애와 있으면 때때로 기분이 좋아질 수도 있다는 걸, 그 애는 멍청하게도 사춘기쯤 되어서야 뒤늦게 깨달은 게 분명했다.

아무리 봐도 그렇다. 어릴 땐 뭐가 좋은지도 몰라서 그냥 나만 괴롭히면서 그러고 산 거고.

난 어쩌다 보니 제 엄마가 억지로 붙여 놓은 구색 같은 거고.

문다혜와 나란히 서서 웃고 있는 반질반질한 낯짝을 보면, 그 밤 도서관 입구에서 맞닥뜨렸던 박우경은 얄궂게도 벌써 희미해졌다. 하루에도 몇 번씩. 그 애에게 내가 없으면 안 될 것 같다가도, 한편으로는 당장 내가 없어도 상관없어 보였다.

아쉬울 것 하나 없다는 듯이 피한 건 나고, 날 붙잡은 건 네 손인데도 사실은 반대가 아닐까 생각하게 됐다.

나는 그저 티를 죽어도 내지 않고, 넌 조금만 아쉬워도 드러냈을 뿐이라면.

내가 일어나면 금세 채워지던 네 옆 좌석처럼 나는 아무 때나 다른 애로 대체될 수 있을 텐데.

"여친이 아니면 무슨 사이길래 집까지 다 찾아오게 하는지. 엄마가 그거 때문에 난리 쳐서 피곤해 죽겠다."

"……무슨 사이긴. 걔네 사귄다니까?"

"잔말 말고 우경이 단속 잘해라."

"내가 왜. 뭘."

212

"알잖아."

내가 대체 뭘 아느냐고 빤히 바라보니 해경 오빠가 웃으며 내 머리를 헝클어트렸다. 표정만 보면 날 아주 귀여워하는 것도 같지만 가지런하던 머리를 다 헤집어 놓은 손은 약간 포악하다.

남의 머리는 죄다 엉망으로 만들어 놓고 산뜻하게 일어나는 꼴이 얄미워 볼펜을 가슴팍에 던지니, 오빠는 그것도 얄밉게 잘 받아서 내게 휙 도로 던졌다.

"이제 수업 끝났제, 박해경. 롤 하러 가자."

"어."

그사이 불쑥 집에 돌아온 윤태희가 제 여동생 쪽은 본체만체 게임이나 하러 가자고 바쁘다.

나는 서둘러 식탁 의자에 놓여 있던 가방을 챙겨 들었다.

"오빠야."

이렇게 부르는 소리에 돌아보는 건 정작 남의 집 형뿐이다. 친오빠보고는 '야', '윤태희', 그따위로 불러 댈 때가 더 많으니 그럴 만도 했다.

내가 부르든 말든 진작 다시 현관으로 나간 윤태희를 두고, 해경 오빠는 친절하게도 날 기다렸다가 물었다.

"독서실 가게?"

"응. 오늘 아빠 늦게 온대. 그래서 도서관이나 갈까 했는데 거긴 너무 일찍 문 닫아서."

"그래, 그럼. 나간 김에 오랜만에 셋이 점심도 먹고. 오빠야가 맛있는 거 사 줄게."

"됐다. 둘이 게임이나 하러 가라."

얻어먹기까지 할 입장이 아니라 고개를 저으니 오빠가 어깨를 으쓱했다.

"그럼 윤태희가 사게 해 줄게. 때리면 돈 나온다, 저 새끼. 방학 때 놀려고 학기 중에 알바 존나 했대."

"뭐 먹을까."

윤태희를 고장 난 자판기쯤 되는 양 말하기에 나도 손쉽게 태도를 바꿨다.

우리는 해경 오빠의 차를 타고 읍내로 가는 내내 점심 메뉴로 입씨름했다. 그러다 지쳐 둘이 싸우게 두고 뒷좌석에서 회장님처럼 혼자 편하게 늘어져 있으니 조금은 희한한 기분이 들었다.

얼마 전 최재영네 아빠가 동네에 좀 으스대 보겠다고 뽑은 외제 차와 색깔만 다른 이 세단은, 해경 오빠가 대학교 입학 선물로 집에서 받은 것이었다. 겨우 스무 살이 되기 무섭게.

나는 이 모든 낯선 것이 익숙해 보이는 스무 살배기 대학생을 물끄러미 응시했다. 핸들 위에 걸쳐진 편안한 왼손, 변속기 위에서 까딱거리는 오른손, 백미러 속의 여유로운 얼굴.

박해경 하면 원래 떠오르는 건 으레 그런 거였다. 우리 오빠랑 동네 슈퍼 파라솔 밑에서 컵라면이나 사 먹고, 둘이서 담배를 피우다 몇 번이나 들켜 우리 아빠에게 덩달아 귀를 잡혀 오기도 했던 오빠.

그 교복, 어깨에 비스듬히 걸치고 있던 가방, 열아홉의 얼굴이 전부 헛것 같다.

그래서 오빠를 보고 있으면, 지금의 박우경도 헛것 같았다.

나는 해경 오빠를 퍽 오래도 알았다. 내가 박우경을 알아 온 기간만큼이나. 그러니까 12간을 보고, 고작 반년을 못 본 셈인데도 이렇다.

더 익숙한 건 더 멀어지겠지.

오빠랑 그 애는 너무 닮아서, 가끔 서로가 서로의 미래이며 과거처럼 보였다.

그럼 박우경도 3년 뒤엔 제 형처럼 이런 좋은 차를 타고 나타날까? 내가 모르던 것과 익숙해진 채로. 전혀 다른 얼굴이 되어서. 서울과, 좋은 학교와, 억양이 옮아 덩달아 달라진 고향의 말씨와, 낯선 공기를 감고서.

그 성질에 해경 오빠처럼 청라에 자주 오기는 할까.

그 애의 큰형인 태경 오빠는 너무 바빠서 이제 청라에 내려오는 일이 거의 없다. 그러니까 어쩌면…….

나는 나도 모르게, 내가 청라에 남겨져 그 애를 기다릴 것처럼 생각하는 것을 깨닫고 고개를 털었다.

언제 낯설었냐는 듯이 조수석의 윤태희와 욕설에 괜한 비방에 실없는 주먹질까지 난리 통인 꼴을 보자 그런 생각은 무용해졌다.

해경 오빠는 아무리 생각해도 자기들이 동생을 바꾸어야 한다고 말했다. 윤태희의 개 같은 성질머리가 박우경과 꼭 닮았다고. 본인은 점잖으니 나와 맞다고.

아빠에게 윤태희도 모자라 박우경 같은 아들이 생긴다고 생각하니 못 할 짓이 됐다. 아마 제명은 다 못 살겠지. 윤태희가 집을 뒤집어 놓으면 박우경이 말로 속을 뒤집을 테니까.

나는 생각해 보고 조금 웃었다.

"아 돈까스."

"또 싸게 퉁 칠라고. 일식 사 준다는 게 어떻게 돈까스가 되는데."

"마 니는 일식집에서 돈까스 파는 것도 못 봤나. 이 존나 눈치 없이 많이 처먹는 새끼가⋯⋯. 박해경 니한텐 PC방 컵라면도 아깝다. 아나."

"와 니는 하나뿐인 동생이 먹는 것도 아깝나."

"됐고. 돈까스."

읍내에 도착해 주차를 하고, 상가 사이를 걸어가면서도 해경 오빠와 윤태희는 내내 티격태격했다. 나는 그들 사이에 아무 의견도 없는 깍두기처럼 끼어 있었다. 그래, 느그들 알아서 해라 하고.

"우리 희야는 돈까스 좋아한다."

"⋯⋯내가 언제부터 느그 희야고."

"니가 태어났을 때부터지. 당연한 거를. 닌 우리 거다. 엄마, 아빠, 나."

"아 내한테 제발 좀 친한 척하지 마라."

"지랄⋯⋯. 누가 보면 박해경이랑 남맨 줄 알겠네."

이미 저 혼자 동떨어져 걷고 있으니 말 한마디에 친한 척 말라 선을 긋는 동생이 어이가 없을 만도 하다.

"그니까 차희랑 우리 집 개새끼랑 바꾸자고."

윤태희를 놀려 먹느라, 또 날 오랜만에 데리고 나오느라 해경 오빠는 부쩍 기분이 좋아 보였다. 아예 날 제 동생인 양 옆에다 끼고서 어깨동무를 하고, 내 무거운 가방은 어느샌가 친절한 척 뺏어 가 윤태희에게나 던져 줬다.

흐린 날이라 날씨가 선선해서 그런지, 목을 껴안은 오빠의 팔에서 내내 좋은 냄새가 났다. 다 컸다고 이제 향수도 다 쓰네……. 나는 해경 오빠보다 한참 나이가 많은 양 생각하고는, 오빠에게 반쯤 잡힌 채로 윤태희에게 오지 말라 발길질을 했다.

"이래서 자식새끼 키워 봤자."

"누가 니 자식새낀데."

"내가 윤차희 니를 업어 키운 세월이……. 어? 저기 박해경 느그 집 개새끼다."

"그러네. 우리 집 개새끼네."

"마! 박우경!"

윤태희가 말 그대로 개 이름을 부르듯 박우경을 불렀다. 멀리서도 그 애의 인상이 확 찌푸려지는 게 보였다. 이쪽을 보기 무섭게 그랬다.

나는 박우경의 그런 표정을 지나 그 애 옆에 서 있던 문다혜를 봤다. 근래 나를 마주했던 그 어떤 표정보다도 친절한 표정이 여자애의 얼굴에 떠올라 있었다.

오빠들이 무어라 하는 동안 가만히 따라 걸으며 그쪽을 쳐다만 보는데, 해경 오빠가 괜히 내 눈치를 보다 귓가에 조용히 물었다.

"……쟤네 진짜 사귀는 건가?"

"그런가 보지."

"어제 우리 집 앞에 한참 서 있었던 게 쟤였던 거 같은데."

"다른 애일 수도 있고."

"……."

"쟤 좋아하는 애들이야 널렸으니까. 다 만나든 말든."

문다혜든 문다혜가 아니든 무슨 상관일까 싶었다.

내 목을 감싸 안고 있는 팔의 힘이 세졌다. 반만 꽉 안아 주는 힘. 아마도 본인 딴엔 위로겠지만, 위로가 필요 없다는 말을 하는 것도 성가셨다.

나는 알겠으니 닥치란 식으로 오빠의 등을 툭툭 두드려 주었다.

그래도 해경 오빠는 네가 더 예쁜 거 같다 속닥거렸다. 일말의 의미도 없는 위안성 아부다. 내가 봐도 문다혜가 더 예뻤으니까.

"그새 여친 생겼나, 우리 우갱이."

"지랄 마세요. 그냥 같은 반 애니까."

윤태희가 어릴 때 시킨 대로 순순히 존대하면서도 되바라지게 대꾸한 박우경이 제 형과 나를 다시 차례로 봤다.

멀리서부터 이쪽을 뚫어져라 보던 불쾌한 표정이다. 웃기지도 않았다. 제 둘째 형이 부모에게 이 일을 고자질할 게 눈에 그려지고도 남는 모양이지.

　박우경 머리에 가장 기대가 많은 그 집 부모들은 이런 일을 질색했다. 괜히 여자 친구 같은 것을 사귀어서 정신이 죄다 그쪽으로 팔리면 어쩌나. 그러잖아도 공부에는 전혀 흥미가 없는 놈인데, 하고.

　"그냥 같은 반 앤데 방학 때 여까지 일부러 나와서 만난다고……."

　"병원에서 물리 치료 받다 만났거든요."

　박우경이 윤태희 말을 툭 잘랐다. 뒤이어 윤태희가 "핑계는." 하고 중얼거리자 거기에 대고 "지랄은." 하며 받아치는 것도 잊지 않았다. 그들 사이에서 눈을 반짝거리던 문다혜가 슬며시 끼어들었다.

　"안녕하세요. 혹시 차희 오빠세요?"

　"어."

　"어쩐지 딱 보니까 알겠더라고요. 분위기가 비슷해서."

　판에 대고 찍어 낸 것 같은 박해경과 박우경을 두고, 분위기가 완전히 따로 노는 우리 둘을 굳이 먼저 언급한 속이 조금은 훤했다. 여유 있는 척. 안달하지 않는 척. 딱 적당한 정도의 관심인 척.

　학교에서 오며 가며 인사도 하지 않는 사이에, 나와도 아주 반갑다는 듯이 인사한 문다혜는 박해경의 얼굴을 아주 뒤늦게 발견한 것처럼 반색했다.

　저 꼴이 가증스러운 건 오로지 내 사감 때문이니, 사실은 내 속도 저만큼이나 가증스러웠다.

"와. 이쪽이 우경이네 형님이시구나. 둘이 너무 닮았다."

"어, 반갑다. 근데 우린 밥 먹으러 가던 길이라⋯⋯."

"그러시구나. 뭐 드시러 가세요?"

"돈까스. 뭐 어쨌든 둘이 재밌게 놀고⋯⋯. 우린 가 볼게."

"안 논다니까."

해경 오빠는 그러냐, 하고 그 애의 말을 귓등으로 들어 넘기며 내 어깨를 다시 끌고 갔다.

제 동생이 끌려가니 윤태희도 곧장 둘에게서 관심을 거두고 우릴 따라왔다.

"저 새낀 지 동생 놀리는 게 그렇게 재밌나."

"재밌잖아."

정작 본인도 놀려 먹다 지랄 말라 한 소리 들은 주제에, 윤태희가 해경 오빠 들으란 듯 혀를 찼다.

그렇게 결국 돈 쓰는 사람이 우긴 대로 저렴한 돈까스집에 들어와 앉은 우리는 메뉴를 다섯 개나 시켰다. 거기에 박우경이 온 건 우리가 복잡한 주문을 마친 직후였다.

문다혜는 어디에 떼 놓고 왔는지 없고, 비어 있던 내 맞은편에 착석하는 태도는 몹시도 당당했다. 마치 우리의 초대를 받아 마지못해 와 줬다는 양.

계산을 할 예정인 윤태희는 제 옆에 앉은 남의 집 동생을 잡아먹을 듯이 노려보았다. 박우경이 뻔뻔하게 자기도 메뉴판을 달라고 한 까닭이었다.

해경 오빠는 자기가 사는 것처럼 동생에게 선선히 메뉴판을 건네며 물었다.

"아까 그 여자앤?"

"모르지."

행방을 묻는 질문에 시큰둥하게 대꾸한 박우경이 직원을 불러 주문했다. 작은 거 시키지 큰 거 시켰다고 윤태희에게 뒤통수를 얻어맞으면서도 날 빤히 바라보던 그 애는 이윽고 내 옆에 앉아 있던 제 형에게 시선을 돌려 물었다.

"형 니는 언제 서울 갈 건데."

"개강하면."

"군대나 쳐 가지."

"이 새끼가 지는 안 갈 것 같나."

"박해갱 니가 빨리 꺼졌으면 하는갑지."

윤태희가 신나서 첨언했다. 박우경은 "네, 맞아요." 하고 첨언에 힘을 실어 줬다. 해경 오빠는 코웃음 치며 내게 장국을 밀어 주었다.

"차희야. 오빠야 군대 갔으면 좋겠나."

"아니. 윤태희 같은 애들이 오빠야 대신 두 번 가야 된다고 생각해."

"윤차희…… 느그 오빠야는 나거든. 니는 내 다음에 태어나서 차희거든."

"그래 봤자지."

해경 오빠가 대신 대꾸하며 비웃었다.

내가 친오빠보다 자기를 더 좋아할 거라며 어깨에 제 팔을 올려놓는 게 약간은 이유 모를 과시에 가깝다. 말없이 이쪽을 보는 박우경과 눈을 마주치는 게 문득 불편해졌다.

결국 나는 핸드폰으로 영어 단어를 휙휙 넘기며 이제 귀찮게 하지 말라는 티를 냈다. 그새를 못 참고 또 공부하느냐고 빈정 거린 윤태희가 박우경을 잡고 고등학교는 어떤지 아저씨처럼 묻기 시작한다.

밥을 먹으러 오는 게 아니었는데.

식사는 정신없이 끝났다. 오빠들이 메뉴를 두 개씩이나 먹느라 박우경과 나는 거의 테이블 귀퉁이에 접시를 걸쳐 놓고 먹었다.

바쁘단 핑계로 오빠들이 식사를 다 끝내기도 전에 자리를 빠져나온 나는 독서실로 부지런히 걸었다.

그러나 고작 1분도 지나지 않아 박우경이 따라왔다.

"왜 따라오는데. 책도 없으면서."

"아무 문제집이나 빌려주라. 손 안 대고 풀 테니까."

지 머리 좋다고 자랑하나.

나는 재수가 없어 대꾸도 안 했다. 그게 긍정적인 답변이라 생각했는지 박우경은 조용히 내 옆에서 걷기만 했다.

아무리 생각해도 별로 빌려주고 싶지가 않았다. 아까 문다혜가 쟤 팔을 붙잡고 있던 게 자꾸 생각났다.

박우경이 문득 물었다.

"형이랑 과외 그만하면 안 되나."

"뭔 개소리고."

"그 새끼 니한테 별로 도움도 안 되잖아."

"도움되는데."

"니 영어 잘한다이가."

"더 잘하면 좋다이가."

딱히 할 말이 없는지 다시 말이 없다.

우리는 침묵 속에서 마저 걸었다. 그러고는 자그마한 구식 상가 건물 입구로 들어섰다.

때마침 공교롭게도 바로 위쪽 층계에서 누군가 내려오는 소리가 났다. 어? 반색하는 소리가 약간 익숙했다.

"차희야."

"안녕, 희준아. 아까 오전에 전화 못 받아서 미안."

날 처음 부른 소리처럼 환하게 반색했던 얼굴이 내 뒤에서 느긋하게 올라오던 박우경을 뒤늦게 발견하고 조금 흐려졌다.

나는 이유도 모르게 문다혜를 또 생각했다.

"아…… 어. 오늘 차희 니도 혹시 독서실 오나 해서."

"응. 점심 먹으러 가나."

"어어."

김희준의 대꾸를 비웃듯 등 뒤에서 피식 웃는 소리가 난다. 나는 약간 오기에 찼다.

"내일은 같이 먹자."

"어, 어 그럴래? 그래. 뭐 파스타 같은 거라도……."

"지랄 잘한다."

칭찬 아닌 칭찬을 툭 흘린 박우경이 갑자기 내 등에 메고 있던 가방 손잡이를 확 잡아끌고 강제로 계단을 오르기 시작했다.

그 기세에 놀란 김희준이 눈을 깜빡이다, 본인을 돌아보는 나에게 싱겁게 인사했다.

아. 쟤는 안 되겠다.

질투. 아집. 대놓고 심사가 꼬인 박우경의 낯짝을 보니 그래도 속이 조금 풀렸다. 문다혜와 둘이서 나란히 서 있던 것을 보자마자 잘 어울린다 생각했던 것도 약간은. 하지만 배배 꼬인 속이라고 꼬인 가닥이 다 같은 것은 아니었다.

네가 날 진짜 좋아하면 걔한테 그렇게 웃어 줄 리가 없지.

나는 어쩌면 박우경에게, 어린애들이 까닭도 모르고 곁에 두는 애착 물건 같은 것이다. 이게 언제부터 곁에 있었는지 기억도 나지 않는데, 문득 돌아보면 이게 없어도 괜찮을까 무서운.

"저 등신 새끼랑 밥 먹으러 가기만 해라."

"먹으러 가면 니가 뭐 어쩔 건데."

"닌 내가 문다혜랑 파스타 먹으면 좋겠나."

"그게 왜 좋은데."

"싫제."

"왜 싫은데, 그게."

"……."

224

"나랑 아무 상관도 없는데. 니 알아서 해라."

박우경이 숨을 씨근덕거리며 비꼬았다.

"아. 아무 상관도 없는데 문다혜를 그렇게 죽일 듯이 봤나."

"내가 언제. 니 망상 속에서?"

"그리고 씨발…… 니 진짜 남자 보는 눈 좀 어떻게 해 봐라."

"내 눈이 뭐 어때서."

"존나 골라도 어떻게 저딴 새끼……."

"그럼 니네 형 정도면 되겠나."

"뭐?"

"수업할 때마다 떨려 죽겠는데."

떨리지도 않고 죽겠지도 않지만, 가끔 오빠에게서 그 애가 겹쳐 보일 때면 속이 소란스럽기는 했다.

나는 층계참의 습한 공기를 박우경과 함께 뒤로하고 독서실 안으로 들어갔다.

#10. 망하라고 기도를 해라, 기도를

"기껏 서울에서 학교 잘 다니는 딸내미를 발목 잡아다 과수원에나 처박아 놓고 아빠는 대체 뭘 잘했다고 지금 큰소린데요! 씨발, 돈이나 되면 몰라. 다 쳐 망해 가는 집구석에다가 애를 갖다 집어넣고…… 다 같이 물에 빠져 뒤지자는 거가, 뭔데 대체."

"야야, 태희야. 제발 고만 좀 해라. 어? 그리고 당신도 좀, 일단 그놈의 골프채 좀 내려놓고……."

"이, 이 개양아치 새끼! 이 개그지 같은 새끼! 부모가 힘들면 자식이 돼 가꼬 좀 도울 수도 있지! 째가 빠지게 키워 놨드만 즈그 애비 애미한테 뭐가 우째! 부모한테 욕을 하고! 고래고래 고함을 질러 쌌고! 이래 개지랄을 하고!"

"내 지금 아빠한테만 욕했거든요. 엄마한텐 안 했거든요."

"야! 윤태희이이!"

"아이 씨발 시끄러워……."

윤태희가 오만상을 찌푸리며 고개를 저었다.

"일단 지금은 엄마 아프니까 윤차희 여름 방학 때까지만 여기 뒀다가 제가 서울로 끌고 올라갈 거예요. 두 분 다 그렇게 아시고요. 희야 덕 볼 생각도 이번 여름 지나면 접으세요. 알아서들 과수원을 접든지 뭘 어카든지. 툭 치면 다 뿌사질 것 같은 이런 가시나 하나 꼴랑 델따 놔 봤자 이걸 어따 써요."

"나 어차피 2학기 때 복학 안 할 건데……."

"복학하기 애매하니까 그럼 2학기 땐 학원이나 보내야지, 뭐…… 그럼 그냥 대구로 데려가도 되겠다. 내 자취방에서 학원 다니면 된다이가. 그럼 니 월세도 굳고…… 대구에도 학원 많으니까. 그제."

아빠랑 싸우던 것도 문득 잊어버린 것처럼 윤태희가 날 돌아보며 물었다. 요새는 문과 애들도 코딩을 배운다니 어쩌니 하면서. 매우 긍정적인 얼굴이다.

거기에 대고 뭘 어떻게 대꾸해야 할지 모르겠어서 머뭇거리는 사이, 아빠가 울분에 차 말을 이었다.

"그래. 니 동생은 공부를 그래 잘하는데 우리한테 부담되기 싫다고 세상에 대학을, 4년 장학금을 받고 하향 지원해서 간아다. 대학 하나 잘 가겠다고 하루도 안 놀고 공부를 그래 열심히 했는데, P대도 갔을 낀데, 어? 저게 애비 애미를 잘못 만나가……."

"쟤는 애비를 잘못 만났죠. 애미는 별로 한 게 없는데……."

"암튼 그렇게 대학을 낮추고 낮춰서 가도 태희 니보다 훨씬 잘 갔다. 대한민국 천지에 우리 희야 다니는 학교 모르는 사람이 어딨노. 어?"

"그러니까 그렇게 잘난 애를 왜 여따 갖다 놓냐고요."

"근데 태희 니는, 어? 남들이 들으면 '거가 어딘데' 하는 똥통도 겨우 기어 들어가가꼬, 그래도 대학은 나와야 된다고 애미 애비가 쌔빠지게 돈 벌어가 대학까지 보내 줬드마!"

"아 또 그 얘기!"

"전역하자마자 쌩하니 학교부터 때려쳐서 이 개애새끼가 부모 돈을 다 날려 묵고! 부모처럼 고졸이나 돼 뿌고!"

"씨발 그거는 내가 잘못했다고요! 대신 내 명의로 재작년에 낸 대출 갚아 준다 했잖아요!"

뜯어보면 잘못했다고 인정도 하고, 대출까지 갚아 준다는 효자의 말이다. 저 말을 저렇게 패륜아처럼 하는 것도 재주였다. 그러니까 아빠도 분이 안 식었다.

"이제 돈 잘 번다고 유세가! 어! 부모 앞에서 이래 유세냐고! 돈이면 다가!"

"다지! 돈이 없어서 이 개판이 났는데!"

"이 개잡노무 새끼. 엄마가 이래 아픈데 한번 들여다보지도 않고! 서울에서 내내 공부하고 알바 하느라 바쁜 니 동생도 설날에는 내려왔는데 어떻게 된 놈의 새끼가 청라에서 지척인 대구에 살면서 설날에 코빼기도 안 비치냐고!"

"아 어쩌다 설날 한 번 안 왔다고 거 되게 뭐라 카네."

"니가 추석 때 집에서 깽판 지긴 거를 함 생각해 봐라."

"아무튼 나는 나고, 지금은 윤차희 때문에 왔으니까……."

불리하면 말을 홱 돌리는 건 윤태희의 오랜 버릇이다. 아빠의 얼굴만큼이나 빼닮은 버릇이기도 했다.

나는 엄마가 확 피로해진 얼굴로 말없이 다 부서진 샤인 머스캣 상자를 뒤적거리는 것을 걱정스레 바라보았다.

윤태희가 박스째 내팽개친 바람에 다치고 터진 것들은 걸러 내고, 성한 것만 알뜰하게 골라 바구니에 담는 손은 어제보다 더 부어 있었다.

"애 돈 한 푼 안 주고 부려 먹으면서 괜히 다 망한 사과원에 시간 낭비하게 하지 마세요. 사람이 필요하면 돈을 쓰고, 돈이 없으면 사람을 쓰지 말고, 사람도 돈도 없으면 그냥 정리 좀 하시라고요."

"오빠야, 근데 아빠가 내한테 이번 달부터 월급 주는데……."

"……."

윤태희는 잠시 머쓱한 표정이 됐다. 정적 속에서 아빠의 얼굴이 슬슬 의기양양해졌다.

사실 월급이라 부르기엔 턱없이 모자란 돈이긴 하지만, 그래도 최대한 짜내고 짜내서 주는 것을 알고 있었다.

아빠는 요즘 그렇게 좋아하던 술을 남이 사 줄 때나 마신다. 그 푼돈까지 딸에게 줘야 했기 때문이다.

위협용으로 먼지 쌓인 골프채를 들고 있던 아빠는 가벼운 한숨으로 무기를 놓았다. 윤태희가 정신 못 차리던 양아치일 적

아들 기를 죽이려 들던 버릇이 남아 무심코 들고 있었던 것인 양, '내가 왜 이걸 또 들고 있나' 싶은 표정이었다.

그러더니 일시에 노성이 죽었다. 자식에게 정곡을 찔려 퍼뜩 솟구쳤던 분노가 다 허상이었던 것처럼.

"태희야. 사람이 살면서 항상 좋은 날만 있는 게 아니다. 부모가 돼 가꼬 노상 아쉬운 소리만 하는데 내라고 태희 니한테 안 미안하겠나. 희야한테 안 미안하겠나……. 자식한테 손 벌리고 싶은 부모가 세상천지 어데 있겠노."

"……."

"근데 부모도 자식 도움이 가끔씩은 필요한 기라. 조금만 더 버티면 좋은 날도 있을 거 같으니 버티는 거지 어데 가망도 없는데 무한정 버티겠나."

"남이 보기에는 무한정 답답하게 버틸 것 같으니까 카는 말이지……."

"태희 니 추석 때 그카고 나서, 이제 딱 몇 년만 더 해 보자고 느그 엄마랑도 말 끝냈다."

"……."

"엄마도 아프고, 아빠도 슬슬 나이가 들어가 조금 힘들다. 느그 엄마나 내나 여기서 태어나서 여기서 평생 흙 만지고 살았는데 이 나이에 어데 가서 뭐 먹고 살겠나 싶기야 하지……. 막막하다. 그래도 차희까지 1년 와 줏는데 느그 엄마 몸 좀 좋아지면 우리도 할 수 있는 데까지만 해 보고, 어? 그러고도 안 되믄 내도 이거 다 팔아 뿌고 훌훌 털란다. 지긋지긋하다, 아빠도."

"……."

"니네야 이제 다 컸으니 알아 살 끼고, 내가 느그 엄마 하나 못 먹여 살리겠나."

반은 거짓말 같고, 반은 진짜 같은 말이었다. 저 말이 진짜냐고 엄마를 쳐다보자, 엄마는 조금 침울한 표정으로 내 눈을 피했다.

윤태희가 가만히 아빠를 보다 물었다.

"진짜예요?"

"니보고 잘 다니는 회사 그만두라 칼 수도 없고, 차희가 나중에 어디서 머슴처럼 써먹을 데릴사위라도 업어 오지 않는 이상에야 갈수록 더 힘들겠지. 요즘 세상에 그래 눈먼 놈이 어디 있겠노……. 이런 게 아쉬울 놈이면 아빠는 니 동생 결혼 못 시킨다. 여서 썩힐 가스나도 아니고."

언제는 공무원 시험 쳐서 이쪽 남자랑 결혼해 부모랑 가까이 살면 어떻겠냐 하더니, 퍽 진지하게 청라에서 날 밀어내는 말이었다. 사실 배알도 없이 머슴처럼 붙어 있는 놈이 하나 있긴 하지만, 박우경 그 애는 언제나 그랬듯 우리 집에선 무의미한 허수다.

윤태희는 아까보다 더 심각해진 낯으로 거실을 배회하다 결국 내가 웅크려 앉은 소파로 와서 풀썩 앉았다. 정적 속에 나직한 한숨이 오갔다. 윤태희가 몇 번이고 마른세수를 하다 결국 고개를 내렸다.

"……아빠가 능력이 없어서 느그한테 미안타."

"아 됐어요."

아빠 면전에 대고 내내 한 말이 저 말이었으면서, 막상 본인이 인정하는 것을 보니 껄끄럽고 미안해 죽겠다는 얼굴이다.

굳이 따지자면 아빠는 이 집에서 여러모로 가장 원망을 살만한 대상이지만, 최소한 우리 불운의 시발점은 아니었다.

"걱정 마라. 이거 다 팔면 우리가 여태 대출한 거, 느그 명의로 빌린 거, 전부 정리된다. 아빠는 절대로 느그 빚쟁이로 만들고 안 죽는다 캤제. 내가 당장 내일모레 죽어도 자식 빚은 다 갚고 죽는다."

"아 됐다니까요⋯⋯ 죽는다느니 그런 소리 좀 자식들 앞에서 하지 말라고요. 재수 없게."

"능력 없고 자격 없는 거 알지마는⋯⋯."

"아 됐다니까. 됐어요. 됐다고. 내 대출 내가 갚아. 됐죠."

"아 남의 말 좀 끝까지 들어라. 니는 누구 닮아서 성격이 이래 급하노!"

대답이 뻔한 질문을 답답하다는 듯이 내던진 아빠는 다시금 돌변해 차분하게 말을 이었다. 누구를 닮았는지 정말 모르지는 않을 텐데.

"내가 느그 효도받을 자격 없는 거 아니까, 느그가 내한테는 이래 아무렇게나 해도 괜찮다."

"⋯⋯근데요."

"그런데 느그 엄마는 다르다 안 카나. 남편 잘못 만나 고생이나 했지, 너네한테 못 해 준 게 뭐가 있다고."

"······내가 쟤네한테 못 해 준 게 왜 없어. 천진데."

엄마는 짓무른 청포도를 싱크대 수채에 버리며 음울하게 중얼거렸다. 아빠는 듣지 못한 척했다.

"아까 엄마 선물로 사 왔다는 스마트 시곈지 와치인지 뭔지 그런 비싼 것도 좋은데, 앞으로는 엄마한테 얼굴이나 자주 비차라. 큰 거 바라는 게 아이고, 그냥······ 명절이면 집에 와서, 엄마 아픈 건 괜찮나, 요즘은 몸이 좀 어떤가 가끔 들여다보기나 하라꼬. 엄마가 항상 니 많이 보고 싶어 하니까."

"······."

"알겠나. 태희야."

"알겠어요."

오빠의 대답을 들은 아빠가 부엌으로 뚜벅뚜벅 걸어가 포도를 몇 알 씹어 삼키고는 그대로 집을 나갔다. "포도 맛있네, 잘 샀다." 과일 상태에 예민한 성격답게 심사는 잊지 않고.

아빠가 사과를 제외하면 가장 좋아하는 과일이었으니, 오빠도 제 딴에는 아빠와 화해하고 싶어 골랐을 선물이다. 엄마 선물인 스마트 워치는 저것보다 예닐곱 배는 비쌌지만······.

윤태희는 싱크대에 우두커니 서서 우리를 등지고 있는 엄마에게로 뒤늦게 갔다.

"엄마, 미안."

"니가 뭐가 미안하노. 우리가 미안하지."

오랜만에 본 아들에게 대꾸하는 소리가 무뚝뚝했다. 행주를 쥔 채로 싱크대를 꼭 잡고 있던 손이 조금 신경질적으로 움직

이기 시작했다.

"엄마."

"부르지 마라."

"미안하다니까."

"우리가 죄인이지. 사과하지 마라."

"아 엄마."

"태희 니는, 니가 하는 못된 말들이 전부 느그 아부지한테만 가는 줄 알제."

"⋯⋯."

"이 촌구석에서 못나고 능력 없는 게, 재수도 드럽게 없는 게 느그 아부지만 그런 줄 알제."

"⋯⋯엄마."

"이 사과원 느그 아부지 거 아니다. 엄마도 평생 같이했다."

엄마는 단지 오빠가 여태 오지 않아 화난 게 아니라는 듯 조용히 선을 그었다. 네가 말하는 그 보잘것없고, 다 망해 가고, 아무런 가망도 없는 그게 내 평생이기도 하다고.

아빠가 우리 사과원을 머잖아 팔아 버릴 수도 있다고 했을 때, 어째서 엄마가 더 슬퍼 보였는지 알 것 같았다.

엄마가 이 사과원을 더 사랑하기 때문이었다. 어쩌면 우리가 여기까지 온 것도, 단숨에 벼랑 끝까지 쫓겨 갔다가 느릿느릿 기어서 되돌아온 것도 아빠의 이기적인 고집이나 할아버지에 대한 의무감 때문만은 아니었을지도 모른다.

"그러니까 엄마 위한답시고 그만 말 하지 마라. 느그 아부지한테 그따위로 함부로 하지도 말고."

이곳을 더 포기할 수 없는 건 엄마였기 때문에.

미워도, 싫어도 이곳이 결국에는 엄마의 전부였기 때문에.

"내가 느그 아부지랑 왜 이혼 안 하고 여태까지 산 줄 아나."

"……모르겠다."

"그래도 느그 어릴 땐 참 잘했으니까. 애들 아빠로 괜찮았으니까."

"……."

"집이 이렇게 되고 나서 아빠가 느그한테 무슨 아쉬운 소리를 하고, 뭘 얼마나 못 해 줬든지…… 니네한테 잘할 수 있을 땐 진짜 잘했다. 그 인간이 지 마누라는 좀 우습게 알아도 자식들이라면 얼마나 끔찍했는데, 오죽했으면 그랬겠노. 오죽했으면 사람이 그까지 갔겠노……."

"……."

"태희 차희 니네 이름으로 대출받아가 아빠가 어데 놀러 다녔겠나. 그거 느그 엄마도 같이 빌린 기다."

"……."

"우리가 능력이 없어서."

엄마는 결국 섧게 울었다. 우리 집 위로 태풍이 지나간 다음 해, 사과를 담았던 박스값만 겨우 받고 돌아온 그날처럼.

미안하다고 연신 어설프게 사과하던 오빠도 결국 자기가 잘못했다고 울었다. 아마도 아빠가 아닌 엄마가 돈 얘기를 꺼냈다면, 벌써 대출을 열 번도 넘게 해 줬을 호구 같은 아들이다.

졸지에 갈등의 원흉이 된 나는 둘이서 저러기 직전 입에 물었던 청포도를 뱉지도 삼키지도 못한 채 한참이나 눈만 깜빡였다.

엄마가 우는 걸 보면 덩달아 울음이 치밀어 오르다가도, 멀끔하게 생긴 값도 못 하고 저 큰 덩치로 꼴사납게 울고 있는 윤태희를 보면 같이 울 맛이 도통 안 났다.

"……엄마. 근데 아까 아빠가 느그 명의라 카더만, 혹시나 해서 묻는데 아빠가 차희 명의로도 대출받았나?"

오빠가 다시 말다운 말을 꺼낸 것은 모자가 울고불고 한바탕 지나간 후였다. 그건 그거고 짚고 넘어갈 건 짚고 넘어가야 한다는 듯.

엄마는 결국 들고 있던 행주를 윤태희 얼굴에 내던지며 빽 소리쳤다.

"느그 아빠가 이거 다 팔아 삐고 갚아 준다 안 카나!"

"아 알겠어요, 알겠어요. 일단 때리지 말아 봐 봐……. 엄마 손 다친다."

"아들이라고 하나 있는 기 우리 집 망하라고 기도를 해라! 기도를!"

#11. 열여덟, 1월 말 밤

"……또 술이제, 또 술이야. 하나 있는 딸내미 보기 부끄럽지도 않은가베."

"고마해라."

"당신이야 술 마시면 그만 아인교. 상 차리 와라, 이 상 치아라, 맨날천날 그래 술이나 처마시면 만사 다 잊아뿌제, 취했다고 마누라한테 화풀이도 한 번씩 하면 스트레스도 싹 가시제……. 그래, 이래 술이 좋은데 안 마실 이유가 어데 있겠노."

"아 고마하라 했다."

"술에 떡이 되어가 지 혼자 발 뻗고 잠도 잘 자겠다, 취하면 빚더미에 앉아 사는 거 생각도 안 나겠다……. 좋지, 좋아. 당신은 당신 처자식이 길바닥에 나앉아 굶어 죽어도 누가 주둥이에 술병만 물려 주면 행복한 줄 알고 살 끼다. 아이가?"

"이말희."

"이런 거 보믄 남자들은 머리에 뭐가 들었는지 궁금하드라. 노상 지 혼자 힘들다, 내 죽겠다 세상 요란하게 쌩지랄은 다 해 싸면서도, 지 술 처먹고 어지르면 치워 줄 마누라는 뭐 어데 행복하고 살 만해서 지 뒤치다꺼리만 하고 사는 줄 아는갑지."

여느 날처럼 아빠는 또 술을 마셨다. 자정에 읍내의 독서실로 날 데리러 갈 때까진 꾹 참았다가, 날 집에 데려오고 나서야 온종일 못 마신 물을 마시듯 황급히 술을 입에 대던 평소와 같이.

그러나 엄마가 제발 술 좀 마시지 않으면 안 되겠느냐고 울며불며 빌다시피 한 지 닷새도 채 되지 않은 날이기도 했다.

나름대로는 자제한다고 상 위에 딱 한 병 올라가 있던 소주병이 끝내 아빠의 조용한 분을 못 이겨 쓰러졌다. 반질반질 니스 칠을 한 붉은 마룻바닥 위로 쏟아진 술이 멀리도 흘러갔다.

덩달아 마루로 떨어진 마른 멸치가 술 위에 몇 마리 둥둥 떠다녔다. 그러나 누구도 그것을 신경 쓰지는 않았다.

몇 년 전 같았다면 그 정도 기세에도 잔뜩 겁먹어 움츠러들었을 엄마는 굴하지 않고 아빠가 안방으로 가 버리는 것을 득달같이 쫓아갔다. 태희 아빠 드세요, 잡수세요 해 가며 늘 다소곳 존대하던 것도 까맣게 잊고.

"돈 쓰고 돌아서믄 돈 나갈 데 있고, 돈 쓰고 돌아서믄 또 돈 나갈 데 있고! 차희 독서실 끊을 돈에 인강 끊을 돈에, 하다못해 내일 당장 나무에 뿌릴 약제 살 돈도 없어가 미치고 팔짝 뛰다 못해 옆에서 마누라가 죽겠다 카는데, 당신은 그놈의 술이 또 사지더나!"

"살다 살다 이제는 소주 한 병 갖고 내가 별의별 우세를 다 당한다. 그래 니 남편 꼴 보기가 싫으면 마 내보고 나가서 뒤지라 카지, 와?"

"내가 언제 당신보고 죽으라 캤나. 어? 제발 술만 마시지 말라는 게 뭐 얼마나 큰 소원이라고 내한테 이카는데!"

"꼴랑 술 한 병 가지고 사람을 이래 죽으라고 못살게 구는데 그럼!"

"꼴랑? 내는 사과원에 그 난리가 나고 나서부터 내한테 백 원짜리 한 개 허투루 안 쓰고 산다. 그게 다 태희 차희 대학 보낼 돈이라고. 근데 당신은 백날 마셔 놓고 이제 와서 꼴랑 소주 한 병이가?"

"……즈그 큰오빠가 10년째 갚지도 안 하는 7천만 원은 백 원짜리가 아니라서 안 치는갑지."

"그 얘기가 지금 와 나오는데!"

"그래, 그거는 내가 말 잘못 꺼냈다. 이러나저러나 빚더미 아이가. 내가 오늘 이거 한 병 안 먹는다고 대체 뭐가 달라지노…… 어? 태희 엄마, 제발 좀……."

"혼자서 어데서 돈이 자꾸 나가 술을 사는데!"

"권남이가 줬다. 니 잘난 돈 한 푼도 안 까묵었다. 됐나? 내가 술 처마실 돈도 없다 카이 불쌍하다꼬 지 창고에 널려 있던 거 행님 이거라도 잡수소, 하고 한 병 집어 준 기다. 많이 묵지는 말라고 딱 한 병만."

"권남이가 그칸다고 그걸 냉큼 집어 오나. 술 마시고 싶으면

차라리 내를 죽이라고 울고불고 마누라가 애원을 한 지 얼마나
됐다고 그거를 집구석에 들고 와!"

"니가 와 죽노? 못난 니 남편이 나가 뒤지면 되는 거를."

이젠 싸우기도 싫다는 듯 진력이 난 아빠의 목소리와, 녹색
유리병만 봐도 경기를 일으키다시피 질색하는 엄마의 목소리
는 늘 그랬듯 점차 서로의 크기를 불려 간다.

실상은 술이 아니라도 이렇게 될 핑계는 많았다.

우리 사과원의 절반을 팔아 그 땅이 태양광 패널들에 뒤덮이
고, 사과가 얼추 정상적인 출하를 시작한 지난가을 후에도 집
에선 여전히 하루걸러 저런 소리가 났다.

하루는 엄마가, 하루는 아빠가 서로의 존재를 용납하지 못하
는 식이었다. 그러지 않으면 제정신으로 버틸 수가 없다는 듯이.

저러다 말면 다행이지만 정도는 종종 심해졌다. 단지 신경을
긁던 아빠의 성난 음성이 마치 피가 거꾸로 솟구치는 것처럼
들리거나, 엄마가 자기 울부짖음에 스스로 잡아먹히는 것만 같
은 순간들이 있다.

사과원 옆을 길게 지나가는 국도에서도 그 소리를 들을 수
있을 정도로. 몰래 뛰쳐나가 봤기에 그것을 알았다.

그래서 나도 종종 핸드폰을 들고서 층계에 숨어 앉아 있곤
했다. 혹시나 하면서. 문자 메시지로 신고할 내용을 조금 적어
두고 수신 번호에는 112를 미리 써 뒀다.

내 눈앞에서 아빠가 엄마를 때린 적도, 엄마가 극단적인 선
택을 시도한 적도 없지만 가끔 소리가 한계에 다다를 때면 오

늘이야말로 그런 일이 생길지도 모른다는 공포가 머리를 좀먹었다.

이번이 마지막일지도 모른다고.

어쩌면 오늘은 아빠가 엄마에게 손을 올리게 될지도, 엄마가 문득 싱크대 위의 과도를 보고 끔찍한 생각을 할지도 모른다고.

아무것도 아닌 말들로 시작해도 결국은 죽고 싶다는 두 사람의 습관적인 말들.

너는 차라리 내가 죽기를 바라냐고, 스스로를 저주하는 듯한 힐난들. 이럴 거면 다 같이 죽자고 넋이 나가 실랑이를 하는 소리들……. 그 소리 속에 혼자 앉아 있으면 지금이 열다섯 여름에서 단 몇 달도 지나지 않은 것처럼 느껴졌다.

열여덟 살이 된 지금에도 고작 몇 달 전 범람한 물이 우리 집을 삼킨 것처럼 무기력한 불안감이 생생하다.

우리 가족은 어디로 가게 될까. 우리는 다시 예전처럼 살 수 있을까.

매일 아침 내가 눈을 뜨면 했던 생각들.

적어도 그때로부터 3년이 지난 나는, 그 시절 내 의문에 실망스러운 대답이나마 건넬 수 있다. 우린 어쩌면 영영 예전처럼은 살 수 없다고.

심지어는 제일 좋은 날조차 그때의 좋지 않은 하루만큼 행복할 수 없을 거라고.

아빠는 농사를 하지 않는 겨울부터 초봄까지 이전에 하지 않던 일을 했다. 엽총을 들고 나가 송전탑과 전봇대의 까치를 죽이고, 동네 엽사 아저씨들과 멧돼지를 포획해 얼마간 포상금을 타는 일이었다. 동물의 사체를 들고 가 받는 돈은 마리당 몇천 원에서 몇만 원.

간혹 운이 좋은 때는 큰 상자에 까치 시체를 그득 담아 돌아오기도 했다.

오늘은 스무 마리가 잡혀 12만 원. 오늘은 까치를 마흔 마리나 잡아 24만 원……. 한전에 가기 전, 그렇게 아빠가 계산하는 목소리에서 기분 좋은 기색을 느낀 적은 거의 없었다.

오전 나절에 집에 있던 내가 그 상자를 보러 슬그머니 다가가면 '저리 가라', '이런 거 보지 마라' 쫓아내기 바빴다.

자식에게도 유치하게 곧잘 우쭐하던 사람이 잠깐도 의기양양해 하는 법이 없었다.

'귀엽제. 새끼들 눈도 못 뜬 거 좀 봐라.'

우리 아빠는 한때 우리 집 처마에 까치가 집을 지으면 아들과 딸을 차례로 목말 태워 둥지 속 까치 새끼들을 들여다보게 했던 사람이었다.

윤태희가 동네 할머니 집에서 덜렁 데려온 누런 강아지를 가장 아꼈던 사람이기도 했다.

그 개가 3년도 채 못 살고 고라니처럼 국도 변에서 차에 치여 죽어 있는 것을 보았을 때, 아빠는 초등학생이었던 제 자식들보다도 더 많이 울었다.

242

그 뒤로 종종 고라니나 길고양이가 차에 치여 죽어 있는 걸 보면, 사과원 뒷산의 빈 땅에 가져가 묻어 주기도 했다. 다음 생에는 배고프지 말고, 다치지도 말고, 아주 오래 살라고 말하면서.

그러나 이제는 집집마다 묶여 사람을 반기는 개에게도, 우리 과수원을 지나가는 고양이들에게도 눈길을 주는 법이 없다.

사과나무 아래 노란 얼룩 고양이가 보이면 '살찐아, 이리 온나.' 하고 불러다 창고에서 마른 멸치 한 줌 꺼내 주던 아빠도 더는 없다.

'희야. 아빠 오늘 멧돼지 잡았디.'

나는 안방 쪽에서 두 사람의 고함과 비명이 번갈아 오가는 소리를 들으며 벽에 머리를 기댔다.

더 이상 엄마에게 이런저런 하루의 이야기를 하지 못하게 된 아빠는 종종 독서실에서 날 데려오는 길에 실없는 말들을 늘어놓곤 했다. 공부에 지친 머리로 아무 말도 귀담아듣지 않던 무신경한 딸을 두고.

자주 취하고, 자주 싸우게 된 이후로 딸이 자신을 많이 미워하게 됐다는 걸 알면서도.

그렇게 이어지는 말 속에 이따금 저런 말이 있었다. 오늘도.

'……다른 아저씨가 잡은 거 아이고?'

'응. 아빠가 잡았다.'

'그럼 엽총으로 죽인 거예요?'

'아니. 처음엔 포획 틀에 잡혀 있드라. 우리가 볼 때까지 살아 있었다.'

'아.'

'근데 포획 틀 바로 옆에 새끼가 한 마리 배회하고 있는 기라.'

'……'

'틀에 잡혀 있는 게 어미더라고.'

차창 밖의 가로등 불빛이 아빠의 씁쓸한 얼굴을 찰나처럼 비추고 사라지길 반복했다. 아빠는 자기가 멧돼지를 죽일 차례라, 자기가 죽일 수밖에 없었다고 말했다.

새끼가 보는 바로 앞에서, 어미를 총으로 쏴 죽였다고.

거기에 대고 아무 말도 하지 않는 내게 아빠는 자기에게 실망했느냐고 잠시 물었다가, 곧바로 화제를 돌려 내 공부 따위를 시답잖게 물었다.

포획 틀 옆에 있던 새끼는 어쨌느냐는 질문이 목구멍을 간지럽히다, 결국은 결말을 알고 싶지 않아 관뒀다. 나는 엄마가 흐느끼는 소릴 들으며 아까 아빠에게 조금도 실망스럽지 않다고 말해 줄 걸 그랬다고 후회했다.

그랬다면, 아빠가 어쩌면 오늘은 술을 마시지 않았을지도 모르는데.

나는 아빠가 고작 닷새 전 엄마에게 약속하고도 술을 마시지 않으면 견딜 수 없었던 끔찍한 오늘을 안다. 엄마가 그 녹색 유리를 도무지 견딜 수 없어 숨이 막힐 지경인 심정도 안다.

심지어는 저 두 사람조차 서로의 별수 없음을 잘 알 것이다.

그러나 앎은 습관적인 증오를 이길 수가 없다. 서로를 미워하는 가장 간단한 일조차 하지 않으면 견딜 수가 없게 된 사람들에게는.

여느 때처럼 내일 아침 엄마가 어미 멧돼지의 이야기를 내게서 듣는다면, 엄마는 분명 지금의 일을 후회하며 울 것이다. 아빠가 종종 날 통해 엄마의 이야기를 듣고는, 온갖 후회로 일그러진 표정을 짓듯이.

그러고는 밤이 되면 다시 전부 잊겠지.

나는 다행스럽게도 소리가 잦아들 즈음 경찰에 보내지 않은 문자를 지우고 조용히 현관으로 나갔다.

영하의 싸늘한 바람이 스웨터 홑겹만 걸친 몸을 순식간에 에워쌌다. 의연하고 싶지만 금방 얼어 죽을 것 같은 추위였다.

그래도 상관없으니 어디론가 막연히 가고 싶었다.

여기서 멀리.

내가 사랑하는 사람들의 끔찍한 소리들로부터, 아주 멀리.

나는 윤태희가 여전히 대구에서 학교를 다니고 있는 것처럼 번호를 무심결에 눌렀다가, 불과 3주 전 입대한 것을 깨닫고 입술을 깨물었다.

높은 건물 하나 없이 눈앞에 펼쳐진 긴 겨울밤이 막막했다. 나는 지나치게 사소한 존재고, 그래서 어쩌면 영영 청라의 이 구덩이를 빠져나갈 수 없을 것처럼 느껴지는 시간이었다. 언제나.

그래서 초조하게 그 애를 찾았다.

사흘 전 별것도 아닌 일로 싸우면서 툭 끊어지고 만 박우경과의 메시지 창을 바라보고 있자 눈시울이 섧게 뜨거워졌다. 나는 얼어붙은 손으로 그 애에게 몇 번이고 메시지를 썼다 지웠다 했다.

박우경, 지우고, 야, 지우고, 자? 지우고, 우경아, 지우고…… 그러다 포기하듯 통화 버튼을 눌렀다.

박우경은 아니었다.

― 어, 차희야.

"……오빠야."

― 니 집에 무슨 일 있나? 이 시간에 어쩐 일인데.

"……혹시 박우경 지금 집에 있나."

전화 너머에서 잔뜩 긴장해 있던 목소리가 죽고, 가벼운 실소가 흘렀다. 해경 오빠가 곧바로 대답하지 않고 되물었다.

― 박우경이랑 싸웠제.

"……그렇긴 한데."

― 니 지금 오빠야 이용하나.

"그런 거 아이다……. 그냥, 걔 혹시 할머니 집에 갔나 해서."

― 모르겠다. 집에 있나? 뒤져 봐야 아는데.

3층까지 돌아 봐야 알 테니 그럴 만도 했다.

- 금마 찾아보고 다시 전화할게.

"응."

- 그리고 차희 니 지금 밖에 나와 있는 거 같은데, 일단 어디 드가 있어라. 박우경 보낼 테니까.

"아니, 난 걜 보내 달라는 게 아니고."

- 집에 들어가기 싫으면 니네 창고 안에 방 있잖아.

"오빠야."

- 춥다. 가스나 감기 걸리지 말고.

해경 오빠는 제 할 말만 하고 뚝 끊었다.

3분 뒤 다시 전화가 온 건 박우경에게서였다.

나는 박우경을 먼저 찾아 놓은 주제에, 정작 곧바로 전화를 받지 못했다. 멍청하게도 그 애의 이름이 뜬 화면을 보자마자 눈물이 터져 나온 까닭이었다.

그러는 사이 성질 급하게도 전화가 한 번 끊기고, 다시 걸려 왔다.

나는 금세 목소리가 울음과 추위에 덜덜 떨리기 시작한 것이 신경 쓰여서 허공에 대고 몇 번이나 목소리를 가다듬었다.

그러고는 얼어붙은 손가락으로 겨우 화면을 눌렀다.

"……여보세요."

- 니 돌았나.

"뭐?"

- 이게 새벽 1시에 남자한테 전화나 하고. 전화는 또 왜 바로 안 처받는데, 지가 찾았다면서.

"야, 해경 오빠가 무슨 남잔데."

— 그럼 우리 형이 여자가.

박우경의 궤변에 순간 내가 어쩌다 전화를 하게 됐는지도 잠깐 잊어버렸다. 가만히 헛웃음을 짓고 있자 그 애가 다시 말했다.

— 니 자꾸 은근슬쩍 박해경한테 집적거리지 마라. 알겠나.

"내가 언제 오빠야한테 집적거렸다고……!"

— 오빠야는 지랄……. 가스나 존나 같잖지도 않게 박해경만 보면 살살거리고.

"내 해경이 오빠야한테 살살거린 적 없거든."

— 오빠야, 오빠야, 눈웃음이나 치고.

박우경이 날 흉내 내듯 빈정거리며 코웃음을 쳤다. 기가 막 혔다.

"반가우니까 웃지. 오빠야가 내보다 나이가 많은데 야, 니, 박해경 카나, 그럼."

— 박해경이 나이 존나 많은 건 아네. 근데 누굴 원조 교제나 하는 아재 새끼로 만들라고.

"박우경 니 진짜 미친갱이가……. 세 살 차이에 무슨 원조 교젠데."

— 니 아직 미성년자거든?

그것도 모르냐는 양 커다란 한숨이다. 나는 어이가 없어 미 간만 찌푸렸다.

— 그래서 아직도 그 세 살밖에 차이 안 나는 박해경이랑 잘 되고 싶나. 원조 교제를 해서라도.

"아 미친놈이…… 뭐라카노, 진짜."

– 서울에 여친도 있는 새끼랑?

벌써 나흘 전 군대 간다는 핑계로 헤어졌댔는데 정작 애한텐 말도 해 주지 않은 모양이다.

나는 박우경이 제 혈육의 근황에 무척이나 어두운 것을 잠시 지적해 줄까 했다가, 설명해 봤자 좋을 게 없을 것 같아 관뒀다. 이제 여자 친구도 없겠다, 해 볼 만하다 싶었느냐고 비약될 것이 빤히 보인다.

지난여름, 그러니까 내가 제 형에게 관심이 있다고 가볍게 한 번 흘렸던 이후로 박우경은 방학 내내 시비를 걸며 날 못살게 굴었다. 아무 생각 없이, 약간 약이나 오르길 바랐던 게 조금은 후회가 될 정도로.

그러던 게 가을에 제 형이 청라에서 사라진 것과 동시에 싹 수그러들어서 잠깐 잊고 있었던 것이다.

떠올려 보면 이번 겨울 방학 때도 약간의 조짐은 있었다. 해경 오빠가 과외를 해 줄 때마다 박우경은 어느새 우리가 과외 중인 카페에 와 있거나, 우리 집 앞에 와 있거나 했으니까.

그 우스운 꼴을 떠올리자 추위에 딱딱하게 얼어붙은 입가가 웃을락 말락 했다.

– 야, 윤차희.

그 애가 시비라도 걸듯이 재차 날 불량하게 불렀다. 얼마간 말이 없는 날 타박하는 것처럼. 그러나 일종의 확인이나 걱정 같기도 했다.

나는 이가 딱딱 부딪히는 사이로 어떻게든 태연한 소리를 내려고 용을 쓰며 대꾸했다.

"이제 해경이 오빠야한테 관심 없다. 됐나."

— 하나도 안 됐다. 염소 새끼 다 됐노.

"뭐가."

— 니 목소리. 이 날씨에 등신같이 나와 있으니까 목소리가 그따위 아이가.

"……야, 내가 아무리 그래도 지금 이게 염소는."

— 염소도 아니고 염소 새끼.

"……."

— 집에 있기가 그렇게 싫으면 추운데 창고 방에라도 숨어 있지. 이건 뭐 등신도 아니고…….

"……."

— 아 개등신 같은 가시나.

목소리는 염소 새끼 같고, 하는 짓은 개등신 같고. 내가 봐도 한심한 꼴이었다.

갑자기 이 꼴로 박우경을 만나는 게 싫어졌다. 나는 뚱하니 말했다.

"……내가 지금 어딨는 줄 알고."

— 뻔하다이가. 짜증 나면 지 방에서 이불이나 뒤집어쓰고 있지, 갈 데도 없는 게 괜히 기어 나와서 즈그 집 앞에나 그지처럼 쭈그려 앉아 있겠지.

"……."

— 이제 슬슬 얼어 뒤질 것 같다 싶은데 고집 부린다고 차마 인정은 못 하고.

"아니거든. 서 있거든."

— 그지 같다는 건 인정했네? 지금 얼어 죽을 것 같은 것도.

"……그러는 닌 어딘데."

— 아까 형한테 전화받고 바로 할머니 집 나왔다.

제 할머니댁에 있다는 걸 알았으면 진작 내가 걸어갔을 거였다. 오늘 같은 날은 우리 집에서 도저히 잘 수 없으니까, 하루만 재워 달라고…….

다시 눈가에 눈물이 조금 돌았다. 전화기 너머의 매서운 바람 소리가 뒤늦게 식별되었기 때문이다.

죄다 당장 내 몸만 에는 바람 같다가, 그 애가 똑같은 바람 속에 있다는 것을 깨닫자 외롭지 않아졌다. 네가 내게 오는 길 위에 있다는 것.

어쩌면 그것만으로도 충분했다.

나는 울음을 들키지 않으려 몇 번이고 목소리를 골랐다.

— 지금 자전거로 니네 과수원 가고 있으니까 옷이나 더 껴입고 나온나.

그냥 오지 말라고 말하려는데 전화가 뚝 끊겼다.

나는 여전히 불이 켜져 있는 안방을 흘끗 보았다가, 집에 들어가 다시 못 나오게 되는 대신 옷을 더 껴입지 않고 박우경을 볼 수 있는 쪽을 택했다.

내리막으로 약간 경사가 진 사과원 진입로를 빠르게 내려오자, 막힐 것 하나 없이 길게 뻥 뚫린 2차선 국도 위에 매서운 바람이 불었다. 동네 쪽으로 몸을 돌리면 바람이 등을 미는 듯한 착각이 일 정도로 거센 바람이었다.

바람에 잠시 휘청거리다 떠밀리듯 걷고 있자니 바람의 반대편에서 이쪽으로 오는 길은 얼마나 고될지 짐작이 됐다.

너한테 전화하지 말걸. 그렇게 생각하면서도 걸음이 빨라졌다.

1월 말, 새벽 1시의 바람이 정면에서 불어오는 길을 웬 등신 같은 여자애 때문에 저 멀리서 달려오는 네가 좋았다. 네가 날 어떻게 좋아하든, 얼마나 좋아하든 가로등 불빛 아래 성난 네 얼굴이 좋았다.

지금은 단지, 그것만으로도.

"야 이 또라이야."

그 애는 인사 대신 날 보자마자 욕하며 기껏 제가 타고 온 자전거를 도로에 내팽개쳤다. 몇 걸음이나마 걸어오는 길에, 입고 있던 롱 패딩을 황급히 벗어 내 몸에 걸쳐 주는 손이 내내 다급했다.

순식간에 그 애의 온기가 내 온몸을 감쌌다. 패딩 때문인지 그 애 때문인지 모르게, 속에서 가느다란 열기가 피어났다. 나는 조금이나마 울었던 눈을 들키지 않으려 눈을 내리깔았다.

"그새를 못 기다리고……. 제발 밤에 니 혼자 이런 길에 나오지 좀 말라고 내가 몇 번을 말하노. 니 뉴스 안 보나."

"여기 우리 집 바로 앞인데."

네가 여기로 오고 있으니까 조금이라도 더 빨리 보고 싶었다는 말이 혀끝에 맺혀 있다 사라졌다.

"미친 가시나. 얼어 뒤질라고 환장을 했제."

"니 말이 맞다. 슬슬 얼어 죽을 거 같드라."

그래도 죄 없는 박우경이 얼어 죽어선 안 될 일이다. 나는 팔을 채 끼워 넣기도 전에 거의 묶이다시피 그 애 손에 잠겨 버린 패딩을 풀겠다고 용을 썼다.

내가 그러거나 말거나 평소라면 손도 대지 않았을, 어쩌면 댈 엄두도 못 냈을 내 얼굴 곳곳에 박우경의 손이 닿았다. 흑심보다는 이게 아직 살아 있는 게 맞나, 확인하는 행위에 가까웠다.

그 애의 손등이 내 눈가를 스치고, 뺨을 스치고, 목 끝까지 잠긴 패딩 안으로 들어와 목을 매만지다 귓가로 갔다. 그러고는 얼음이라도 잘못 만진 듯 소스라쳤다.

"앗 차가, 씨발⋯⋯."

그 애는 약간 채신머리없게 욕설을 중얼거리고 패딩 후드까지 내 머리 위로 홱 뒤집어씌웠다. 퍽 신경질적인 힘이었다.

"박우경 니 손도 차가운데."

"이게 사람 몸이가."

"이거 그냥 니 입어라. 난 적응했으니까."

"적응할 게 없어서 이딴 데 적응했다고 우기노. 타라."

"⋯⋯어디 갈라고?"

"어디 가고 싶은데?"

그냥 집만 아니면 됐다. 내 표정을 알아들은 것처럼 그 애는 자전거 방향을 돌렸다.

나는 커다란 패딩 안에서 허우적거리듯 겨우 양팔을 꺼내고, 자전거 뒤에 앉아 그 애의 등을 그러안았다.

바람 속에서 벌써 차갑게 식어 버린 등 뒤에 이마를 대자 문득 울음이 다시 터져 나왔다.

"느그 아빠 또 술 마셨나."

"……응."

충분하다고 생각했던 것들은 막상 들여다보면 충분하지 않았던 때가 많다.

네가 내게 오지 않아도 족하다고 생각했던 전화는, 네가 실제로 내게 온 순간 티끌만큼도 족하지 않은 것이 됐다.

내게로 오는 네가 멀리서 보이는 그 순간 세상이 온통 충만하게 느껴졌던 것도, 고작 네 자전거를 함께 타고 어디론가 가는 순간에는 무엇도 아니었다.

나는 너와 함께 있는 것이 가장 좋았다. 언제나 가까이 있고 싶었다.

그것을 인정하기까지 이토록 오래 걸렸다는 게 우스울 정도로.

달리는 자전거를 스치는 바람 소리가 요란해 변변한 대화 한 마디 주고받지 못한 우리는 금세 그 애의 할머니 집에 도착했다.

동네 안에는 있지만 약간은 외따로 떨어진 길에, 홀로 고즈넉한 숲을 등지고 있는 커다란 2층짜리 양옥집이었다.

할머니가 요양원으로 떠나며 웬 손자 하나에게 미리 물려주신 양옥집은 70년대 후반쯤 지어져 여기저기 낡은 구석은 있지만 잘 유지되어 있어 여전히 멋진 구석들이 보였다.

이제는 퍽 촌스럽기 짝이 없는 지붕의 박공 모양과, 약간은 조잡한 르네상스식 대리석 기둥마저도 모서리마다 세월을 입어 일가의 유적 같은 곳.

이곳은 이제 박우경의 소유였다. 할머니가 퇴원하지 않는 이상에야 제 가족들에게도 진입을 허락하지 않겠다고 고등학생 조카가 독단적으로 선언한 바람에, 그 애의 큰아버지조차 명절날 제사가 아니면 자기가 자란 집 대문을 넘지 못했다.

20년 전부터 이 집 살림을 돌보았던 감나무집 할매나 그 아들 내외 정도나 여전히 일주일에 한 번꼴로 이 집을 드나들며 관리하는 게 전부다.

마당 한쪽에는 100년 전 한옥을 일부 남긴 별채가 을씨년스러운 어둠에 잠겨 있었다. 이런 겨울밤에는 귀신이 살지 않으면 이상할 모양새라도, 날만 밝으면 이 집에서 가장 근사한 장식이 될 것이다.

이 집은 박우경의 부모가 호수 위에다 웬 대저택을 짓기 전만 해도 우리 동네에서 가장 번듯한 집이었다고 했다. 그 애 조부모가 가진 것에 비해서는 아주 검소한 선택이었을지라도.

나는 그 애를 따라 너른 마당을 가로지르며, 할머니가 계시지 않아도 여전한 것들을 둘러보았다.

담 안쪽에는 언제나 듬성듬성 낮게 불을 밝혀 놓아 이런 한

밤중에도 어지간한 것은 다 볼 수 있었다. 마당 곳곳의 꽃나무들이 빈 가지로 남아 있는 광경이나, 잔디밭에 불쑥 솟아 있는 잡초의 모양 정도는.

나는 그 위로 다른 계절의 모습을 금방이라도 머릿속에서 꺼내 덧씌울 수 있다.

가장 양지바른 담벼락에 자잘한 꽃송이들을 드리운 여름날의 배롱나무. 초봄이면 할머니 방 창가 앞에서 만개하던 백목련 나무. 할머니의 부탁에 종종 동네 아저씨가 가지런하게 깎아 주었던 잔디밭.

별채 뒤편에서부터 툇마루 근방까지 쭉 늘어선 동백나무는 이제 곧 꽃을 볼 수도 있을 테지만, 사실 사계절 어느 때에 봐도 나쁘지 않은 광경이었다.

"잠깐만 기다려 봐."

목적지가 이곳이 아니었다는 양 박우경은 훈기가 도는 현관 안쪽에 날 세워 두고 분주한 기색으로 복도에 들어갔다.

그 애가 내 말을 안 듣듯 나도 그 애 말을 듣는 경우는 별로 없었기 때문에, 나는 곧바로 조용히 현관을 나와 마당을 다시 구경했다.

100년 전 박우경의 고조부가 거창하게도 지었다는 고택의 일부만 남긴 별채는 그 애 할머니가 열아홉에 시집와 할아버지와 첫 신혼살림을 꾸렸다는 곳이다. 저곳에서 자식도 넷이나 낳았다. 할머니의 젊은 시절은 죄다 저 두 칸짜리 별채에 있다고 했다.

어쩌면 그래서였을까. 별채의 툇마루 아래에는 그 애 할아버지의 생전 취미였던 소나무 분재들이 땅에 다시 뿌리를 내리고 있었다. 절반의 자유나마 찾아서.

거기에 일본식 정원이랍시고 흰 모래까지 가져다 이리저리 꾸며 놓은 것은 죽는 날까지 분재를 가둔 작대기 하나 포기할 수 없다던 고집스러운 그 애 할아버지를 현혹시키기 위해서였다.

그렇게 시작된 것이 나중에는 분재들로 조경된 자그마한 산까지 만들어졌고, 그 아래로 흰 들판과 호수 같은 연못까지 생겨났다. 오롯이 그 애 할머니의 정성이었다.

작고 얕은 화분에 갇혀 온 평생을 허락된 크기 이상으로는 자라지 못하고, 철사로 온몸을 조이고 감옥 같은 작대기들에 둘러싸여 나뭇가지 하나의 형태조차 인간에게 조형당하는 분재들의 삶이 항상 불쌍했다고.

그것들이 불쌍하다고 생각하면서도, 내내 가만히 보고만 살았던 제 삶도 퍽 답답했다고.

'그래도 우경이 할아버지가 이거 보면 싫어하실 텐데.'
'산 사람 눈에 이쁘면 됐지, 벌써 죽고 없는 영감쟁이
　가 뭔 상관이라꼬.'

나는 요양원에 계신 할머니가 한때 저곳에 쭈그려 앉아, 언젠가 그 애 할아버지가 일요일 점심나절에 그랬듯 분재를 돌보

고 있던 광경을 떠올렸다.

그때부터 단지 햇살의 방향을 따라 자라나기 시작한 분재들은 그 애 할아버지의 완벽한 관리하에 있을 때보다 할머니의 작품 안에서 훨씬 더 아름다웠다.

'사람도 나무맹키로 똑같다, 차희야. 맞는 흙이 다르고, 맞는 자리가 다른데 화분 밖에 나가 보기 전까지는 하나도 모르는 기라. 지 성질이 알고 보면 답답해도 그 화분 안에서만 갇혀 사는 게 딱이었을 수도 있고, 죽어도 그 화분은 아니었다 칼 수도 있고.'

'그럼 나가 봐야 돼요? 다시 맞으면요? 도로 드가고?'

'확인은 해 봐야지. 키우는 사람은 이런 모양으로, 이 정도까지만 자라는 게 딱 맞다 정해 놓고 그캐도 결국은 남 아니가. 지 사정은 지 아니면 죽어도 모른다.'

'어렵다.'

'어려울 거 하나도 읍다. 부모 자식도 결국 남이다.'

'우리 엄마랑 아빠가 저랑 남이라고요?'

'남이랑 남이 만나서, 결국 또 남을 낳는 기라.'

남이랑 남이 만나서, 또 남을 낳는 것.

결혼도, 부모 자식 간의 관계도 그 애 할머니의 입에선 그토록 단순했다.

자식들이 분재도 아니고……. 할머니가 가만히 중얼거리던 회한이 떠오를 무렵, 박우경이 짜증스럽게 별채 앞으로 왔다.

"윤차희 니는 좀 가만있으라면 가만있으면 안 되나."

"기다리라고 했지 가만있으라고는 안 했잖아."

"그게 그거지. 애 없어진 줄 알았다이가."

패딩 점퍼를 걸쳐 입고 나온 그 애는, 어떻게 찾는지도 모를 제 할머니의 머플러들을 내 목에 둘둘 감아 주기 시작했다. 반짝거리는 털실로 짜여 있으니 누가 봐도 그 애 것은 아니다.

나전 칠기 장롱 특유의 냄새와 그 안에서 오래 묵은 섬유 냄새가 코끝에 훅 끼쳐 왔다. 그 애 할머니에게서도 종종 나던 냄새였다.

지나온 시간을 고스란히 알려 주는 냄새는 내게 여전히 그리운 무언가였다.

나는 현관 문간에 서서 우리를 보며 웃던 할머니가 생각나 고개를 조금 돌렸다. 재질이 별로 두껍지 않아서인지 두 개나 내 목에 칭칭 다 감아 버린 그 애가, 나머지 하나를 돌아간 내 머리에도 우스꽝스럽게 둘러 주었다.

박우경의 입매에 장난스러운 비웃음이 맺혔다. 꼴이 짐작이 됐다.

"러시아 여자 같네."

"······이게 뭐고."

"니 귀 떨어져 나갈까 봐."

"괜찮은데."

"아 근데 장갑은 못 찾았다. 할머니 장롱 다 뒤집어엎었는데."

내 우스꽝스러운 꼴을 생각하면 당장이라도 풀고 싶지만, 할머니 장롱을 다 엎은 정성이 가상해서 일단은 그 위에 패딩 후드를 다시 뒤집어썼다.

그 애에게도 무릎까지 내려오는 롱 패딩을 내 몸에 뒤집어쓴 순간부터 어차피 내 꼴은 우스웠을 것이다. 꾸물거리는 게 애벌레 같겠지.

"어디 갈 건데."

"저수지. 어디 가고 싶다매."

"안 자나. 벌써 1시 반인데."

"넌 내랑 자고 싶나."

그렇게 덤덤하게 내뱉고는 날 보던 얼굴이 서서히 붉어졌다. 내가 저를 더 빨리 보았기 때문인지, 자기가 한 말을 뒤늦게 곱씹어 보았기 때문인지는 알 수 없었다.

하여간 그 애는 근래 보기 드물 만큼 멍청한 표정을 하고 시뻘건 얼굴을 다급히 쓸어내렸다.

"야, 윤차희, 난 그런 뜻이 아니고……."

"응."

"니가 여기서, 그렇게 편하게 잘 수 있겠냐고. 내가 있는데. 남잔데. 안 그렇나?"

해명하는 것도 멍청하기 짝이 없다. 나는 대문으로 먼저 돌아 나가며 대꾸했다.

"니 있는 게 뭔 상관이고. 그냥 잠이나 자는 건데."

"하⋯⋯."

"변태 같은 생각 하지 말고 자전거나 타라."

한밤중에 저수지라니. 방학이 아니었다면 절대로 동의하지 않았을 발상이다. 방학이라도 평소라면 미쳤냐고 했을 테고.

하지만 나는 생각이라고는 없는 애 같은 얼굴을 하고, 여태 온 길을 기껏 되돌아가는 자전거 위에 앉아 있었다.

불과 한 시간 전에는 아무도 모르는 세상으로 사라지고 싶었는데, 박우경과 있으니 박우경만 날 아는 세상에 있고 싶었다. 여기로 오는 길에는 내내 났던 눈물이, 저수지로 가는 길에는 하나도 나지 않았다.

아빠의 노성도, 엄마의 울음소리도 더 이상은 떠오르지 않았다.

그 애의 자전거는 다시 우리 사과원을 지나고, 백운면의 끝을 지나 미조면으로 들어섰다. 겉으로 아주 약간 드러나 있는 뺨을 에는 찬 바람이 오히려 상쾌했다.

나는 갑자기 기분이 좋아져서 박우경에게도 불쑥 후드를 씌워 주었다가, 남은 운동하느라 더워 죽겠는데 뒤에서 지랄하고 자빠졌다고 욕만 먹었다.

후드를 휙 벗고 답답하다는 듯 앞에서 고개를 터는데 귀가 발갰다.

움직이느라 속은 더워도 피부 말단은 시리겠지. 박우경을 붙잡을 겸 그 애 패딩 주머니에 따뜻하게 넣고 있던 손으로 조심스레 얼어붙은 귀를 만졌다.

그러자 이번에는 쌍욕을 하며 놀랐다고 소스라쳤다. 나는 괜히 머쓱해서 중얼거렸다.

"……지도 내 만졌으면서."

"윤차희 니, 니 내 몸 함부로 만지지 마라."

"왜, 왜, 왜 만지면 안 되는데."

어울리지도 않게 더듬거렸던 말투를 조롱하듯 따라 하자, 그 애는 신경질적으로 내 팔을 잡아다 잘 붙잡고 있기나 하라는 듯 제자리로 돌려놓았다. 제 패딩 주머니에다 쏙.

붙잡힌 게 답답해 그 안에서 손을 꼼지락거리니 아예 패딩 위에서 꾹 잡고 눌러 버리는 커다란 손이 느껴졌다.

"안에서 꼬물대지 좀 말고, 가만있으라고."

"내가 언제."

"니 때문에 변태 같은 생각 든다."

"……"

"이제 좀 얌전하네."

내가 무슨 짓을 했는지 깨닫고 만 나는 모른 척 딴청을 피우며 저수지 옆 길가에 내렸다.

미약한 달빛과 희뿌연 물안개는 우리의 상상과는 달리 조금도 멋이 없었다.

범죄 추적 다큐멘터리에서나 나올 법한 광경이다. 한참 뒤에서 끊긴 가로등과 저 멀리에서 다시 시작되는 가로등 사이 어두운 길.

조만간 인도를 낼 거다, 여기에도 유명한 카페 체인이 들어올 거다 말은 많지만 아직도 실감은 나지 않았다. 이곳은 언제까지고 후미지고, 고즈넉하고, 좋은 계절에는 한없이 좋다가 추운 계절에는 한없이 스산할 것만 같았다.

우리는 가드레일 안쪽으로, 차 한 대 다니지 않는 국도 한가운데를 걸었다. 그 애의 자전거 불빛이 중앙선 위로 가늘고 길게 번져 나갔다. 저수지 쪽이 무서워 은근슬쩍 그 애를 밀며 자꾸만 도로 쪽으로 가다 보니 그렇게 됐다.

그러다 보니 이제는 가까워지는 숲이 무서웠다. 박우경이 네 속을 알 만하다는 듯 실실 웃었다.

하지만 나는 발끈할 새도 없이 바보처럼 물었다.

"……여기 좀 무섭다. 그제."

"맞나."

입으로는 맞나, 하고 받아 주는데 별로 공감의 기색은 없는 목소리다. 하긴 그 애는 어릴 때부터 귀신 같은 걸 무서워하지 않았다.

귀신도 이런 애는 짜증 나서 앞에 나타나지 않겠지.

그래도 나는 세세한 예를 덧붙였다.

"막 범죄자 돌아다니고, 물에 빠져 죽은 귀신 나올 거 같고."

"내가 연쇄 살인마면 시체는 여기 와서 빠트린다."

"아 니는 옆에서 왜 그런 말을 하는데……."

"그러기 좋게 생겼다이가. 제대로지."

"야, 그래도 저기 뭐 하나 새로 생겼다."

"뭐가."

"안 보이나. 저기."

구부러진 길을 돌자 멀찍이 새로 생긴 무인 모텔 간판 하나가 산등성이 위에서 요란하게 빛나고 있었다.

박우경이 옆에서 혀를 찼다.

"……가시나 니는 꼭 봐도 저딴 걸 보나. 변태도 아니고."

"아니 그냥, 딱 보인다이가."

자전거에 달린 긴 빛줄기, 무인 모텔 간판이 불빛의 전부인 곳에서 우리는 한참이나 느리게 걸었다. 그러고는 놀러 온 기분을 내겠다고 조악한 벤치에도 얼마간 나란히 앉아 있었다.

돌로 만든 벤치라 한기가 두꺼운 패딩도 뚫고 올라왔다. 물 위에서 바람이 한 번씩 길게 불어올 때마다 얼음 알갱이가 뺨에 달라붙는 것 같았다. 추워서 점점 몸이 붙었다.

그러다 그 애의 주머니에 다시 얼렁뚱땅 들어간 내 손을 박우경은 가만히 어루만지다 깍지를 꼈다. 위로는 전혀 그러지 않은 척 툭툭 말을 흘리면서.

그래서 나도 모른 척 손을 내어 주었다.

"나는 저수지에 해 뜨는 거 보고 싶었는데."

"그럼 자고 일어나서 오자고 했어야지. 한참 멀었다."

한 해 중 해가 제일 늦게 떠오르는 계절이다. 알면서도 내뱉은 바보 같은 말은 다시 주워 담을 길이 없었다.

그냥 해가 뜰 때까지 너랑 같이 있고 싶었다고, 잠도 들기 싫을 만큼 좋아서.

그냥, 계속 네 생각이나 하고 싶어서. 다른 생각은 아무것도 하기 싫어서.

"자고 일어나면 집에 가야 되잖아."

집을 말하는 음성이 저절로 음울해졌다. 집은 끝과 동의어였으므로.

박우경은 잠시 말이 없다가, 내 머리에 뒤집어씌워 놓은 패딩을 톡톡 두드렸다.

"아저씨도 힘드니까 그러겠지."

"……응."

"니 느그 집 공주잖아."

"아, 자꾸 공주라 카지 말라고."

"공주를 공주라 카지 그럼 뭐라 카는데."

"공주가 뭐 이라노……."

"아저씨나 아줌마나 공주 니 하나 보고 산다이가."

그렇긴 하다. 입대한 윤태희는 이제 눈에 보이지 않는 자식이니까.

"그니까 좀만 참아라. 참으면……."

"참으면 뭐."

그 애는 잠시 말을 고르듯 어두운 저수지를 보다가, 나를 비스듬히 돌아보았다.

"서울에서 내랑 대학 다니느라 정신없겠지, 뭐. 니네 집 사정도 그때면 더 나아질 거고. 솔찌 니네 아빠랑 엄마랑 둘이서 지지고 볶고 살든가 말든가 서울 가면 니 알 바가."

나는 픽 웃어 버렸다. 그냥 좋은 날이 올 거라고 대충 말이나 해 주면 될 걸.

"그럼 문제가 해결되는 게 아니라 그냥 내 눈앞에서만 사라지는 거잖아."

"그 정도면 됐지. 무슨 문제든 니 눈앞에서만 사라지면."

"……."

"니네 부모님 인생을 니가 어떻게 할 순 없는 거니까."

언젠가 그 애 할머니의 목소리가 겹쳐 들었다. 정감 그득하면서도 냉담한.

부모도 자식도 결국에는 남과 남일 뿐이라던.

"애초에 니 문제가 아니라 니네 부모님 문제였다이가. 자식이 헤어지란다고 헤어질 사람들도 아니고, 싸우지 좀 말라 칸다고 갑자기 안 싸울 사람들도 아니고. 거기 껴서 니가 뭘 더 어쩔 건데. 니가 말한다고 들을 거면 진작 들었겠지."

"……."

"가끔 잘 사나 내려와 보기나 하면 되지. 남들 다 그러고 산다."

"……."

"윤차희 니도 숨은 쉬고 살아야 될 거 아니가."

"너무 내 생각만 하는 건데, 그건."

"나는 원래 니 생각만 한다. 몰랐나."

"……."

"느그 집 생각은 좆도 안 하고."

박우경은 철저히 자기중심적인 목소리로, 나까지 순식간에 그 중심으로 끌고 가 말했다. 어떻게 저렇게 철이 없나 생각하고 싶은데도 그 애의 말에 꽉 죄어 있던 숨구멍이 조금 트였다.

그냥 내 생각만, 내 입장만 전적으로 생각해 주는 말 몇 마디야말로 이기적이고 못된 내 본성이 원하는 것이었다는 듯.

말이나마 그런 말을 듣고 싶었다는 듯.

나는 그 애의 되바라진 말들에 적극 동의해 불효녀가 되는 대신, 얼어붙은 고개를 그 애의 어깨에 살짝 기대었다.

그대로 잠시 정적이 흘렀다.

돌처럼 굳어 있던 그 애가 뻣뻣하게 물었다.

"……근데 니 진짜 우리 형 좋아하는 거 아니제."

주머니 속에서 깍지를 끼고 있던 손에 힘이 더해졌다. 제가 물어 놓고는 도무지 긴장을 이기지 못한 힘이다. 나는 어이가 없어서 웃다가, 충동처럼 그 애에게 잡히지 않은 손을 뻗어 그 애의 고개를 잡아당겼다.

얼음장 같은 입술이 아주 잠시 닿았다. 내가 좋아하는 건 너희 형이 아니라 너라는 대답 대신.

살면서 이렇게 멍청하게 넋이 나간 박우경의 표정은 본 적이 없었다. 작게 웃음을 흘리며 그 애로부터 떨어지자 얼마간 허공에 멎어 있던 고개가 득달같이 내게로 쏟아졌다.

그러느라 패딩끼리 스치는 소리가 너무 요란해서 멋이라고는 하나도 없었다.

그래도 심장이 터질 것처럼 뛰었다. 바람 소리보다, 패딩 소리보다 더 크게.

서로 닿는 것이 입술인지, 입가인지, 아랫입술의 끄트머린지도 알지 못하고 그저 그렇게 몇 번이고 닿았다. 내 윗입술을 살짝 물었다가 떨어지는 끝이 서툴고 애틋했다.

그 애는 어떨지 몰라도 내게는 그게 첫 키스였다. 문다혜의 얄미운 얼굴이 잠깐 떠올랐다가 사라졌다.

"……이거 분명히 니가 먼저 했다. 윤차희."

"방금 니가 훨씬 더 많이 했는데…….."

"됐고 니가 먼저 했다."

"그래."

"무르는 거 안 되고, 잊어버리는 거 안 되고, 그냥 니 놀린다고 장난 좀 쳐 봤다? 이거 존나 안 되고, 아무 의미 없다, 안 되고."

환불 불가 사유를 알려 주는 사람처럼 박우경은 조금 쫓기듯 말하며 허공의 내 손을 꽉 잡았다. 그러고는 다시 내게서 다짐을 받았다.

"니가 먼저 한 거다. 윤차희. 진짜로."

"……알겠다니까."

이걸로 윤차희 너도 내가 좋다고 한 거라고.

한참 추운 곳을 떠돌다 할머니 집에 들어가 훈기에 목소리를 녹인 것처럼, 내게 연신 확인하는 그 애의 목소리가 부드럽게 녹았다.

268

그럼에도 나는 약간 우악스레 안긴 품 안에서 약간의 불만을 떠올렸다.

　그러는 지는 언제 내가 좋다고 말이나 했나, 하고.

#12. 빨간 대문 집 수국이 필 즈음

사과를 키우기 좋은 서늘한 동네에서도 유달리 햇살이 잘 들어 저 홀로 조금 일찍 피는 수국 나무가 있었다. 성질 더럽기로 소문난 할매가 혼자 남아 살던 오거리 빨간 대문 집.

그 할매가 열일곱에 시집올 때만 해도 동네에서 가장 비싸고 좋은 목이었다는 말은 때때로 인간이 자기 기억을 조작하는 습성 때문이었다. 하지만 예나 지금이나 그럭저럭 훌륭한 양지라는 것 정도는 동네 할매들 누구나 인정하는 바였다.

주인이 죽고 아무도 찾지 않게 된 집은 담벼락 밖까지 나무 덩굴이 삐져나오고, 누가 열지 않은 지 오래된 대문의 빨간색도 진작 녹슬었다.

그럼에도 불구하고 초여름 햇살이 그 집의 연하늘색 슬레이트 지붕을 비출 때면 그곳은 여전히 사람이 사는 집처럼 근사하게도 보였다. 어쩌면 폐가가 아니라 단지 그 집 홀로 시간이

270

멈춰서 그런 것처럼도 보였다.

대문 양옆으로 우리가 어릴 때보다 훨씬 커진 수국 나무 앞에는 가끔 미조 저수지로 드라이브를 가던 도시 사람들이 잠깐씩 내려 사진을 찍는다. 필터를 씌운 사진 속에서는 제법 그림 같은 빨간 대문과 하늘색 지붕을 배경으로.

무덤에서 기어 올라온 것처럼 으스스한 덩굴은 보이지도 않는다는 듯이.

그러니 고작 5년 전, 죽은 지 나흘이나 지난 한여름 날의 시신이 흰 천에 덮인 채 대문 앞에 얼마간 놓여 있었던 것을 누가 상상할 수 있을 리도 없다. 이방인들이 종종 행복한 사진을 찍는 그 자리에.

한동안 아들 집에 가 있겠다던 할매가 어느 날 동네 사람들도 모르게 돌아와 죽어 있었던 일은 아이들 사이에서나 회자가 됐다.

갑자기 누가 죽었다는 말이 들린 게 처음도 아니었는데, 아무도 모르게 죽어 있었다는 것이 그리 충격이었을까. 아니면 시신이 이미 썩어 있었다는 말이 징그러웠을까.

엄마는 그 일이 고양이가 혼자 죽을 곳을 찾아 숨어드는 것과 별반 다를 게 없다고 말했다. 아마도 그 할매는 자기가 곧 죽을 것을 문득 알게 되었을 거라고. 그리고 저를 그리 반기지도 않는 며느리와 손자들 앞에서 처치 곤란한 시신이 되고 싶지는 않았을 거라고.

죽는다면, 열일곱에 시집와 그 집 식구들이 다 죽고 떠나도록 외로이 평생을 살았던 자기 집에서 죽고 싶었을 거라고.

처음에 올 때는 남의 집 더부살이였으되 마지막에 떠날 땐 오롯이 저 혼자만의 집이었던 삶의 허무함. 시모 눈치를 보고, 남편 눈치를 보다 여기가 정말 내 집이라고, 내 삶 그 자체라고 느낄 무렵엔 곁에 아무도 남지 않는 게 으레 촌 할매들의 인생이라고 엄마는 말했다.

마치 자기가 30년은 더 살아 보고 그 남편 없는 할매들 중 하나가 된 것처럼.

그러니까 그 집 할매가 의문스레 죽은 것을 무서워할 필요도, 시체가 썩는 당연한 일을 두려워할 필요도 없다고.

> '꽃이나 사람이나 마찬가지다. 피면 지고, 떨어지면 썩는 법인 기라……'

나는 파르라니 핀 잎사귀 사이로 손을 뻗었다. 희끗희끗 자잘한 꽃봉오리들이 손끝을 스쳤다.

이 나무의 꽃들은 내 발밑에서 얼마나 썩어 갔을까. 생각해 보면 대문 앞에 부패한 시체가 잠시 머물렀던 것이나, 떨어진 꽃송이가 흙 위를 잠깐 굴러다녔을 시간이나 누군가에게 의미가 없기는 매한가지였을 것이다.

어쩌면 사라진 사람보다 지는 꽃을 더 아쉬워한 사람들도 있겠지.

나는 윤태희가 놀러 온 외지인인 양 제대로 피지도 않은 수국 앞에서 제 사진을 찍어 대는 꼴을 다시 한심하게 보았다.

잘생긴 기분에 한껏 젖어 있는 얼굴이다. 거울이나 카메라로 제 얼굴을 확인할 때마다 약간 의기양양해지는 것마저 아빠를 닮다니.

나는 아빠를 보는 엄마처럼 윤태희를 향해 한숨을 잠깐 쉬고는, 대문 손잡이를 조심스럽게 밀며 들어갔다.

나비야, 하고 부르는 소리에 담벼락에 앉아 있던 고양이며 폐가 안쪽에 숨어 있던 고양이 몇 마리가 하나둘 마당으로 나왔다. 대문 안쪽에는 몇 주째 잡초를 밟고 땅을 다져 이제 언뜻 걸어 다닐 만한 길이 생겨 있었다.

물론 뱀이 다니기에도 딱 좋은 길이다. 그래서 가끔은 풀을 보기만 해도 소름이 끼쳤다.

나는 동네 할머니들이 쉽사리 못 보게 숨겨 놓은 밥그릇에다 사료를 가득 붓고 물을 갈아 주면서도, 수풀 어디선가 뱀이 튀어나올지 모른다는 생각에 바쁘게도 고개를 두리번거렸다.

이 집 할매는 본인 집을 떠도는 원귀가 되고도 남을 성질이었지만, 귀신이 된 할매보다 무서운 게 있다면 그건 바로 뱀이었다. 뱀의 천적인 고양이들이 사방에 널려 있는 집이긴 해도.

초저녁 담이 드리운 응달에 반쯤 잠긴 집은 아직도 훤한 밖에서 보는 것과는 달리 조금 음산했다. 정말이지 언제 뱀이 튀어나와도 이상할 게 하나 없는 광경이다.

"마, 윤차희. 대충 밥 주고 나온나. 풀 밑에서 뱀 나오기 딱 좋게 생겼는데."

"뱀 나오기 딱 좋아 보이면 좀 들어온나."

"내가 왜."

"니 동생 혼자 있다이가."

"뱀 나오면 그 수습을 누가 하는데. 절대 안 드간다."

맞닥뜨리면 수습을 본인이 해야 하니 안 가겠다는 것이다.

어차피 소리 한 번 지르면 헐레벌떡 오긴 올 거면서. 그냥 처음부터 안 무섭게 같이 있어 주면 좀 좋나. 그게 아니면 애초에 귀찮게 남의 뒤를 따라다니지나 말든지……

윤태희는 아빠와 화해한 이후로 주말마다 집에 왔다. 저도 당분간은 열심히 돕겠다던 말마따나 사과원 일도 퍽 열성적으로 했다. 덕분에 집안 분위기도 내내 화기애애하다. 기본적으로는 다 잘된 일이다.

다만 농사일이 끝난 저녁마다 이 꼴인 게 문제였다. 금요일 밤에 와서는 일요일 저녁에 떠날 때까지. 저 할 일 없고 심심하다고 내내 옆에 들러붙어선 사람을 귀찮게 하고, 가는 데마다 졸졸 쫓아다니며 어릴 때도 안 하던 짓을 하는 게……

그러고 보니 정작 내가 어릴 땐 그렇게 놀아 달라 쫓아다녀도 날 본 척도 안 했다. 그리고 지금은 꽃 앞에서 제 사진이나 찍고 있고.

나는 대문 쪽을 노려보고는 풀에 반쯤 파묻힌 수도를 찾아냈다. 지하수가 나오는 곳이라 주인이 없이도 물은 여전히 나왔다. 그렇게 어정쩡한 자세로 손을 뻗어 더러워진 그릇 하나를 겨우 씻으려는 때였다.

삐거덕, 뒤에서 녹슨 철제 대문이 열리는 소리가 났다. 그렇잖아도 불안했던 자세가 흔들린 것은 순간이었다.

놀란 나머지 앞으로 기우뚱 몸이 기우는 바람에 나도 모르게 욕설이 터져 나왔다. 허리 아래를 급하게 잡아챈 손은 분명 날 도와주려던 것이겠지만 나는 도리어 그 손에 두 번 놀랐다.

가볍게 숨을 몰아쉬고 있으니 목뒤로 한숨이 흘렀다.

"뭐 죄지었나. 왜케 놀라는데."

"놀랐잖아. 아……."

"혼자 있던 것도 아니고 밖에 태희 형 있는데 뭘."

"윤태희는 이런 데 안 들어와. 뱀 나온다고."

나는 내 배를 받쳐 주고 있던 그 애의 손에서 꾸물꾸물 빠져나왔다.

너무 놀라 그릇도 놓쳤다. 이미 죽고 마른 긴 풀줄기들과 금세 다시 자란 굵은 수풀들이 겹겹이 엉긴 곳에 손을 밀어 넣자니 선뜻 손이 나가지 않는다.

그래서 한동안은 수돗가 앞에 쭈그려 앉아 있기만 했다. 기분 좋은 포만감에 골골대며 다가온 노란 고양이에게도 "어, 그래그래." 하며 대충 호응하고는.

"아, 저거?"

덩달아 한동안 옆에 서 있던 박우경이 그제야 이유를 알았다는 듯 불쑥 손을 뻗었다. 발로 잡초를 밟고, 수풀을 헤치는 손에는 거침이 없었다.

이윽고 그릇을 주워 든 그 애가 아까 잠그지 않은 수돗물에 그것을 마저 헹구고는 내게 건넸다. 나는 머쓱하게 그릇을 잡아 들었다.

"내가 그쪽에 손 집어넣는 게 무서웠던 건 아니고……."

"뱀?"

"……그냥, 가능성을 무시할 순 없잖아."

"니가 태희 형 동생인데 당연히 그렇겠지."

"그런 식으로 윤태희랑 날 묶지는 말고."

"그 피가 어디 가겠노."

"무슨 피. 뱀 무서워하는 피?"

"간이 존나 작은 피."

"세상에 뱀 안 무서워하는 사람이 어딨어."

"여기 있네."

그 애는 네 손이나 마저 헹구라는 듯 가볍게 턱짓하고는 고양이들이 모여 밥을 먹는 자리로 갔다.

몇 마리는 도망가고, 몇 마리는 사료를 먹느라 정신없는 곳에 쭈그리고 앉아 이것저것 둘러보는 눈이 무심했다.

"맨날천날 초저녁에 어디로 사라지나 했다."

나더러 매번 여기 있었느냐고 덧붙여 묻는 말도 제 눈과는 다를 게 없다. 무관심하기 짝이 없는 어조였다. 정말 무관심했다면 주말 저녁마다 내가 있는 곳을 알아낼 리도 없겠지만.

요즘 윤태희와 박우경이 대뜸 내통하고 있다는 건 내 나름의 합리적인 의심을 바탕으로 했다. 윤태희랑 같이 있으면 그애가 이렇게 전에는 몰랐던 장소에 문득 나타나거나, 마트에서

276

불쑥 보이거나 했으니까.

　물론 윤태희가 그 앨 대놓고 부른 것도 여러 번이다. 갑자기 웬 심부름을 시키겠답시고, 혹은 제 방에서 같이 게임을 하겠답시고.

　그러면 박우경은 속도 없이 윤태희가 부르는 족족 왔다. 치킨을 사 와라, 맥주를 사 와라, 배달 어플리케이션도 되지 않는 동네에서 윤태희가 뻔뻔하게 부려 먹는 것도 그 애는 순순히 들었다. 어릴 때였으면 진작 윤태희 얼굴에다 제 손에 들고 있던 걸 죄다 던지고도 남았을 성질머리로.

　윤태희에게 인질이라도 잡힌 게 아니고서야 그럴 리가 없었다. 그리고 그 인질이 무엇일지는 훤했다.

　그 애는 그렇게 뭐든 들고 와서는 윤태희한테 심부름값 따위를 받고, 어릴 때처럼 우리 집을 잘도 휘젓고 다녔다.

　부엌으로 휘적휘적 가서는 식탁 위의 싸구려 모나카나 반나절쯤 방치된 시루떡을 집어 먹고, 냉장고에서 물을 꺼내 먹고, 지나가던 길이라는 양 엄마랑 거실에 앉아 TV를 보고 있던 내 옆에 풀썩 앉아서.

　이따금 까딱거리는 다리가 내 무릎을 스쳤다. 내가 흠칫 움츠러들어도 그 애는 본 척도 안 했다. 단지 우리가 그렇게 가까이 있는 게 아주 익숙하고 아무렇지도 않은 일인 것처럼만 굴었다. 무엇도 이상할 게 없다는 듯이.

　그 애는 그렇게 천연덕스럽게 일일 연속극을 같이 보면서 여자 주인공 엄마가 배다른 언니를 어쨌니, 옛날에 남자 주인공 집안에 무슨 짓을 했니, 하는 엄마의 수다스러운 설명을 세상 진지하게도 들었다.

고개도 몇 번씩 *끄덕거리고*, 집구석이 참 개판이라고 같이 욕도 해 줘 가며.

그러다 아빠가 돌아오면 어디 감히 붙어 앉아 있느냐고 난리가 나기 전에 잽싸게 고개나 까딱 숙이고는 윤태희의 방으로 사라지곤 했다.

이제 아빠는 박우경이 주말 저녁 우리 집을 돌아다니는 광경에도 마뜩잖은 눈빛이나 잠시 보내고 말 뿐이다.

윤태희는 박해경 대신이라는 듯 자꾸만 박우경을 끼고서 날 쫓아다니고, 박우경은 일부러 이 호구 짓을 하고.

거기에 덩달아 익숙해져 가는 나만 지금이 괴이쩍을 따름이었다.

괴이쩍어도 한때 우리가 사귀었던 것도, 헤어진 것도 모르는 윤태희에게는 여전히 할 말이 없다. 네가 아니라 너희 오빠를 보러 왔다는 박우경을 쫓아낼 핑계 또한 마찬가지다.

우리는 표면적으로 아무 일도 없었으니까. 별것도 아닌 일로 싸우고 대학에 가면서 자연스레 멀어졌겠거니, 오빠가 그렇게 과거를 넘겨짚고 물으면 그 애나 나나 그저 고개만 *끄덕*이고 말았으니까.

윤태희는 이전에도 종종 우리를 화해시키고 싶어 했다. 우리가 얼추 대화나마 다시 하고, 같은 공간에 있을 수 있는 사이가 된 걸 보고도.

아직도 조금은 더 오빠가 '알던' 예전으로 우리를 되돌리고 싶은 것이다. 내 목구멍이 모래로 가득 차 버석거려도 윤태희의 그 마음에는 사실 이상할 게 없었다.

박우경과 나는 거의 다섯 살 때부터 같이 자랐고, 우리 오빠와 해경 오빠는 초등학교 1학년 때부터 스물여섯 먹은 지금까지 가장 친한 친구였다.

오빠들도, 우리도 서로를 떼 놓으면 유년의 기억은 가위로 잘라 놓은 사진 같은 꼴이 된다.

가장 먼저 가위를 든 건 나였고, 그것을 내다 버린 것도 나였지만 윤태희는 아무것도 모른다. 박우경은 그저 입을 다물어 버렸고 나는 죽어라 여기서 도망쳤으니까.

그러고는 4년이 지나, 아무 일도 없었다는 양 괴이쩍게 돌아가는 이 여름이 있었다. 봄은 괴상했고, 여름은 희한하다. 단지 윤태희의 생각처럼 우리 사이에 아주 작고 사소하며 유치한 앙금 따위가 언젠가 있었다는 듯이.

이렇게 시간이 지나 보니 우리가 고작 왜 그런 걸로 싸웠는지 모르겠다고, 그렇게 잠깐 웃고 치우면 그만인 이야깃거리처럼 말이다.

나는 잠시 현실 감각이 사라진 애처럼 박우경을 멍하니 봤다. 얘를 보고 있으면 저절로 멍청해지는 기분이 자꾸만 든다.

고양이들에게 뻗은 그 애의 길쭉한 손이 허공에서 잠시 까딱거렸다. 한 마리가 박우경에게 흥미를 보이며 코끝을 킁킁 들이댔다.

"겁도 많은 게 혼자서 이런 폐가는 어떻게 들어왔노."

"해 지기 전엔 별로 안 무서워."

"뱀은."

"……처음엔 고양이한테 정신이 팔려서 생각 못 했어."

실제로 여기서 뱀이 지나가는 걸 보기 전까지 나는 뱀을 생각도 못 했다. 저런 수풀을 건드리고 돌아다니던 게 하도 오래전이라 그랬을까.

하긴, 그때야 매번 박우경을 앞세워서 무서운 줄도 몰랐다. 나오면 쟤가 알아서 뭘 어쩌겠거니 하고는 끝이었다.

"어릴 때나 지금이나 고양이 좋아하는 건 똑같네."

이런 게 뭐가 귀엽다고. 고양이보다 개를 훨씬 좋아하는 박우경은 손끝으로 고양이의 코를 톡 쳤다. 눈치 없는 고양이가 저를 별로 귀여워하지도 않는 사람 앞에 발라당 누웠다.

그 애가 이걸 어쩌냐는 듯 날 봤다. 나는 어깨만 으쓱하고 아까 헹군 그릇을 박우경 옆에 내려놓았다. 사료가 남은 생수병을 거기다 탈탈 털어놓고 있으니 드러누워 있던 젖소 무늬 고양이가 코를 벌름거리며 고개를 쭉 뺐다.

"살찐아."

동네 할매들이나 어른들이 간혹 지나가는 고양이를 부르듯 그 애가 문득 옛 경상도 사투리로 고양이를 불렀다. 그러자 제 이름이라도 오랜만에 들은 것처럼 젖소 무늬 고양이의 귀가 쫑긋한다.

하도 시큰둥한 목소리라 구수한 별칭에 정감이라고는 없는

데, 어디서 그렇게 많이 불렸던 모양인지 고양이의 동그란 눈
도 박우경을 향한다. 제 밥 주는 사람이 나비라고 부를 땐 들은
체도 않더니.

"얘는 따로 챙겨 주는 할매가 있나 본데."

"그런가."

박우경은 무심코 자기 집 진돗개한테 하듯 거칠게 배를 만져
주었다가, 고양이에게 한 대 얻어맞을 뻔한 것을 약삭빠르게
피했다. 좀 긁혔어도 괜찮았을 텐데.

내심 혀를 차는 사이 지겨움을 이기지 못한 윤태희가 대문
사이로 고개를 쑥 내밀었다.

"뭐 하노, 니네. 거서 연애하나."

조용히 노려보자 윤태희가 날 빤히 보며 얄궂게 웃었다.

"거기서 좀만 더 있으면 귀신이나 뱀 둘 중에 하나는 나올
걸?"

"……이제 다 됐으니까 가자."

나는 빈 생수병을 손으로 구기며 폐가를 나왔다.

박우경이 그것을 아무렇지도 않게 뺏어 가 멀리 있던 분리수
거함에 휙 던져 넣는 사이 오빠는 내 어깨를 낚아채듯 끌어안
고 걷기 시작했다. 거의 박우경과 제 사이에 날 가둔 셈이다.

속이 이렇게 빤할 수가 없었다. 나는 둘 사이로 끌려가듯 걸
으며 버둥거렸다.

"아 쫌. 놔라. 더워 죽겠는데. 징그럽다."

"어. 덥제. 오빠야가 아이스크림 사 주까."

"됐거든. 도서관 갈 거다."

"우갱, 니도 형아가 사 주까."

내 항변은 대번에 무시한 윤태희가 박우경을 놀리듯 샐샐 웃으며 물었다. 박우경이 코웃음 치며 대꾸했다.

"그렇게 맨날천날 입만 털지 말고 알아서 사 주세요."

"이 새끼 말하는 싸가지. 뭐 먹을래?"

"제일 비싼 거요."

"요새 물가 알제? 아이스크림값도 많이 올랐다. 눈치껏 골라라. 형님한테 예의 바르게 말하고."

"네, 형님. 저는 제일 비싼 거요."

"아 저 개새끼……. 차희 니는?"

"오빠야 나도 제일 비싼 거."

"개새끼들이네……."

오빠는 혀를 차며 도로보다 지대가 살짝 낮은 슈퍼 처마 아래로 고개를 비스듬히 숙여 들어갔다. "태희 왔나!" 열린 문 사이로 주인 할매가 크게 반기는 소리가 들렸다. 윤태희가 그에 지지 않고 크게 화답하는 소리가 이어졌다. 귀가 잘 들리지 않는 분이시라 그랬다.

할매는 정이 많고 윤태희는 넉살이 좋으니 아마도 곧바로 나오진 못할 것이다.

자연스레 우리는 안으로 따라 들어가지 않고 앞에 있는 평상에 앉아 어릴 때처럼 오빠를 잠시 기다렸다. 산다는 아이스크림은 안 사고 외손녀 얘기나 듣고 있는 게 문틈을 타고 새어 나왔다.

"니네 오빠 말이 너무 많다."

"그러게."

"할매는 말이 더 많고."

"우리 어릴 때부터 저러셨잖아. 잘 들으면 사탕 하나씩 끼워 주고."

나는 저게 귀찮아서 사춘기가 되면서부터는 훨씬 먼 편의점에 갔다. 오지랖이 피곤하고 애정은 성가셔서. 간단히 내 볼일만 보고 나왔을 뿐인데 졸지에 싸가지 없는 애가 되는 게 싫어서.

그러니까 한 번도 저런 걸 그리워한 적은 없다고 생각했다.

마음은 참 희한하다. 가까이 있을 땐 쉽게도 지긋지긋해졌던 것이 멀리서 돌아왔을 땐 이토록 안도를 준다는 게.

기억의 터전, 익숙한 목소리 속에서 한때는 가장 익숙했던 그 애와 함께 있다는 것이 새삼스럽게 생경했다.

나는 어릴 때나 지금이나 변한 것이라고는 없는 슈퍼의 낡은 간판과 장판만 새것으로 갈아입힌 철골 평상, 동네 어귀 느티나무 아래 빈 테이블과 국도 변에 발갛게 핀 양귀비를 차례로 둘러보았다.

너는 습관처럼 내 오른쪽에 앉고, 나는 습관처럼 네 왼쪽에 앉아서 아무런 생산성도 없는 말들을 떠들곤 했던 그 시절의 편린.

이 평상에 폴짝 올라앉으면 네 발도 내 발도 전부 땅에 채 닿지 않았던 시절이 있었다. 평상에 놓인 우리의 손이 이보다 훨씬 더 작았던 시절도 있었다.

여덟, 아홉 살 적에는 오빠들이 종종 우리 용돈을 빼돌렸다. 그러고는 한 번씩 엄마 몰래 아이스크림이나 불량 식품을 사 준다고 뻔뻔하게 유세를 부리며 우리를 여기다 앉혀 놓곤 했다.

그렇게 돌아오는 용돈은 지금 생각하면 절반도 되지 않았다. 얼마나 뻔뻔하게들 횡령을 해 댔는지. 하지만 우리는 그런 사실을 잘 모르고 무척이나 들뜨곤 했는데, 그 애 집이나 우리 집이나 잡스러운 군것질에는 무척 엄격했기 때문이었다.

이런 불량한 일례만 봐도 알 만하지만 한때 오빠들은 좋은 보호자가 아니었다.

그렇게 동생들을 군것질로 현혹시켜 놓고는, 우리가 먹는 데 정신이 팔려 있는 사이 자기들끼리 어디론가 놀러 가며 무심결에 우릴 잊어 먹은 적도 부지기수였다.

애들이 얼마 없는 시골 동네에서는 우리가 뉘 집 아들이고 뉘 집 딸인지 모두가 다 알았다. 고로 우릴 아무 데나 버려 놔도 크게 위험할 구석은 없었다.

그러나 덕분에 우리는 종종 느티나무 아래에서 동네 할베들의 도박판을 구경하기도 하고, 근처 정자에서 할매들이 치매를 예방한답시고 벌여 놓은 화투판에 낄 수도 있었다.

우리가 장기를 배우게 된 것도, 포커 규칙을 줄줄이 외우게 된 것도, 섯다와 고스톱과 맞고의 차이를 정확하게 구별하게 된 것도 전부 그 무렵이었다.

빨간 대문 집 앞에 똑같은 수국이 피고, 주인 할매는 정정하게 살아서 주변에 종종 패악질을 부렸던 무렵.

박우경과 나는 그늘을 찾아 끼리끼리 모인 노인들 사이에서 양과자를 얻어먹고, 작은 도박판의 판돈과 점수를 세어 주고, 아주 가끔은 재미 삼아 자기들 대신 얼라들에게 패를 쥐게 하는 것도 해 봤다. 우리가 이겨 봤자 점수와 상관없이 천 원짜리 한 장씩 챙겨 주는 게 다였지만 노인들과 노는 건 의외로 재미있었다.

명절날 외갓집에 간 내가 외삼촌들에게 화투로 이래라저래라 훈수를 두는 바람에 결국 들통이 났지만.

우리가 오빠들의 방치 탓에 부도덕한 배움을 얻었다는 사실을 알게 된 엄마는 윤태희를 쥐 잡듯 잡았다.

비록 윤태희는 교훈도 없이 오히려 여동생에게 섯다를 배워 학교에 도박이나 퍼트렸으나 적어도 날 어디 두고 까먹는 일은 사라졌다.

"니 저기서 화투 배웠던 거 기억나나."

내 시선을 따라 느티나무 쪽을 물끄러미 보던 그 애가 물었다. 똑같은 생각을 하고 있었다는 실감은 이제 퍽 생소한 감각이지만 실은 아주 새삼스러운 것이다.

머리는 둘이라도 어느 나이까지는 죄다 똑같은 기억만 박혀 있을 테니까.

"응. 기억나."

"우리가 할배들 다 발라 버리고."

"……어른들한테 발랐다가 뭐야."

"왜, 애들이랑 꼴랑 천 원 걸고 해 놓고 맨날 지면 씩씩대면서 천 원 제일 늦게 주던 할배 있다이가. 어떤 땐 주는 척하다가 안 주고. 돈 떼먹고."

"아아."

"아까 느그한테 천 원 줬는데 그거 못 받았나 하면서 사기치던."

"아 그 대머리 할아버지?"

"아니. 완전 대머리 말고 반만 까진 영감쟁이."

제 정수리를 가리키면서 거기까지만 까진 사람이라고 알려 주는 손이 못됐다. 나는 고개를 갸웃했다.

"병구 할아버지?"

"어 그 할아버지."

"어. 그 할아버지 왜?"

"이번 설 때 돌아가셨대. 아빠가 그카드라."

뜬금없이 무덤덤하게 내뱉는 소리가 기막혔다.

"……넌 왜 그런 말을 그렇게 알려 줘?"

"그냥. 나무 보니까 생각나서."

"돌아가신 분 얘기하는데 우리한테 천 원 떼먹은 애긴 대체 왜 해."

"너무 오래전 일이라 니가 기억 안 날까 봐."

"참 내."

"사람이 죽은 건 죽은 거고 살아 있을 때 쪼잔했던 건 쪼잔했던 거고."

"……."

"죽었어도 돈 떼먹은 건 돈 떼먹은 거지."

그거야 그렇다. 빨간 대문 집 할매가 죽고도 '그 할매 승질머리 참 드르븟다' 하고 회자되듯이.

"죽든 말든 지가 한 일은 그냥 지가 한 일이다 아이가."

"……너희 할머니가 한 말이랑 똑같네. 그러니까 죽어서 욕 안 먹으려면 살아 있을 때 잘 살라고 하셨는데."

개나 소나 다 죽는데 겨우 죽는 거 갖고 유세 떨지 말라고도 했다. 그러니까 '그 사람 이제 죽었다'는 말로 생전에 잘못한 걸 얼버무리지도 말라고.

요양원에 가시기 전까지 언제나 행동거지가 반듯하셨던 할머니다운 말이었다.

이건 고작 여덟 살배기들에게 천 원짜리 몇 번 떼먹었던 걸 15년 뒤에도 적시하는 거지만.

"자, 사 왔다."

슈퍼 안에서 당장 내일이라도 외손녀를 소개받을 것처럼 한참이나 떠들던 오빠가 드디어 나왔다. 아직 닫히지 않은 문 안에서 주인 할매가 제 외손녀 사진 좀 더 보고 가라 소리쳤다.

에헤이, 할매 손녀가 내 같은 놈보다 훨씬 아깝지……. 아

할매, 내는 얼굴밖에 없다이가. 할매는 교대 다니는 참한 애한 테 만다꼬 내 같은 놈을 소개시켜 주는데? 할매 혹시 손녀 싫어하나? 친손녀 아닌 거 아이가? 됐다, 아 됐다! 됐으요!

도로 가서 문을 닫는 순간까지 안에다 대고 소리친 오빠가 피곤하다는 듯 고개를 저었다.

"진짜 잘생긴 것도 죄다, 죄. 가는 데마다 난리고."

"뭔 난리."

"사위 삼고 싶다고. 죽겠다, 진짜. 동네 사람들이 내만 보면 이라니까 집에 자주 오기가 싫다이가……. 하 피곤해."

박우경과 나는 아이스크림콘 포장을 까다 말고 동시에 오빠를 바라보았다. 이미 반쯤 먹은 팥 아이스바를 입에 물고 껄렁하게 목뒤를 긁던 오빠가 뭘 보냐는 듯 턱짓했다.

"왜?"

"그냥…… 그렇게 착각하고 살면 행복하긴 하겠다. 세상도 아름답고."

"맞제."

박우경이 내게 짧게 동의했다. 평상에 털썩 앉은 윤태희가 내 머리 뒤로 손을 뻗어 박우경의 귀를 잡아당긴다. 나는 아랑곳하지 않고 아이스크림을 한 입 입에 물며 말을 이었다.

"어른들이 원래 사위 삼고 싶다 이런 말은 진짜 잘생긴 사람한텐 안 한다이가. 오히려 얼굴값 할 기 같다고 민저 기피하지."

"뭐라 카노. 너무 잘생겨서 사위 삼고 싶다 카는데. 인간들

288

목적의식 분명한 거 안 보이나. 이건 내가 너무 잘생겨서 집집마다 소장하고 싶은 거다.”

“그건 오빠야 니 듣기 좋으라고 하는 말이고. 그냥 머슴처럼 생겼다는 거겠지. 그러니까 너무 착각하진 말고……. 사람이 편하게 살아야 안 되나.”

“쟤 말이 맞는 거 같은데요, 형. 그래서 어른들이 어릴 때부터 저는 싫어했잖아요. 형은 좋아하고.”

“아니 씨발……. 그건 니가 얼라 때부터 존나 싹바가지가 없어서 그런 거고.”

박우경은 슥 고개를 비틀어 윤태희의 공격적인 손을 피했다. 덕분에 중간에 앉아 있다 그 팔에 뒤통수를 맞고 만 나는 고작 세 입 먹은 아이스크림을 바닥에 떨어트리고 몹시도 분개했다.

“아 내가 중간에서 뭘 했다고!”

윤태희의 다리를 걷어차고 있자니 열 살 이후로 여자애인 날 때리지 못하게 된 오빠의 손이 일방적인 공격을 막느라 분주해졌다.

어이가 없는 공방이다. 우리가 그렇게 멍청하게 실랑이하는 사이 박우경은 제 아이스크림을 몇 입 만에 다 먹고 자리에서 가뿐하게 일어섰다. 주인 할매한테 물 한 바가지를 구해 와 아이스크림이 슈퍼 앞에서 떠내려가게 휙 뿌린 것도 금방이었다.

필요한 용건 빼고는 그 말 많은 할머니와 한 마디도 상대하지 않았단 뜻일 테니, 역시 싸가지가 없어서 동네 어른들이 싫어할 만한 젊은 애다.

나는 조용히 박우경에게 고맙다고 하고, 윤태희를 다시 걷어
찼다.

　"내 아이스크림 다시 사 온나. 그거 먹고 도서관 가게."

　"이게 땅 파면 2천 원이 나오는 줄 아나⋯⋯. 오빠야가 뼈 빠
지게 번 돈으로 사 줬으면 소중하게 들고 있었어야지. 그리고
아깐 줘도 안 처먹는다 해 놓고, 가시나 웃기네."

　"웃긴 건 니다. 윤태희 니가 내 머리 쳤다이가."

　"아 니가 거기 있으니까 쳐진 거지. 왜 거기 있는데, 니가.
니 빙시가?"

　"야!"

　"이게 어디서 소리를 지를라 카노!"

　다시 팔이 허우적거리며 서로 엉겨들었다. 윤태희랑 하루 이
상 붙어 있으면 이상하게 자꾸만 화가 났다. 평생 그래 왔다.

　아주 원초적인 분노가 치밀고, 어릴 때 당한 괴롭힘을 갚아
주겠다는 유치한 원념이 몇 초 정도는 머리를 지배했다.

　그럴 때의 나는 별로 계산적이지도 못했다. 내가 때리는 와
중에 내 손을 피하는 오빠에게 부딪혀 몇 번은 도리어 내가 더
아팠던 것도 같다.

　결국 그 꼴을 보다 못한 박우경이 한 손으로 내 팔을 휙 잡아
뒤로 당겼다. 졸지에 윤태희는 제 여동생을 일방적으로 괴롭히
던 웬 양아치처럼 혼자 남았나.

　뒤로 반쯤 넘어지다시피 끌려갔던 내가 갑자기 점잖게 일어
나니 뻘쭘한 눈과 눈이 마주친다. 박우경이 오빠랑 내 사이에

앉았다.

"혈육이 좋긴 하네요. 그죠."

"뭐가 좋아."

좋다는 말에 바로 반발심이 들어 따지는 찰나였다.

"형 앞에만 있으면 옛날 윤차희잖아요."

"옛날 윤차희 요즘 윤차희 언제부터 따로 놀았노? 윤차희는 걍 윤차희지."

"아닌데."

"뭐가."

"4월 달에 내려온 게 아직도 내 앞에선 사투리 한 마디 안 하는데. 다르죠."

팔목을 붙잡고 있던 커다란 손이 잠시 살갗을 매만지다 떨어졌다. 잠깐 그 자리가 불에 덴 것 같았다.

나는 가만히 입을 다물었다. 박우경의 어깨 너머로 윤태희가 고개를 갸웃했다.

"니 앞에서 내숭 떠는갑지. 서울 살다 온 티 낸다고."

"그런가."

"맞제, 윤차희. 괜히 이쁜 척한다고 지 자란 고향 말도 안 하고."

내가 쟤 앞에서 예쁜 척을 왜 하겠느냐고 여느 때처럼 대꾸하고 싶은데 좀처럼 말이 나가지 않았다. 어차피 여기서, 여기 사투리 써 가며 같이 자란 놈한테 무슨 내숭이나 떨겠느냐고…….

그럼, 그게 아니면 뭔데. 윤태희의 단순한 눈이 내게 이미 그렇게 묻는 것 같다. 나는 그즈음에서 더 대꾸할 말이 없었다.

박우경이 날 돌아보지 않고 무덤덤하게 말을 이었다.

"그랬으면 좋겠다고 생각은 했는데요. 얘 나한테 예뻐 보일 생각 별로 없어 보여요."

"뭐 요새 좀 일한다고 아무거나 걸치는 거 같긴 한데……."

"관심도 없어 보여요."

그 애는 윤태희가 둘러대는 말을 뚝 끊어 먹었다. 오빠가 아이스크림 막대기를 담배처럼 무심코 손가락에 껴서 제 입에서 떨어트리고는 어깨를 으쓱했다.

"쟤가 언제는 뭐 니한테 큰 관심 있었나……. 윤차희 점마는 어릴 때부터 지 혼자 잘 먹고사는 게 최대 관심사다. 점마가 지 가족한테도 얼마나 야마리 없는데."

"근데 별로 실속도 없잖아요."

"그거야……."

"결국 실속이 하나도 없어서 등신같이 여기로 다시 기어 내려온 게, 얘 나한테만 이래요. 형."

"박우경."

"청라에 100일이나 있으면서, 나랑만 있으면 아직도 지가 서울에 있는 것처럼 굴어요."

"……."

"그냥, 나랑은 서울에서 잠시 시나가는 사람처럼."

"……."

"외지에서 몇 번 보고 다시는 더 볼 일 없는 사람처럼."

윤태희가 어쩔 줄 모르고 나랑 박우경을 번갈아 보았다. 나는 딱딱하게 굳은 낯으로 눈만 깜빡였다.

"여기가 집이면서, 여기에서도 또 돌아갈 곳이 있는 것처럼 있어요. 내 앞에서는 항상 그랬어요. 그러다 형이나 아줌마 아저씨가 있으면 그제야 여기가 청라라는 식이고."

"야, 그거야 우린 가족이고."

"이젠 내가 하도 안 편하고, 그래서, 그러니까 옛날처럼은 죽어도 못 돌아가겠다는 식으로……."

"……."

"형 동생 나한테만 이따위로 해요. 나랑 15년을 같이 커 놓고. 어떻게 생각해요, 형은."

결국 오빠는 내게 몇 번이고 눈치를 주려다 실패하고 초조하게 턱을 쓸며 입을 열었다.

"야, 거 뭐……. 윤차희 싹퉁머리 없는 건 니나 내나 잘 아니까……. 아, 맞다. 니 느그 할머니 집 개조한다매."

어색하기 짝이 없는 화제의 전환이었다. 윤태희치고는 드물게도 죄지은 얼굴이다. 굳이 따지자면 동생인 내 죄를 대신 뒤집어쓴 것만 같은 얼굴.

박우경이 작게 웃음을 흘렸다.

"네. 와서 일 좀 할래요, 형?"

"지금도 주말마다 청라 넘어오느라 죽겠는데 내가 미쳤다고 쓰리잡을 하나. 리모델링을 개나 소나 하는 것도 아니고."

"별로 거창한 거 안 해요. 천천히 부분 부분 하고 있는 거라.

좀 쉽다 싶은 건 재미 삼아 대충 혼자 공사하고 넘긴 것도 있고, 거기 있는 짐들도 벌써 내다 버릴 만큼 다 내다 버렸고요. 별로 걸거칠 것도 없는데요, 형."

"아……. 그래도 안 할게. 몸 쓰는 건 이제 됐다. 그러니까 차라리 윤차희나 데리고 가서……."

무심코 날 말한 윤태희가 뒤늦게 원흉이 나라는 걸 떠올린 듯 인상을 썼다.

아이스크림은 다 먹지도 못하고 분위기만 개판이 났다. 끼워 달라고 조른 적도 없는 자리에서 원흉이 된 나도 억울하다면 억울했다.

이윽고 박우경이 짐짓 태연하게 날 돌아봤다. 조금 기가 막히게도.

"느그 오빠야가 윤차희 니 데리고 가라는데."

"……우리 오빠가 갈걸."

"와. 윤차희 닌 그럴 때만 내가 니 오빠가."

말은 저렇게 해도 우리 집이 요 몇 달 박우경에게 도움받은 게 있으니 당연히 갚으러 갈 성미다. 게다가 방금 전에는 죄지은 것도 없이 죄인이 된 기분까지 떠안았다.

나야 그걸 아니까 오빠가 일하러 갈 거라고 대꾸한 게 전부였지만.

"그럼 구경 와라, 윤차희 니는."

"……그래."

"아이스크림 다시 사 줄게."

슈퍼로 휘적휘적 걸어간 박우경이 아까 내가 먹던 아이스크림 하나만 달랑 사서 나왔다.

오빠와 달리 주인 할매가 안에서 무어라 더 말해도 제 볼일만 중요하다는 듯 알루미늄 미닫이문을 탁 닫아 버리는 손이 야멸찼다.

"자."

고작 내 편의를 위해서는 저 인정 많은 할머니에게 매정한 놈이 되어도 상관없다는 얼굴이다.

박우경이 날 좋아하기 때문에 더 쌀쌀맞은 인간이 되는 것을 한때의 나는 퍽 달가워했다. 엄마가, 아빠가 날 우선으로 둘 때의 그 '우선'과는 궤도 질도 모두 다른 단순한 구조.

그래서 어쩌면 가끔씩 부모보다도 그 애가 날 더 앞에 둘 거라고 믿었다. 최우선인 척하지만 가장 나중에 둘 수밖에 없는 딸보다, 네 치기 어린 애정이 더 깊을 거라고.

나는 살짝 녹아내리기 시작한 표면을 조금씩 삼켰다. 제 것은 사 오지 않았다고 박우경 욕을 하던 오빠는 문득 구옥 개조건에 꽂혔는지 좀 더 자세히 묻기 시작했다. 아까 제가 그 일을 거절한 것도 까먹은 게 틀림없다.

나는 그들 사이에 쭈그려 앉아 금세 아이스크림을 다 먹었다.

"천천히 먹어도 되는데."

리모델링을 이래저래 하겠다고 오빠에게 핸드폰 속 사진들을 보여 주던 그 애가 내 쪽을 흘끗 보며 말했다.

글쎄. 나는 양귀비꽃들이 지는 해에 붉게 타오르는 국도를 홀로 응시했다.

멀리서 눈에 익은 차가 가까워지고 있었다.

빈 껍데기만 쥐고 있던 것을 쓰레기통에 버리러 가는 사이였다. 박우경도 제 엄마의 차를 봤다. 아. 의미를 알 수 없는 한숨이 그 애의 입가를 스쳤다.

미끄러지듯 슈퍼 앞에 선 차에서 신미진이 짐짓 경쾌하게 내려섰다.

"태희야! 이게 진짜 얼마 만이니, 응?"

"이모, 잘 지내셨어요?"

"태희 너 저저번 주부터 대구서 매주 내려오고 있다며. 드디어 왔네, 왔어. 이모가 우리 태희 잘생긴 얼굴을 얼마나 보고 싶었는데. 응?"

"봤나 박우갱이. 느그 엄마도 내가 더 잘생겼대."

"이렇게 잘생긴 놈이 느이 엄마 속이나 썩이구 말야. 니 동생도 그렇구, 둘 다 왜 이렇게 집에들 안 와? 몸도 아픈 사람이 얼마나 속상해했는데."

"아야, 아. 진짜 아파요."

신미진은 오빠 머리를 몇 대 쥐어박는 척하다 결국 애정 어린 손길로 쓰다듬었다. 그러고는 흘끗 눈을 돌려, 내게도 더없이 반갑다는 듯 팔을 뻗었다.

나는 그 손을 잠시 맞잡지 않은 채 그지 눈치가 없어 그렇다는 듯 보기만 했다. 신미진이 퍽 뻔뻔하게도 내 시선 아래에서 아무렇지 않게 손을 거두고는 다시 윤태희를 봤다.

"어디 갔다 오는 길이세요?"

"대구에 태경이 할매 병원. 한 나흘 병실에만 박혀 있었더니 죽겠어, 증말. 이것도 잠깐 나온 거야."

"고생하셨네요. 할머닌 요새 좀 어떠신데요."

"산송장이지……. 자식들 이기심에 억지로 붙잡고 있는 건 아닌가 모르겠어. 정신도 가물가물, 이번에 또 위에 재발하면 답도 없는데…… 본인도 고생이셔. 아, 차희야."

"네."

"그렇잖아도 내일모레 너희 집 가려고 했거든. 월요일이 엄마 병원 가는 날 맞지?"

"……네."

"잘됐다. 이모가 너 대신 엄마 데리고 병원 갔다 올게. 겸사겸사 우리 말희 바람도 쐬게 해 줄 겸, 카페 가서 데이트도 하구. 차희 넌 집에서 일 좀 하다 그냥 쉬어."

"……."

"아픈 사람이 괜히 버스 오래 타 봐야 병만 더 생기지. 너도 고생이구."

시모며 친정 식구들 간병에도 여전히 가지런히 잘 정리된 신미진의 손이 내 손을 부드럽게 잡았다. 친절하고 다정한 음성에 걸맞게, 내 손등을 몇 번이나 토닥이면서.

불쑥 토기가 치밀어 올랐다. 나는 박우경의 눈길을 느끼며 가까스로 입매를 끌어 올려 신미진을 향해 마주 웃었다.

비명을 지르고 싶은 만큼, 진절머리 나는 손을 떨쳐 내고 싶은 만큼.

딱 그만큼의 미소였다.

"······네. 감사해요, 사모님."

"얘는. 어릴 때처럼 이모라고 부르라니까······. 나이 다 들어서 이렇게 갑자기 낯을 가려. 참, 우경이 넌 태희 형이랑 좀 놀다 올 거니?"

신미진이 자연스럽게 박우경의 동행에서 날 제하며 물었다. 나는 그 애의 시선이 내게서 잠깐 떠난 틈을 타 떨리는 손을 숨겼다. 반대쪽 손도 떨리는 것을 안간힘을 주어 잡다가, 결국에는 그것도 불안해 앞치마 주머니에 어떻게든 손을 집어넣었다.

표정이 무너질까 겁이 났다. 박우경이 무엇이든 알게 될까 무서웠다. 나는 신미진이 제 막내아들의 무뚝뚝한 대꾸를 뒤로하고 차를 몰아 떠날 때까지 그들을 보지 않았다. 보이지 않아도 온 신경이 그쪽에 쏠렸다.

그래서 정작 윤태희가 내 손을 한참이나 이상하게 바라보고 있었다는 것을, 조금 늦게 알고 말았다.

#13. 새 스카프

"……여름에 웬 스카프고? 쇼핑했나."

"예쁘제."

엄마의 대답은 불충분했다. 나는 못 보던 비싼 스카프를 두르고 거울에 이리저리 비추던 엄마를 뒤에서 물끄러미 응시했다.

내 애매한 표정이 거울 속 엄마 어깨 너머로 적나라하게 비쳤다. 조금 더 좋은 표정을 지을 수 있다면 좋을 텐데. 그러나 입가는 이미 굳었다.

엄마가 무엇 하나라도 자길 위해 샀다면 기쁜 일이지만, 절대 그럴 리가 없다는 걸 알기 때문이었다.

"병원 갔다 오는 길에 진이 이모가 뭐 살 게 있다 캐서, 대구 간 김에 백화점에 잠깐 들렀거든……. 근데 이모가 이 비싼 걸 또 턱 하니 사 주 뿟다. 이것도 무슨 명품이라 그카던데……. 비싸기도 드릅게 비싸고."

"……드릅게 비싼 걸 왜 받아 오노? 못 사 주게 했어야지."

말갛게 웃고 있던 엄마가 내 모난 어조에 당황한 듯 멈칫했다. 가슴께에서 스카프를 쥐고 있던 손이 잠깐 갈 길을 잃은 것처럼 허공에서 어설프게 멎었다.

"아니 살 때야 내 건 줄 몰랐지……. 내사 지 거 사는 줄 알고 같이 골랐더마, 방금 집 앞에 내리는데 억지로 내 손에 쥐여 주드라니까. 아까 이거 마음에 들어 하지 않았냐 카믄서."

"그러니까 엄마가 그걸 왜 받냐고."

"그 언니야가 참, 내가 아무리 안 받는다, 못 받는다 캐도……. 니도 진이 이모 고집 안다이가. 내 아픈데 요새 자주 들여다보지도 몬 한다고, 하도 마음이 안 좋고 내한테 미안해서 글타 카는데……."

"생판 남끼리 그게 뭐가 미안한데."

"이모가 우째 우리랑 남이고. 희야 니는 말을 해도 꼭 느그 아빠처럼."

"우리가 그 아줌마한테 똑같이 해 줄 형편도 안 된다이가."

엄마는 내 뾰족한 어조에 잠깐은 어쩔 줄 몰라 했다. 허공의 손이 스카프를 두어 번 헛잡았다. 기분 좋게 들떠 있다 갑자기 생각지도 못한 궁지에 몰려 머뭇머뭇, 곤란해진 순박한 얼굴이 눈에 걸렸다.

무안하기 짝이 없는 표정이다. 나는 에씨 시신을 거두었다. 그리고 신경질적으로 식탁 위의 베이지색 쇼핑백을 집어 들었다.

신미진이 이틀 전 내 손을 잡았던 것을 생각하면 여전히 구역질이 났다. 아무것도 모르는 박우경 앞에서, 내 오빠 앞에서 당신 도움 같은 건 필요 없다고 떨쳐 낼 수도 없었던 순간의 기분도.

하긴, 떨쳐 낼 수 있었다 해도 우습기만 했겠지. 차 한 대가 없어 아픈 엄마를 매주 버스에 태우는 주제에 괜한 자존심에 오기를 부린다고.

제 엄마보다 웬 알량한 자존심이 중하다고.

밑도 끝도 없이 속이 울렁거렸다.

청라에 내려오고도 몇 달간은 괜찮았다. 신미진은 엄마의 말대로 청라에서 서울과 대구를 오가느라 정신이 없었고, 직접 얼굴을 마주할 일은 거의 없었으니까. 엄마의 전화기 너머에서나, 지나가는 말들 사이에서나 존재하던 불쾌함은 곱씹을 필요도 없던 것이었다.

나는 벌써 3년이나 집과 가족을 버려두었다. 3년 내내 청라에서 도망쳤다.

그러니까 이제는 족했다. 그 여자는 아무것도 아니었다. 내게, 더는 아무것도 아닌 사람이었다.

그 여자 때문에 무엇도 피하지 않을 것이다. 도망 다니지도 않을 테고, 무슨 죄라도 지은 것처럼 박우경을 기피하느라 용을 쓰지도 않을 거라고. 어차피 이 한시적인 시간 속에서는, 아무래도 상관없지 않겠느냐고……

그렇게 생각했던 것이 졸지에 이렇게 우스워질 수가 없었다. 당신이 엄마에게 미안하다니.

더 잘해 주지 못한 게 미안하다고.

아직도 그런 가증이나 떨고 있다니. 이렇게 같잖은 적선으로. 정말로, 우리 엄마를 생각하는 사람처럼…….

"도로 돌려주자, 그거. 상표 안 뗐제."

"……."

"스카프 이리 도."

"니 갑자기 와 이카노."

"스카프 이리 달라고, 내가 다시 포장하게. 영수증은?"

"선물하면서 무슨 영수증을 준다꼬."

"그럼 환불해서 돈으로 돌려줄 순 없네. 알았다. 물건이라도 돌려주자."

"이거는 이모가 엄마한테 선물……."

"어차피 자기가 쓴다고 산 거였잖아. 처음부터 엄마 준다고 샀으면 엄마도 사지 말라 했을 거 아니가."

나는 고개를 천천히 주억거리는 엄마에게서, 마치 어린애의 장난감을 빼앗듯 스카프를 빼앗았다.

"그래도, 희야, 이모가 이거 진짜 좋은 마음으로 엄마한테 준 건데…… 이래 거절을 하면 사람이 뭐가 되노."

식탁 위에서 반듯하게 도로 접어 비닐에 넣는 내내 엄마는 주변을 서성거렸다.

"안 그래도 시어매 간병한다고 내내 병원에 있다가 엄마 때문에 피곤하게 한참 운전하고, 병원에서 기다리고……. 꼴랑 커피 한잔 얻어묵고 그 수고를 했는데, 기껏 생각해서 해 주고도 엄마가 기분 나쁘게시리 이카믄…….”

“대구까지 병원 델따 준 것만 해도 친절이 차고 넘치는데. 데리고 나갔다 돌아오는 길에 이렇게 비싼 선물까지 주는 게 말이 되나. 그걸 엄마가 받아먹는 게 맞나. 경우가 아니다이 가.”

“…….”

“엄마가 못 주겠으면 내가 박우경한테 돌려줄게. 됐제.”

“야가 진짜 갑자기 와 이카노!”

“예전에 받아먹던 건 헌 물건이라는 핑계라도 있었지! 지가 안 쓰는 물건 엄마한테 버린다는 핑계라도 있었지!”

나는 결국 빽 소리를 내지르며 쇼핑백을 식탁 위에 내팽개쳤다. 잘게 저며 놓은 분이 끝내는 목구멍까지 그득그득 찼다. 도무지 참을 수 없었다.

“대체 엄마가 그 아줌마한테 뭘 돌려줄 건데!”

“엄마도, 엄마도 나름대로 이모야한테 마음 쓰고, 신경 쓴다. 우리가 여태 이모한테 도움받은 게 다 얼마고. 우리 집 여건이 안 되니까 그렇지, 내도 마음 같아서는…….”

“이제 아픈 사람이니까 자기 뒤치다꺼리하라고 부르지도 못한다이가. 엄마 이제 그 집 가서 몸으로도 못 떼운다 아이야? 내 말이 틀렸나.”

“니는 어떻게 엄마한테 말을 그 따구로…….”

“그 집 사람들 제대로 먹지도 않는 반찬 좀 해다 바치면 엄마는 마음이 편해지나? 말희 니가 한 마늘장아찌가 먹고 싶네,

명이나물이 먹고 싶네. 그 아줌마가 백날 말해 봐야 받아 가면 여기저기 줘 버리고 아무렇게나 치우는 거 알면서."

"……."

"그거 그냥, 엄마한테 수고한 기분이나 느끼라고 말해 주는 거다. 엄마도 자기한테 뭐라도 해 줬다고 착각하게 하는 거다. 자기한텐 아무 쓸모도 필요도 없는 거 좋다고 거짓말까지 하면서."

"윤차희."

"본인 말 한마디에 엄마가 얼마나 고분고분 말 잘 듣는지, 얼마나 빨리 심부름해 오는지 보고 싶어서!"

"윤차희!"

엄마가 비명처럼 외치며 온통 일그러진 얼굴로 내 어깨를 퍽퍽 내리쳤다. 나는 사리 분별과는 전혀 상관없이 엄마의 그 표정만으로도 혀를 깨물고 싶어졌다.

신미진이 엄마를 어떤 식으로 보든 엄마는 신미진을 좋아했다. 자매처럼 생각했다. 은인처럼 고마워했다. 실제로도 '엄마에게는' 언제나 고마운 사람이었다.

똑똑해서 양껏 밀어주고 싶은 딸애에게, 부모도 비용을 대지 못할 만큼 비싼 선생님을 몇 해나 자기 아들과 같이 붙여 준 좋은 언니. 아빠와 엄마의 인생이 끝내 바닥을 치려 할 때 변변한 담보도 없이 선뜻 내밀었던 돈.

그 돈. 날 죽고 싶게 했던 돈으로.

그래. 신미진은, 적어도 엄마에게는 언제나 그런 사람이었다.

한때 내 교육이 본인의 염치나 자존심보다 중했던 엄마는 내가 그 대단한 선생님에게 한 달이라도 더 배울 수 있으면 박우경 집 부엌에 24시간을 붙어 있어도 좋다고 늘 말했다.

엄마의 희생과 박우경 인생에 기생하듯 붙은 내 스스로가 괴롭고 지겨워 열다섯에 그만둘 때까지.

"니가 어떻게 이모를 두고 그딴 식으로 말할 수가 있노! 진이 이모가 니한테 얼마나 잘해 줬는데. 우리한테 얼마나 잘해 준 사람인데!"

엄마는 아빠가 벌여 놓은 일을 같이 수습한다고 몸이 닳도록 일하다가도, 신미진이 파출부처럼 부르면 냉큼 그 집으로 달려가 일을 하고는 했다.

온종일 어딜 가나 손이 부르트도록 일을 했다. 한시도 몸을 쉬는 법을 모른다는 듯이. 그렇게 일을 하고도 신미진에게 고마워 어쩔 줄을 몰랐던 사람이다.

제사 음식이나 잔치 음식 따위는 고마운 마음의 표현일 뿐 빚을 갚는 행위는 못 되니까. 창고에서 분류를 돕고, 어두운 저녁나절 남의 과수원에서 낙과를 줍는 일도 매한가지였다.

영영 줄어들지 않는 빚과 이자처럼 엄마가 아무리 노력해도 신미진에게 고마운 일은 쌓이기만 했다. 수고하고 고생할 땐 잠시 뭐라도 해 준 것만 같다가, 시간이 지나면 내내 받기만 한 현실을 다시 맞닥뜨렸다.

그래서 역으로 엄마의 마음은 아무리 표현해도 가치가 없었다.

신미진이 말하던 '그것만으로도 충분하다'는 사소한 부탁들은, 어쩌면 그게 충분하지 않다는 것을 깨달아 가는 과정이었을 것이다.

때때로 제 기분 좋자고 더 이상 안 쓰는 명품 가방이나 스카프를 하나씩 떠안긴 것들이 이미 안방 옷장 한쪽에 그득했다. 처음에는 안절부절, 아무리 안 쓰는 거래도 이렇게 비싸고 좋은 걸 어떻게 받느냐고 죽을상을 하던 엄마도 언젠가부터는 무뎌져 그저 고맙게 받았다.

부잣집 사모님이니 이런 것이 별거 아니겠지. 이젠 쓰지 않는 것이니까 괜찮겠지. 그만큼 날 아껴 주는 것이니까, 나와는 가치도 기준도 사정도 다른 사람이니까…….

여태 좋은 핸드백 하나 사 주지 못한 아빠가 자격지심과 유구한 반감으로 고함을 지를 때면 엄마는 그렇게 말하며 순한 눈망울만 굴리기 바빴다. 그게 얼마나 염치없고 물색없는 짓인지 아느냐고 달래듯 말할 때도 매한가지였다. 그럼 주는 걸 거절하느냐고. 기껏 날 생각했는데.

'태희 엄마. 세상에 공짜가 어딨노.'

아빠의 갑갑한 목소리 위로 신미진의 목소리가 헛것처럼 겹쳐 들었다.

'차희야. 너희 아버지 입에 달고 사는 말 있잖아. 세상에 공짜가 어딨냐고. 그 말이 맞지. 원래 세상에 공짜는

하나도 없어. 그러니까, 이모가 지금 너한테 바라는 것도 공짜 아니야.'

'……'

'저러다 네 부모 둘 다 목매달고 죽는 꼴 보고 싶은 건 아니지. 응?'

아. 나는 가만히 입을 다물었다.

엄마의 얼굴이 온통 눈물에 젖어 있었다. 혀끝에 잠시 어른거릴 수나마 있는 말들은 진실까지 한참 먼 껍데기고, 그래서 허위에 더 가깝다.

혀와 목구멍을 지나, 저 밑바닥에 있는 말들이 없으면.

나는 엄마를 지금보다 훨씬 더 아프게 할 수 있다. 삶을 통째로 속은 것처럼 만들 수 있고, 완전한 모욕으로 던져 버릴 수도 있다. 저렇게 엉망으로 우는 얼굴을 더 망가뜨릴 수도 있을 것이다.

파괴적인 충동이 머리를 짓이겼다. 엄마에게 얻어맞는 어깨는 하나도 아프지 않은데 속이 아팠다. 엄마가 우는 것이 아팠다.

신미진 때문에 웃다가, 나 때문에 우는 게 기가 막혔다.

아무것도 모르면서. 그 여자가 내게 무슨 말과 무슨 짓을 하고도 엄마에게 그토록 뻔뻔하게 웃고 울고 떠들며, 네가 내 자매 같다 감히 떠드는지. 당신을 얼마나 하찮게 생각하는지.

친절하게 웃는 낯으로 우리를 얼마나 아무것도 아닌 양 기만하고 있는지.

"우리는 해 줄 엄두도 못 내는 걸, 니 딸내미 똑똑한 게 그래 아깝다고 기어코 우경이랑 같이 공부시키고. 틈만 나면 우리 집에 뭐든 못 퍼 줘서 안달이었던 사람이다. 안 쓰는 거 줬다 카이 쓸모없는 쓰레기나 버린 거 같제. 니 눈엔 엄마가 우스우니까 그래 보이제."

"……."

"저 옷장에 쌓인 거 다 갖다 팔면 돈이 얼만데! 그것도 다 나중에 태희랑 니 결혼시킬 때 허름하게 입어가 애들 기죽이지 말라고, 그렇게 하나씩 일부러 좋은 거 골라가 엄마 손에 쥐여 준 기다. 어데 가서 무시당하지 말라고. 니가 헐빈하게 있으면 애들도 무시당한다고. 평생 같이 산 남편도 생각 안 해 주는 걸 매번……."

"그걸 받는 사람 자식이라 오빠랑 내가 무시당한다는 생각은 못 해 봤제."

"……."

"엄마. 진짜 헐빈한 게 뭔지 아나. 누가 열 번 준다고 하면 배알도 없이 구질구질 열 번 다 가서 받는 사람이다."

"……."

"지겹다, 진짜. 엄마 이러는 거. 그러니까 제발……."

고장 난 것처럼 연신 떠들던 혀가 잠시 멎었다.

어떻게, 잠깐이라도 엄마가 우는 게 차라리 낫다고 생각했을까. 신미진의 선물을 두르고 웃는 엄마보다, 내 폭언에 우는 엄마가 나을 거라고.

엄마는 아무것도 몰랐는데.

나는 역겨운 욕지기를 되삼키며 집을 나왔다. 자꾸만 구역질이 났다. 결국은 이 모든 게 화풀이에 지나지 않았던 것이다.

온통 모멸감에 잠겨 침수된 엄마의 눈동자가 집에서 멀어지는 내내 나를 괴롭혔다. 사과원의 끝으로. 거기서 다시 더 끝으로. 나는 집에서 대각선으로 멀어지며 조금 울었다.

종종 박우경의 할머니 집 부엌에 내내 앉아 있던 엄마. 심기를 거스르지 않으려고, 어설픈 눈치로 신미진이 듣기 좋은 말을 한참이나 고르며 아부하던 엄마의 요령 없는 낯. 언제나 고생스럽게도 신미진의 호의를 구하던 눈.

몇 마디 정곡을 찌르기 위해 그것들마저 전부 내 발로 짓밟은 셈이었다. 그 모든 희생과 고생을, 비록 내가 바라지 않아도 날 위한다고 여겼기에 괜찮다고 엄마가 감수한 시간들을.

그렇게 본래도 용을 쓰던 것이 물이 과수원을 휩쓸었던 그해 여름부터는 더 절박해졌다. 희망이 드나드는 출구가 더 좁아진 까닭일지도 모른다. 밤에는 아빠를 붙잡고 죽고 싶다 울어도 신미진의 부름에는 웃으며 갔다.

엄마는 어쩌면 그때부터 부질없는 꿈을 꿨으리라. 작게는 내가 계속 그 값비싼 수업을 받을 수 있길 바라고, 크게는 내가 박우경의 짝이 되어 영영 팔자나 편히 고쳤으면 하는 꿈.

이전에는 단지 엄두도 낼 수 없던 고액 과외 따위가 아에 다른 세상의 일처럼 여겨질 무렵에는. 딸에게 앞으로는 자기가 아무것도 해 줄 수 없다 여기고 초조해진 그때부터…….

나는 젖은 얼굴을 거칠게 쓸어내렸다.

어떻게 그런 바보 같은 꿈이나 꿀 수 있을까. 어떻게 그렇게 사람을 진심으로 믿을 수 있을까.

나는 점차 냉담하게 낯을 가라앉히며 핸드폰을 들었다. 박우경. 세 글자에 긁어내리는 듯한 비웃음이 터져 나왔다.

저녁 일찍 먹는다매 오후 5:40

저녁 다 먹었나 오후 5:50

도로 주행 연습해야지 오후 5:52

안 해도 돼 오후 5:57

너 이제 여기 오지 마 오후 5:58

왜 또 승질이고 가시나 오후 5:59

오지 말라고 오후 6:00

왜. 엄마 때문에? 오후 6:00

쥐뿔도 모르면서 잘도 찍었다. 내가 화면을 가만히 보고 있자 박우경에게서 메시지가 연달아 왔다.

보나 마나 아줌마가 또 엄마한테 무슨 카더라 듣고 집에 가서 괜히 잔소리라도 했나 본데 오후 6:00

그런 거 없는데 오후 6:01

우리 엄마가 싫다고 해서 나한테 그딴 식으로 화풀이를 오후 6:01

뭔 개소리야. 박우경 니가 꼴 보기 싫어서 그래 오후 6:01
운전 연습은 윤태희한테 시키면 돼 오후 6:02

또 그놈의 오빠야만 찾고 처자빠졌네 오후 6:03
윤태희 오니까 이제 힘쓸 새끼 필요 없나 오후 6:03

그동안 우리가 너한테 일당 못 준 건⋯⋯ 솔직히 고용한 적도 없는데 네가 온 탓도 있지만 그래도 네가 일한 일수는 다 계산하고 있었어 계속 도와준 것도 고마워 오후 6:05

설마 나 지금 잘리는 오후 6:05

모자라지만 내가 일당 받는 건 일단 다 너 줄게 오후 6:05
알바 하면서 모아 놓은 돈도 좀 있는데 미안하지만 중고차가 정말

급하거든……. 거기서 중고차 싼 거 한 대만 뽑고 더 계산해서…….
아냐 그냥 남는 돈 다 줄게 오후 6:06

와 진짜 자르노……. 오후 6:06
놀랍다 존나 월급 한 번 안 준 주제에 오후 6:06
뻔뻔한 게 정도를 넘어섰네 오후 6:07

아 준다니까 오후 6:07

"언제?"

나는 너무 놀란 나머지 바로 앞에 있던 나뭇가지를 황급히
붙잡았다. 나무를 부술 뻔 했다. 박우경이 그제야 미안하다는
듯 일부러 풀이 많은 쪽을 밟고 자박자박 걸어왔다.

"어떻게……."

"니네 집 가니까 아줌마만 계시던데."

"아니 내가 여기 있는지 어떻게 알았냐고."

"니가 나갈 때 아무것도 안 들고 나갔다고 하시더라. 근데
답장이 오더라고."

"그게 무슨 대답이 되는지 모르겠어."

"그래서 근처에 멍청하게 핸드폰 들고 다니는 애 어디 없나
보니까, 반딧불인지 귀신인지 불빛이 과수원에 동동 떠다녀
서."

흐린 하늘을 뒤늦게 흘끗 본 나는 사방이 다른 날보다 조금

어두운 것을 깨달았다.

의미도 없는 한숨이 흘러나왔다. 말해 뭐 해. 약간 비틀거리는 발걸음이 다시 앞을 향했다.

"니는 이제 똑바로 서 있지도 못하나."

"……니가 놀라게 할 때만 그런 거거든."

"됐으니까 차나 좋은 거 사라. 조금 있으면 걸어 다니지도 못하겠다."

"누굴 빚쟁이로 만드려고."

"빚졌다는 인식이 있다면 좋고, 뻔뻔하게 없어도 상관없고."

"…… ."

"빚지는 게 글케 싫나."

"닌 좋나."

"요샌 빚도 자산이라서."

"……하."

"대출받기가 얼마나 힘든지 모르나. 이 무식한 가시나…… 뉴스도 안 보는갑지."

"야."

나름대로는 잔뜩 힘을 주고, 험상궂게 그 애를 부른 찰나였다.

옆에서 비스듬히 고개를 숙인 박우경이 관자놀이에 돌연 입술을 맞추었다. 어이가 없어서 그대로 굳어 있자 아까 입술이 닿았던 곳에 또 한 번 입술이 내려앉았다. 겨우 관자놀이께에 스치듯.

유치하고, 우습고, 실속이라고는 하나도 없는.

"다 받은 셈 칠게."

"……."

"진짜 됐으니까 차나 괜찮은 거 사라. 아줌마 병원 모시고 다닐 건데."

대체 언제부터 저런 호구가 됐지.

"……이게 세 달 치 일당이면, 니 내랑 한 번 자면 장기도 다 빼 주겠네."

"다는 못 빼 주지. 신장 정도?"

"겨우 신장이 끝이가."

"이쪽도 살아야지. 내가 죽을라고 잔 것도 아닌데."

코웃음을 치며 걷는 내 옆으로 그 애가 어슬렁 뒤돌아 걷기 시작했다. 내 두 걸음에 그 애의 뒷걸음 하나. 핸드폰에서 그 애 이름을 봤던 순간 잔뜩 뒤틀렸던 속이 허망하게도 풀려 맥 없이 나풀거렸다.

나는 물기가 차오른 눈에 그 애의 발끝을 담았다. 그 애가 시큰둥 말을 이었다.

"잘하면 결혼도 하고."

"……결혼을 왜."

"잤다이가. 각자 책임져야지."

"……니가 무슨 70년대 사람이가."

"결혼하면 팔다리도 줌게."

"징그러워……. 그딴 걸 받아서 어따 쓰노."

"그래서 결혼은?"

"싫다. 결혼하면 니랑 여러 번 자야 된다이가."

"……와, 그게 거절 사유라고?"

나는 대꾸하지 않고 자그마한 벤치를 찾아 앉았다.

일부러 박우경이 앉을 자리가 없게 한가운데 앉았는데, 그걸 또 박우경은 제 엉덩이로 날 밀어 기어코 옆에 앉았다.

"왜 또."

"뭐가."

"엄마랑 싸웠나."

그러고는 기어코, 이야기도 아무렇지 않게 돌고 돌아 본론이다. 나는 박우경이 모른 척해 줄 때가 더 좋았다고 생각하면서도, 퍽 가식적이었던 표정을 풀었다.

"응."

"그래서 내한테 화풀이했고."

"맞는데, 아니다."

"뭐 화풀이해도 상관은 없는데."

"그게 왜 상관이 없어."

"뭐든 딴 놈한테 가서 하는 것보다야 나으니까."

어이가 없어 가만히 웃고 있으니 박우경이 말이나 더 해 보라는 듯 턱짓했다. 나는 허공을 조금 노려보다 눈을 숨기듯 내리깔았다.

엄마에게 이미 못된 말을 쏟아 낸 혀가 아릿했다.

저 아래에서 여전히 들끓는 속을 억눌렀다. 말간 낯으로 우리 엄마에 관해 묻는 박우경을 보는 감정은, 신미진의 스카프를 두르고 웃고 있던 엄마를 보고 느꼈던 것과 거의 비슷했다.

내가 얼마나 사랑하고 좋아하든, 단지 당장 저 사람의 평온을 짓이겨 버리고 싶은 충동.

나는 입술을 질근질근 씹었다.

"그냥, 니네 엄마 싫어서."

어떻게 할 수 없는 초조함을 비집고 말이 툭 터져 나왔다. 부수고 싶은 것과 지키고 싶은 것 사이 어딘가에서. 그렇게 내뱉자마자 자괴감이 쏟아졌다. 아까 그렇게 실수를 하고도 부족해서?

나는 자리에서 곧바로 일어났다. 그러나 박우경이 내 손목을 부드럽게 잡아 앉혔다.

"우리 엄마?"

"……뻔뻔한 거 안다. 받을 거 다 받고."

"하긴. 사람이 싫은 덴 이유가 없으니까."

"우리 엄마한테 그렇게 잘해 주는 것도 싫고."

"맞나."

"나한테 친절한 것도 싫고."

"윤차희 니처럼 애가 삐뚤어지면 그럴 수도 있지."

"우리 집에 돈 빌려준 것도 싫다."

뻔뻔한 말을 지껄이는 내내 입가가 일그러졌다. 감히 근처도 갈 수 없는 기억 대신, 굴절된 혐오가 향한 것은 현재였다. 우리를 몰염치한 사람들로 만들고, 언제나 좋은 사람을 자처히는 신미진의 얼굴.

차라리 그날 이후로 아예 상관없는 사람이 되었다면, 신미진이 우리 집 쪽을 거들떠보지도 않았더라면 이토록 밉지는 않았을 것이다.

어쩌면 지금쯤 그 이름을 기억하지도 못했을 테고. 도망은 내 버릇이고 회피는 내 특기였으니까.

그러니까 그냥, 내가 영영 돌아보지 않을 기억 속에나 있었더라면.

그렇게 뻔뻔하게 우리 엄마에게 마음 쓰는 행세나 하지 않았더라면. 새까맣게 다 잊어버린 눈을 하고서 나를 보지나 않았더라면.

친구의 딸이자, 제 막내아들의 친구일 뿐인 양 날 향해 웃던 얼굴이 잊히지 않았다. 그 외에는 나에 관해 아는 게 없는 것처럼.

목구멍이 꽉 틀어막혔다.

"윤차희 니 빚지는 거 진짜 싫어하네……."

내 억지와 침묵 끝에 그 애는 가만히 실없는 감상을 중얼거렸다. 그 말에 맥이 탁 풀린 사이, 박우경이 이어 물었다.

"그 정도면 그냥 싫은 거 아니가?"

"……맞다. 그냥 싫다. 다 싫다. 괜히 싫다."

"그럼 상관없이 살게 해 줄게."

"뭘."

"평생 시엄마 안 보고 살게 해 줄게. 됐제."

"……누가 박우경 니랑 결혼한다 카드나?"

"미리 참고하라고 알려 주는 거 아니었나."

"웃기고 있네."

나는 그 애를 비웃었다.

"이제야 웃네."

그 애가 날 비식 따라 웃으며 말했다. 그늘이라고는 한 점 없는 평가였다. 잠시 할 말을 잃은 나는 눈만 깜빡거리다 가까스로 덧붙였다.

"이거 비웃은 건데."

"비웃어도 웃는 건 웃는 거지. 아니가."

"생각을 지 되는 대로 하네."

"이제 다시 웃을 만하면 나가자. 도로 주행 연습이나 하게."

"……."

"윤차희 빨리 면허 따야지."

매끈한 입매에 빙글빙글 웃음이 걸렸다. 도저히 이해가 안됐다.

"……박우경 니는 방금 니네 엄마 흉이나 본 기집애한테 이러고 싶나?"

"나는 나고 너는 너고."

"……."

"나한테야 엄마지만 니한테는 그냥 싫은 아줌마일 수도 있는 거고."

어릴 때부터 제 부모에게도 매정했던 인성답게 박우경은 퍽 산뜻하게 대꾸했다.

"나라고 우리 엄마 성격 모르는 것도 아니니까. 말로 다 까먹는다이가."

나는 미묘하게 입매를 끌어 올려 웃었다. 내 속을 알 리 없는 박우경이 이만 가자고 날 일으켰다.

"……나는 박우경 니가 우리 엄마 욕하면 니 차 훔쳐서 논두렁에 갖다 처박을 거다."

"해 보든가. 죽지만 말고."

나는 너랑 그렇게 다르다고 말을 해도. 서운한 것도 모르고, 흔들릴 줄도 모르는 얼굴이 마냥 말끔했다.

"니 내가 못 할 거 같제."

"존나 할 수 있을 거 같다. 운전을 하도 못해서."

"……저번엔 잘한다매."

"머리로는."

"……."

"근데 있다이가. 다 좋은데. 혹시 니 지금 아까부터 내한테 사투리 쓰는 건 알고 말하나."

"……."

"옛날처럼."

나를 뒤돌아보는 낯이 장난기로 그득했다.

나는 굳어 버린 입술을 몇 번이고 달싹거리다 아무 말도 하지 못하고 끝내 다물었다. 엄마에게 정신이 팔려 방심한 게 어떻게 여기까지 왔을까.

가족한테나 하듯, 아주 친한 친구에게나 하듯.

우리가 어릴 때나 그랬듯.

"빨리 엄마한테 운전 연습하러 간다고 보고하고 온나."

너는 왜 항상 이럴 때 나를 들쑤실까. 어떻게 잠깐이나마 나를 아무렇지도 않게 만들까.

네가 이유였으면서 네가 위로인 나를, 나는 언제나 이해할 수 없었다. 너를 좋아하는 것만큼 당연한 것이 없다가도, 너를 좋아하는 일만큼 불가해한 일이 없었다.

나는 밤까지 도무지 제 발로 돌아갈 자신이 없던 현관문을 그 애에게 떠밀리듯 열었다.

안에서는 아까 없던 TV 소리가 흘러나왔다. 조금도 나아질 것 없는 기분으로, 단지 소음을 듣기 위해 외로이 TV를 틀어놓았을 엄마가 슬펐다.

중문 앞에다 엄마가 꺼내 둔 쇼핑백 안의 스카프를 얼마간 내려다본 나는, 입 안으로 사과를 몇 번이고 연습했다. 그러고는 차마 집 안으로 들어가지 못한 채 복도에 서서 엄마를 작게 불렀다.

"……엄마."

기계적인 소음 속에서 돌아온 것은 정적뿐이었다.

나는 조금 더 크게 엄마를 불렀다.

"엄마. 나 박우경이랑 운전 연습 좀 하고 올게."

엄마. 엄마…….

대답이 돌아오지 않는 부름이 반복될수록 무슨 생각을 했는지도 모르겠다. 나는 본능처럼 갑작스레 불길한 생각에 사로잡혀 텅 빈 거실에 뛰어 들어갔다가, 순식간에 부엌을 뒤졌다.

엄마가 없었다. 엄마가, 어디에도 없었다. 오싹한 냉기가 정수리를 움켜쥐었다. 엄마. 엄마. 엄마, 어디 있어…….

안방을 열어젖히고, 엄마가 다 헤집어 놓은 옷장을 본 나는 순간 완전한 공포에 사로잡혔다. 신미진이 준 가방들이 바닥에 죄다 쏟아져 있었다. 아. 아…… 몇 년 전 엄마가 멍하니 창밖만 보던 광경이 뇌리를 스쳤다.

어쩌면, 엄마가 저러다 잘못될지도 모른다고 생각했을 때.

숨이 잘 쉬어지지 않았다. 나는 집 안쪽보다 현관과 훨씬 가까운 화장실을 향해 뛰었다. 닫힌 문을 여는 찰나였다. 문이 곧바로 열리지 않았다. 무언가에 걸린 것처럼.

나는 덜컥거리는 문을 부술 듯 앞으로 밀었다. 엄마의 다리가 앞으로 밀려갔다.

타일 바닥에 쓰러진 엄마가 받은 숨을 몰아쉬고 있었다.

정신이 죄다 나갔다. 받은 숨은 금세 꺼졌고 엄마는 거의 숨을 쉬지 않았다. 다 잠그지 못한 세면대 수도꼭지에서 똑, 똑 물방울 떨어지는 소리가 함께 멀어졌다.

귀를 먹은 것 같았다. 공기가 소리를 앗아 가고, 엄마의 숨을 앗아 가고, 내게서 숨 쉬는 법을 앗아 간 게 분명했다.

그렇지 않으면 이럴 리가 없었다. 엄마가 숨을 쉬지 않을 리가 없었다.

머리에서 생각이 쏟아진다. 기차역에서 아무렇게나 떨어져 내용물을 다 쏟은 가방처럼. 나는 내가 대체 어떻게 엎어진 엄마를 바로 누이고, 고개를 젖혀 기도를 확보했는지 전혀 기억나지 않았다. 꼴사납게 바들거리는 손으로 엄마의 목뒤를 받치고 이마를 눌러 당기는 내내, 속으로는 단지 죽거나 도망치고 싶었을 뿐이다.

원념에 가까운 망상만이 선명했다. 그래. 나는 엄마가 다시 눈을 뜨기 전에 차라리 사라지고 싶었다. 감긴 눈이 얼른 뜨이길 바라면서도, 엄마가 나를 보지 못하길 빌었다.

내가 엄마에게 마지막으로 했던 말이 어떤 것이었는지 제대로 떠올리기 전에……

다행히도 엄마의 호흡이 차차 돌아왔다. 희미한 의식으로나마 스스로 숨을 쉬기 시작했다. 그것만으로도 죽음의 공포는 한 발짝 멀어졌다. 그러나 여전히 지나치게 가까워 보였다.

나는 엄마의 목뒤에 작은 샴푸 병을 겨우 받쳐 놓고 기어 나가다시피 욕실 문밖으로 갔다. 문가에 떨어트린 핸드폰을 찾는 손이 뻔히 보이는 것을 곧바로 잡지 못하고 몇 번이나 헛손질을 했다.

119, 119……. 헛바닥이 멍청하게 같은 말을 반복하며 굳어 갔다.

희게 질린 손이 핸드폰 측면 버튼을 몇 번이고 부술 듯 눌렀다. 곧바로 절전 모드가 해제되고 불빛이 들 것이라 여겼던 화면에 방전 표시가 떠 있었다. 나는 결국 핸드폰을 내던졌다.

그때, 아주 작게 날 부르는 소리가 들렸다.

"희야……."

바람이 빠지는 듯 작은 소리였다. 눈물이 날 것 같았다. 어쩌면 이미 울고 있거나.

네 발로 엎드린 나는 날 찾아 작게 허공을 떠도는 손을 잡아주는 대신 엄마의 바짓가랑이를 겨우 붙잡아 흔들며 강박에 차물었다.

　"엄마. 엄마 핸드폰. 핸드폰 어딨노, 어?"

　"……."

　나갔다 온 사이 핸드폰이 꺼져 버렸다고, 배터리가 없다고, 그러니까 엄마 핸드폰을 찾아 당장 119를 불러야 한다고 줄줄 다급하게 내뱉는 목소리가 경멸스러울 만큼 멍청했다. 목구멍이 자꾸만 죄어들었다.

　그때 엄마가 가느스름 눈을 떠서 겨우 날 봤다.

　한순간이나마 내 눈을, 아주 똑바로 보았다. 숨이 막혔다. 엄마는 다시 숨을 쉬는데 정작 나는 아직도 숨이 잘 쉬어지지 않았다. 내가 내뱉은 모든 말들이 폭력처럼 기억 속으로 끝내 돌아왔다.

　미안해. 엄마. 미안해. 내가 잘못했어. 내가 다 잘못했어……. 정신이 나간 양 고꾸라진 고개가 찰나처럼 엄마의 다리에 처박혔다가 겨우 끄집어 당겨지듯 들렸다.

　나는 자꾸만 날 찾아 허공을 헤매는 엄마의 팔을 다급히 쓸어내리며 말했다.

　"엄마. 엄마…… 잠시만 여기 있어라. 응?"

　"……."

　"내 말 알겠제. 절대 함부로 일어날라 카지 말고. 저기 밖에 우경이 있거든, 개한테 잠깐 갔다 올게. 진짜 빨리 올게……."

비틀거리며 현관까지 뛰어나간 내가 박우경을 불렀다. 집에서 나오지 않는 나를 기다리느라 현관 쪽을 줄곧 보고 있던 그 애는 사실 내가 저를 부르기도 전에 내 얼굴을 보자마자 달려왔다.

곧바로 무슨 일이 있는지 알아차린 것처럼.

"아줌마는?"

"화장실."

박우경이 나보다 더 앞서 집 안으로 급히 들어갔다. 핸드폰을 좀 빌려 달라는 말은 듣지도 못한 것 같았다.

곧바로 욕실 바닥에 꿇어앉은 그 애가 엄마의 상태를 확인하고는, 제 핸드폰을 잠깐 들었다가 이윽고 다시 주머니에 집어넣었다. 그리고 엄마의 늘어진 몸을 아주 조심스럽게 받쳐 일으켰다.

기겁하는 내게는 차 키를 던지고 태연히 고갯짓이나 하면서.

"뭐 하노, 윤차희. 빨리 내 차 가서 문 열어라."

"119는."

"구급차 여기까지 오는 거 기다릴 시간이 어딨노."

차분한 눈이 도리어 내게 할 일을 지시했다. 나는 여전히 아연한 채 그 애가 엄마를 업는 것을 돕고, 앞장서 뛰어가 엄마를 싣도록 뒷좌석 문을 열었다.

박우경에게 휩쓸리듯 우리는 어느새 병원으로 가는 차 안에 있었다. 고작 2, 30분 남짓, 나 혼자 엄마를 호흡하게 했던 짧은 시간은 그토록 길고 아득했는데도.

머리가 다시 텅 비었다. 그 애는 말이 없었고, 나는 말을 잊었다. 엄마의 불안한 숨소리만이 유일한 소음이었다.

뒷좌석에 몸을 축 늘어뜨린 엄마는 죽을 듯이 숨을 몰아쉬며 내게로 자꾸만 손을 뻗었다. 이미 우리가 잡고 있는 손 너머로 다른 손을 찾아서.

왜, 엄마. 많이 안 좋나? 내 무릎에 누울까. 아니면 반대쪽으로 기댈까……. 어린아이를 대하듯 조곤조곤 물으니 시트에 대각선으로 늘어져 있던 고개가 맥없이 흔들렸다. 그러고는 기어코 내 남은 손을 제 손으로 붙잡았다.

벼랑 끝에서 풀뿌리를 붙잡듯이 절박하고도 조심스럽게 딸의 두 손을 쥔다. 변기통을 붙잡고 헛구역질을 얼마나 했는지 위액만 번드레하게 묻은 입술이 몇 번이나 날 향해 달싹였다.

온통 빈 소리였다.

나는 우리가 충분히 가깝지 않아 소리를 듣지 못한 것처럼 몸을 왼쪽으로 더 숙였다. 엄마는 몇 번이나 다시 소리 없이 입술만 달싹거렸다. 그러다 문득, 가까스로 소리를 틔웠다.

"희야……."

"응, 엄마."

"엄마…… 엄마, 괜찮다……. 알겠제?"

"……."

"……아까는, 미안해……. 엄마가 니한테……."

엄마의 맹목적인 말이 마디마다 끊어졌다. 그래도 엄마는 안간힘으로 말을 했다.

욕실 바닥에서 내 손을 찾아 허공을 더듬었을 때부터, 내 눈을 어렵게 다시 마주쳤을 때부터 자기가 내게 하고 싶은 말이라고는 그런 것뿐이었다는 양.

괜찮다. 미안하다. 놀라지 마라. 울지 마라. 엄마 안 죽는다……. 엄마가 무슨 말을 해도 마찬가지였다. 나는 그래서 엉망이 된 얼굴로 울었다.

운전석의 박우경이 앞에서 내 쪽으로 티슈를 던졌다. 그게 내 무릎에 떨어진 줄도 모르고 울고만 있으니, 엄마가 얼른 닦으라고 손을 놔주었다. 나는 다시 엄마의 손을 쫓아가 잡았다.

다신 안 그럴게. 미안해. 잘못했어. 돌처럼 굳어 버린 혓바닥에 내뱉지 못한 말들이 고였다.

엄마는 그래도 다 괜찮다고 말했다.

나는 하나도 괜찮지 않았다.

"네, 아저씨. 맞아요. 청라 큰사랑 병원 응급실로 아까 들어와서……. 네. 지금 혈액 투석 중이신데, 끝나면 병실로 올라간대요. 차희가 방금 입원 수속 끝냈습니다."

"……."

"아, 여기요……. 3동 2층이요. 네. 네. 신장 투석실로 바로 오시면 돼요. 그래도 다행히 차희가 아줌마를 빨리 발견해서요……. 네, 그죠. 천만다행이죠. 아까 쓰러지신 게, 급성 신부

전 때문에 대사성 산증이 왔대요. 네. 숨을 잘 못 쉬시고."

"……."

"화장실에서 계셨던 것도 속이 갑자기 안 좋다고 토하시다가 호흡 곤란이 와서……. 차희가 보자마자 바로 기도 확보를 해서 위험한 단계까지 가진 않은 것 같아요. 의사도 만약 아줌마가 아까 그대로 의식 불명이 됐으면 오늘 돌아가셨을 거라고. 네. 네……. 적어도 제가 봤을 때부터는 계속 자가 호흡하셨어요. 응급실 들어갈 때까지."

"……."

"네. 차희가 살렸죠. 아…… 원래 신장 수치가 좀 나쁘셨다고요? 그게 아마 당뇨 때문 아닐까 싶은데. 네. 그죠. 원래 이런 건 다 갑자기 오는데……. 아니 그건 아저씨 때문이 아니고요."

"……."

"만성 신부전이 문제지. 급성 신부전은 이번에 치료만 잘하면 괜찮잖아요. 의사도 그랬어요. 네. 제때 잘 발견하고 잘 와서 괜찮습니다. 네. 아, 태희 형한테는 제가 아저씨 대신 전화할게요. 차희 쟨 경황이 없어서……."

복도를 천천히 오가는 박우경의 목소리가 가까워지다. 멀어지다 했다. 전화기 너머로 들리는 아빠의 희미한 목소리도 덩달아 가까워지고 멀어지기를 반복했다.

낡은 신장 투석실 간판을 멍하니 바라보던 나는 눈을 감았다.

차희가 살렸다니.

내가 아니었으면 엄마가 저렇게 쓰러질 일도 없었을 텐데. 내가 아니었으면. 내가, 엄마에게 그러지 않았으면.

머리가 고장 난 것처럼 같은 시간대를 맴돌았다.

나는 의사에게 엄마가 정말로 죽을 지경이었다는 것을 들은 이후로, 여기서 제대로 해낸 일이 하나도 없었다. 박우경은 외국인을 데리고 다니듯 그런 내게 외부의 말들을 일일이 해설하고 이해시켰다. 어딘가에 사인을 하고, 번호표를 뽑고, 수속을 밟는 일련의 일들.

내가 엄마를 제때 잘 발견했다는 말처럼 우스운 말이 없었다. 나는 박우경이 갑자기 우리 집에 들이닥치지 않았더라면, 너희 엄마에게 인사나 하고 나오라고 등이라도 떠밀지 않았더라면 밤이 되도록 집에 돌아가지 않았을 것이다.

나는 화장실에서 혼자 죽어 있었을 엄마를 생각했다. 아무도 없는 집에서 말 그대로 숨이 막혀 죽게 되었을 엄마를 계속 상상했다.

평생 헌신하고 희생한 가족들 중 누구도 저를 들여다보지 않았던 집에서, 혼자, 그렇게 죽어 갔을 시간을.

엄마가 죽기 전, 내게 마지막으로 들은 말이 죄다 그것이었다면 나는 살 수 있을까.

내가 엄마에게 마지막으로 지껄인 말이, 당신이 구질구질하고 지겹다는 말이었다면.

"아 태희 형 전화 안 받노."

"……"

"야."

"……어."

"또 안 좋은 생각 하제, 니."

"아니."

박우경이 내 옆에 풀썩 앉았다.

"손잡아 줄까."

"아니."

"그럼 손잡지 말까."

"응."

"하던 대로 '아니' 했어야지."

내가 그 애에게 속아 넘어가지 않은 질문과는 별개로 결국 손이 잡혔다. 나는 무기력하게 그 애의 무릎 위에다 손을 내어 주었다.

"니네 아빠 오기 전까지만 잡고 있자."

"아빠 눈엔 이거 보이지도 않을걸."

"그럼 아저씨 와도 계속 잡고 있고."

손 같은 건 아무래도 좋았다. 멍하니 차가운 벽에 대고 있던 머리가, 그 애의 다른 손에 이끌려 어깨에 기대졌다.

벗어날 수 없다기보단, 벗어나기가 싫었다. 나는 얌전히 머리를 기대어 두고 눈을 감았다.

"……고마워."

"뭐가."

"전부, 다."

그 애는 대답 대신 웃었다. 그리고는 일부러 내 정신을 빼놓아야겠다는 양, 뒤늦게 캐묻듯 물었다.

"뭐가 고마운데."

"……꼴 보기 싫다고 오지 말랬는데 와 줘서."

"또."

"그때 나보고 나가자고, 엄마한테 인사하고 나오라고 해서."

"또?"

"네 차로 병원에 바로 올 수 있어서."

"고마운 거 다 나왔네."

"네가 우리 엄마 살려 줘서."

"그건 윤차희가 한 거고."

내 손바닥을 톡톡 두드리는 손끝이 다정했다. 사실 박우경은 거의 의도적인 반복으로 내 귀에 저 말을 심어 넣고 있다.

네가 그때 엄마를 구했다고. 엄마는 잘못될 수도 있었지만, 네가 구했으니 이제는 전부 괜찮다고.

그러니까 아까의 잘못된 일들은 전부 잊으라는 듯이. 내 머릿속이 훤히 다 들여다보인다는 듯이. 나는 눈을 느리게 깜빡였다.

"엄마 살린 거, 전부 박우경 니가 했잖아."

"전부는……."

"나는 우리 엄마 죽일 뻔했고."

"……."

"우경아. 내가, 우리 엄마 죽일 뻔했대."

처음으로 소리 내 말한 사실이 싸한 머리를 도리어 차분하게 했다. 무슨 말을 그따위로 하느냐고 박우경이 못마땅하게 중얼 거렸다. 나는 픽 웃었다.

"그러니까 엄마가, 그렇게 자기 숨넘어가는데도 나한테 그랬던 거다이가. 맞제."

"야."

"아무리 봐도 나 때문에 자기 잘못될 거 같으니까."

"이게 뭔 개소리고."

"그래서 니 때문이 아니라고 말해 주려고 기를 쓴 거다이가. 자기가 잘못되기 전에."

"이제 어지간하면 정신 좀 차리라. 가시나가 힘들다고 못 하는 말이 없네. 아무 말이나 하고."

"우리 엄마는 속도 없는 호구고, 바보고, 미련하고, 자기 생각은 하나도 안 하면서 남 생각만 하니까."

"윤차희 니가 니네 엄마한테 남이가."

"옛날에 니네 할머니가 그러드라. 부모 자식도 남이라고. 계속 남만 챙기면 남는 거 하나 없다고."

"이젠 즈그 엄마 착하다고 지랄이고……."

"울 엄마도 호구고, 박우경 니도 호구고."

"그래. 다 호군데 윤차희 니만 못됐네. 호구도 아니고. 좋겠다."

"맞제. 내만 못됐다."

눈이 점차 느리게 깜빡거렸다. 차갑게 식은 손을 매만지는 손은 남녀의 스킨십이라기보단 환자의 손을 주물러 주는 것에 가깝다.

나는 어린 손자에게 병 수발을 받는 할매처럼 손을 내주고 멀거니 그 애 얼굴을 봤다.

그 애는 나처럼 멀거니 투석실 간판을 보고 있었다.

"안 죽고 잘 살아 계신 니네 엄마 그만 죽이고, 정신 좀 차리라."

"……."

"손도 좀 인간처럼 따뜻해지고……. 아. 존나 차가워서 만지기도 싫다."

잘만 만지면서. 그럼 만지지 말라고 손을 슬쩍 빼내자 그 애가 다시 쫓아와 내 손을 잡았다. 눈물이 날 듯 말 듯, 흐린 눈이 그 손을 향했다.

"……니한테 또 빚진 건 어떡하지."

"그럼 또 손이나 잡히고, 어깨에 기대기나 하면 되지."

박우경은 간단히 말했다. 결국에는 아무런 대가도 바라지 않는다는 말을 돌려서.

윤태희에게서 전화가 돌아왔다. 나는 내가 할 말을 박우경이 대신 오빠에게 읊어 주는 동안, 병원의 흰 벽으로부터 도망치듯 눈을 감았다.

이윽고 병원에 온 아빠는 내 말처럼 우리가 잡고 있는 손 따윈 보지 못하고 내내 눈물 바람이었다.

박우경에게는 두서없이 고맙다는 말이 쏟아졌다. 할아버지가 돌아가신 후로 저토록 경황이 없는 아빠는 아주 오랜만에 보았다. 박우경을 대하는 아빠의 얼굴은 돌변에 가깝게 변했다.

우갱이 니가 그때 우리 집에 없었으면 대체 어쩔 뻔했느냐고. 박우갱이가 네 엄마 생명의 은인이라고 몇 번이나 곱씹는 것도 당연하지만 조금은 생경했다.

그러나 아빠는 얼마 지나지 않아 정신이 나간 듯 신장 투석실의 닫힌 문만 쳐다보았다. 꼬박 3시간이 지나 문이 열리고 엄마의 침상이 나올 때까지.

병실에서 엄마는 시뻘게진 얼굴로 울고 있는 아빠를 보고 맥없이 웃음을 터트렸다. 그러고는 박우경에게 몇 번이나 고맙고 미안하다 울먹거리고, 병원비 따위를 계속 염려하다, 아까 택배 주문이 들어왔는데 오늘 보내지 못해 어쩌나 걱정했다. 5인실에 환자가 엄마뿐이라 1인실을 쓰는 것 같다고 좋아하기도 했다.

어디에도 내가 한 짓은 없었다.

아빠 옆에서 내내 말없이 있는 날 가끔 살피는 눈에는 도리어 안쓰러운 빛만 가득했다. 쌕쌕 몰아쉬는 숨소리가 여전히 불안한데도, 마치 지금 숨을 제대로 쉬지 못하는 쪽은 엄마가 아닌 나라는 듯이.

"엄마 땜에 아까 놀라 갖고 진이 다 빠지 뿟네. 손도 이래 참아가 우짜노. 아빠도 있는데 희야 니는 얼른 집에 가 쉬어라."

"그래. 아빠 있다이가. 느그는 얼른 드가라."

"……."

"우갱이 점마를 언제까지 여기 세워 두겠노. 오늘 신세도 그마이 져 놓고. 희야 니가 간다 해야 점마도 니 집에 델따 준다고 같이 가지."

"아, 태희 아빠. 희야한테 돈 좀 줘요. 둘이 집 가는 길에 우경이한테 맛있는 것도 사 주고 그캐야지."

"아, 저는 괜찮은데요. 아줌마. 뭐 큰일 했다고."

"뭐가 괜찮아. 내 때문에 저녁도 몬 먹었을 낀데……. 아줌마 무거운데 니가 병원까지 업고 온다꼬 진짜 고생했다."

"뭐가요. 든 것 같지도 않던데요."

박우경의 장난스러운 대꾸에 엄마는 조금 웃다 속이 답답한지 가슴을 두드렸다.

아빠가 대번에 엄마를 부축하며 뭐가 불편한지, 어디가 어떻게 아픈지, 간호사를 불러야 하는지 정신없이 물었다.

"마누라한테 평소에나 이렇게 좀 잘하지……."

그렇게 작게 투덜거리면서도 풀어진 엄마의 입매가 기뻐 보였다.

"희야. 가라, 얼른. 응? 가서 엄마 대신 택배도 좀 싸 주고."

"……응."

"집에 가서 자야지. 아빠도 있는데 가시나가 만다꼬 병원에서 불편하게 잘 끼고."

"응."

"그럼 드가라, 우경아. 오늘 너무 고생시켜서 미안타."

"아니에요. 편하게 주무세요, 아줌마."

아까 우리 집으로 내 등을 떠밀었듯, 박우경은 병원에서 내 등을 떠밀다시피 해서 나왔다. 뭐 좀 먹으러 가자 음울하게 말하니, 지금 네 얼굴 보면서 먹으면 체할 것 같다는 거절이 돌아왔다. 퍽 단호했다.

나는 두 번 권하지 않았다. 이제 더는 고맙다는 말도 하지 않고 그냥 뻔뻔하게 집에 내려 버리는 나를 호구 같은 박우경이 뒤따랐다.

마치 그러기로 짠 듯이 창고에서 같이 박스나 접고, 사과를 포장해 박스에 담는 내내 대화는 없었다. 그럼에도 인정하지 않을 수가 없었다.

그 애가 지금 우리 집에 같이 내리지 않았다면, 나는 곧장 이상한 극단으로 치달았을 테니까. 예전처럼 내 몸에 무슨 짓이든 하지 않고는 견딜 수 없었을 테니까.

박우경 덕분에 나는 정상적인 감각을 잊지 않으려 기를 쓰고 있었다. 새벽에 일어나 가장 먼저 해야 할 일과, 아직 적과(나무를 보호하고 좋은 과실을 얻기 위하여 너무 많이 달린 과실을 솎아 내는 일)할 일이 남은 나무들 따위를 생각하면서.

이윽고 포장이 다 된 박스 하나를 드는데, 다른 택배를 싸던 박우경이 내게서 박스를 휙 빼앗아 대신 입구로 들고 갔다.

"태희 형 이제 청라로 오고 있대."

"응."

"오늘 야간 근무였는데 대타 구했다고. 내일 자기가 연차 내고 병원에 있을 거니까 닌 걱정 말라는데……."

"응."

"글고 니 전화 좀 받으래. 윤차희는 뒤져서 전화 못 받네."

"응."

"……받을 생각 좆도 없노. 맞제."

"……해야지, 나중에."

죄악감이 여전히 욕지기처럼 목 언저리에서 울렁거렸다. 도무지 윤태희와 당당하게 전화할 자신이 없기 때문이었다. 도둑이 제 발 저리듯.

그래서 가만히 다시 택배나 싸는데, 사과에 흰 캡을 씌우는 위로 눈물이 뚝뚝 떨어졌다.

너무 싫다. 싫어 죽겠다.

내 눈물을 혐오하는 시야에 이미 떨어진 눈물이 가득 찼다. 신경질적으로 눈물이 묻은 사과를 박스 안에서 도로 꺼낼 무렵에는 눈앞이 숫제 뿌예졌다.

병원에서는 한 방울 떨어지지도 않던 게, 고장이라도 난 것처럼 갑작스럽다. 참 뻔뻔하기도 했다.

어이가 없었다. 우는 것을 박우경에게 더 보여 주는 것도 끔찍하고. 실은 이렇게 울 자격도 없는데.

나는 박우경에게서 도망치듯 뒤돌아 선반 사이로 향했다. 눈물은 대충 팔뚝으로, 소매 끝으로 아무렇게나 훔쳤다. 그렇게 닦는 것보다 눈물이 흘러나오는 게 더 빨라 도무지 수습이 안 됐다.

점차 다리에 힘이 풀렸다. 이제야 모든 긴장이 내게서 빠져나간 것처럼. 더 이상 견딜 수가 없었다. 나는 끝내 엉엉 소리 내어 울며 구석에 주저앉았다. 자기 눈앞에 남이 보이지 않으면 남도 자기를 보지 못하는 줄 아는 어린애처럼 좁다란 선반 사이에 숨어서.

선반 사이 초입까지 가까워진 걸음이 거기서 더 가까워지지 않고 멈추었다. 나는 무릎에 고개를 파묻으며 얼굴을 숨겼다.

이쪽으로 오지 말라고 고개를 미친 듯이 젓고 날 제발 보지 말라고 부탁도 했다. 울음에 죄다 먹혀서 무슨 말인지 알아듣기도 어려웠겠지만.

그래도 박우경은 내 애원을 얼추 알아들은 것처럼 한동안 그냥 그렇게 있었다. 그러고는 내가 울다 못해 숨도 쉬지 못할 지경이 되어서야 안쪽으로 천천히 걸어와 내 앞에 쭈그려 앉았다.

선반 사이는 무척이나 좁아서, 우리의 무릎 한쪽이 맞닿을 지경이었다. 눈물에 온 얼굴이 다 젖어 엉망인 것을 축축한 팔로 가리고 손등이며 손목 안쪽으로 대충 세게 닦아 문질렀다.

박우경이 조용히 한숨을 쉬고는 내 팔을 잡아 내렸다. 부드럽지만 약간은 강권에 가까운 힘이었다.

"이게 눈물을 닦는 건지 지 얼굴을 때리는 건지."

혀를 차는 소리와 함께 물에 적신 차가운 수건이 얼굴에 와 닿았다. 나는 그것을 아예 뺏어 들고 얼굴 전체를 묻었다.

그렇게 내가 젖은 수건 안에서 숨을 몰아쉬는 내내, 그 애는 내 무릎 한쪽을 제 손으로 붙잡아 두고 있었다. 놓으면 내 몸이 어디로든 떨어질 것처럼.

"……우리 엄마 잘못되면 어떡하지."

"아까부터 지네 엄마한테 부정 타는 소리만 하네. 투석 잘하고 누워 계시는 분 갖고."

"내 이제 어떡하지, 우경아."

단지 오늘 죽지 않고 살았다고 다는 아니다. 엄마는 이미 몸이 안 좋았다. 나는 그런 엄마를 내 손으로 떠밀었다. 벌벌 떨리는 목소리로 멍청한 말만 줄줄 흘리는 와중에 박우경이 짐짓 무신경하게 내뱉었다.

"뭘 어떡하긴. 일이나 해야지."

"……."

"내일도 4시 반에 일어나고."

슬슬 한낮에는 일이 버거워지는 시기였다. 그만큼 일하는 시간을 앞당겨 놓으니, 내게는 또 일어나는 시간부터가 큰일이 됐다.

박우경은 한가하게도 그런 내 근성을 꼬집었다. 너는 그 시간에 일어나는 것부터가 큰일 아니냐고.

나는 박우경이 보든 말든 젖은 수건으로 꼴사납게 코를 풀고 천천히 수건을 내렸다. 그 애는 제 음성과 딱 같은 표정을 하고 있었다. 오늘 무슨 일이나 있었냐는 듯 덤덤하기 짝이 없는.

순간 정말로 별일이 있었던 것 같지 않았다. 나는 홀린 듯 되물었다.

"……그게 다가?"

"뭐 더 있나. 니네 아빠 이번 주 내내 병원에 계시면 태희 형오는 주말까지 니랑 내랑 둘이서 개빡세게 해야 되는데."

"……."

"일단 날짜 더 가기 전에 적과 끝내야 숨 좀 쉴 거 아니가. 사과들 더 크기 전에……."

아빠가 엊그제 한탄하듯 중얼거렸던 말이 박우경 입에서 그대로 흘러나왔다. 이제는 종종 그러듯이, 오빠가 종종 그랬듯이……

"……박우경 니네 과수원도 아니면서."

"니네 아빠가 나한테 아까 10만 원도 줬다. 내일 오전에 적과하라고."

"……그럼 여태까지 안 주고 밀린 건?"

이제 와 일당을 챙긴다는 말에 당연한 질문을 하자, 박우경은 아무래도 상관없다는 듯 어깨만 으쓱했다.

"정식으로 고용된 건 이번이 처음이다이가."

"……호구 새끼……."

"그렇긴 하지. 할매들 요새 일당 15는 받던데."

"……."

"물가가 미쳤다니까."

누가 내일 일당 5만 원 덜 받은 게 문제랬나……. 갑갑했다.

어차피 내가 어떻게든 다 계산해 줄 셈이었고 아빠도 입만 싹 닦을 사람은 아니었지만, 그래도 언제부터 제가 저 지경으로 호구였다고? 아무리 돈이 돈 같지 않아도 그렇지.

그렇게 생각하던 나는, 그 재수 없던 어릴 적에도 박우경이 얼마나 내게 실속이 없었는지를 문득 헤아리게 됐다. 저게 날 갖고 노나 싶었던 시절마저도. 말만 못됐지.

"뭐가 됐든 일단 내한텐 신경 *끄고*."

"이미 껐다."

"어떡하지 싶으면 그냥 일이나 빨리 끝내고, 병원 가서 엄마한테 붙어나 있어라."

"……."

"니는 엄마 없이 못 살잖아."

조금 놀리는 듯한 어조에도 고개가 *끄*덕여졌다. 차곡차곡 수건을 접어 가며 쓰지 않은 면에 눈가를 문질러 닦고, 코도 풀라는 말에 잠자코 풀었다.

"잘한다."

내 운전 실력을 거짓으로 칭찬하는 목소리와 꼭 닮은 칭찬이 몇 번 이어졌다. 꾸역꾸역 일어나 작업대로 가니 남은 것은 조금 어질러진 흔적뿐이었다. 나는 박우경이 아까 송장까지 마저 붙여 내놓은 상자들을 흘끗 보고 작업대를 마저 정리했다.

이제 눈물이 더 나오지 않아두 코를 훌쩍기리게 되는 건 어쩔 수가 없다. 그렇게 내가 멍청한 소리를 낼 때마다 박우경은 픽 웃었다.

아무래도 상관없지. 저녁부터 내내 꼴사나웠으니 이제 와 별도리도 없었다. 이 정도 꼴사나운 것으로는.

"오늘 집에 안 가고 여기 있을게."

"……집에 안 가도 니랑 안 잘 거다……."

코나 훌쩍거리며 할 말은 아니었지만, 필요성을 느껴 한 말이었다. 은근슬쩍 분위기가 그렇게 되는 경우도 있으니까. 내 정신머리가 지금 몹시도 취약한 데다…….

박우경이 얼른 가서 쉬기나 했으면 좋겠다는 생각도 있었다. 미안하니까. 그런데 그 애는 코웃음이나 쳤다.

"아 변태 같은 가시나. 머리통에 든 게 그런 거밖에 없나, 니는."

"아니 혹시 모르니까 한 말이다이가. 그니까 괜히 혹시? 어쩌면? 그리고 허파에 바람 들기 전에 니네 집에 가라고."

"진짜 그 생각밖에 안 하네. 와."

"아니, 그런 생각을 안 하니까 미리 말하잖아. 지금."

"난 그냥, 오늘은 니가 아무 때나 부르면 바로 갈 수 있게 있겠다는 건데."

"……."

"새벽에 혹시 병원에서 무슨 일이 있을 수도 있으니까."

"……."

"하여튼 존나 앞서가……. 애초에 니네 집에는 들어갈 생각도 없었으니까 괜히 실망이나 하지 마라."

"집에 안 들어오면 어디서 잘라고, 그럼."

그 애가 창고에 딸린 작은 휴게실을 가리켰다. 제 키보다 작은 간이침대에서 뭘 어쩐다고.

박우경이 엄마를 살려 준 날에 창고에서 잠을 재울 수는 없는 노릇이었다.

나는 덩달아 휴게실 쪽을 물끄러미 보다, 한숨 쉬듯 이어 말했다.

"……그냥 윤태희 방에 가서 자든가."

"윤차희."

"왜."

"사실대로 말해 봐 봐. 니 오늘 집에서 혼자 자는 거 무섭제."

"……아니."

박우경은 성의 없이 그러냐는 듯 고개를 끄덕였다. 네 거짓말이 훤히 보인다는 표정이었다. 잘도 안 무섭겠다.

"그래, 알겠다. 오늘은 니랑 같이 자 줄게."

"오빠야 방에서 자라니까?"

"어. 무섭제. 모른 척해 줄게."

뭘 모른 척해……. 황당해하는 날 두고 박우경은 자기 집처럼 2층으로 올라갔다. 그러고는 금세 오빠 방에서 갈아입을 옷을 꺼내 들고 1층으로 다시 내려오는 것을, 나는 도망치듯 지나쳤다.

엄마가 쓰러진 입구 쪽 화장실은 차마 보지도 못했다. 어쩌면 그 애 말대로, 나는 아무도 없는 집과 이 밤이 무서웠을 것이다. 밤새 뜬눈으로 가장 불행한 경우의 수를 따지고, 어둠 속에 잠긴 1층은 공포에 가깝게 의식하면서.

그러니까 인정하지 않을 수도 없다. 내 보잘것없는 공포가 얼마나 가까운 곳에 도사리고 있었는지를.

혹은 그 애 하나가 지금 얼마나 많은 것을 이나마 괜찮게 하고 있는지를.

2층 욕실에서 씻고 나오니 그 애가 있는 윤태희 방 쪽에서 불빛이 새어 나오고 있었다. 에어컨 바람 때문에 반쯤 열어 놓은 문틈 사이.

나는 에어컨 온도를 좀 더 낮추고 2층의 자그마한 거실에 잠시 앉아 있었다. 아직은 그 애의 기척이 잘 들리는 곳에 있고 싶었다.

몇 주 전 새로 단 에어컨 바람은 이 공간에 낯설 만큼 서늘했다. 구석구석 냉기가 잘 들라고 오빠와 내 방 문가마다 엄마가 세워 놓았던 선풍기들이 돌아가는 소리, 그 애의 사소한 기척…….

퍽 안온하기까지 한 실내의 소음 위로, 간혹 병원 침대 바퀴 소리나 엄마의 밭은 숨소리가 떠오르고 사라지길 반복했다.

엄마는 투석실에서 얼마나 고통스러웠을까. 어쩌면 내가 내내 곱씹는 죄책감조차 내 이기심에 불과한 건 아니었을까……. 엄마가 저렇게 된 순간마저도 내 기분에나 취해서.

그렇게 멍하니 생각들이 지나갔다. 나는 박우경 덕분에 꾸역꾸역 창고에서 일어났듯, 죄악감을 꾸역꾸역 삼키고 핸드폰을 들었다.

윤태희는 신호가 두어 번 울리기 무섭게 전화를 받았다. 대번에 욕이 들렸다. 나는 내 방 침대에 무기력하게 누워 한동안 윤태희의 욕설을 경청했다.

어. 어. 나는 괜찮다니까⋯⋯. 그냥. 그럴 수도 있지. 아까는 엄마 땜에 좀 많이 놀라서. 어⋯⋯ 별일 없었다. 아니 쓰러진 건 엄만데 내가 아픈 데가 어딨노. 아 쫌⋯⋯. 연차는 목요일부터 낸다고? 월요일도 내고. 어⋯⋯ 맞다. 잘했다.

그럼 지금 다시 대구 가는 길이가? 뭐 어차피 병원엔 아빠가 내내 있을 거니까⋯⋯. 그래. 오빠야 일이나 신경 쓰고. 아 나는 내가 알아서 한다고⋯⋯. 응, 당분간 나는 일하고 오후에 병원 가서 저녁 좀 늦게까지 있고. 아빠는 저녁에 내가 병원 있을 때 과수원 와서 일 좀 몰아서 해 놓기로 했다. 아 맞나⋯⋯.

나는 윤태희가 틈틈이 잔소리와 욕을 이어 가는 와중에도 제법 꿋꿋하게 굴었다. 그리고 윤태희가 지쳐 전화를 끊기 전에, 혀끝에서 어른거리던 고백을 겨우 내놓았다.

엄마에게 충격을 준 것도, 엄마를 죽일 뻔한 것도 전부 나였다고. 다시는 입에 담지도 못할 못된 말들을 했다고. 너무 큰 상처를 줬다고.

그래서 네 전화도, 아빠 전화도 받을 자신이 없었다고. 그래서 네가 나중에 내 뺨이라도 몇 대 내려 줬으면 좋겠다고⋯⋯.

윤태희가 누구처럼 혀를 찼다. 자기가 왜 너 편하라고 여동생 뺨 때리는 인간이나 되어야 하느냐고.

그러고는 이제 울지도 않는 내게 좀 울지 말라고 일갈까지 한 후 전화를 툭 끊어 버렸다. 박우경한테 이제 좀 잘해 주라는 당부도 빼놓지 않았다. 엄마 생명의 은인이라고.

나는 고요 속에서 멀뚱멀뚱 천장을 바라보았다. 그 애가 베개 하나와 홑이불을 달랑 들고 내 방 문가에 설 때까지.

왜 왔느냐고, 너랑 가까운 데선 죽어도 못 잔다고. 알량한 의무감 비슷한 것이 혀 위를 잠시 배회했다. 그러나 곧 사라졌다.

사실은 그 애를 거부하고 싶지 않았다. 내가 혼자서는 잠들지 못할 거라 여긴 유치한 연민을 거절하고 싶지 않았다. 오늘은.

적어도, 내가 그토록 끔찍했던 오늘만은.

허술한 틈새는 그 애가 그 사이를 지나치는 순간 조금 더 무너지며 틈을 벌려 놓았다. 그 애가 바닥에 아무렇게나 베개를 던지는 소리가 심장이 아래로 꺼지는 소리와 겹쳐 들었다.

"잘 자."

"……잘 자."

속도 없이 맨바닥에 길게 누운 그 애가 침대 위로 손을 뻗어 내 손을 한 번 꽉 쥐었다가 떨어졌다. 엄마가 들어간 투석실 앞에서 내 손을 그렇게 잡아 주었던 것처럼.

여전히, 우리가 병원 복도에서 엄마를 기다리고 있는 것처럼.

이젠 네가 내게 단지 앙갚음이나 하고 싶은 것이라도 좋을 것 같았다. 날 예전처럼 좋아하는 게 아니라 해도. 낡은 선풍기 바람이 우리의 얼굴 위를 부드럽게 맴돌았다.

  침대 아래로 떨어진 네 손을 다시 잡고 싶었다.

#14. 네 이름을 부르지 말았어야 했는데

방문 너머 욕실에서 물소리가 잠깐씩 들리다 끊어지기를 반복했다. 나는 오만상을 찌푸리며 베개에 고개를 처박았다.

"그래, 더 자도 된다."

잠결에 그 애의 대답이 내려앉았다. 내가 그 애에게 무슨 말을 지껄였는지는 몰라도.

"어, 괜찮다. 더 자라."

그 애는 다시 한번 내 웅얼거림에 대꾸했다. 피로에 절어 버린 머리는 무책임하게도 박우경의 말을 받아 삼켰다. 눈을 뜨고 싶지 않았다.

식은땀에 젖은 이마를 가볍게 쓸어 넘기는 커다란 손이 에어컨 냉기에 식어 서늘했다. 기분이 조금 좋아졌다.

차분한 발소리가 성큼성큼 내 방 바닥을 가로질러 멀어졌다. 밖에서 삑 하고 에어컨을 끄는 소리가 금세 났다. 계단을 내려

가고, 거실과 부엌을 가로지르는 발소리가 바닥 아래를 울린다.

반은 깨고 반은 여전히 잠든 의식 속에서 나는 박우경의 궤적을 좇았다. 머잖아 믹서기 소리가 잠깐 신경을 긁다 끊어졌다. 엄마가 집에 있는 것처럼…….

엄마.

머리를 후려 맞은 것처럼 돌연 눈이 뜨였다. 새벽 4시 40분. 시간이 시간이라 핸드폰에는 별다른 연락이 와 있지 않았다. 별일 없었나 보다 생각하면서도 금방 속이 끓었다.

괜히 전화해 엄마가 곤히 자는 것을 깨울까 봐 아빠에게 문자만 보내 놓은 나는, 석연찮게 핸드폰을 계속 들여다보다 별수 없이 일어났다.

"뭔데. 벌써 인났나."

주방에 서서 커다란 믹서 용기째 주스를 마시던 그 애가 흘끗 내 쪽을 보고는 인사했다. 믹서기 옆에는 약간 시든 시금치와 권남이 삼촌이 엊그제 줬다는 여름 풋사과가 놓여 있다. 남의 집에서 잘도 알아서 꺼내 먹는다 싶었다.

정작 우리 집에 시금치가 있는 것도 몰랐던 나는, 그 애가 먹다 남은 주스를 조금 얻어먹을 생각으로 손을 뻗었다. 박우경이 내 손등을 가볍게 툭 쳤다.

"니 거는 새로 갈아 줄게."

"남는 거 줘도 된다."

"남길 생각이 없어서 그러는데."

"……."

"이게 남 잘 먹고 있는 걸 뺏어 갈라 카네."

조금 머쓱해졌다. 그 애가 커다란 용기 끝까지 남은 주스를 벌컥벌컥 다 마시고는, 싱크대에서 시금치와 사과를 씻었다.

"그 사과 달드나."

"달진 않고 좀 시던데."

"그럼 난 꿀 넣을래."

"그러든가."

박우경은 자기 집처럼 선선히 대꾸하며 꿀이 있는 장 앞에서 살짝 비켜서 주었다. 컨디션 괜찮나, 기분은 좀 어떻노, 엄마 생각하면서 힘내라…… . 친구면 의례상 내뱉어도 좋을 만한 말들은 단 한 마디도 없었다. 어떻게 보면 그런 박우경이 조금은 무심해 보일 정도다.

그냥 아무 일도 없었다는 듯, 제가 내 옆에 있어 주었던 밤도 별것 아니라는 양 우리 부엌에 서 있는 저 뻔뻔한 얼굴. 무표정한 다정함.

"시금치는 조금만 넣어 줘."

지가 애새끼도 아니고…… . 박우경은 나더러 들으라는 듯 중얼거리면서도 믹서기 안에서 시금치를 조금 덜어 냈다.

"이 정도?"

"더."

"이제 됐제."

"아니, 그거보다 더."

"걍 다 빼라 카지, 왜."

"이제 건강 생각해야지……."

그 애가 날 어이없다는 듯 흘끗 보고는 금세 주스를 갈아 건넸다. 엄마가 매일 아침 아빠와 내게 마를 갈아 줄 때면 날 위해 골라 주던 제일 예쁜 컵에 따라서.

쟤 눈에도 이게 제일 좋고 이쁜가? 나는 얼마간 물끄러미 옛날 유리컵의 양각을 매만지다 주스를 홀짝홀짝 마셨다. 시금치 맛은 하나도 안 났다.

"맛있나."

"응."

"천천히 먹고 나온나, 그럼."

"응."

"새벽에 춥다. 바람막이 챙기고."

바쁜 마음에 볼이 미어터지도록 주스를 끝까지 마신 나는 그 애에게 겨우 고개만 끄덕끄덕해 보였다. 믹서기까지 금세 헹궈 싱크대 위에 올려놓은 박우경이 커다란 손바닥으로 내 머리를 툭 짚고는 집을 나갔다.

천천히 좀 먹지. 하여간 가스나 승질머리……. 들으라는 듯 핀잔이었다. 쟤가 나한테 할 말은 아닐 텐데.

새벽의 처음은 언제나 억지스럽지만, 일단 일어나 앉으면 시간은 어떻게든 갔다. 일단 해가 뜨고 나면 그림자도 뒤따르는 것처럼.

아무리 기껍지 않아도 새벽녘 찬 공기 속에 발을 내디디면 됐다. 한번 일을 시작하면 어떤 꼴로든 끝내야 하니까.

우리는 창고 문간에 서서 짧은 작전 회의를 가졌다. 이제 나보다 우리 사과원을 더 잘 들여다보는 박우경이 실리적인 어젠다를 하나 내놓으면, 어느새 아빠 책장 속 ≪작물 생리학≫ 따위나 농사 기술서를 달달 외우게 된 내가 이것저것 밑바탕을 덧붙이고 세세한 일정을 계산하는 식이었다.

그러다 사과원 구석에 아빠가 일부러 버려 놓은 구획도 살려 보기로 멋대로 합의했다. 아빠가 이러라고 박우경에게 첫 일당을 쥐여 준 것은 아니었겠지만.

그쪽에도 늦게나마 염화칼슘 작업도 해 주고, 적과를 좀 더 하면 괜찮겠지. 갖다 팔 수준이 되지 않으면? 우리 둘이서 다 먹어 치우면 그만이고……. 오고 가는 대화 속에 박우경이 명쾌하게도 결론을 내렸다.

나도 미련 없이 고개를 끄덕여 동의했다. 우리는 그대로 일사불란하게 흩어졌다.

햇살이 좋은 계절에는 몇 주만 방치해 두어도 버려진 곳과 다를 게 없다.

나는 밝아 오는 하늘을 등지고 예초기를 몰아 버려진 구획의 웃자란 잡초들을 대강 정돈했다. 얼추 손에 익은 대로 예초기를 몰고 지나가는 길마다 희고 긴 꽃대들이 맥없이 쓰러졌다.

아빠가 위험하다고 끝까지 가르쳐 주지 않은 예초기 운전을, 박우경은 금방 내게 가르쳤다. 기계에 한해 날 믿지 않는 건 아빠나 그 애나 매한가지라 멀리서도 내내 지켜보는 것이 느껴졌지만 그럭저럭 기분은 났다.

아직도 일어나지 않은 건지, 아니면 또 무슨 일이 생긴 건지 아빠에게서는 연락이 없었다. 나는 애써 잡다한 단상을 치웠다.

새벽은 바쁘게 돌아갔다. 내가 창고 벽에 예초기를 갖다 박을 뻔한 일 외에는 잠시 웃을 일도 없이 아침마저 지나갔다. 우리는 숨 쉴 새도 없이 적과를 하고, 석 달은 족히 설익은 과실들이 그득 담긴 바구니를 날랐다.

하나같이 멀쩡한 것들을 오로지 폐기하기 위해 선별해 따는 일은 쉽지 않았다. 일찍이 과원 일에 이골이 난 동네 할매들은 젊은 날의 아빠와 엄마에게 이렇게 아까운 걸 이겨 내야 진짜로 아까운 일을 면한다고 종종 말하곤 했다.

버릴 때 버릴 줄 알아야 나중에 가장 중요한 걸 버리지 않을 수 있다고.

그래서 나는 예쁜 과실들을 구덩이에 몰아넣으며 계속 엄마를 생각했다. 그래. 가장 중요한 건 엄마였다.

아빠의 전화는 오전 나절에야 왔다. 엄마의 상태가 어젯밤보다는 훨씬 나아졌다는 것이었다.

아빠는 이런저런 검사를 따라다니느라 바쁜 듯 전화를 끊으며 점심때 박우경에게 탕수육 정도는 꼭 시켜 주라고 낯선 당부도 남겼다. 다른 날 박우경이 간짜장 곱빼기만 말해도 눈을 흘기던 사람치고는 퍽 마음을 쓴 결과였다.

"탕수육 먹을 거면 삼천 쪽 가서 먹지."

"그냥 배달시키면 되는데 뭐 한다고 삼천까지 가노. 귀찮은데."

"삼천 가서 맛있는 거 먹으면 되는데 뭐 한다고 배달을 시키
노. 드럽게 맛도 없는데."

"아, 또 까탈."

부잣집 도련님 행세하지 말라는 양 눈치를 주자 박우경이 시
큰둥하게 대꾸했다.

"배달하는 중국집 아들 새끼가 마음에 안 든다."

"밥 먹는데 니가 그 집 아들 싫어하는 게 뭔 상관이고…….
배달만 잠깐 받으면 되는데."

도로 대꾸하기 무섭게 사다리 위에서 툭 던진 사과가 내 머
리에서 겨우 두 뼘 위를 가로질러 바구니에 들어갔다. 고의가
다분하다 싶어 노려보니 사과가 또 내 머리 위를 날아간다.

"그니까 금마한테 잠깐 받는 게 싫다고."

"그 아저씨한테 니가 받나. 돈 내는 내가 받지."

"그럼 음식은 내가 받을게."

"박우경 니가 왜. 그 사람 싫다매."

"그니까 윤차희 니가 받는 건 더 싫지."

"뭔 개소린데……. 걍 가만있으면 안 되나? 좀. 남들 눈에 안
보이게."

"니 설마 내가 부끄럽나."

"어."

"와…… 저 은혜도 모르는 가시나."

박우경이 할배처럼 혀를 찼다. 그야말로 요즘 애들은 참 못
되고 되바라졌다는 듯이. 그 애가 그러거나 말거나, 어지간해

서는 박우경과 내가 단둘이 뭘 하는 꼴을 남들에게 보이고 싶지 않았다.

어쩌다 동네 어귀를 우리가 한 번씩 함께 걷는 광경에야, 우연이니 동창이니 둘러댈 단어도 많았다. 어쩌다 우연히 마주쳤어요. 도서관에 갔다 오다가요. 편의점 갔다가 만났어요. 마주친 김에 취업 얘기나 좀 하고요…….

하지만 배달도 없이 점심 장사만 하는 삼천의 그 유명한 중국집은 우리 동네 아줌마 아저씨들이 유독 바글거렸다. 그들이 맛있는 점심을 먹겠답시고 일부러 차를 타고 그곳까지 간 정성만큼이나, 우리의 동행도 '일부러'로 보일 만한 행선지다. 차라리 신도시 쪽이나 멀찍이 읍내 너머면 모를까.

나는 내가 생각한 쪽이 훨씬 더 멀고 다소 유난스럽다는 것을 깨닫고 가볍게 고개를 저었다.

요즘은 청라 근방에서 과수화상병(세균에 의해 사과나 배나무의 잎·줄기·꽃·열매 등이 마치 불에 타 화상을 입은 듯한 증세를 보이다가 고사하는 전염병)이 돌기 시작한 통에 사람들이 섣불리 남의 과원에 들락거리지 않는 때였다.

얼마 전까지는 한 그루라도 발병하면 그 과원의 나무는 죄다 뿌리째 뽑아 불태워 묻어야 했고, 기준이 달라진 요즘도 결과가 별로 다르진 않았다. 한 번 병이 들었던 땅에는 이후로 3년간 무엇도 심을 수 없다. 그리고 그 땅에 다시 나무를 심고 의미 있는 과실이 열리기까지는 10년이 더 필요했다.

그러니까 이곳은 얼마간 완전히 고립된 섬이었다. 이대로 먼저 보이지나 않으면 남들에게 들킬 일도 별로 없었다.

나는 여전히 훔친 물건을 보듯 박우경을 흘끗 봤다. 훔친 것. 들키기 싫은 것.

내 것이 아님을 알아도 도무지 돌려주기 싫은 것.

박우경이 알면 기가 찰 생각이었다. 어쩌면 바보처럼 좀 좋아할지도 모르고.

"근데 윤차희 닌 진짜 눈에 뵈는 게 없나. 아니면 생각이 없나…… 아 둘 단가."

"……."

"하여튼 저 가시나는 기억력이 안 좋은 건지 비위가 존나 좋은 건지……. 옛날에 지 교복 입고 지나가기만 하면 동태 눈깔 뜨고 헐떡거리던 변태 새낀데."

중국집 아들을 볼 때마다 윤태희가 잡아 대던 트집과 거의 같은 맥락이다. 나는 여태 본 적도 없는 그 사람의 동태 눈깔을 기정사실화해서는 자기들끼리 일종의 분류도 옛날 옛적에 끝냈다. 다른 동네 노총각들을 볼 때도 매한가지였다.

절대 저 아재 근처도 가지 말고, 절대로 단둘이 남지 말고. 알겠나? 남들이랑 있을 때도 절대 그쪽 보고는 웃지 말고…….

대체 어중간하게 젊은 동네 아저씨와 내가 뜬금없이 단둘이 남을 일이 어디 있다고. 그래도 윤태희는 앵무새처럼 그렇게 당부했다. 동네 할매들의 귀여운 근심거리로 불리는 노총각 중 평판이 썩 좋지만은 않은 아저씨들과 마주칠 때마다.

떠올려 보면 처음에는 아빠의 입에서 시작되었던 것이다. 유치원생인 딸을 붙잡고 아저씨들을 함부로 믿지 말라 세뇌시키던 시절.

그리고 아빠의 그 당부들은 윤태희의 입을 지나 박우경의 입에도 구전 설화처럼 고스란히 이어졌다. 가끔은 아빠나 오빠 같은 그런 말들로 박우경 제가 오빠라도 되는 것처럼 굴기도 했다.

엇비슷한 맥락으로 다른 남자애들도 '눈이 이상한 애들'을 분류해선 거의 태반을 그 카테고리에 멋대로 집어넣은 적도 있다. 그건 윤태희의 논리보다도 오히려 좀 더 억지였다.

중학생 무렵부터 윤태희가 워낙 들이박다시피 나와 관련된 위협을 하고 다닌 탓에, 사실 내게 이상한 짓을 감히 할 수 있는 아저씨는 동네에 한 명도 없었다.

물론 속이 음험한 인간들이야 어디든 있을 테지만, 그렇다고 해도……. 먼저 선수까지 치고는 미친놈처럼 과잉 방어를 하고 다니니 가끔은 아빠랑 엄마도 동네에 민망해할 지경이 됐다. 그러는 자기는 정작 꼬박꼬박 사고나 치던 와중이었으니까.

그래도 윤태희는 차라리 과한 게 낫다고 믿었다. 최선의 방어는 공격이랬나. 제 혈육 건드리면 개지랄이 난다는 걸 알아야 한다고.

지금에서야 돌이켜 보면 박우경도 학교에서 윤태희와 엇비슷한 과보호를 종종 대놓고 했다. 그래서 나는 이곳에서 언제든 과도하게 안전했다. 윤태희는 눈만 봐도 미친놈인 게 티가 났던 시절이고, 키가 일찍도 큰 박우경은 인상까지 퍽 사나워

애들 기는 물론이고 어른들 기도 곧잘 죽였다.

그것으로 다행이고 끝이었다. 예전의 나는 언제나 그 정도 안정감에 얼추 만족하는 편이었다. 박우경이나 윤태희가 없으면 이따금 음침하고 소심한 눈길이 달라붙어도.

언젠가 내가 여길 떠나면 그만이라 생각했으니까.

"남의 다리 쳐다보는 아저씨가 한둘도 아니었는데 뭐."

"……씨발 니 같은 앤 이래서 촌구석에 아무렇게나 처박아 놓으면 안 된다니까. 겁대가리 없고, 남한테 관심 없고, 지 쳐다봐도 무시하고, 주변 돌아가는 것도 안 보고……."

"듣다 보니 어이없네. 왜 내가 갑자기 욕 먹노."

"니가 안 본다고 그 새끼도 니를 안 보나. 맨날천날 쓸데없는 건 존나 의심하고 경계하면서 이딴 거는 아무렇지도 않제. 변태 새끼들이 지 얼굴 보고 백날 헐떡거려도 아 그러려니. 애가 무딘 것도 정도가 있지."

어째 좀 찝찝하다고 곱씹어 봐야 고향에 저마다 뿌리내리고 사는 인간들을 치울 수도 없으니 굳이 곱씹지 않는 거였다. 그러니까 굳이 무언가로 취급하고 싶지도 않은 건데 박우경은 언제나 이런 것을 이해하지 못했다.

중국집 아들이 이제는 가정을 꾸리고 아기 아빠 행세를 한다 해도, 그 애의 머리에선 언제나 내 교복 치마를 눈으로 좇던 변태 이상도 이하도 아닐 테고.

어차피 내려와서는 내내 사과원에나 갇혀 사는데 무슨 상관이라고. 하지만 나는 내 경각심을 지적당할 때마다 그 애가 기막혀하는 것이나 괜한 짜증을 부리는 것에 나도 모르는 새 익숙해졌다. 실은 불만의 근원이 무엇인가도 이해했다.

동네 음험한 아저씨들. 학교 남자애들. 넌 아무래도 상관없는 게 그렇게나 많으면서. 혐오스러운 것들은 잘도 신경 쓰지 않으면서. 정작 네 옆에 내내 있었던 나는 왜 그렇게까지 경계하고 의심하고 밀어내느냐는 항변이다.

그것만큼은 예전과 달라진 것이 하나도 없었다.

열다섯, 열여섯, 어쩌면 열일곱. 그 애가 남자의 형태로, 내가 여자의 모습으로 낯설게 서로의 눈에 비쳐 가던 무렵부터.

유년의 끝이 다가온다는 공포. 착각해서는 안 된다는 의무감. 절박한 자기 보호. 나는 널 죽어도 좋아하지 않을 거고 너는 날 좋아할 리 없다고 믿었던 허황된 눈꺼풀.

지나고 보면 모든 것이 훤히 보였다. 그때는 확신할 수 없었고 확신하고 싶지도 않았던 그 애의 생각. 못내 서운함에 내 팔을 붙잡던 손.

내 눈길 한 줌에 들떴다가도 저를 떨쳐 내는 손에 저 아래로 가라앉던 눈동자.

만약 그때의 그 애가 대놓고 말을 꺼냈더라면 나는 아마도 네 질문의 전제부터 틀렸다고 대답해 주었을 것이다. 내 눈에 아예 보이지도 않는 것들과 유일하게 보이는 것을 비교할 순 없는 거라고.

내가 널 밀어낼 수밖에 없는 것은, 어쩌면 너밖에 보이지 않기 때문이라고.

그러나 대답은 이미 기한을 지났다.

나는 저것보다 몇 년은 더 앳된 날들 속 박우경이 툴툴거리던 우스운 꼴을 잠시 떠올려 보았다.

그때의 그 애는 가끔 세상의 모든 남자가 저처럼 나만 쳐다볼 것이라고 순진하게도 생각했다. 남자애들이 날 보고 죄다 변태적인 상상이나 할 거라고 단정하면서도, 단지 날 멍청하게 좋아하기만 하는 놈들이 내 주변에 지뢰처럼 도사리고 있다고 추측하는 식이다.

따지자면 그 변태 같은 생각도, 멍청하게 날 좋아하기만 하는 마음도 전부 박우경의 희한한 머리통 하나에서 나온 것이다. 그 애는 제 눈에 내가 예뻐 보이니 남들 눈에도 당연히 내가 예쁜 줄만 알았다.

나는 박우경이 대놓고 줄줄 늘어놓는 내 험담을 가만히 듣고만 있다가 문득 물었다.

"니는 이상한 생각 안 하나, 그럼."

"뭐?"

"나 보면서 이상한 생각 안 하냐고. 이제."

"……뭐. 내가, 뭐, 무슨 이상한 생각."

"니도 하네. 변태야."

약간은 놀리듯 말했는데 돌아오는 말이 없었다. 사다리 위를 흘긋 바라보자 어릴 때처럼 발개진 귓가가 보였다.

내 등 뒤로 자그마한 풋사과가 다소 신경질적으로 연달아 날아와 바구니에 떨어졌다. 왜 저래. 서울에서 여자도 많이 만난

게……. 그 애답지 않게 부끄러워하는 걸 보니 나도 불쑥 내뱉었던 말이 괜히 남우세스러워졌다.

가만히 입을 다물자 얼마간의 정적 끝에 그 애가 가까스로 말했다.

"……야, 윤차희. 난 그런 거 아니다."

"……뭐가."

"그, 변태 새끼들처럼. 막. 아 뭔지 알제."

"아…….'

"진짜."

"어."

"대답만 어, 하지 말고. 알겠나."

"알겠다. 니 그럴 생각 없는 거."

"……."

"어떻게 해 볼 생각도 없고. 나랑 자고 싶지도 않고. 나 보고 야한 생각은 죽어도 안 하고."

"……아니 씨발, 내가 그런 생각을 안 하겠나? 상식적으로."

그 애의 목소리가 돌변하듯 뻔뻔해졌다. 나는 콧잔등을 찌푸렸다.

"그럼 박우경 니도 변태네. 근데 뭘."

"다르지. 나는 존나 다르지."

"지가 방금 지 입으로 똑같다고."

"나는, 니가 좋으니까."

"……."

"내가 니 좋아해서 그런 거니까. 그러니까······."

그 애는 거의 짜증에 가깝게 말하다 괜히 욕설을 중얼거리며 사다리에서 휙 뛰어내렸다. 말이 끊길 무렵엔 너무 짜증스러워서 그게 내가 좋다는 말인지도 순간 못 알아들었다.

저 때문에 내가 화들짝 놀란 것에 고소하다는 듯 비웃는 것도 잊지 않는 얼굴이 얄미웠다.

금세 다른 나무로 사다리를 부지런히 옮기며 그 애가 이어 말했다.

"그래. 말은 똑바로 해야지. 나는 니가 좋아서 변태 같은 생각도 하는 거고. 그 변태 새끼들은 변태라 그런 거고."

나는 나무 반대편으로 도는 와중에도 저게 무슨 이중 잣대인가 싶어 나뭇가지 사이로 그 애를 물끄러미 보았다. 박우경이 내 쪽을 보지도 않고 말을 이었다.

"그래서 난 니 다리도 어릴 때부터 당당하게 봤다. 아나. 니 다리도 좋아해서 보고 싶은 거니까."

어이가 없어졌다. 귓가의 홍조는 사라진 지 오래였다.

"······당당하면 변태 아니가?"

"당연하지."

"그냥 당당한 변태인 거잖아."

"가슴은 보고 싶어도 상상만 하고 참았다. 알제."

"알긴 뭘 알아, 미친놈이······ 상상은 했다는 거잖아. 음침하게. 변태같이."

"생각은 자유지."

남들은 상상만 해도 범죄자 취급이었으면서 제 상상은 자유라는 이중 잣대다. 왜냐면 저는 날 좋아했으니까.

"가시나 존나 조심성 없어서 존나 조금씩 안쪽까지 보일 때도 안 볼라고 바로 고개 돌려 주고……. 기억 안 나나. 존나 매너 있었다, 진짜."

"지가 몰래 본 걸 내가 어떻게 기억한다고. 글고 남의 가슴 안 본 게 뭐 대단한 유세라고 존나가 세 번씩이나 들어가노."

"다 커서 니가 보여 줄 때까지 참아야지 생각했다. 대단하제."

그게 대단하지 않으면 뭐가 대단하겠냐는 투다. 막상 보여 줬을 땐 제대로 쳐다보지도 못했던 주제에.

내 벗은 몸을 보고 발갛다 못해 터질 것 같던 어설픈 그 애의 낯이, 터질 것 같던 심장 박동이 눈을 감으면 아직도 어렴풋 눈꺼풀 안을 떠돌았다.

나는 그저 어이가 없는 양 대꾸도 하지 않고 부지런히 사과를 땄다. 금세 나무 한 그루를 더 해치운 박우경이 내 옆으로 슬쩍 와서는 낮은 곳에 있는 사과를 톡톡 따 내리며 말했다.

"지금 먹지 말고 차라리 나중에 아줌마 병원 가는 길에 맛있는 거 먹자."

"걍 주는 대로 대충 먹지, 좀."

"혹시 나중에도 아저씨 없을 땐 변태 새끼 손에 배달받지 말고. 알겠제."

"지도 변태면서."

"좋아하면 어쩔 수 없다이가."

그 애는 이제 퍽 선선하게도 날 좋아하니 마니 운운했다. 그나마 우리 사이에 남겨 뒀던 장벽도 무너뜨린 것처럼. 아무리 시간이 많이 지났어도 그렇지 이렇게 얼굴이 두껍고 배알도 없을 수가.

그래. 아무리 봐도 얘가 나한테 사기 치는 게 아니면 이럴 수가 없다. 나는 잠시 그 애를 신기하게 바라봤다.

그 애가 덩달아 빤히 날 내려다보다가 문득 중얼거렸다.

"지가 이쁘질 말든가."

"……진짜 미쳤나, 니. 징그럽게 왜 이카는데."

"뭐 니가 못생겼다고 이상한 생각을 안 했을 것 같진 않지만."

나는 몸서리치며 그 애에게서 한 걸음 떨어졌다. 박우경이 입매를 살짝 비틀었다.

"차라리 니가 못생겼으면 좋았겠다. 그럼 더러운 생각도 나만 했을 건데."

"진짜 와 이카노."

"지 이쁘다 카니까 좋아서 어쩔 줄을 모르네?"

"내가 언제!"

"아. 나가서 밥 안 먹으면 계속 이렇게 집적거려야지."

"야."

"프린세스, 이제 저쪽도 하자."

내가 어릴 때나 아빠가 부르던 낯부끄러운 애칭이 다 큰 박우경 입에서 불시에 놀림거리로 튀어나오는 건 언제나 고역이었다. 나는 결국 항복했다.

"알겠다. 알겠으니까 이제 작작 좀……."

"뭐 먹지?"

마치 까탈스러운 나 때문에 어쩔 수 없다는 듯, 그 애가 시큰둥하게 제 핸드폰을 꺼내 맛집을 검색했다. 화면을 성의 없이 휙휙 넘기는 손이 산뜻했다.

날 갖고 노는 게 분명하다. 바구니를 끌고 도망치는 날 여유롭게도 쫓아오며 그 애가 되물었다.

"마, 프린세스. 대답?"

"아 쫌. 아무거나 니 알아 해라."

"지 이쁜 거 알아서 그런가 대답도 도도하……."

"박우경 니 진짜 죽고 싶나."

"아니. 읍내에서 브런치?"

"브런치 좋아하고 자빠졌노."

나는 본전도 못 건진 기분으로 바구니를 달달 끌고 갔다. 어느새 내 걸음을 다 따라잡은 그 애가 바구니 끈을 낚아채 대신 끌고 가기 전까지만.

공주는 이런 거 하면 안 된다고 놀리는 소리에 결국 나는 박우경의 정강이를 걷어찼다. 아프긴 했는지 욕설을 중얼거리며 제 정강이를 쓸어내리는 손이 다소 부산스럽다.

나는 못 본 척 바구니 뒤를 들어 올려 구덩이로 사과를 쏟아부었다. 얻어맞고도 날 놀리는 건 멈출 수 없는지 공주가 힘도

364

대단하다는 둥 박우경이 지껄였지만, 내가 모자를 뺏어 구덩이에 같이 던져 버리자 곧바로 입을 닫았다.

해가 슬슬 머리 꼭대기를 비출 무렵이었다.

"야. 저거 좀 비싼 건데."

"어쩌라고. 비싼 거면 도로 주워 온나."

"명령하니까 진짜 공주 같다, 니."

그 애가 가볍게 빈정거리며 구덩이로 긴 다리를 뻗어 들어갔다. 모자에 살짝 눌렸던 머리를 아무렇게나 제 손으로 흐트러뜨린 꼴조차 잘나서 재수가 없다.

아예 등짝을 차 줄까 싶다가, 해를 보니 마음이 급해졌다. 나는 금방 박우경을 버리고 돌아섰다. 드럽게 매정하다고 투덜거리는 소리도 금방 내 뒤를 따라붙었다.

"왔나. 밥은?"

"오는 길에 먹었습니다. 차희가 사 줘서요."

한낮의 병동 복도는 조금 소란했다. 정수기에서 물을 떠 오는 길이었는지 양팔에 물병을 하나씩 낀 아빠가 박우경의 대꾸에 고개를 대강 끄덕였다. 한 손에 엄마의 짐 가방을 들고 있던 그 애가 다른 빈손을 내밀어 아빠로부터 물병을 하나 받아 들었다.

"희야가 니한테 밥 비싼 거 사 주더나."

"네. 윤차희 웬일로 되게 비싼 거 사 주던데요"

"잘했다."

아빠는 엊저녁 투석실 앞으로 헐레벌떡 뛰어왔던 차림새 그대로였다. 그리고 그때보다도 좀 더 지친 낯이었다. 고작 하루 사이 뺨이 홀쭉하다.

간밤에 엄마 상태가 그리 좋지만은 않았던 걸까? 물론 그렇다고 해도 곧이곧대로 내게 말해 줄 리가 없는 성격들이다.

병실의 잠자리가 불편해 그랬겠거니 애써 생각하며 나는 한 손에 들고 있던 쇼핑백 줄을 괜히 매만졌다. 아빠더러 당신도 챙겨 드셨느냐고 묻고 싶은데 막상 얼굴을 마주하니 가벼운 말도 좀처럼 잘 나오지 않았다.

어젯밤 윤태희의 연락을 피했던 것과 비슷한 맥락이다. 내가 이 일의 원흉이라는 인식은 여전하니까.

"아저씨는 뭐 좀 드셨어요?"

가만히 서 있는 날 흘끗 본 박우경이 아빠에게 대신 물었다. 내 속을 알 만하다는 듯이.

"대충. 태희 엄마가 먹다 남긴 것 좀 먹고. 밑에 편의점에서 김밥 한 줄 사 묵고 왔다."

"그거 갖고 밥이 됩니까."

"쟈 엄마가 앞에서 비실비실 먹는 거 보고 있으이 내도 영 입맛이 없다. 희야, 아빠 옷은?"

"……여기요."

"이리 도."

366

나는 아빠가 갈아입을 옷가지만 간단히 들어 있던 쇼핑백을 마저 내밀었다. 아빠는 쇼핑백 안을 흘끗 보고 위아래 깔 맞춤도 잘해 왔다며 역시 우리 공주가 패션 감각이 있답시고 실없는 칭찬이나 괜히 늘어놓았다.

박우경이 아빠 옆에서 비식 웃었다. 이래도 니가 공주가 아니냐는 낯짝이다.

"새벽부터 아빠도 없는데 둘이 고생했다. 우갱이 닌 나중에 아저씨가 기름값 따로 주께. 자꾸 병원 왔다 갔다 카는데."

"돈 받았잖아요."

"꼴랑 일당 10만 원 받아 놓고는, 시끼."

"아 됐어요. 줄라면 아저씨네 공주 용돈이나 주시든가요. 전 거기 빌붙게요."

"지가 돈 받으면 돈 받고 끝이니까 이칸다. 맞제. 은근슬쩍 얻어묵겠다 구질구질 핑계 대고, 어? 우리 희야 불러내서 오만 데 다 싸돌아댕기면서 꼬실라꼬…… 내가 박우갱이 니 이리저리 머리 굴리는 거 모를 줄 아나."

"아빠, 좀……."

"잘 아시네요. 아저씨도 옛날에 한 구질구질 하셨나 봐요. 아줌마한테."

"……."

아빠는 불시에 한 대 얻어맞은 듯 잠시 할 말을 잃고 눈을 꿈뻑거리다 고개를 홱 돌려 날 봤다. 그러고는 은근슬쩍 말을 돌렸다.

"아까 말한 대로 저녁까지 아빠 대신 엄마 좀 봐 주고. 알겠제."

"알겠어요."

"맞다. 아까 점심때 느그 엄마 병실 절로 옮겼다. 웬 노망난 할매가 들어와서 하도 난장에 시끄러버가……. 저기 출입구 지나서 왼쪽이다."

날이 더워질수록 농가의 새벽이 빨라지는 건, 원래 이 시간 무렵의 뙤약볕을 최대한 피하기 위해서다. 그러나 제일 바쁜 철이니 뙤약볕에라도 가서 저 혼자 마저 일해야겠다는 아빠는 시계를 보더니 부랴부랴 내게 물병을 안기고 옷을 갈아입으러 갔다.

저녁에는 다시 자기가 병원에 오고 나더러는 집에 가 쉬는 것으로 금세 정리도 됐다. 그러고도 여전히 복도에 멍하니 남아 선 내게 박우경이 조용히 눈치를 줬다. 얼른 가지 않고 뭐 하느냐고.

그러다 결국 박우경의 손이 내 등을 떠밀며 걷기 시작했다. 이말희, 이말희……. 입원실 명패에서 우리 엄마 이름을 마치 제 친구 이름처럼 중얼거리며 병실을 찾던 그 애가 반쯤 열려 있던 문을 열고 먼저 들어갔다.

"안 오고 거기서 뭐 하노."

박우경은 앞에서도 내 등을 떠미는 재주가 있다. 나는 불청객처럼 엄마 병실에 들어섰다. 입구 침대에 이어폰을 끼고 누워 핸드폰만 보는 어린 여자애 하나, 멍하니 앉아 텔레비전만 보고 있는 할머니, 그리고 창가의 엄마.

"우갱이 왔나."

"안녕하세요."

"차희 그냥 버스 태워 보내지, 만다꼬 새벽같이 일하고 힘든데 여까지 또 같이 오노……."

먼저 들어선 그 애를 맞이하며 연신 부산스러운 목소리는 약간 맥이 없었다. 혈색도 여전히 형편없다.

나는 가만히 박우경 옆에 섰다. 그래도 엄마가 기분 좋게 웃으며 내 손을 잡았다.

"둘이 밥은 뭇나."

"네. 차희가 비싼 거 사 줬어요."

"잘 뭇다. 아침에 먹은 것도 없을 낀데. 내가 집에 없어가 느그 일하는데 변변한 참도 못 챙겨 주고……."

"참은 무슨 참."

나도 모르게 퉁명스러운 소리가 튀어나왔다. 저렇게 되고도 고작 남 먹을 게 문젠가 싶어서. 곁에서 박우경이 가느다랗게 뜬 눈으로 날 흘끗 돌아봤다.

또 후회하기 싫으면 네 엄마에게 말 좀 곱게 하는 게 어떻겠느냐는 양. 나는 목소리를 애써 가다듬었다.

"……좀 어떤데."

"좋지. 아무것도 안 하고 가만히 누워서 끼니마다 남이 차려 주는 밥만 묵는데. 호텔 뺨친다."

입술을 질근거리며 겨우 물어본 말에 엄마가 자랑하듯 말했다. 나는 엄마의 웃는 낯을 따라 희미하게 실소하며 되물었다.

"어지럽고 그런 거는?"

"하나도 읎다."

"또 토할 거 같진 않고?"

"응."

"숨 쉬는 거는."

"아이고, 마 괜찮다. 엄마가 여섯 살짜리 아도 아니고, 가시나……."

"아저씨가 아줌마 간병 잘해 주세요?"

박우경이 자연스레 대화에 끼어들어 물었다. 엄마가 고개를 절레절레 저었다.

"이런 것도 해 봐야 알지 뭘 잘하겠노. 그래도 이래 난리 난 건 처음이라 그른가 나름 잘할라 칸다. 마누라 눈치도 마이 보고. 이 밑에서 쪽잠 자 가믄서 살피고……."

"병원에 있는 동안 즐기세요. 이번에 아저씨 식겁하신 김에."

"에이. 그래도 이제 아픈 곳도 없는데 이래 더 있어 봐야 돈만 아깝지."

"성질도 급하시다. 입원하자마자 퇴원할 생각부터 하시네?"

하긴 윤차희 쟤가 누구 딸이겠느냐고 박우경이 중얼거리는 소리에 엄마가 작게 웃음을 터트렸다.

"그래서 퇴원은 언제 하래요?"

"몰라. 언제 하라 마라 이런 말도 없고……. 의사는 합병증

땜에 일단 열흘은 수치를 더 보고 말하자는데…… 희야 아부지
도 그냥 의사 말대로 하자 카고. 근데 쓸데없이 검사만 많이 시
킬라 그카는 거 아인가 모르겠다. 내사 뭐 안 좋은 것도 모르겠
구마."

"그게 다 필요해서 하는 건데요. 돈 좀 뜯기고 다 확인하는
게 낫죠."

"집에 치울 게 한두 개가 아인데……."

"……제발 그런 것 좀 신경 쓰지 말라고."

"엉망으로 해 두고 나왔는데 우째 신경을 안 쓰노. 그걸 집
에 가지도 못하는 느그 아빠가 치우겠나, 새벽부터 일하랴 운
전 학원 가랴 과외 가랴 바쁜 니가 치우겠나. 차희 니 밥은 다
우짜고."

"엄마가 놔둬도 어떻게든 알아서 된다. 냅 두면 내 알아서
하고. 그니까 엄마, 제발 좀……."

저절로 날이 선 목소리가 크기를 키우다 뚝 꺼졌다. 꾹 누르
고 있던 짜증과 제 발 저린 죄책감이 애매하게 치솟아 한데 모
여 엉클어진 꼴이다.

제발 남 걱정 좀 그만하라고 소리라도 지르고 싶은 기분이었
다. 속이 터져나갈 것만 같았다. 그런 내 표정이 어지간히도 사
나웠는지, 내리깐 시야로 박우경이 내 손등을 톡톡 치는 것이
보였다.

고개를 들자 엄마가 순한 눈망울을 굴려 내 표정을 살피고
있는 것이 바로 보였다. 혀를 깨물고 싶어졌다.

"……내야 사과원 일도 못 거드는데 집안일까지 못 해 주니 미안해서 글치……. 희야 니만 고생일까 봐. 느그 아부지는 세탁기 돌릴 줄이나 아는가 몰라."

"내가 알잖아. 그리고 그마이 살아 놓고 세탁기 돌릴 줄도 모르는 아빠가 이상한 거지."

아빠는 오후에 과원 일을 하러 가는 것 외에는 내내 엄마 병원에 붙어 있기로 했으므로, 사실 엄마가 걱정하는 건 오로지 집에 있는 나였다.

"엄마 어제 투석했다이가. 피가 뭐 어데 썩어 있었는가. 투석 함 받고 나니까 그 전에 안 좋던 것까지 씻은 듯이 싹 다 나은 거 있제."

"……."

"진짜 입원하기 전보다 훨씬 낫다니까."

저런 거짓말을 누가 믿어. 속이 자꾸만 삭았다. 나는 엄마를 가만히 보다 한숨을 쉬며 박우경에게로 시선을 돌렸다.

"……이제 그만 가, 우경아. 바쁜데."

"안 바쁜데."

엄마도 신경 쓰이고 박우경도 신경 쓰이는 게 피곤하기 짝이 없었다. 그리 좋지도 않은 분위기에다 앉을 의자도 없는 병실에 계속 박우경을 세워 두는 게 미안해서.

그래서 조용히 눈치를 주니 박우경이 어깨를 으쓱했다.

"둘이 있으면 그냥 꺼지라고 하고 치울 건데 아줌마 아프다고 얌전하게 쫓아내는 거 좀 보세요."

"우리가 니한테 신세 진 게 얼만데 가시나가 어데 은혜도 모르고 꺼지라 마라 카노…… 즈그 엄마 생명의 은인인데. 아줌마가 희야 혼내께. 우리 우경이한테 말 곱게 하라꼬."

"네. 부탁 좀 드릴게요."

넉살은 언제 저렇게 또 좋아졌지. 생각해 보면 어릴 때도 이렇게 살갑지 않아 그렇지, 무척 뻔뻔하긴 했다.

빤히 그 애를 보고 있으니 그 애가 뭐. 하고 입 모양으로 내게 되물었다. 그러고는 조용히 덧붙였다. 아저씨 오면 인사하고 갈게. 내가 고개만 끄덕여 보인 찰나였다.

"말희야!"

엄마의 이름보다 먼저 들린 건 갑작스럽게 병실 안으로 쏟아지듯 들어온 다급한 구두 소리였다. 세련된 민소매 원피스 위에 고상하게 묶어 두었을 스카프 모양이 아주 엉망이었다.

나는 박우경의 엄마가 제 아들을 발견하고 아주 잠시 당혹감에 굳었다가, 단지 이곳에 있는 제 아들의 존재가 반갑고 기특하다는 듯 순식간에 표정을 변화시키는 것을 무심히 바라보았다.

어릴 적부터 제 엄마에게 늘 데면데면한 박우경 같은 아들은 영영 흔적도 발견하지 못할 낯이다. 언제든 별 관심도 없고, 그래서 지켜볼 생각도 없는 아들의 성긴 시선에 걸려들기에 신미진의 연기는 언제나 철저하고 정교했으므로.

친자매 같다던 우리 엄마에게도 마찬가지다. 관심과 애정, 온갖 호의로 점철된 엄마의 시선은 무심한 박우경과는 다르게 훨씬 더 세심했지만 그렇기에 오히려 조금 더 눈이 먼 것이나 다름없었다.

신미진에게는 그녀의 자식들도 모르는 얼굴이 많았다. 어쩌면 그녀 자신도 모르는 얼굴이 있겠지. 그 얼굴을 얼마나 능수능란하게 갈아 끼울 수 있는지는, 신미진 본인조차 제대로 알지 못할 것이 분명했다.

그래서 언젠가의 멍청한 나는 신미진을 볼 때마다 귀신에 홀린 것 같은 기분이 되곤 했다. 본인이 본인의 거짓을 진심으로 믿는 것 같은 순간마다.

제 스스로가 좋은 사람이라고 철석같이 믿는 저 두 눈을 볼 때마다.

"대체 이게 다 무슨 일이래, 응? 요샌 일도 안 하고 편하게 놀고먹는다면서. 집에서 대체 무슨 무리를 했기에 갑자기 그렇게 쓰러져…… 설마 태희 아빠가 네 몸 이렇게 되고도 계속 과원 일로 부려 먹은 거니? 그래?"

"아이다, 아이다. 별것도 아인데…… 언니야 오늘 또 대구 간다 카드만 우째 알고 여기까지 왔노."

"태경이 할매야 노상 그 상탠데 하루쯤 안 가면 어때서. 그렇잖아도 아까 대구 가는 길에 너한테 전화한 거야. 몇 번이나 해도 전화기가 꺼져 있길래 이상해서 혹시나 무슨 일 있나 하고 느이 남편한테 전화했더니 글쎄……."

신미진의 예쁜 얼굴이 금세 눈물에 다 젖었다. 엄마도 그런 신미진의 염려가 못내 기껍고 뿌듯한 듯 감격스러운 눈을 감추지 않았다.

"내가 그 길로 바로 차 돌려서 청라로 왔잖아. 네 정나미 없는 남편이 나 오지 말라고 어느 병원이다 말도 안 해 주는 걸 몇 번이나 애걸복걸 캐물었는지 모르겠다. 응? 사정사정해서 병원 묻고, 병실 묻고……."

"내가 태희 아부지한테 주변에 말하지 말라 캤거든. 들으면 괜히 무슨 큰일이라도 난 줄 아니까……. 그래서."

"이게 큰일이 아니면 뭐가 큰일이야! 내가, 내가 너무 놀라서 아직도 속이 다 쿵쾅거린다, 말희야."

결국에는 엄마의 유순한 눈에도 눈물이 글썽글썽 맺혔다. 나는 아예 시선을 돌려 버렸다.

"어떻게 말희 넌 나한테 말도 안 해. 바로 전화를 하게 했어야지. 그럼 그냥 어제부터 내가 여기 붙어 있었잖아. 네 남편이 어디 남의 병 수발 같은 걸 들어 봤어야지, 뭘 안다고 마누라 시중을 들겠어."

"아이고 아서라, 아서. 내내 병원 다닌다고 바쁜 사람을 만다고 괜히 또 병원에 오라 카겠노."

"너 이러는데 내가 속이 안 터져! 차희가 바로 발견해서 망정이지, 너 크게 잘못되기라도 했음 어쩔 뻔했니. 응? 우리가 남도 아니구, 자식들 다 키워 서울 보내고 그 촌 동네에서 내가 기댈 거라고는 말희 너뿐인 거 알면서."

"언니야."

"말희 네가 잘못되면 나는 어떻게 해……."

"별일도 아인데 괜히 심란하기만 할까 봐 그랬지."

"말희 네 일인데 별일이지. 어떻게 별일이 아니야."

나는 가만히 창가로 물러났다. 고작 며칠 만의 해후지만 몇 년은 지난 것처럼 대단한 눈물 바람이었다. 긴 통화라도 하고 온 모양인지 옷을 갈아입은 아빠가 병실에 들어서다 말고 멈칫하는 것이 보였다. 아빠가 오면 간단히 인사하고 떠날 예정이었던 박우경도 극장에서 통로가 막혀 나가지 못하게 된 관객처럼 내 옆에 남아 있었다.

내게 있어 세상에서 제일 참석하기 싫은 모임이 있다면, 내 부모와 박우경의 부모와 나와 박우경이 동시에 존재하는 모임일 것이다. 이를테면 지금과 같은 순간.

나는 박우경의 등을 툭 밀었다. 불과 며칠 전이라면 '우리'를 신미진이 봤다는 것에 어쩌지 못할 미련과 아쉬움을 느꼈겠지만, 당장 아픈 엄마가 눈앞에 보이는 지금은 아니었다.

훔친 물건을 소중히 몰래 숨겨 두었던 것만 같던 기분 따위가 바보처럼 느껴졌다.

박우경이 뭐라고. 세상에 훔치고 숨길 게 없어서 저 여자 것을 쥐고 있나 싶어서.

가랑비에 옷 젖듯 그렇게 한가로운 기분이나 느꼈던 내 스스로가 신기했다. 전부 새삼스럽지만, 이 순간의 실감은 뼈아픈 것이다.

박우경이 눈썹을 비딱하게 들어 올리며 날 돌아보았다. 제 엄마는 엄마고, 자기는 자기라던 세상 무심한 불효자의 낯 그대로다. 저 같은 패륜아를 '제 엄마의 것'으로 아무렇게나 묶어 버린 것을 안다면 화를 내겠지.

그래도 박우경은 신미진의 자랑스러운 아들이다. 그리고 신미진은 박우경에게 제법 좋은 엄마였다. 그들은 무슨 일이 있다 해도 부모고 자식일 것이다.

가. 그 애에게 소리 없이 말하니 나더러 뭐라고 불만을 쏟아내는데, 입 모양만으로 말하는 것이라 알아보기가 어려웠다. 뭐래. 한 번 더 소리 없이 말하니 그 애가 아예 내 손바닥에 대고 뭔가를 빠르게 썼다. 개싸가지……. 욕이었다.

맞는 말이다 싶어 발끈하지도 않으면서 나는 괜히 인상을 찌푸렸다. 그러는 사이 아빠가 신미진과 의례적인 인사 몇 마디를 나누었다.

"태희 아버지, 솔직히 말해 봐요. 말희 여태 일했죠? 하긴 애가 어디 아프다고 가만 집에 있을 위인이야. 아픈 몸으로 일을 계속하니까 이 사달이 나지……."

신미진은 여전히 의심스럽다는 듯 인상을 잔뜩 찌푸리고 물었다. 마치 자기가 우리 엄마의 친정엄마나 언니쯤 되는 것처럼.

"진짜 안 했다. 요새는. 희야 저 가시나가 엄마 가만 좀 있으라고 얼마나 잔소린데……."

"……이 사람 성격 형수님도 아시잖습니까. 희야가 따라다니면서 잔소리를 해도 귓등으로도 안 들어요. 몰래 텃밭에 나가 있다가 붙잡히고 노상 그카기는 했지."

"과원 일은? 생각해 보니 말희가 안 했으면 태희 아버지 혼자 일을 어떻게 다 했어요? 둘이 사람 써 가며 해도 모자라던

건데. 차희 재 사과원 돌아가는 것도 잘 모르잖아. 여태 공부만
한 애가…….”

“형수님, 그게 실은.”

아빠는 박우경에게 흘끗 시선을 던지고는 금세 죄인의 얼굴
이 됐다. 좀 더 정확히는, 죄인이긴 한데 본인 죄가 그리 달갑
지는 않아 보이는 억센 자존심이 몹시도 돋보이는 얼굴이었다.

신미진의 다정한 염려에 아이처럼 녹아 있던 엄마의 얼굴도
순식간에 곤란해졌다. 나는 아주 배은망덕하게도 박우경이 순
간 조금 미워졌다.

저 여자를 향한 내 부모의 죄책감을 잠깐이나마 다시 보는
기분은, 평생 누구에게도 설명할 수 없는 증오를 닮아 있다.

나는 손을 꽉 쥐었다. 아빠는 몇 번이고 말을 고르다 조심스
레 말을 꺼냈다.

“……그간 형수님네 우경이가 지 친구 집이라고 종종 시간을
내줬습니다. 공부할 시간도 없는 바쁜 놈인 거 다 알믄서 형편
이 변변찮아 아한테 제대로 답례도 못 하고 남의 집 귀한 아
들내미 부려 먹기만 했는데, 워낙 면구해서 동주 행님이나 형
수님한테 미처 말도 몬 하고…….”

“박우경, 그게 정말이야?”

“가끔 노느니 갔어요. 아줌마랑 아저씨는 저 오라고도 안 했
고요. 오지 말라고 쫓아내기나 했지.”

“잘했어, 우경아. 너무 잘했다. 응?”

조금이라도 불편한 심기를 드러내겠거니 했던 신미진이 한

378

치의 망설임도 없이 박우경을 칭찬하며 환히 웃었다.

"태희 아버지. 어디 우리가 보통 사이예요? 우경이 차희 재네가 보통 친구고? 우리가 쟤네 둘을 남매처럼 같이 키웠는데 당연히 지들 끼리끼리 힘들 때 서로 도와야지."

"그래도 중요한 시긴데……."

"말희야. 우경이 쟤 어차피 공부 안 해. 말희 너네 집 안 갔어도 공부 안 하고 지네 할매 집에서 쓰잘 데 없이 망치질이나 하고 있었을걸. 진짜 난 쟤가 무슨 생각을 하고 사는지 모르겠어. 그딴 집을 고쳐서 대체 어디 쓰겠다고……."

나는 입 안으로 차오르는 웃음을 겨우 삼켰다.

쟤네가 보통 친구냐고. 남매처럼 같이 키웠다고…….

엄마의 눈물을 닦아 주는 신미진의 손이 살뜰하고 다정해 역겨웠다. 저 손에 진심은 얼마나 담겨 있을까.

만약 조금이라도 진심이라는 게 있다면, 죄다 진심이 아닌 것보다 배는 역겨울 것이다. 신미진의 눈에서 뚝뚝 떨어지는 애정과 염려에도 어쩌면 약간의 진심은 있겠지.

거짓도 습관이 되면 몸에 익는 법이니까.

"우경이 쟤가 자라면서 차희 덕 보고 대학이라도 잘 갔으니 다행이지. 나는 쟤 대학 가고 나서부터 포기했어. 머리 좋으니 나중에 뭐든 하고 살겠지."

박우경이 내 덕을 봤다는 말이 신미진 입에서 나오는 것만큼 우스운 일도 없다. 내겐 내내 수치스럽고 후회스러웠던 일이 당신에겐 세상에 둘도 없이 잘한 일이었겠지.

그래. 어쩌면 그 덕에 박우경은 제 부모가 바라 마지않던 근사한 학교에 가고, 나는 내내 주위의 실망을 샀다. 그렇게 아래로만 떨어졌다. 머잖아 졸업이라는 끝이나마 없었다면, 아마도 나는 바닥까지 떨어졌겠지.

남은 하루하루를 연명하듯 당신 아들에게 오연한 꼴을 보이겠다는 그때의 오기가 아니었다면, 나는 엄마와 아빠에게 지금만큼의 실망스러운 자랑거리도 될 수 없었을 것이다. 어떻게든 버티고, 어떻게든 뒤도 돌아보지 않고 이곳을 떠나면 된다는 어리숙한 희망 한 줄을 붙잡고. 널 보지 않으려고 악을 쓰며 버텼다.

너는 내 실수고 수치고 오욕의 역사였으며 동시에 내 모든 유년의 기억이었다. 그래서, 너 하나를 버리기 위해 청라를 온통 버려야 했다.

그런데도 결국 여기였다.

매일 박우경의 차 소리를 기다리고, 우리 집 사과나무 사이로 나타나고 사라지는 그 애의 모습을 좇는다. 그 애의 잘난 얼굴에서 저 여자와 닮은 것은 죄다 애써 지우면서. 증오는 삼키고 끝없는 자기혐오로부터는 도망치면서.

내 부모가 저 여자에게 몹시도 신세 졌다는 표정이나 하는 꼴을, 다시 보면서.

"해경이도 이번 주말에 내려오며 일하라구 보낼게. 일당이 요새 워낙 비싸서 일꾼도 날 좋을 때나 몰아 써야 하는데, 쟤넨 막 갖다 써도 공짜잖아. 태희도 주말마다 청라 오는데, 어디 놀러 가느니 친구끼리 같이 일이나 하라구."

"해경이까지? 언니야가 그카믄 우리는 미안해서 우짜라고……."

"벌써 여름 방학이라고 서울에서 하라는 공부는 안 하고 놀고나 있던데 이번에 내려오면 아예 올려 보내지 말아야지. 몸 쓰면 머리는 개운하잖아. 정신 수양이나 하라지 뭐."

"형수님. 죄송해서 우짭니까."

"뭘요. 애들 아빠도 좋아할걸요. 안 그래도 그 사람 나 때문에 애들이 너무 고생을 모르고 오냐오냐 컸다고 매번 잔소린데."

"안 그래도 집사람 쓰러졌을 때, 차희가 제때 발견을 잘하긴 했지만 우경이가 바로 병원에 안 실어다 줬으면……."

"어머."

"의사 말이 진짜 영영 잘못될 뻔했답니다. 우리 말희가 그날 죽었을 거라고……."

"아직도 젊디젊은 게 죽긴 뭘 죽어요."

"애 엄마가 우경이 덕분에 살았다 아입니까. 즈그 엄마 그래 됐다고 희야는 식겁해가 경황도 없는데, 고맙그로 병원에서 오만 일을 다 같이 해 주고……."

아들 참 잘 키우셨다. 그 말이 아빠의 입에서 나오는 순간 나는 얄팍하게도 후회를 곱씹었다.

우경아, 다시는 그렇게 부르지 말걸.

아무리 세상에 너밖에 없는 것 같아도 그러지 말걸.

네게 그러지 않았어야 했는데. 네 이름을 부르지 말았어야 했는데.

더는 누구도 말하지 못하게 비명을 지르고 싶었다. 반대로 단지 입을 다물고 다시 여기서 도망치는 것이야말로 얼마나 쉬운 일일까도 생각해 보았다.

그러다 엄마의 새 스카프를 다시 생각했다. 시간을 다시 돌릴 수만 있다면 엄마에게는 단 한 마디의 폭언도 지껄이지 않을 것이다. 스카프가 엄마랑 무척 잘 어울린다고, 그렇게 웃기나 했을 것이다. 고작 몇 분 차로 엄마의 숨이 멎을 수도 있었던 순간으로 다시는 돌아가고 싶지 않았다.

그러니까 저 평온을 깨트린다는 건, 내가 다시 그 스카프를 경멸하고 엄마를 모욕하는 행위와 다를 바가 없을 것이다. 아무것도 모르는 엄마를 사지로 몰아가는 일은 그토록 쉬웠다.

그럼, 도망치면.

나는 그들을 바라보며 멍하니 짓고 있던 가벼운 미소를 지웠다.

여기서 도망친다는 건 엄마를 저 여자 때문에 다시 저버리는 것이다. 고작, 저런 여자 때문에.

"그럼 차희 넌 우경이가 데려다줬니?"

"네."

"쟤가 웬일로 그렇게 기특한 일만 했대. 내가 우경이 쟬 다 키우긴 했나 봐."

"진작 다 컸지. 머스마가 군대도 갔다 왔는데."

화기애애한 분위기 속에 아빠가 박우경과 함께 병실을 나갔다. 나는 이후로도 얼마간 멀거니 엄마의 행복한 얼굴을 보고 있다. 신미진이 마실 커피를 한 잔 사다 달라는 엄마의 말에 일어섰다.

부유감이 발밑을 따라다녔다. 욕지기가 몸속을 기어 다니는 벌레 같았다.

아메리카노 아이스 하나요. 누군가 실로 잡아당겨 혓바닥을 움직이는 것처럼 가까스로 말 한마디를 내뱉은 나는, 신미진의 커피를 받아 들고도 병원 로비의 카페 앞에 한참이나 앉아 있었다.

뙤약볕이 가시처럼 이마를 갉아 내려도 서늘하게 식은 몸은 땀 한 방울 없었다.

"차희야."

잠깐 나와 봤다는 듯 가방 없는 차림의 신미진이 내려온 건, 내가 병실로 돌아오지 않는 게 이상하게 느껴질 만한 시간이 흐른 뒤였다. 신미진은 날 두어 걸음 지나쳐 벤치 끝에 앉았다.

나는 그 여자가 앉아 있는 쪽으로 커피를 툭 놓았다. 신미진이 가만히 그것을 들었다.

"……얼음이 다 녹았네. 이 더운 날에 얼마나 이렇게 앉아 있었어?"

"……."

"애가 버릇없긴."

여자는 단지 내가 방금 전 제 말에 대답을 하지 않은 것만이 못마땅한 것처럼 가볍게 혀를 찼다. 그러고는 아무렇지 않게 말을 이었다.

"우경이 어제 너네 집에서 잤니?"

"네."

"허구헌 날 지네 할매 집 공사한다고 붙어 있어서, 또 거기서 일하다 자겠거니 대충 생각하고 치웠더니⋯⋯."

신미진이 기가 막힌 듯 실소했다. 나도 웃었다. 별것도 아닌 웃음소리에 조금 놀란 것처럼 날 보는 눈이 우스워서 또 웃었다.

나는 웃는 낯 그대로 말했다.

"생각하시는 일 없었어요. 어제 말고는 걔가 어디 들어가 자는지도 몰랐고요."

"그래. 너 처신 바른 건 믿지."

신미진의 반듯한 말에 또 웃음이 새어 나왔다. 다정한 말씨 속에 숨은 빈정거림을 내가 모를 것이라 여기진 않았더라도, 대놓고 제 말을 비웃는 얼굴을 상상하진 않았겠지.

"지네 엄마 아빠가 기껏 서울에 좋은 학교 보내 놨더니, 애가 무슨 나쁜 물이 들었는지 갑자기 이렇게 되바라져선⋯⋯. 네가 워낙 똑똑하니 별일이야 있겠냐만, 이모도 혹시나 해서 말하는 거야. 조금이라도 네가 염치없어 보일 짓은 말자고."

"⋯⋯."

"그러다 느이 엄마 얼굴에 괜히 또 먹칠하기 싫으면."

"제가 뭘요."

"⋯⋯."

"제가 뭘 어쨌는데요, 아줌마."

보기 좋게 나이 든 고상한 얼굴이 싸늘하게 굳었다. 단둘이 남으면 죄인처럼 고개도 들지 못하는 꼴을 상상해 왔을까.

어찌 보면 당연한 일이다. 신미진도 내 머릿속에선 언제까지고 한 손으로 날 짓눌러 죽일 수 있을 것만 같은 여자였다. 나는 그 앞에서 언제나 잔뜩 겁에 질린 채, 세상 물정 모르고 구석까지 내몰렸던 그 어리숙한 열아홉 살짜리였으므로.

기억은 기이하리만치 편협한 동시에 상식적이었다. 그래서 지나고 보면 대부분은 이토록 허무했다.

물색 따위는 몰라도 상관없는 것처럼 아무렇게나 저를 부르는 호칭 하나에 손쉬운 모멸감을 느끼는 사모님. 값싼 체면. 지나고 보니 열아홉 살의 세상에서 본 것처럼 돈의 힘은 무결하거나 완전하지 않았고, 신미진도 제 삶을 완벽하게만 이끌 수 있는 사람이 아니었다.

나는 저 여자의 역겨운 진심을 다시 가정해 보았다. 말희야, 하고 우리 엄마를 부르는 이름에 담긴 그 무서운 습관의 힘을 생각해 보았다.

엄마는 청라에서 저 여자가 수십 년 곱게 가꿔 온 인생의 단면이었다. 여태까지 안온하게 살아왔던 것처럼, 앞으로도 안온하게 살아가고 싶은 일상의 단면. 지키고 싶은 소중한 인생의 부품. 그게 비록 제 아들들을 볼 때처럼 세상을 다 가진 것 같은 기분은 아니더라도.

그렇다면 약점은 죄다 내게만 있는 것이 아니었다. 저 여자에게도, 아주 작은 삶의 틈이 있다면.

제 친구에게, 아들에게, 죽어도 들킬 수 없는 그 얼굴을…….

"걔가 먼저 왔어요."

"……."

"걔가 먼저 도와줬고. 아빠가 걔 내쫓겠다고 안 해 본 짓이 없는데, 안 됐어요. 그래서, 네. 아줌미 아들이 와서 일해 주는 거 나 받아먹었어요. 걔가 무슨 의도로 그러는지 알면서. 걔한테 아무것도 못 돌려주면서. 농사하던 게 다 주저앉게 생겨서, 당장 그것도 아쉬우니까요."

"차희야."

"그러니까 스물셋 먹은 아줌마 아들한테 자아도 없는 것처럼 저한테 뒤에서 이러지 마세요. 저랑 걘 지금 아무것도 아니고, 걔가 안 오면 끝나요. 제 옆에 얼쩡거리는 꼴 보기 싫으시면 집에다 목줄로 묶어 놓으시든지, 잘난 아들 붙잡고 사정을 하시든 협박을 하시든."

"……얘가 정말……."

"제 염치는 열아홉 살 때 없어졌다 치구요. 아줌마도 염치 챙기세요."

"……."

"엄마 볼 때마다 제 얼굴 떠올리시구요."

벤치에서 일어나며 비스듬히 돌아본 신미진의 얼굴이 낯선 경악에 차 있었다.

"그때 일은 그때 일로 이미 끝났어요. 약속은 저만 지키는 거 아니잖아요. 아줌마."

"……."

"박우경 아직도 저 좋아해요."

나는 신미진의 무릎 옆에 놓여 있던 커피를 들고 몇 걸음 걸어가다 쓰레기통에 커피를 버렸다.

아빠가 힘들게 준 월급으로 사 주기엔 너무 아까운 것이었으니까.

#15. 비와 그늘막

청라에 장마가 시작됐다.

아마도 우리가 얼마나 바쁜지 아는 모양이다. 나는 사과원 창고에 달린 초록색 그늘막 아래 서서 어둑한 하늘을 한참 올려다보았다. 투둑투둑 천막에 규칙적으로 부딪히는 빗소리가 사방을 가득 메웠다. 그래도 밤늦게 그치기에 오늘 하루쯤은 괜찮을 줄 알았는데. 기대가 너무 섣불렀다.

새벽같이 나가 겨우 서너 시간 일하기 무섭게 다시 비였다. 아까 집을 나오며 하늘을 보고 걱정한 대로였다. 밤과 달리 날씨가 아주 좋을 것 같지만은 않았지……. 차라리 아주 쏟아져 내리면 오늘은 텄다고 포기라도 할 텐데.

엄마는 종종 장마철의 일기 예보만큼 미운 것이 없다고 말하곤 했다. 나는 그때의 엄마에게 동의하듯 속으로 중얼거렸다. 그러게. 밉긴 밉네, 하고.

근래 일기 예보 속 강수 확률은 계속 애매했다. 엊그제는 60%, 어제는 40%, 오늘은 50%. 올 수도 있고, 오지 않을 수도 있고, 이렇게 오다 말 수도 있고.

그래서 이런 날은 온종일 하늘에서 눈을 뗄 수가 없고 과원을 떠날 수도 없었다. 엊그제부터 아예 일이 멈춰 있으니까. 이러다 비가 조금만 멎어도 곧바로 기다렸다는 듯 우비를 뒤집어쓰고 나가야 한다.

나는 한숨을 쉬며 핸드폰으로 내일의 강수 확률을 다시 확인했다. 20%. 한숨이 연이어 흘러나왔다. 고작해야 백 번 중 스무 번 비가 온다는 뜻이지만 우리 집은 재수가 없으니 스무 번이 팔십 번보다 우세라도 놀랍지 않을 것이다.

비가 아예 오지 않길 바랄 수도 없다. 마른장마는 재앙이었다. 그렇다고 비가 당장 내리는 건 곤란하니 내 소원도 강수 확률처럼 언제나 애매한 선상에나 걸쳐 있었다.

비가 적당히 왔으면. 일할 땐 좀 안 왔으면. 성가시지 않게 밤에나 실컷 왔으면. 거기에다 '토양이 너무 무르게 변하지는 않을 만큼'의 전제도 필요했다.

병원에 있는 아빠가 어젯밤에도 와서 관수 라인을 보고 갔지만, 정작 아빠 눈으로 여길 내내 지켜보고 있는 것이 아니니 불안했다. 비가 오더라도 물은 줘야 했고, 그게 얼마나 필요한지는 언제나 밸브를 쥔 사람의 판단에 달려 있었다.

나는 내 머리 위를 미적거리며 지나가는 커다란 먹구름들을 못마땅하게 바라보았다.

장마라고 내내 비가 오는 건 아니다. 장마철의 흐린 하늘은 때때로 뙤약볕보다 훨씬 나았다. 많은 것을 까다롭게 만들긴 해도, 그만큼 사람에게 더 오래 일할 수 있는 시간도 주었다.

그리고 내가 바라는 건 단지, 오늘에야말로 적과를 좀 끝마치는 거였다. 철벅거리는 땅을 돌며 빗속에 나뒹구는 아까운 낙과를 허탈하게 줍는 것보다는.

"아까보단 좀 덜한데?"

"맞나."

내가 보기엔 똑같은데. 창고에서 나온 박우경이 내 바로 뒤에 나란히 놓여 있던 빨간색 플라스틱 의자에 풀썩 앉았다. 안에서 손을 씻고 나온 모양인지 잠시 빗속으로 오이 비누 냄새가 희미하게 풍기다 사라졌다.

"곧 그치겠다."

박우경은 낙관적으로 평가했지만, 나는 머리 위 그늘막을 타고 흘러내리는 빗방울들을 가늘게 뜬 눈으로 잠시 응시했다. 그 애 말대로 조금만 더 있으면 그칠 것도 같은데, 그런 척하면서 벌써 몇 시간째다.

"니도 이제 좀 앉아라. 다리 아프다."

그 애가 마치 주인처럼 내게 권했다. 나도 모르게 바람 빠지는 듯한 웃음소리가 흘러나왔다.

박우경 말대로 뒤로 물러나 빨간 의자에 앉으니, 의자 두 개 사이에 놓인 작은 플라스틱 원탁에 책 몇 권이 툭 놓인다. 이거나 읽으라는 듯 내 쪽으로 슥 밀어 주기까지 하는 손에, 내가 아까 다 읽고 아무렇게나 두었던 도서관 책이 밀려났다.

"……이런 건 또 어디서 찾았노."

"몰라. 있던데."

박우경은 성의 없이 대꾸했다.

오전에 책을 다 읽고 하늘만 계속 보는 나를 그 애도 계속 봤다. 아마도 내가 하늘을 더는 보지 않길 바랐을 테고.

힘 빠지는 한숨도 지겨웠겠지. 어쨌든 그 애가 이 책들을 찾느라 얼마간 창고에서 나오지 않았던 건 꽤 분명한 사실처럼 보였다. 도통 내 눈에 띄는 곳에 있던 것들이 아니니까.

어쩌다 언뜻 저 눈에 책이 걸렸던 기억을 되짚느라 우리 창고 안을 돌아다녔을 그 애가 상상됐다. 플라스틱 테이블에 반 뼘 정도 쌓인 책등을 한 번 훑어본 것만으로 대중없이 보이는 대로 다 집어 왔을 그 애의 손도 보였다.

아빠의 낡은 농업 서적, 윤태희가 옛날에 읽다 처박아 둔 소년 만화책 두 권, 엄마가 10년째 다 읽지 못한 펄 벅의 《대지》, 내가 유치원 때나 읽었을 법한 학습 만화 세 권……. 선반 위에 몇 년이고 놓여 있었지만, 우리 가족은 이제 존재조차 기억하지 못하던 것들.

어릴 적 엄마랑 아빠가 밤늦게까지 창고에서 작업을 할 때면 나는 종종 창고로 가서 이런 책들을 질리도록 보며 둘의 일이 얼른 끝나기를 기다리곤 했다. 엄마랑 아빠가 집으로 돌아가는 짧은 길이나마 같이 가고 싶어서. 그 순간이 어둠 속에서도 좋아서.

그리고 박우경도 가끔은 제 엄마를 따라 과원에 왔다가 내 옆에 앉아 이런 책을 같이 읽었다. 지지리도 공부를 하지 않던 윤태희에게 제발 만화로라도 보라고 엄마가 수십 권씩 사다 놓은 것들. 그러나 윤태희는 진짜 만화가 아닌 건 취급하지 않았고, 학습 만화 대부분은 새 책인 채로 고스란히 내 차지가 됐다.

"아직도 있더라고. 니가 좋아하던 재미없는 거."

"⋯⋯내가?"

"이런 거.《만화로 보는 조선 왕조 500년 탐험》어쩌고."

"딱히 좋아하던 게 아니라 그냥 있으니까 본 건데."

"어쨌든."

반면 얼마나 많이 봤는지 모서리가 닳고 해진 윤태희의 만화책은 각기 8권, 10권이라 볼 수도 없었다. 애초에 1권이 무슨 내용인지도 모르는데.

박우경이 위에 있던 윤태희의 만화책을 가져가서, 나는 맨 밑에 있던 학습 만화책을 괜히 뒤적거렸다. 지금 들여다보니 그때의 내가 좋아했던 것도 같다. 하긴 몇 번이고 읽고 또 읽었으니까.

내가 무언가를 좋아했다는 걸 나조차 몰랐는데 그 애는 훤히 알고 있다는 게 이렇게 가끔은 새삼스러울 때가 있었다. 때때로 사람의 기억이 불평등하듯 인지도 불균형하다는 사실도.

겨우 이런 것을 멋대로 깨닫고 잊을 수 없는 건 애착일까. 집요한 오기일까. 우리의 오랜 타성일까.

아니면 단지 우리가 함께한 나날들의 먼지일까.

내 머릿속에도 언제나 그 애의 방이 있다. 그 애는 모르는. 네 먼지에 불과할지라도, 다시는 잊어버릴 수 없는 것처럼 도무지 내 기억에서 사라지지 않는 어떤 것들이 있는 방. 잡다한 물건을 사기만 하고 버릴 줄은 모르는 사람처럼, 네 방은 아무런 계획도 정리도 없이 언제나 가득 차 있었다. 결국엔 그 방에서 아무것도 내다 버릴 수가 없어서 차라리 문을 잠가 두었다.

그리고 이제는 쉴 새 없이 그 방을 들락거린다. 내 멋대로 문을 쾅 닫고 안에 숨어 소리 없이 악을 지르다가도, 언제 그랬냐는 듯 무뎌진 손이 네 기억을 어루만졌다.

사람이 사람을 좋아하는 건 가끔 이렇게 정신이 나간 꼴이다.

빗속에 다시 정적이 내려앉았다. 나는 책장을 몇 바닥 넘기다, 선죽교에서 이방원이 정몽주를 죽일 즈음 그 애를 흘긋 보았다.

박우경은 남들이 보면 만화책을 보는 건지 그냥 책장을 넘기려고 보는 건지 모를 지경으로 성의 없이 페이지를 획획 넘기고 있었다.

저렇게 보여도 볼 건 다 보고 넘어가는 것이라, 어릴 땐 저런 꼴이 언제나 재수가 없었다. 그리고 치기는 지나고 보면 대부분 우습기 짝이 없다. 지금은 마냥 신기하기만 한데.

우리는 사실 며칠째 데면데면했고, 나누는 말도 전처럼 그리 많지 않았다. 함께 병원에 다녀온 후로 쭉 그랬다. 정작 비 때문에 다른 날들보다 훨씬 더 오래 붙어 있으면서도.

박우경은 내 변덕스러운 태도를 비 때문이라고 이해하고 그러려니 내버려 두었다. 그러고는 짐짓 무미건조한 태도로 내내 곁을 지켰다.

장마 때문에 오후에도 사과원에서 대기 중이라 내가 엄마의 병원에 가는 건 운전 학원에 갔다가 저녁에 들르는 잠깐뿐이었다. 그때 박우경은 개조 중인 제 할머니 집에 가 있었다. 그러고는 몇 시간이 지나면 우리 사과원으로 돌아와 윤태희의 방에서 잤다.

이제 밤에 혼자 있어도 괜찮다는 내 대답은, 제가 아직 괜찮지 않다는 대답으로 간단히 대꾸하면서.

그렇게 밤이 지나고 나면 대화 몇 마디 없는 아침의 적막이 다시 시작됐다. 등 뒤에 우비를 걸어 두고, 둘이서 나란히 앉아 온종일 비 내리는 과원을 바라보는 하루.

내가 아빠의 농업 서적이나 자그마한 영어 원서를 골치 아프게 들여다볼 때면, 그 애도 옆에서 책 몇 바닥쯤은 들여다보는 척했다. 그러다 옛날처럼 핸드폰을 가로로 들고 게임이나 하며 시간을 죽이고. 바라지 않았던 빗속에서 유일하게 좋았던 것은 그 단조로운 시간뿐이다.

그러는 사이 대화다운 대화는 몇 번이나 했을까. 그 애가 제 할머니 집에 갈 때마다 '따라가서 도와줄까?' 하고 몇 번이나 목구멍까지 차올랐던 것이 아직도 비좁은 속에만 있었다. 네 공사는 어떻게 되어 가느냐는 아주 사소한 질문조차도.

그 애와 무디게 주고받던 말 몇 마디 사이에도 불쑥불쑥 내 모난 심사가 튀어나오곤 했다. 병원에서 보았던 신미진의 낯짝도 떠올랐다. 예전보다 훨씬 더, 자주.

그래서 차라리 입을 다문 거였다. 괜한 실수도, 악의도 싫었으니까. 그 생각의 배를 가르면 아주 한가하고 적나라한 바람도 나온다. 더는 나만 나쁜 년이 되고 싶지 않다는. 네게, 더

394

이상은…….

그래 놓고는 네 목소리를 듣고 싶다는 게.

"근데 계속 비 오니까 놀러 가고 싶지 않나."

주인이 저를 한번 돌아봐 주길 바라는 강아지처럼, 네가 대뜸 실없는 말 한 마디 걸어 주는 것에 이토록 안도한다는 게.

이래서 널 좋아하는 일은 항상 유치하고 바보 같았다.

"……별로. 좋은 날 다 두고 비 오는 날에 굳이 왜?"

"비 오는 바다 보고 싶어서."

"놀러 가라, 그럼. 가면 되지."

"드럽게 눈치 없다. 지랑 같이 가고 싶다는 건데."

들은 척 만 척 책장을 넘기니 그 애의 시선이 어린애들이나 보는 학습 만화를 향했다.

"윤차희, 솔직히 말해 봐 봐. 그거 재밌제."

"……어차피 다 아는 건데 뭐."

"본 거 또 보고, 또 본 거 또 보고. 하여튼 어릴 때부터 취향 존나 이상했다니까."

"아, 남이사."

"비 그치기 전에 미조 저수지 쪽 가서 돈까스나 먹고 오자. 바다 대신."

"그래, 잘 갔다 온나."

"같이 좀 가자고."

"불륜 데이트 코스 같아서 별로다."

"뭐 어떤데. 우리가 당당하면 됐지."

코웃음을 치니 그 애가 비스듬히 턱을 괴고 되물었다.

"왜. 뭐. 니 혹시 남편 있나."

맥락도 없는 시비였다. 그래 놓고는 괜히 남편 운운해 제 기분 더럽게 만들었다고 짜증까지 부렸다. 그 말을 누가 꺼냈는데.

"아저씨가 내 시사 할당량 줬디이가. 벌써 까먹었나."

"그건 나중에. 일 좀 한가해지면."

"나중이면 근처 말고 바다 정도는 가야지. 한가한데. 그래. 포항 가자."

"······하필 가고 싶은 것도 포항이가. 아저씨 같다."

옛날에 둘이서 몰래 포항에 놀러 갔던 것은 까맣게 잊은 양 나는 무심히 말했다. 그 애도 아무렇지 않게 대꾸했다.

"윤차희 니 지금 포항 무시하나."

"생선도 안 먹는 게 바다 가서 뭐 한다고. 초밥도 겨우 먹는 게."

"왜. 가서 안동 한우 먹으면 된다."

"······그럼 처음부터 포항 말고 안동이나 가라."

"그럼 재미가 없잖아. 그 동네도 전신만신 사과밭인데 존나 무슨 재미가 있노."

어이가 없었다. 나는 한숨을 쉬며 책장을 넘겼다.

"어. 니 알아서 해라."

"같이 가기로 약속했다. 그럼."

"니 알아서 하라는 게 어떻게······."

"니가 먼저 나중에 좀 한가해지면 기꺼이 가겠다 했고. 알아서 데려가라 했고."

"대체 언제. 아."

"그리고 조광조는 개혁 실패한다."

"……미친놈……."

"동의 안 하면 계속 씨부릴 건데 니 괜찮겠나."

영화의 대단한 반전이라도 까발린 것처럼 뻔뻔하고 질 나쁜 미소가 마치 어릴 때 같았다. 초등학생용 학습 만화 내용으로 협박하고 있는 주제에.

이 페이지에 중종과 조광조가 나왔으니 다음 페이지에 기묘사화가 나온 거야 당연한 수순이었다. 박우경이 의기양양하게 덧붙였다.

"봤제, 조광조 사약 먹는 거."

"진짜 어이가 없다."

"내 말 맞제."

"참 내."

"중종 다음 인종. 인종 다음 명종. 명종 다음……."

"선조. 왜, 임진왜란도 스포일러가."

"어. 진짜 인생 재미없게 만들어 줄 수 있다."

"박우경 니 진짜 미친 거 같다."

"난 미친놈이고, 닌 약속했고."

내게 다짐을 받아 두려는 목소리도, 저 얄궂은 표정처럼 언젠가 들어 본 적이 있는 것이다. 한겨울 새벽녘 저수지에서 몇 번이고 내게 확인을 구하던 열여덟 그때의 음성.

자기 확신에 차서, 남까지 고개를 끄덕이게 만드는 것마저 여전하다. 내 미온한 답에도 그 애가 잠깐 좋아하고는 금세 핸드폰을 들어 포항 드라이브 코스를 찾아보는 게 보였다. 덕분에 나는 들고 있던 책에 완전히 흥미를 잃은 채 괜히 뒤쪽을 뒤적거리기만 하다, 문득 빗속으로 시선을 돌렸다.

가까워지는 차 소리를 들은 게 착각인가 싶어서.

"……아."

덩달아 고개를 든 박우경이 진입로를 보고 나직하게 욕설을 뇌까렸다.

내일 온다던 해경 오빠의 차였다.

흰 세단이 비 내리는 사과원 안으로 미끄러지듯 들어왔다. 나는 얼른 일어나 박우경이 제 의자 옆에 세워 두었던 장우산을 집어 들었다.

"해경 오빠 내일 온다매."

"내가 언제."

생각해 보니 그마저도 박우경이 아니라 윤태희가 말해 준 것이긴 했다. 그래도 놀러 간다면서 좋다고 웃을 땐 언제고. 나는 박우경의 시큰둥한 대꾸가 의아해 잠시 돌아봤다가 이내 빗속으로 우산을 펴고 걸어갔다.

해경 오빠는 박우경 차 옆에 금세 주차를 끝냈다. 그러고는 운전석 문 바로 앞에 서 있던 내 우산 아래로 몸을 수그리고 들어왔다.

차 문을 여는 순간부터 웃고 있던 오빠의 얼굴이 우산 밑에서 고개를 드는 순간에는 흐드러졌다. 박우경과 닮은 듯, 다른 듯 요령이 밴 다정한 미소. 나도 모르게 오빠에게서 웃음이 옮았다.

"오빠야 왔다. 차희야."

"빨리 왔네."

나는 키가 큰 오빠의 머리 위로 우산을 좀 더 여유 있게 해 주려 팔을 높이 뻗었다. 해경 오빠가 낮게 소리 내 웃으며 우산을 잡고 있던 내 손 위를 겹쳐 잡았다. 우산이야 제가 들면 그만 아니냐는 듯이.

나는 곧바로 손잡이를 내어 주고 휙 손을 뺐다. 오빠가 조금 더 웃었다.

"손 좀 잡았다고…… 가스나 이제 다 컸다 이거가."

"한참 전에 다 컸다. 윤태희가 오빠야 내일 온댔는데."

"그냥. 니 보고 싶어서."

다른 때였다면 징그러운 소리 말라 툭툭거렸겠지만 우리 집 일 때문에 내려온 게 맞으니 나는 그냥 작게 고맙다고 속삭였다. 해경 오빠가 내려간 내 고개에 덩달아 고개를 내려 시선을 맞추고 걱정스레 내 표정을 살폈다.

오랜만에 본 친구 동생을 반가워하던 미소는 벌써 흔적도 없었다. 이마 위로 오빠의 한숨이 내려왔다.

"……우리가 남도 아니고. 진작 전화 좀 하지. 윤태희도 그렇고 니도 그렇고."

"지금 바로 왔잖아."

"집에 그렇게 큰일이 있는데 말도 안 하고. 오빠야 서운하다."

"미안."

"미안하면 오빠야한테 이제 꼬박꼬박 연락 좀 해라. 알겠나."

나는 미적지근하게 고개를 끄덕였다. 사실 스무 살 때부터 내가 해경 오빠의 연락을 무시한 일은 셀 수도 없었다. 오빠는 언제나 내 거부보다 조금 더 끈질겼지만.

그리고 어쩌다 서울에서 겨우 만나면 애초에 나랑 연락이 안 된 적도 없는 것처럼 굴었다. 엊그제 동네에서 만난 사이처럼.

그러니까 이건 꼬박 4년째가 되어서야 면전에서 오빠에게 처음 찔린 정곡이었다. 미안해서 입술만 잘근거리며 씹고 있으니 해경 오빠가 다시 한숨을 쉬며 물었다.

"어머니는 이제 좀 어떠신데."

"괜찮대, 이제. 자기 말로는."

"그래도 그때 차희 니가 잘했다면서."

콕 집어 말하는 게 어째 윤태희에게 내 이야기를 들은 것 같다. 내가 엄마를 쓰러지게 했다고.

"……내가 잘한 거 아무것도 없는데."

"고생했다. 윤차희."

내 말에도 머리를 토닥거리는 손이 부끄러웠다. 정말이지 그

400

날 내가 똑바로 한 일이라곤 아무것도 없었으니까. 엄마를 살린 사람도, 그날 고생한 사람도 따로 있었다. 나는 우산 밑에서 고개를 돌려 박우경이 있는 창고 쪽을 응시했다.

쟨 갑자기 왜 저렇게 사람 하나 죽일 것처럼 오만상을 쓰고 있는지는 몰라도……. 그래도 고마운 건 고마운 거였다. 박우경이 아니었다면 엄마는 지금쯤 이 세상 사람이 아니었을 테니까. 나는 정말로 고생한 사람을 실토했다.

"……고생은 그날 오빠야 동생이 다 했다."

"니 옆에 있었는데, 당연히 저 새끼가 도와줬어야지."

"그런 정도가 아니라 진짜 내 대신 다 해 줬다, 쟤가. 병원 가기 전에도. 병원 가서도. 내가 바보처럼 아무것도 못 하고 멍청하게 있을 때……."

"많이 힘들었제, 차희야."

해경 오빠가 내 자책을 자르며 물었다. 우산을 들지 않은 손이 내 목뒤를 살짝 끌어당겨 안는다. 어릴 때처럼 등을 토닥거리는 커다란 손이 다정했다.

아저씨도 없고 윤태희도 없는데, 너 혼자 아줌마를 처음 발견했을 때 얼마나 놀랐겠느냐고 뇌까리는 음성에 눈가가 조금 뜨거워졌다.

윤태희가 전혀 오빠 같지 않았던 시절에도 해경 오빠는 언제나 오빠였다. 처음부터 그랬다. 오빠 둘이서 날 데리고 가다 내가 넘어지면, 혈육인 윤태희보다 먼저 달려와 날 일으켜 주었던 손이다.

그래서 지금도 길바닥에 넘어진 일곱 살짜리 애가 된 기분이었다. 별로 아프지도 않으면서 어른들이 뒤늦게 아프냐고 수선을 떨면 괜히 아프고 서러워지는 엄살과도 닮았다.

나는 자칫하면 눈물이 날 것 같은 얼굴을 아래로 숙여 숨기고 어색하게 해경 오빠의 등을 가볍게 마주 끌어안았다. 그리고 화답하듯 두어 번 오빠의 등을 툭툭 두드리고 품에서 빠져나가려 하자, 오빠는 나직하게 웃으며 날 한번 꽉 안았다가 놔주었다.

"뭔데. 우냐."

"⋯⋯안 운다."

"그래도 박우경 저게 그때 있어서 다행이긴 했네."

오빠가 제 동생의 공로를 너무 작게 생각할까 봐 나는 그 애가 그날 해 준 일을 하나하나 풀어 설명했다. 해경 오빠는 이미 다 아는 이야기를 듣는 것처럼 건성으로 고개를 끄덕거리더니 당부했다.

"그래. 힘들면 앞으로도 그렇게 박우경 부려 먹고. 박우경으로도 안 되면 오빠야 부르고."

"⋯⋯여기서 더 부려 먹으면 남들이 쟤 우리 집 데릴사위 된 줄 안다. 오빠야."

"좋겠네. 그게 저 새끼 꿈이다이가."

"꿈은 무슨⋯⋯."

"생각이나 해 봐라. 저 새끼 할배 할매가 예뻐서 미리 물려받은 돈도 많은데."

"그런 애가 우리 집 데릴사위를 왜 하노. 우리 집 지금 개털인데."

"걍 생각이나 한번 해 보라고."

제 동생 호구 잡으라고 권하는 음성이 선선했다.

"아니면 저 새끼보다 나 먼저 불러도 되고."

굳이 서울에 있는 사람을 왜. 오빠는 그런 내 표정에도 아랑곳하지 않고 말했다.

"아. 그냥 오빠야 먼저 불러라. 그게 항상 더 재밌으니까."

다정한 듯하면서도 은근히 나쁜 성격은 오빠가 잠깐 짓는 짓궂은 표정에서나 드러난다. 해경 오빠는 그제야 발견했다는 듯 창고 쪽을 흘끗 노려보며 중얼거렸다.

"근데 저 새끼는 즈그 형이 왔는데 나와 보지도 안 하나. 존나 기막힌 새끼. 저거 계속 저기 있었나."

"……원래 그렇잖아."

"저 개새끼."

마! 박우경! 오빠가 돌변한 태도로 그 애를 불렀다. 내 몸이 조금이라도 우산 밖으로 나가 비를 맞을까 염려한 것처럼 내 어깨를 감싸 안고 걸어가는 와중에.

윤태희 말처럼 누가 보면 동생이 바뀐 줄 알겠다던 그 시절 그대로다.

나한테는 놀려 먹는 순간에도 다정했으면서 하나뿐인 친동생에게는 항상 저런 식이다. 그래서 저 집 형제 사이는 언제나 평탄한 듯하면서도 조금 험했다.

아무리 그래도 제대하고 처음 만난 형인데 '왔나.' 하고 데면데면한 인사 한마디는 건넬 법한데, 꾹 다물린 입이 꼿꼿하고 불친절했다. 웬 불청객이 자기 집에 들어온 양 이쪽을 보는 표정은 아까보다 더 사납다.

그렇게 우리가 그늘막 아래로 비를 피할 때까지 박우경은 한마디도 하지 않다가, 오빠가 들고 있던 우산을 접기도 전에 내 팔을 홱 낚아채 제 쪽으로 당겼다.

해경 오빠가 혀를 쯧 차며 중얼거렸다.

"개새끼 지랄하네, 또."

"지랄은 형 니가 했지."

저 정도는 서로 간에 다정한 인사다.

"니는 형이 왔으면 인사나 좀 제대로 해라."

"살아 있었네. 됐제."

"차희야. 오빠야 대신 저 새끼 한 대만 때려 봐."

나는 영혼 없이 박우경의 어깨를 톡 한 대 쳤다. 그러자 그 애가 대단한 배신이라도 당한 듯 날 돌아보았다.

분명 하나도 아프지 않을 텐데 그것 좀 맞았다고 내비치는 배신감이 상당해서 나도 당황스러웠다. 그래서 시키는데 내가 어쩌겠냐는 양 어깨를 가볍게 들먹였다.

그래도 박우경은 저를 때렸던 내 손을 꽉 잡으며 한동안 가만히 날 쳐다보기만 했다. 그리다 문득 내 손을 툭 놓고는 물었다.

"……니는 박해경이랑 무슨 얘기를 그렇게 길게 하는데."

"와. 의처증 새끼."

해경 오빠가 뒤에서 빈정거리는데도 그 애는 들리지 않는 듯 말을 이었다.

"아니 별건 아니고, 그냥 씨발 비를 처붓는데도 둘이서 다 처맞고 서서 존나 안고 만지고 얼굴을 갖다 대고 지랄을 해 대니까 이해가 좀 안 돼서……."

"……."

"아. 윤차희 니한테 욕한 거 아니다."

정말 별것 아니라는 듯이 말하는데 별것 같은 어조였다. 나는 미간을 찌푸렸다. 오빠와 내가 얘기를 나눈 건 잠깐이었고 비는 사실 많이 오지 않았다. 아깐 설마 했는데.

"뭔데. 그럼 느그 형한테 욕한 거가."

"당연히 씨발 박해경 니한테……."

그 애는 해경 오빠를 흘끗 돌아보고는 상대하기도 싫다는 듯 창고로 들어가다가, 제가 까먹은 물건처럼 휘적휘적 걸어 나와 내 팔을 붙잡고 다시 창고로 들어갔다. 오빠가 개그지 같은 새끼라 저를 욕하며 따라오는 것도 덩달아 무시하면서.

어이가 없어 웃음이 나오려 했다. 너무 오래전 일이라 이런 건 생각도 하지 못했다. 박우경이 마지막으로 이랬던 게 언제 적이더라.

제 형 이름만 나와도 오만상이 됐던 적이 잠깐 있긴 있다. 해경 오빠를 보면 설렌다는 말 한마디에 그 애가 내내 날 괜히 괴롭혔던 여름 방학. 그리고 오빠랑 내가 과외하는 곳마다 아닌 척 쫓아다니기 바빴던 그해 겨울 방학까지도.

이건 말 그대로 아주 오래전, 우리가 어렸을 때의 일이다. 우리가 사귀기 전에. 서로가 서로에게 확신 한 점 없이 뱅뱅 돌기만 하던 바보 같은 시절에.

사귀기로 하고는 씻어 내린 듯 말끔해졌던 제 형을 향한 시기는, 이후로 이따금 불쑥 뛰어나오긴 해도 적나라하진 않았다. 그러니까 열여덟, 열아홉에도 이런 식은 아니었다. 나는 그게 무척 새삼스러워서 박우경을 관찰하다 문득 약간의 깨우침을 얻었다.

그 애에겐 사실 지금이, 서로의 주위를 뱅뱅 돌기만 하던 열일곱 그때보다 나을 게 하나도 없다는 걸.

"윤차희 니 아직 대답 안 했다."

본인이 유치하고 우스운 걸 잘 알아서 괴로운 눈이지만 그래도 할 건 하겠다는 식이다. 나는 작게 실소했다.

"니 칭찬."

"뭐?"

"아까 박우경 니 칭찬했다고. 오빠야한테."

"맞다. 별로 듣고 싶지도 않은데 차희가 니 칭찬 계속하드라."

"……오빠야. 그렇게 말하면 내가 무슨…….."

"그치. 관심도 없는 남의 집 아기 사진 받아 보는 기분 같은 거지."

해경 오빠는 그렇게 말하고 농기계들 사이를 지나 소파로 가서 풀썩 앉았다. 졸지에 남의 집 아기가 된 박우경이 눈을 가늘게 떴다. 그러더니 대뜸 한다는 말이.

"내 칭찬을 형한테 왜 하노. 나한테 해야지."

"뭐?"

"씨발, 잘한 건 난데 저 새끼를 왜 안아 줘……."

그 애는 그렇게 중얼거리면서도 자괴감을 이기지 못하고 얼굴을 거칠게 몇 번 쓸어내렸다.

굳이 따지자면 내가 안아 준 게 아니라 오빠가 날 힘내라며 안아 준 거지만, 그게 뭐 대단한 책임 소재라도 되는 양 선을 긋고 오빠에게 미룰 것도 못 됐다. 나는 나도 모르게 변명처럼 말을 꺼냈다.

"그냥……. 오랜만에 오빠야 보고 반가워서. 큰일도 있었고."

"닌 오랜만에 보면 아무나 다 덥석덥석 안아 주나."

"해경이 오빠야가 어떻게 아무난데."

"그럼 난."

"……."

"난 뭔데."

불쑥 곤란한 물음이 돌아왔다. 도와 달라는 듯 해경 오빠를 보자, 오빠가 팔로 머리 뒤를 받치며 입을 열었다.

"박우경 니는 뭐 그런 거 아닐까. 오랜만에 보기는 했지만 딱히 반갑지는 않았던 사람……."

박우경이 죽일 듯이 저를 노려보는 게 보이지도 않는 모양이다. 당연히 별로 도움은 안 됐다. 해경 오빠가 뻔뻔하게 혀를 찼다.

"몇 달 만에 만나서 잠깐 그런 것 갖고 드럽게 지랄 맞게 구네. 개새끼."

"……."

"나 잠시 윤태희랑 통화 좀 하고 올 테니까 그때까지 부부 싸움은 대충 해 놓고 끝내라."

"아 오빠야. 그런 말 좀."

"좀 뭐."

어릴 때처럼 오빠는 짐짓 다정한 미소로 내 입을 틀어막듯 웃고는 창고 방에 들어갔다. 나는 박우경을 다시 돌아보았다.

분명 짜증 가득한 얼굴일 것이라 생각했는데.

"……박해경을 몇 달 전에 봤다고?"

"설날에 잠깐."

"그럼 서울에선."

"……."

"아. 서울에서도 계속 봤네. 형은."

표정 없는 얼굴이 잠시 나를 바라보다 떠났다. 아까의 유치한 시기 질투는 흔적도 없이.

단지 약간의 상처만 안고서.

≪봄그늘≫ 2권에서 계속